1246 6,—

Böse Absichten

W0375637

ECON **Krimi**

Zum Buch:

»Ein vielversprechendes Debüt, mit ungeschminktem Realismus und modernem Feingefühl. Phoebe Siegel ist eine harte, aber herzliche Heldin, die mit ihrer Angst, ihren ungelösten Problemen und intensiven familiären Bindungen eine große Bereicherung ist.«

Publishers Weekly

»Phoebe Siegel ist eine der neuen weiblichen Privatdetektivinnen, die weiter beobachtet werden sollte« *The Boston Sunday Globe*

Phoebe, ihre Familie, ihre Freunde und alle anderen Charaktere drücken sich aus wie Leute, die wir kennen, sie handeln aus Gründen, die wir nachvollziehen können. Die Leser dieses ersten, sehr soliden Romans werden voller Ungeduld auf den zweiten warten.

Booklist

Phoebe Siegel ist eine unverwechselbare Stimme in einem Genre, das in Gefahr ist, auszuufern. Sie wird nicht in der Masse untergehen.

Firsts

Die Autorin:

Sandra West Prowell gehört den »Sisters-in-Crime« an und ist eine der Gründerinnen der Autorengemeinschaft von Montana, wo sie auch lebt. »Böse Absichten« ist ihr erster Kriminalroman, ein zweiter Phoebe Siegel-Krimi ist in Vorbereitung.

Sandra West Prowell

Böse Absichten

Ein Phoebe Siegel-Krimi

Aus dem Amerikanischen
von Karin Haag

ECON Taschenbuch Verlag

Ökologisch handeln:
Dieses Buch ist gedruckt auf 100% Recyclingpapier, chlorfrei gebleicht

Deutsche Erstausgabe

First published in the United States of America by Walker Publishing Company, Inc.
Titel des amerikanischen Originals: By Evil Means
Aus dem Amerikanischen übersetzt von Karin Haag
Umschlaggestaltung: Molesch/Niedertubbesing, Bielefeld
Illustration: Reiner Tintel
Lektorat: Nicole Terwort
Gesetzt aus der Baskerville
Satz: Formsatz GmbH, Diepholz
Druck und Bindearbeiten: Ebner, Ulm
Printed in Germany
ISBN 3-612-25071-X

Dieses Buch ist folgenden Personen gewidmet:

Bruce, der an mich geglaubt hat,
meinen Kindern, die ihn dabei unterstützt haben,
meinen Eltern, die meine persönliche Entwicklung ermöglicht
und gefördert haben,
meiner Agentin und Freundin Barb Puechner,
meinem Herausgeber Michael Seidman,
meiner Lektorin Susan M. S. Brown,
und last but not least,
Phoebe Siegel, wo immer du sein magst.
Sprich weiter zu mir, Phoebe!

Mary Kuntz sitzt *mir direkt gegenüber. Sie starrt mich an. Ihr Blick ist leer, tränenlos. Ich weiß, daß sie weder mich wahrnimmt noch das Geräusch ihres Zeigefingers, mit dem sie gedankenverloren und arhythmisch auf die Handtasche trommelt, die sie auf ihrem Schoß umklammert hält.*

Ich bin wie hypnotisiert von dem weichen, pulsierenden Ton. Als ich versuche, meine Hände zu heben, die schlaff an meiner Seite herabhängen, fühlen sie sich an, als hingen Bleigewichte daran. Sie sind bedeckt mit einem braunen Muster aus getrocknetem Blut.

Ich fühle mich in ihrer Gegenwart unbehaglich. Vor zwei Wochen wußte ich nicht einmal, daß es sie gab, und jetzt, in der gellenden Stille und drückenden Hitze dieses Büros, teilen wir miteinander ein Geheimnis, eine Geschichte des Grauens, die unser beider Seelen bis ins Mark erschüttert hat. In meiner Kehle lauert, verborgen hinter Ungläubigkeit und Verwirrung, ein Schluchzen, das nur darauf wartet hervorzubrechen.

Von irgendwoher höre ich jemanden lachen. Mit großer Anstrengung wende ich mich in die Richtung, aus der dieser Laut kam und sehe bloß mein eigenes Spiegelbild in einer Glastür. Das Lachen hat aufgehört. Nur das Klopfen von Marys Finger auf der Tasche bleibt weiterhin hörbar.

Ich hebe meine Hand vor das Gesicht. Als ich die Finger zur Faust balle, spüre ich, wie das getrocknete Blut Risse bekommt, und sehe, wie die Farbe meiner Haut unter einem Muster von feinen Linien sichtbar wird. Meine Gedanken irren umher, verzweifelt nach einer Erklärung suchend. Die Ereignisse müssen doch irgend einen Sinn ergeben, aber gleichzeitig ist mir klar, daß das nie der Fall sein wird.

Ich muß meine Hände gegen die Schläfen pressen, um zu verhindern, daß mein Kopf explodiert. Vielleicht bin ich ja gar nicht hier. Vielleicht befinde ich mich im Bauch eines Monsters, in dem nichts verdaut wird, sondern alles in fauliger, giftiger Dunkelheit eingeschlossen bleibt.

Immer wenn sich der Februar langsam seinem Ende näherte, wurde ich nervös. Das war nicht immer so gewesen; doch vor drei Jahren hatten die Iden des März beschlossen, nicht mehr länger für Cäsar schwarze Tage zu sein, sondern statt seiner mich unter Beschuß zu nehmen.

Der erste Schlag, geführt von einem zweischneidigen Schwert, traf mich Anfang März. Zelda, die Zwillingsschwester meines Vaters und meine geliebte Mentorin, war an einem Strand in Jamaica abgestürzt, und das im wahrsten Sinne des Wortes. Als meine Mutter mich anrief, fragte sie immer wieder: »Warum, um alles in der Welt, beschäftigte sich eine Frau in ihrem Alter ausgerechnet mit Paragliding?« Für mich lag die Antwort auf der Hand: Es war etwas, was sie noch nicht ausprobiert hatte.

Ein paar Tage später teilte mir die renommierte New Yorker Anwaltskanzlei Daget, Noble & Daget mit, daß auf einem steuerfreien Treuhandfonds in Puerto Rico die Summe von eineinhalb Millionen Dollar zu meinen Gunsten deponiert worden war. Dieses Vermögen, das sich Zelda während ihrer drei Ehen erworben hatte, sollte ich zur freien Verfügung bekommen, allerdings hatte ich zwei

Bedingungen zu erfüllen: Die erste war, daß ich niemanden, und zwar ohne Ausnahme, von dieser Erbschaft erzählen durfte, und die zweite, daß ich mein Leben ebenso frei und unabhängig leben mußte wie sie.

Während der zweiten Märzwoche trank ich einen langen Irischen Toast auf meine liebe, verstorbene, jüdische Tante, die meinem Vater übrigens nie ganz verziehen hatte, daß er am Victory-Day, dem 8. Mai 1945, Maggy Flannery in der St. Patrick's Kirche geheiratet hatte.

In der dritten Woche hatte ich dann einen Kater und fing an, mich zu fragen, wie mein Leben, das bis dahin reichlich unspektakulär verlaufen war, wohl durch anderthalb Millionen Dollar verändert werden würde.

Zwei Wochen nach meinem High School-Abschluß hatte ich Lanny Wilson, den netten Jungen von nebenan, geheiratet. Sechs Jahre später, an einem kalten windigen Tag im März, verließen wir, soeben geschieden, das Yellowstone County-Gerichtsgebäude in Billings, Montana, und schworen uns ewige Freundschaft. Ganz ehrlich, an diesem Tag fühlte ich keine Spur von Schmerz oder Bitterkeit, sondern ich akzeptierte die Tatsache, daß wir durch unsere Heirat bis zu diesem Zeitpunkt bloß eine gute Freundschaft vermasselt hatten. Als er sich allerdings einen Monat später wieder verheiratete, war ich stocksauer. Das verstehe, wer will.

Ich hatte als Fahrdienstleiterin im Polizeihauptquartier von Billings gearbeitet und Lanny dabei geholfen, seinen College-Abschluß zu machen, während ich selbst eine Reihe von Ausbildungskursen bei der Polizei absolvierte. Nach dem College nahm man ihn an der Polizeischule auf. Ich blieb zu Hause, arbeitete nachts und heimste hier und da eine Auszeichnung ein. Mit Lannys Eintritt in den Polizeidienst setzte ich meine Ausbildung ganztags fort, behielt aber weiterhin meinen Job. Ich glaube, es wurde uns beiden zur gleichen Zeit klar, daß es vorbei war. Es gab nie irgendwelche Kämpfe oder erbitterte Streitereien, nur die sachliche Erkenntnis, daß wir miteinander so weit gegangen waren, wie es uns möglich war. Es tat allerdings immer ein bißchen weh, wenn ich seine Stimme über Polizeifunk hörte, und dabei wußte, daß er zu einer anderen Frau nach Hause fuhr.

Schließlich machte auch ich meinen Abschluß am College, wurde vom FBI angeworben und ergriff begeistert die Gelegenheit beim Schopf, endlich aus Billings wegzukommen, um in Quantico ausgebildet zu werden. Als eine Quoten-Frau unter lauter männlichen Rekruten machte ich mich verdammt gut und gehörte in fast allen Ausbildungsfächern zu den Besten.

Am 22. März, als ich mich gerade für die Abschlußprüfung auf dem Schießstand vorbereitete, versetzten mir die Iden ihren letzten und gewaltigsten Schlag. Mein Ausbilder, ein riesiger Kerl ohne Hals, dafür mit einem Herz aus Gold, tippte mir auf die Schulter und sagte fünf kleine Worte: »Dein Bruder Ben ist tot.«

Ich erinnere mich nur noch daran, wie sich meine Finger um den Griff der 10mm-Halbautomatik krallten und an das Spiegelbild meines Gesichts in seiner Sonnenbrille. Es sah mir gar nicht ähnlich.

Man hatte Ben, der seit acht Jahren im Polizeidienst gearbeitet hatte, tot in seinem Wagen gefunden. Ein einziger Schuß durch die rechte Schläfe hatte dafür gesorgt, daß er seinen 35. Geburtstag nicht mehr erleben würde.

Am nächsten Morgen saß ich in dem Flugzeug, das mich nach Hause brachte. Ich kehrte nie mehr zu meiner Ausbildung zur FBI-Agentin zurück. Statt dessen verbrachte ich meine Tage damit, mich in einem Gewirr von Fragen zu verstricken, die so ein Selbstmord aufwirft. Ein natürlicher Tod ist für die Hinterbliebenen schon schlimm genug, aber ein Selbstmord wirkt absolut lähmend.

Am 26. März wurde Ben beigesetzt. Wir begruben ihn

im Familiengrab, Seite an Seite mit meinem Vater, der zehn Jahre zuvor gestorben war; Zelda lag dort, die darauf bestanden hatte, neben meinem Vater begraben zu werden, und mein älterer Bruder Sam, der die Statistik des Vietnamkriegs um einen weiteren Toten bereichert hatte. Mein Bruder Michael, ein Priester, hielt den Trauergottesdienst. An diesem Tag hörte ich auf zu weinen und strich den Monat März aus dem Gregorianischen Kalender – und aus meinem Gedächtnis.

Genau damit war ich in dem Moment beschäftigt, als Mary Kuntz mein Büro betrat. Feierlich riß ich den März gerade Seite für Seite, vom ersten bis zum einunddreißigsten, aus meinem Tischkalender. Bisher hatte mich noch nie jemand bei diesem Zeremoniell überrascht, und so reagierte ich, wie jeder in einer solchen Situation reagieren würde: Ich tat, als ob es sich um eine ganz selbstverständliche Sache handelte.

»Setzen Sie sich«, sagte ich und lächelte. »Kalender sind auch nicht mehr das, was sie mal waren. Eine einzige fehlende Seite kann einem das ganze Jahr durcheinanderbringen.«

Ich formte eine Kugel aus den einunddreißig Tagen und schleuderte sie mit einem gezielten Wurf in den Papierkorb. Die Frau sagte nichts und setzte sich.

Als erstes fiel mir ein aufgenähtes FFA-Abzeichen auf ihrer Windjacke aus Nylon auf. Ich überlegte schnell, was es bedeuten könnte, und entschied mich schließlich für »Fortschrittliche Farmer Amerikas«.

»Mein Name ist Mary Kuntz«, sagte sie schließlich, während sie mir ihre Hand über den Schreibtisch hinweg reichte. Ich roch den schweren Duft eines Moschusparfüms, eines von der Art, wie Vertreter es an der Tür verkaufen. Es paßte nicht zu ihr. Prüfend sah sie mir ins Gesicht, als erwartete sie, daß ich sie wiedererkannte.

Ich suchte in den chaotischen Kammern meines Gedächtnisses nach einem Hinweis, mit dem ich das Gesicht und den Namen verbinden konnte.

»Sind wir uns schon einmal begegnet?«

Darauf sagte sie eine Zeitlang nichts, sondern starrte mich nur an. »Nein, wir sind ... Ich war noch nie bei Ihnen, Miss Siegel«, antwortete sie schließlich.

Dann saß sie einfach nur da und blickte mich weiter forschend an. Ich kam mir vor wie ein Käfer unter dem Mikroskop.

»Sie haben einmal für meine Nachbarin wegen einer Versicherungssache ermittelt. Sagt Ihnen der Name Jesse Bennett etwas?«

»Ach ja, richtig«, sagte ich langsam, während mein Gedächtnis wieder in Gang kam. »Wohnt sie nicht draußen in der Nähe von Silesia? Sie ist damals ständig von jemandem belästigt worden«, fügte ich hinzu. Ich beeindrucke potentielle Klienten gerne mit meinem hervorragenden Erinnerungsvermögen. Das ist gut fürs Geschäft. »Wenn ich mich recht erinnere, ging es da um ein paar Kinder, die mutwillig ihre Maschinen auf der Farm zerstört haben. Stimmt's?«

»Das ist richtig«, antwortete Mary, während sie sich in ihrem Stuhl aufsetzte. Sie sah allerdings keineswegs beeindruckt aus.

»Wie geht es ihr?«

»Bestens, es geht ihr ausgezeichnet.« Mit diesen Worten stellte sie eine Papiertüte neben ihren Stuhl auf den Boden.

Ich finde, Bauersfrauen haben beinahe etwas Einschüchterndes. Alles an ihnen wirkt straff organisiert. Es sind starke und zähe Frauen, die eindeutig keine Zeit für blödes Gerede haben. Ich respektiere das.

Da saß ich nun also um acht Uhr früh, die Iden senkten sich langsam auf mich herab, eine auf oralem Wege eingenommene achtfache Dosis Kaffee bahnte sich von selbst ihren Weg in mein Nervensystem, vor mir saß eine Frau, die an diesem Morgen wahrscheinlich bereits ein Arbeitspensum erledigt hatte, das einen gesunden Mann umgehauen hätte, und die März-Depression begann sich langsam bemerkbar zu machen.

»Ich sollte ihnen gleich sagen, daß ich ab morgen einen Monat lang nicht zur Verfügung stehe. Falls es etwas Dringendes ist, kann ich Ihnen hier in der Stadt ein paar andere gute Leute empfehlen.«

»Nein«, sagte sie mit sanfter Stimme. »Ich brauche Sie, Miss Siegel. Sie sind doch Miss Siegel, nicht wahr?«

Sie hatte etwas Beunruhigendes, geradezu Unheilbringendes an sich.

»Ja, das bin ich«, antwortete ich.

»Die Nichte von John Flannery?«

»Auch das ist richtig. Kennen Sie Onkel John?«

»Ich habe wegen einer bestimmten Angelegenheit mit ihm gesprochen«, erwiderte sie, während ihre Gedanken in die Vergangenheit zu wandern schienen. »Er hat mir davon abgeraten, Sie aufzusuchen. Ich möchte nicht, daß Sie glauben, er hätte mich geschickt. Ich ... ich habe mich bei ihm nicht gerade beliebt gemacht. Miss Siegel, ich ...«

»Nennen Sie mich Phoebe«, unterbrach ich sie. »Miss Siegel klingt, als würde ich diese Gesundheitsschuhe mit den vielen kleinen Löchern an den Seiten tragen.«

Für einen kurzen Moment erschien ein Lächeln in ihren Mundwinkeln. Aber es verschwand sofort wieder, noch bevor es ihre Augen erreicht hatte.

»Ich will nur sie als Ermittler.«

»Wie gesagt, Mary«, manchmal nimmt es den Klienten die Befangenheit, wenn man sie mit ihrem Vornamen anredet, »ich arbeite nicht im März. So ist es nun mal. Aber warten sie einen Moment, ich schreibe Ihnen die Namen von ein paar sehr guten und sehr kompetenten Kollegen auf, und ich bin sicher, daß Sie ...«

Ich öffnete die linke Schreibtischschublade und zog eine Telefonliste hervor. »Wenn ich das durch die Kaffeeflecken entziffert habe, kann ich Ihnen bestimmt jemanden nennen, mit dem Sie sehr zufrieden sein werden.«

»Ich bin gerade dreißig Meilen gefahren, damit Sie mich anhören«, fuhr sie mich an. Etwas in ihrer Stimme ging mir durch Mark und Bein und zwang mich, ihr zuzuhören.

In den drei Jahren, die ich nun in dieser Branche arbeite, hatte ich schon mit allen möglichen Klienten zu tun gehabt, von Politikern bis zu Trinkern und mehr oder weniger paranoiden Eheleuten.

Nach Bens Tod hatte ich mich emotional so abgekapselt, daß keiner von den Leuten, die durch meine Bürotür kamen, wirklich an mich rangekommen ist. Sie reden. Ich höre zu. Wenn wir uns einig werden, dann bekommen sie mich für zwanzig Dollar die Stunde plus Spesen. Das ist sozusagen ein Sonderpreis, und es geht mir ja auch gar nicht um das Geld. Ich mache meinen Job verdammt gut. Nur eben nicht im März.

Ich lehnte mich also in meinen Stuhl zurück und war alles andere als begeistert. Die Geschichte kam mir nur zu bekannt vor. Ein Sorgenkind, der Eltern Ein und Alles, fing auf der High School an, mit Drogen zu experimentieren und wurde allmählich in den Abgrund der Sucht gezogen, der tiefer war als der Atlantik.

Sie blieb immer öfter über Nacht weg, bis sie schließlich wegen Prostitution festgenommen wurde. Marys Augen blieben trocken, während sie berichtete. Sie sprach vollkommen sachlich. Als sie eine Pause machte, ergriff ich die Gelegenheit und versuchte, mich aus der Sache herauszuwinden, noch bevor sie mir gesagt hatte, was genau sie eigentlich von mir wollte.

»Das klingt wie ein Fall für das Jugendamt. Ich könnte John anrufen, und ...«

»Dort war ich gestern schon. Und davor jeden Tag während der vergangenen zwei Wochen. Sie sind einfach nicht daran interessiert.«

»Haben Sie es einmal mit einer psychologischen Beratung versucht?«

»Ja. Das haben wir alles längst schon probiert.«

»Schauen Sie, Mrs. Kuntz, Mary, ich bin nicht zuständig für Kinder. Es gibt da ein paar Detekteien, die sich darauf spezialisiert haben. Aber ich komme noch nicht einmal gut mit Kindern aus. Ich bin keine Sozialarbeiterin.«

»Ich möchte, daß Sie herausfinden, was er mit meiner Tochter gemacht hat.«

»Er? Wer er?« Ich bemerkte, daß das irgendwie komisch klang.

»Unser Leben verläuft seit vier Jahren wie auf einer Art Achterbahn. Vor sechs Monaten mußte Jennifer wieder zurück zur Drogentherapie. Das ist das dritte Mal.«

»Meine jüngste Schwester hat vor ein paar Jahren auch so eine Behandlung gemacht.«

»Dann wissen Sie ja, wovon ich rede. Das erste Mal ist Jennifer vor vier Jahren in eine solche Drogenklinik gegangen. Das war in Minnesota. Jennifer hat zwar die vorgeschriebene Zeit dort verbracht, aber sie hatte Probleme damit ... es ist ihr einfach nicht gut gegangen. Während der Familienbesuchswoche hatten wir ein Gespräch mit dem leitenden Arzt der Klinik, einem Dr. Curtis, wenn ich mich recht entsinne. Er sagte uns damals, daß Jennifers Drogen- und Alkoholmißbrauch eine Folge von tieferliegenden emotionalen Problemen seien. Er empfahl für sie eine psychiatrische Intensivtherapie sowie zusätzlich eine ambulante Drogen- und Alkoholbehandlung.«

»Manchmal können die besten Behandlungsprogramme den Kindern nicht helfen, wenn sie es nicht selbst wollen. Ich schlage vor ...«

»Wir nahmen sie mit nach Hause, kontaktierten den Psychiater, den uns Dr. Curtis empfohlen hatte, und Jennifer fing fast unmittelbar danach mit der Therapie bei ihm an. Sein Name war Dr. Drummond, und eine Weile ging alles sehr gut. Sie machte bei einer Jugendgruppe im Rehabilitationsprogramm mit, nahm keine Drogen und trank nicht mehr.«

»Ich wußte gar nicht, daß Dr. Drummond noch hier in der Stadt ist.« In Billings war Jim Drummond bekannt wie ein bunter Hund.

»Ist er auch nicht. Sechs Monate nachdem Jennifer mit der Therapie begonnen hatte, ist er fortgezogen, und ein anderer Arzt hat seine Praxis übernommen.«

»Nimmt sie jetzt wieder Drogen?«

»Nein ... nein, das nicht.«

»Hören Sie, Mary. Wenn alles in Ordnung ist ...« Mir wurde langsam klar, daß hinter der scheinbar unerschütterlichen Fassade dieser Frau ein dunkles Geheimnis liegen mußte.

»Nun ja, ich denke einfach, daß in diesem Fall wahrscheinlich eher eine Familientherapie angebracht ist.« Dann stand ich auf und versuchte, so abweisend wie möglich auszusehen. »Und jetzt muß ich noch eine Menge erledigen, weil mein Büro im kommenden Monat geschlossen ist.«

In diesem Moment brach sie in Tränen aus, und darauf falle ich immer rein. Vielleicht, weil ich so verdammt froh bin, daß es nicht meine eigenen sind.

»Möchten Sie vielleicht eine Tasse Kaffee?«

»Ja, ich glaube, ich könnte eine vertragen«, antwortete sie, während sie in ihre Handtasche griff, ein Papiertaschentuch herauszog und sich damit die Augen betupfte. »Was ich Ihnen begreiflich zu machen versuche ist, daß es das Mädchen, das Jennifer einmal war, nicht mehr gibt.. Es geht ihr viel schlechter. Schlechter als zu der Zeit, bevor sie ihm begegnet ist. Da ...« Ihre Stimme versagte. »Da stimmt etwas nicht. Irgendetwas Schreckliches geht da vor sich. Sie ist ein völlig anderer Mensch.«

Ich drehte mich um, ging zu dem Aktenschrank, auf dem die Kaffeemaschine stand und füllte zwei Tassen. Es waren noch fünfzehn Stunden bis zum ersten März, da konnte noch eine Menge geschehen. Ich versuchte, Ruhe zu bewahren und das bittere Ich-wußte-es-doch-Grinsen wegzuwischen, bevor ich mich ihr wieder zuwandte.

»Sie sind jetzt sicher etwas verwirrt. Wie sollten Sie das auch nicht sein!« sagte sie

Eine schnelle Auffassungsgabe hat mir schon immer imponiert.

»Neugierig wäre eine bessere Umschreibung dafür«, antwortete ich, während ich ihr eine Tasse reichte und mich wieder hinsetzte. »Vielleicht hilft es Ihnen, wenn ich Ihnen meinerseits auch etwas erzähle. Sie haben recht: Wenn sie rauskommen, dann sind sie nicht mehr dieselben. Meine Schwester war es jedenfalls bestimmt nicht. Sie können es sich auch gar nicht leisten, dieselben zu bleiben.«

»Das verstehe ich ja alles, Miss Siegel. Das Problem ist nur, daß es mit Jennifer, seit Dr. Drummond fort war, immer weiter bergab ging. Uns wurde verboten, in irgendeiner Form an ihrer Therapie teilzunehmen, sie weigert sich, mit uns über die Klinik zu reden, und im letzten Behandlungszeitraum haben wir an die sechshundert Dollar pro Tag gezahlt. Ich hätte dafür irgendeine Form von Fortschritt, eine Veränderung, oder sonst was erwartet ...«

»Wie bitte, was haben Sie bezahlt?«

»Für zweieinhalb Monate erhielten wir eine Rechnung von über vierzigtausend Dollar. Aber es ist nicht das Geld«, meinte sie und machte eine wegwerfende Handbewegung. »Das können Sie mir glauben. Für meine Tochter ist mir schließlich kein Preis zu hoch. Außerdem haben wir eine Krankenversicherung, die für einen Großteil der Kosten aufkommt.«

»Dann lassen sie uns jetzt mal auf den Punkt kommen. Was *ist* dann das Problem?«

»Sie hat sich verändert, und zwar dramatisch.«

»Ich dachte, das wollten Sie auch.« Ich sah auf meine Armbanduhr und gab mir zehn Minuten, um sie verdammt nochmal aus meinem Büro zu werfen.

Sie stellte ihre Kaffeetasse auf den Schreibtisch und lehnte sich in ihrem Stuhl nach vorne. »Was ich damit sagen will, ist daß sie jetzt kränker ist als zu dem Zeitpunkt, als wir sie nach Minnesota brachten. Vor drei Wochen bin ich mitten in der Nacht aufgewacht und hörte, wie Jennifer im Haus herumschlich. Ich ging in ihr Zimmer und fand sie dort in ihrem Schrank, zusammen mit all ihren Puppen.« Mary lehnte sich wieder zurück. Ihr Gesichtsausdruck war ebenso wachsam wie nachdenklich. »Mein Gott, ich wußte gar nicht, daß sie diese Puppen überhaupt noch hatte. Aber da waren sie alle, und sie hatte sie um sich herum aufgebaut wie eine kleine Armee. Es waren sogar noch ein paar dabei, die gehörten ...« Sie beendete den Satz mit einer Handbewegung und schwieg dann völlig.

»Reden Sie weiter«, ermunterte ich sie und bereute es im gleichen Moment, denn sie fuhr erschrocken aus ihren Gedanken auf. Dann sprach sie weiter: »Ich fragte sie, was sie da tat, aber sie gab mir keine Antwort. Sie saß nur da, schaukelte vor und zurück und starrte ins Leere. Ich habe dann meinen Mann, Frank, geweckt, und er bestand darauf, sie wieder zurück in die Klinik zu bringen.«

»Und haben Sie das gemacht?« Ich sah wieder auf die Uhr. Sie hatte noch zwei Minuten.

»Ja. Sie war dann für eine weitere Woche dort.«

»Ich weiß immer noch nicht, worauf sie eigentlich hinaus wollen.«

»Vor sechs Monaten ist meine Tochter wegen Prostitution verhaftet worden.« Ihre Stimme wurde leise und rauh. An ihrem Hals zuckte ein Muskel. »Sie war ja seit vier Jahren permanent in Schwierigkeiten. Aber damit hatte ich einfach nicht gerechnet ...« Sie machte eine Pause und fuhr dann fort: »Damit nicht. Nicht bei meiner Jennifer.«

Ich konnte meine Augen nicht von ihrem Mund abwenden, während sie diese Worte langsam und vorsichtig aussprach.

»Bevor sie das erste Mal aus dieser Klinik in Minnesota entlassen wurde, sagte uns Dr. Curtis, daß Jennifer möglicherweise unter einer durch Drogen verursachten Psychose leidet, und daß sie sich vielleicht unberechenbar und launisch verhalten würde. Er sagte auch, sie könnte anfällig für Halluzinationen sein. Aber alle diese Probleme wären zu bewältigen, wenn sie angemessene psychiatrische Hilfe erhalten und keine Drogen oder Alkohol mehr nehmen würde.«

»Na bitte« – ich stand auf und sah auf sie herunter – »da sehen Sie's. Ich bin sicher, der Psychiater, mit dem sie jetzt arbeitet, kann ...«

»Haben Sie überhaupt ein Wort von dem verstanden, was ich gesagt habe?« Ihre Stimme wurde schrill.

»Ich möchte ja nicht unhöflich sein, aber je mehr ich zuhöre, desto überzeugter werde ich, daß Sie bei mir an der falschen Adresse sind. Vielleicht«, sagte ich zögernd, »vielleicht sollten Sie selbst einmal mit einem Psychologen reden.«

»Da steckt einfach noch mehr dahinter, als auf den ersten Blick zu erkennen ist. Es ist immer schlimmer geworden mit ihr.«

»Ich fürchte, ich kann mich nur wiederholen.«

»Meine Tochter ist schwer gestört, Miss Siegel. Eine Gefahr für sich selbst und ... jedenfalls brauchte Jennifer Hilfe. Sie war völlig abgestürzt, oder wie immer sie das nennen. Das Mädchen, das jetzt unter meinem Dach lebt ist ... sie ...« Ihre Stimme verlor sich wieder. »Irgendwas ist dort passiert, ist mit ihr passiert. Und ich flehe Sie an, das herauszufinden, Miss Siegel. Und es ist wichtig, daß ausgerechnet Sie es tun.«

Mein Interesse war geweckt, aber ich wußte nicht genau, warum. Sie griff neben ihren Stuhl, holte die Einkaufstüte hervor und stellte sie auf den Schreibtisch.

»Bevor Sie ablehnen, mir zu helfen, sehen Sie sich diese Dias an. Ein Projektor ist auch in der Tasche. Ich wußte nicht, ob Sie einen besitzen. Bitte sehen Sie sich diese Bilder sorgfältig an. Denken Sie daran.«

Dann öffnete sie ihre Handtasche, zog einen Scheck heraus und reichte ihn mir.

»Wie Sie sehen, habe ich diesen Scheck in Höhe von zweitausend Dollar auf Sie ausgestellt. Ich wußte nicht, welchen Vorschuß Sie verlangen würden. Falls das nicht genug ist ...«

Ich hielt den Scheck in meiner Hand und war völlig perplex.

»Ich will ganz offen mit Ihnen sein. Ich habe nicht die Absicht, ... ich glaube nicht, daß das nötig ist.«

»Tun Sie es für mich. Bitte, ich flehe Sie an, sehen Sie sich die Dias an, bevor Sie sich entscheiden. Deckt diese Summe Ihre Unkosten?«

Ich war bereit, alles zuzugeben, bloß um sie aus meinem Büro zu entfernen. »Mehr als das ...« Ich zögerte. »Ich werde diesen Scheck behalten, bis ich entschieden habe, was ich tun werde, aber das ist keinesfalls eine Verpflichtung. Verstehen Sie?«

»Ich verstehe.«

»Um welche Drogenklinik handelt es sich überhaupt? Ich kenne ein paar hier in der Stadt.«

»Whispering Pines. Es liegt im Norden der Stadt.«

Der Name sagte mir gar nichts. »Wie war noch mal der Name des Leiters?« Sie hatte ihre Zeit längst überschritten, und ich wollte sie jetzt einfach loswerden.

»Ich habe seinen Namen noch nicht genannt. Dr. Stroud. Dr. Victor Stroud.«

Ihre Stimme klang jetzt wie ätzende Säure. Sie schob die Tüte näher zu mir, lehnte sich über den Schreibtisch, nahm sich einen Stift und kritzelte schnell etwas auf den Notizblock, der vor mir lag.

»Sprechen Sie mit diesem Mann. Er kennt alle Antworten, und die will ich wissen, Miss Siegel«, erklärte sie. Dann beugte sie sich noch einmal vor, ihre Augen verengten sich, und sie sagte: »Da gibt es noch etwas, was Sie wissen sollten.«

In meinem Beruf gibt es immer *noch etwas, das Sie wissen sollten.* Ich sagte nichts, lehnte mich in meinem Stuhl zurück und wartete auf das, was sie sich für zuletzt aufgehoben hatte. Gewöhnlich war es für die Klienten selbst sehr viel schockierender als für mich.

»Vor drei Jahren haben wir auf Anraten von Dr. Stroud einen der Beamten bei der Polizei von Billings angezeigt.« Sie rutschte unruhig auf ihrem Stuhl hin und her und suchte in meinem Gesicht nach einer Reaktion.

»Und?«

»Angeblich hatte unsere Tochter eine Beziehung mit diesem Polizisten. Eine intime Beziehung.«

»Man könnte ganze Bände mit solchen Beschwerden gegen Polizeibeamte füllen. Die Mehrzahl davon entpuppt sich allerdings als haltlos und bringt gar nichts, außer ...«

»Wie haben Dr. Strouds Rat befolgt.« Ihre Stimme zitterte, und ihr Gesicht wurde aschfahl.

»Da haben Sie ganz richtig gehandelt«, sagte ich und hoffte, daß sie jetzt nicht anfangen würde, hysterisch zu werden. Hysterische Frauen und Wurzelbehandlungen stehen an erster Stelle auf meiner Liste von Streßfaktoren, die ich zu vermeiden suche. »Bei der Polizei ist man in solchen Dingen meistens sehr kooperativ.« Dann stand ich auf, sah auf meine Uhr und lächelte sie an. »Ich werde mir diese

Dias ansehen und versuchen, etwas über Stroud und Whispering Pines herauszufinden. Rufen Sie mich in ein paar Tagen an, hinterlassen Sie eine Nachricht auf dem Anrufbeantworter, und ich werde mich dann bei Ihnen melden.«

»Zwei Tage nachdem wir mit seinem Vorgesetzten gesprochen haben, hat sich dieser Polizist umgebracht.« Sie sprach jetzt sehr schnell. »Es war Ihr Bruder, Benjamin Siegel.«

Ich erinnere mich daran, wie in diesem Augenblick alles aus meinem Gesichtsfeld verschwand, bis auf die Kontur ihres Mundes, tausendfach vergrößert und mit grotesken Verzerrungen die Worte formend, die im Raum nachhallten. Ich sah die kleinen Falten um ihren Mund, in denen sich feine Spuren von Lippenstift abzeichneten, und ihre Zungenspitze, wie sie hinter den Zähnen arbeitete.

Dieser ... Polizist ... Benjamin ... Benjamin ... war ... Benjamin Siegel ... Ben Siegel ... SSSSSsssssss ... Ihre Worte, schlängelnd und zischend wie Schlangen, schlugen immer und immer wieder auf mich ein.

Ich suchte nach Halt und streckte meine Hände nach dem Tisch aus, dessen Holz ich so fest umklammerte, daß meine Fingerspitzen ganz weiß und flach wurden.

»Wer zum Teufel sind Sie?« fragte ich. Ich war außer mir. Meine Stimme klang heiser und keuchend. »Ich will, daß Sie hier verschwinden. Sofort.«

»Ich wußte, daß es hart werden würde, als ich mich entschloß, zu Ihnen zu kommen, Miss –«

»Wenn Sie nicht verschwunden sind, bis ich von meinem Schreibtisch aufgestanden bin, dann werfe ich Sie eigenhändig raus. Haben Sie mich verstanden?«

Sie setzte sich aufrecht, rührte sich aber nicht weiter. »Ich habe es damals nicht geglaubt, und ich glaube es immer noch nicht. Ich muß die Wahrheit über meine Tochter erfahren. Es hängt alles zusammen. Bitte ...«

»Sie haben die Frechheit, mit dieser Lügengeschichte

über eine Anzeige gegen meinen Bruder hier hereinspaziert zu kommen und um meine Hilfe zu bitten? Sie müssen verrückt sein. Ich müßte doch davon wissen, wenn ...«

»Die Wahrheit. Das ist alles, was ich will. Sie etwa nicht?«

Die Zeit stand still, während diese Worte durch meinen Kopf wirbelten und mir fast die Sinne raubten.

»Seien Sie vorsichtig, Miss Siegel, sehr vorsichtig. Stroud ist ein gefährlicher Mann.« Ihre Stimme war kaum mehr als ein Flüstern. »Und bitte schauen Sie sich die Dias genau an. Ich warte darauf, von Ihnen zu hören.«

Sie stand auf. Ich sah, wie sie sich umdrehte und ging. Die Tür schloß sich hinter ihr. Irgendetwas war gerade passiert, und ich war nicht sicher, was es war. Der Raum hatte sich verändert. Ich atmete die schwere, abgestandene Luft ein. Ein Schatten raste durch meinen Kopf wie eine dunkle, drohende Wolke am Horizont. In meinem Innern nagte und krallte etwas, wie eine wütende Katze, die versucht, sich zu befreien. Und da war noch etwas. Es gab dafür weder einen Namen, noch eine Beschreibung, nur Schmerz. Was immer es war, ich war ins Netz gegangen.

Rückblickend ist mir klar, daß Mary Kuntz mich so sicher geködert hatte, als hätte sie in einem haifischreichen Meer einen Eimer mit Fleischbrocken ins Wasser gekippt. Seit langem war ich sozusagen wenige Zentimeter unterhalb der Wasseroberfläche geschwommen und hatte Ausschau nach etwas gehalten, in das ich mich verbeißen konnte. Jetzt tat ich das Naheliegendste: Ich fischte den März wieder aus dem Papierkorb. Allerdings wußte ich in diesem Moment noch nicht, daß ich selbst damit mein eigenes Opfer wurde.

Mein Verstand sagte mir, daß Mary Kuntz nicht ganz zurechnungsfähig und außerdem verzweifelt war. Verzweifelte Menschen sind bekannt dafür, daß sie vor nichts haltmachen, und das traf mit Sicherheit auch auf sie zu. Sie hatte Salz auf eine Wunde gestreut, die seit drei Jahren nicht heilen wollte: Bens Selbstmord. Aber es blieb die Frage, was, um alles in der Welt, an ihren ungereimten Informationen dran war.

Ich mußte noch ein paar Dinge erledigen, bevor ich diesen Tag beenden konnte. So wollte ich beispielsweise noch bei der Maklerin vorbeifahren, mit der ich über den Kauf einer heruntergekommenen Georgianischen Villa auf einem riesigen Grundstück am Stadtrand in Verhandlung stand. Das Haus war zwar, solange ich denken konnte, unbewohnt gewesen, war aber erst kürzlich zum Verkauf angeboten worden.

Seit ich zum ersten Mal die Veranda betreten hatte und mit dem Fuß durch ein morsches Brett gebrochen war, wußte ich, daß ich dieses Haus besitzen wollte. Auch im Inneren begann es langsam zu verfallen und sah aus wie die Dekoration für einen Horrorfilm. Aber Himmel nochmal, es hatte Charakter und verhieß unzählige Möglichkeiten. Der Preis war kein Problem, und ich wußte, daß ich es mit etwas Tapete und Farbe bewohnbar machen konnte. Der Kauf stand jetzt kurz vor dem Abschluß, und ich hatte geplant, während meines arbeitsfreien Monats mit den Renovierungsarbeiten zu beginnen. Jackie, die Maklerin, eine Frau Anfang fünfzig, die die teuersten Polyester-Klamotten besaß, die man sich vorstellen kann, war wie üblich nicht zu Hause. Ich hinterließ eine Nachricht auf ihrem Anrufbeantworter, setzte mich hin und starrte eine gute Viertelstunde lang die Tüte an, die Mary Kuntz auf dem Schreibtisch stehen gelassen hatte. Dann beschloß ich, meine jüngere Schwester Kehly anzurufen. Warum verdammt nochmal auch nicht? Vielleicht wußte sie ja etwas über diesen Stroud und diesen ganzen Betrieb. Und vielleicht wußte sie sogar etwas über Marys abenteuerliche Anschuldigung, obwohl ich das bezweifelte. Und außerdem fehlte sie mir.

Ich rief in dem Kaufhaus an, wo sie arbeitete, und ließ mich mit der Kosmetikabteilung verbinden. Nach längerem Läuten kam sie an den Apparat.

»Hier ist Phoebe. Du hast nicht gerade zufällig Pause, oder?«

»Ist was mit Mama?«

»Nein. Ich hätte mich einfach gerne mal wieder mit dir unterhalten.«

»Na komm, Fee«, flüsterte sie. »Ich bin's. Erinnerst du dich? Was hast du auf dem Herzen?«

»Wir haben uns eine Weile nicht gesehen, deshalb dachte ich, wir könnten mal zusammen zu Abend essen.«

»Eine Weile ist gut. Wir leben in derselben Stadt und haben seit zwei Monaten nichts voneinander gehört.«

»Ich versuche ja gerade, mich zu bessern. Also mach es mir nicht so schwer.« Unwillkürlich klang meine Stimme schnippisch. »Wie wär's im Rex um fünf?« Schweigen am anderen Ende, und es schien eine Ewigkeit zu dauern. »Bist du noch da?«

»Ich bin da, Fee. Also gut, warum nicht«, antwortete sie. »Ich stecke mir eine rote Rose zwischen die Zähne, damit du mich erkennst.«

»Klugscheißer«, meinte ich. »Bis dann.«

Kehly hatte recht. Wir hatten uns wirklich aus den Augen verloren. Ich fühlte mich auch ein wenig schuldig, weil ich sie aus einem bestimmten Grund angerufen hatte, aber was soll's? So ist das eben mit der Familie.

Den Rest des Tages verbrachte ich damit, über Mary und ihren Auftrag nachzudenken und ein paar Bauunternehmer wegen des Hauses anzurufen, das ich noch nicht einmal besaß. Und, ehe ich mich's versah, war es Zeit, vor Gericht zu erscheinen, wo ich die eidesstattliche Aussage einer unbekannten Partei für die Anklagevertretung verlesen mußte.

Der Job eines Privatdetektivs ist lange nicht so spannend und romantisch wie die Leute gerne glauben, und eine solche eidesstattliche Aussage kann geradezu entwürdigend sein. Man muß sie wörtlich im Zeugenstand verlesen, und zwar mit allen »Ähs« und »Hmms«, genau so wie es da steht. Mit sowas und den ganzen Vorladungen, die man so hinter sich bringt, kann dieser Job schon ziemlich langweilig werden. Sehr langweilig sogar.

Vielleicht faszinierte mich ja gerade das an dem Auftrag von Mary Kuntz. Sie hatte mir plötzlich etwas zugeworfen, was so ganz außerhalb der Routine lag. Oder vielleicht war ich es auch leid, ohne Überzeugung zu arbeiten. Ohne Gefühl. Was immer es war, ich mußte ständig an sie denken, als ich das Gerichtsgebäude verließ und zurück zu meinem Büro ging.

Wind war aufgekommen, der mir den Schneeregen ins Gesicht blies. Als ich an meiner Bürotür angekommen war, hatte ich Kopfschmerzen. Ich griff nach dem Zettel, der an der Tür klebte und versuchte, den Schlüssel ins Schloß zu schieben, noch bevor das Telefon aufhören würde zu läuten, schaffte es aber nicht.

Ich warf meine Aktentasche auf einen Stuhl und las die Nachricht auf dem Zettel. Sie war kurz und bündig: »Bei dir, oder bei mir?« Unterschrift: Roger. Es gab nur wenige Dinge, die mich zum Lächeln brachten. Roger war eines davon, obwohl sich die Beziehung langsam ihrem Ende zuneigte.

Ich war ihm zum ersten Mal auf dem Friedhof begegnet, ein Jahr nach Bens Tod. Ich war an jenem kalten Nachmittag nach Halloween hingegangen, um nachzusehen, ob ein paar Vandalen vielleicht das Siegelsche Grab beschädigt hatten. Diese Art von perversen Aktionen geschehen oft an Halloween, deshalb war ich erleichtert festzustellen, daß unser Familiengrab unberührt geblieben war.

Ausgerüstet mit einer Thermoskanne voll Kaffee hatte ich mich dann auf einen kleinen Hügel neben dem Grab gesetzt, um eines meiner regelmäßigen Zwiegespräche mit Zelda zu halten.

Irgendwie war es ganz praktisch, Zelda da zu haben, wo sie war. So konnte man sich mit ihr unterhalten und auch selber mal zu Wort kommen. Auch Daddy, Ben und Sam waren immer für mich da, wenn ich sie brauchte, wenngleich als eher unfreiwilliges Publikum.

Ich hatte bemerkt, daß ich von jemandem beobachtet wurde, und als ich mich umdrehte, sah ich einen großen, gutaussehenden Mann, der ungefähr in meinem Alter war und mich aus einer Entfernung von ein paar Metern anstarrte. Ich begriff nicht gleich, was los war, und wappnete mich für eine Auseinandersetzung mit einem potentiellen Exhibitionisten, der wie ein Anwalt gekleidet war.

Dann ging mir ein Licht auf. Ich saß auf dem Grab von jemand anderem, und dieser Jemand gehörte zu ihm. Es stellte sich heraus, daß es das Grab seines Vaters war, und er hatte etwas dagegen, daß ich seinem Vater auf der Brust saß. Ich entschuldigte mich, fand seine Empfindlichkeit ein wenig übertrieben, knüpfte aber ein freundliches Gespräch an, um meinen Fauxpas wieder gutzumachen.

In der Zeit, die man brauchen würde, um Cliffs Vorwort zu *Wuthering Heights* zu lesen, hatte sich Roger verliebt. Und ich mich ebenso. Zuerst trafen wir uns regelmäßig zu unseren Friedhofsbesuchen, Roger kam allmählich sogar darüber hinweg, daß ich auf seinem Vater gesessen hatte. Es folgten ein paar gemeinsame Abendessen, und dann verbrachten wir gelegentlich die Nacht miteinander. Roger war Anwalt. Jetzt, nachdem diese unverbindliche Beziehung schon zwei Jahre alt ist, tendierte ich langsam dazu, es mit den Übernachtungen gut sein zu lassen und die Sache als rein platonisch zu betrachten.

Ich rief in seinem Büro an, und seine Sekretärin sagte mir, daß er in einer Konferenz sei. Meine Nachricht war noch kürzer als seine: Bei mir, um acht. Ich sah auf die Uhr und beschloß, früher im Rex zu sein, um einen Tisch vor den Besuchern zum Abendessen zu bekommen. Dann, als ich gerade gehen wollte, fiel mir Marys Tüte wieder ein. Ich nahm sie und verließ damit das Büro.

Auch Billings hat seinen Anteil an Neureichen, Altreichen, Mittelreichen und Ganzarmen. An manchen Tagen, bei Westwind, ist die Stadt eingehüllt in den üblen Gestank des Geldes, der aus den Verschlägen der Mastbetriebe aufsteigt, wo die Rinder dicht aneinandergedrängt knietief in ihren Fäkalien stehen und für die Schlacht gemästet werden. Keiner scheint sich daran zu stören.

In jeder Stadt, die Montanas würdig ist, gibt es eine Menge Lieferwagen, und Billings ist da keine Ausnahme. Besonders leicht zu erkennen sind die Wagen der Cowboys, von den Ortsansässigen liebevoll Gespanne genannt. Sie tragen gerne Aufkleber mit lockeren Sprüchen wie LEICHTE MÄDCHEN FINDEN HIER FESTEN HALT oder WIR REITEN COWGIRLS EIN oder mit meinem Lieblingsspruch NÄCHSTER TAG – GLEICHE SCHEISSE.

Die Indianer, die zu spät auf die Welt kamen, um in den historischen Schlachten zu sterben und aus einem der beiden umliegenden Reservate in die Stadt kommen, sind da weniger subtil. Auf ihren Chromschlitten prangt meistens der altbewährte Slogan CUSTER HAT GEKRIEGT, WAS ER VERDIENT. Billings macht zwar sonst nicht viel her, aber zumindest brodelt hier der Kampf zwischen den verschiedenen Kulturen ganz schön.

Das Rex, ein ehemals ziemlich zweifelhaftes Hotel der Jahrhundertwende, das zu einem Feinschmeckerrestaurant umgebaut worden ist, befindet sich im vierten Stockwerk eines Gebäudes, das auf einem Hügel über der Stadt liegt, welche sich tief darunter im Yellowstone Tal ausbreitet. Das Restaurant rühmt sich eines Gourmetkochs, und die Kundschaft besteht hauptsächlich aus der Elite von Billings, weshalb es nicht gerade mein Stammlokal ist, aber ich brauchte jetzt ein paar Pluspunkte bei Kehly, die nun mal auf so eine Art von Ambiente stand.

Kehly kam wie immer zwanzig Minuten zu spät. Und, ebenfalls wie immer, sah ihr jeder Mann im Restaurant nach, als sie auf unseren Tisch zuging.

»Tut mir leid, daß ich zu spät bin«, sagte sie, aber es klang nicht sehr überzeugend. »Ich mußte noch eine Frau bedienen, die sich nicht entscheiden konnte zwischen einer

Faltencrème für vierzig Dollar und importierten Badekugeln für siebenundzwanzig Dollar.«

»Und was hat sie dann genommen?« fragte ich und gab mir Mühe, interessiert zu klingen.

»Gar nichts. Die Schecks waren ihr ausgegangen.« Sie kicherte.

»Also, was gibt's Neues, Fee?«

»Alles beim Alten. Und bei dir?«

»Alles bestens«, antwortete sie lächelnd, nahm die Speisekarte und fing an, sie zu studieren. »Solltest du nicht zu Hause sein, hinter verriegelten Türen und zugenagelten Fenstern?«

»Was meinst du denn damit?« Dabei wußte ich sehr gut, was sie meinte, aber ich fragte trotzdem.

»Na, die Iden und der ganze Quatsch.« Dabei sah sie mich über den Rand der Karte an und grinste.

»Komm schon, ich will nicht wieder streiten, das ist schlecht für die Verdauung.« Ich lächelte zurück.

Wir verbrachten das Essen mit dem üblichen Smalltalk. Als wir dann beide an unseren New York Selters nippten, legte sie leicht ihre Hand auf meinen Arm.

»Fee, äh ... ich meine Phoebe«, sagte sie mit sanfter Stimme, »ich mache mir Sorgen deinetwegen. Dieser ganze Unsinn wegen des März ...«

»Bitte fang nicht damit an, Kehly«, unterbrach ich sie. Irgend etwas an ihrer Direktheit ärgerte mich und schüchterte mich gleichzeitig ein.

»Ich will damit nur sagen, daß ich immer fest darauf zählen kann, daß du dich gegen Ende Februar bei mir meldest und dann untertauchst. Das ist doch nicht normal.«

»Hör zu«, sagte ich gereizt, »das verstehst du nicht.«

»Phoebe, ich verstehe das sehr wohl. Ich weiß, wie es ist, wenn man Gefühle versteckt und verdrängt. Aber um Himmels willen, die ganze Geschichte ist jetzt drei Jahre her. Kein Mensch kann schließlich ewig trauern.«

Ich sah auf und blickte direkt in ihre grünen Augen. Sie waren weit geöffnet und voller Verständnis. Das machte mir Angst, aber den Kloß, der sich in meinem Hals zu formen begann, fürchtete ich noch mehr.

»Na, wie geht's denn diesem Typ, wie heißt er noch gleich – Rudy?«

Ich schluckte und zwang mich zu einem Lächeln.

»Es geht ihm prima. Uns geht's prima.« Sie lachte. »Du bist unmöglich Phoebe, wirklich.«

»Und hast du nochmal was von Charlene gehört?«

Charlene war Bens Frau gewesen. Vor einem Jahr hatte sie einen anderen Polizisten geheiratet, ausgerechnet Bens besten Freund. Ich nahm ihr das furchtbar übel und rechtfertigte mit dieser Heirat meinen Groll gegen sie. Natürlich bin ich nicht zur Hochzeit gegangen.

»Ja, ich habe sie tatsächlich letzte Woche getroffen. Sie erkundigt sich jedes Mal nach dir, Fee.«

»Ach ja?« meinte ich sarkastisch. »Ich wette, du hältst sie brav auf dem laufenden. Stimmt's?«

Kehly stand auf, nahm ihre Handtasche und zog ihre Geldbörse hervor. »Ich muß los. Die Rechnung geht auf mich, Phoebe. Wir sollten das öfter machen, findest du nicht?«

»Setz dich hin und laß uns von vorne anfangen.«

»Womit? Wir wär's mit ›Deine Bluse gefällt mir, wie findest du meine‹?«

»Ist es so schlimm?«

»Ja, es ist so schlimm«, antwortete sie, aber sie setzte sich wieder.

Ich war über fünf Jahre älter als sie, aber ich hatte immer den Eindruck, daß sie von uns beiden die Reifere war und mit der ganzen Scheiße, die wir erlebt hatten, besser fertig würde.

»Kehly, als du vor fünf oder sechs Jahren dieses kleine Problem hattest …«

»Du meinst, als ich wegen Drogen- und Alkoholmißbrauch in Behandlung war?« Sie lachte. »Du kannst das Kind ruhig beim Namen nennen, Fee. Wenn es mir nichts ausmacht, sollte es für dich auch kein Problem sein.«

»Du bist verdammt cool.« Ich lächelte.

»Das habe ich von dir. Was willst du wissen?«

»Ich wollte dich immer schon mal was fragen. Weswegen bist du süchtig geworden?«

»Wegen mir selbst. Es war meine eigene Entscheidung.«

»Aber warum?« Ich lehnte mich in meinem Stuhl vor. Sie war so verdammt schön, daß es schwerfiel, sich an die Zeiten zu erinnern, als sie Hundehalsbänder und Sicherheitsnadeln getragen hatte. Sie war ein richtiger Punk gewesen.

»Vielleicht hab' ich ja ein rezessives Gen von Tante Zelda abgekriegt. Wenn ja, dann mußte ich es einfach mal ausprobieren. Ach, ich weiß nicht«, sagte sie nachdenklich. »Wahrscheinlich war es einfach nur aus Verzweiflung. Man sagt, daß man auf dem Weg der Besserung ist, wenn man sich nicht mehr daran erinnern kann, was einem die Eingeweide zerfressen hat, und woher dieser Schmerz eigentlich gekommen ist. Dann habe ich es jetzt wohl geschafft.«

»Ich habe mich immer verantwortlich gefühlt und gedacht, ich hätte mehr für dich da sein müssen.«

»Ach komm, Phoebe. Wir wissen doch beide, daß sich jeder nur selbst retten kann. Denk an Ben.«

Es war, als greife jemand nach meinem Herzen, und ich lenkte das Gespräch schnell wieder in eine andere Richtung. »Wie war das für dich, als du ausgestiegen bist? War es hart?«

»Natürlich war es das. Aber wahrscheinlich war es noch härter für die Leute in meiner Umgebung. Mir wurde geholfen. Euch nicht.« Kehly rief die Kellnerin und bestellte noch zwei Mineralwasser. »Wenn du es genau wissen willst, ihr habt mir alle leid getan. *Ich* hatte immerhin eine Chance, mich mit dem ganzen Mist auseinanderzusetzen.«

Ihre Stimmung hatte sich verändert. Etwas warnte mich, aber ich fragte sie trotzdem: »Womit zum Beispiel?«

»Laß nur, Phoebe. Wir haben gerade angefangen, uns miteinander wohlzufühlen.«

Als die Kellnerin mit den Gläsern kam, verfielen wir in Schweigen.

Ich betrachtete Kehly lange und eingehend. Sie sah umwerfend aus. Groß und gertenschlank und immer phantastisch angezogen. Ihr mahagonifarbenes Haar fiel in einer Kaskade aus Locken bis zur Mitte ihres Rückens herab, und in ihren tiefgrünen, weit auseinanderstehenden Augen lag ein spöttisch-warmes Funkeln. Ihre Nase war mit ein paar Sommersprossen besprenkelt, die mich immer an das kleine Mädchen in ihr erinnerten. Es war schwer, sich vorzustellen, daß sie all das einmal beinahe weggeworfen hätte, und ich fragte mich, wie Jennifer Kuntz wohl aussah. Dann drängte ich sie weiter.

»Ich meinc cs ernst. Ich will es wirklich wissen. Ich meine, was für Probleme kann ein junges Mädchen schon haben, das mit einem jüdischen Vater, einer irisch-katholischen Mutter und fünf Geschwistern aufwächst, die alle älter und praktisch vollkommen sind?« fragte ich und lachte. Sie blieb ernst. »Du hast dir die Antwort gerade selbst gegeben. Es war sehr schwierig mit euch allen. Mama hatte Dad, was immer das wert war. Aaron ging in den Osten, als ich zwei Jahre alt war. Seither habe ich ihn dreimal gesehen, und jedesmal kommt er mir mehr vor wie ein Fremder. Sam ist nach Vietnam gegangen und nie zurückgekommen. Ich war damals fünf und kann mich so gut wie gar nicht an ihn erinnern.«

Ein merkwürdiges Kribbeln fing an, sich in meinem Bauch bemerkbar zu machen. Ich hatte Angst vor dem, was kommen mußte, aber ich unterbrach sie nicht. Ich saß nur da, starrte sie an und hörte zu.

»Soll ich weiter reden?«

»Warum nicht?« antwortete ich ruhig. »Red nur.«

»Ben war ... was soll ich über Ben sagen? Ich habe ihn bewundert, ja verehrt. Sogar heute denke ich noch manchmal, daß er eigentlich Priester hätte werden sollen. Ach, er war einfach herzensgut. So liebevoll und zärtlich.« Sie schüttelte den Kopf und wischte sich eine Träne aus dem Augenwinkel. »Sieht so aus, als wäre ich doch nicht so cool, wie du denkst.«

»Wir müssen hier wirklich nicht ...« Ich versuchte, ihr einen Ausweg zu zeigen. Aber sie nahm das Angebot nicht an.

»Doch, vielleicht müssen wir, Fee. Jedenfalls war es für mich so schwer, nach Michael, oder soll ich sagen ›dem lieben Gott persönlich‹? Wieso ist er eigentlich noch nicht heiliggesprochen worden?« Sie sah mich an und lächelte. In ihren Worten lag eine Spur von Bitterkeit.

»Das ist nicht fair«, war alles, was mir dazu einfiel, und es klang ziemlich lahm.

»Das hab' ich mir auch immer wieder eingeredet, jahrelang, *das ist nicht fair.* Ich wette, ich hab mir das etwa zwanzig Mal am Tag gesagt, bis ich mit der Drogentherapie angefangen habe. Bis dahin empfand ich mein Leben immer nur als tragisch, niemals fair, nur als eine einzige Tragödie.«

»Oh Gott ...« In emotionalen Streßsituationen laufe ich intellektuell jedesmal zur Höchstform auf.

»Als ich geboren wurde, hatten sich Mama und Dad irgendwie schon verausgabt. Sie haben ihre ganze Fröhlichkeit, und ich nehme auch an, ihre ganze Energie, schon für euch fünf verausgabt. Da war einfach nicht mehr viel für mich übrig, Phoebe.« Kehly senkte den Blick für einen Moment, dann fuhr sie fort: »Also dachte ich, wenn ich so sein könnte wie einer von euch, oder wie ihr alle, dann hätte ich vielleicht etwas von dem, was ihr auch hattet. Kannst du das verstehen?«

»Ich hatte ja keine Ahnung, Kehly. Ich hätte irgendwas

getan. Ich schwöre bei Gott oder jedem, der uns hier zuhört, ich hätte ganz sicher versucht, dir zu helfen.«

»Du hättest auch nichts daran ändern können. Irgendwann mußte ich einfach ein paar Dinge kapieren, und zum Beispiel die Tatsache akzeptieren, daß Tante Zelda mich nie auf all diese Reisen mitnehmen würde ...«

»Aber Zelda hat dich doch lieb gehabt, Kehly, du warst damals bloß noch zu jung.«

»Nein, Phoebe. Sie wollte immer nur dich. Und ich mußte auch akzeptieren, daß Daddy nach Sams Tod nie wieder der alte war, daß Michael und Mama nur mit Gott höchstselbst verbunden waren, und daß Ben so damit beschäftigt war, Polizist zu sein, daß seine kleine Schwester bloß ein weiterer Fall für ihn wurde. Damals entdeckte ich dann etwas, was gegen den Schmerz geholfen hat: Drogen, Saufen und Sex. Für mich war das einfach genau das richtige.«

Kehly nahm den Strohhalm zwischen die Lippen und saugte geräuschvoll das restliche Mineralwasser aus dem Glas. Dann sah sie mich an, schaute unschuldig lächelnd und fragte: »Na, bist du nicht froh, daß du gefragt hast?«

Ich sah sie nur an. Was sollte ich darauf sagen? »Na ja, ...«, versuchte ich. Das klang nicht besonders intelligent, also tat ich das, was ich am besten konnte: Ich wich aus. »Wie hast du dich gefühlt, als du aus der Drogenklinik rauskamst? Hattest du Angst?«

»Na klar. Dort hatte ich dreißig Tage ohne jeden Druck von außen verbracht. Alles, was ich tun mußte, war, mich auf mich selbst zu konzentrieren. Der Gedanke, wieder in die Welt da draußen gehen zu müssen, hat mich zu Tode geängstigt, aber da waren auch noch andere Gefühle.«

»Welche?«

»Ich weiß nicht, na ja ... ich denke, ich war nicht nur ängstlich und aufgeregt, sondern auch kampflustig und voller Hoffnung. All das, und wahrscheinlich noch mehr.«

»Was weißt du eigentlich über Whispering Pines?«

Sie sah mich neugierig an.

»Das ist eine private Drogenklinik oder so was ähnliches im Norden der Stadt«, erklärte ich. »Kennst du sie?«

Sie blickte einen Moment lang an mir vorbei und fragte dann: »Ist das nicht eine von der Sorte, die so ein bißchen auf alternativ machen?«

»Möglich. Erzähl mir doch mal, was du davon weißt.«

»Ach je, das ist schon so lange her. Aber ich glaube, wir haben das mal als Treffpunkt für die Anonymen Alkoholiker ausprobiert. Es kam mir dann aber so vor, als hätten sie mit den AA's nicht so viel am Hut. Sie waren mehr an der Liebe zwischen uns Brüdern und Schwestern interessiert. Irgend so ein Blödsinn jedenfalls. Pseudohippies. Vielleicht ist das ja nur ein Vorurteil ...«

»Nein, erzähl weiter.«

»Sie hatten dieses ganze intellektuelle Zeug drauf«, sagte sie und tippte sich mit dem Zeigefinger an die Stirn. »Zwei von uns sind dagewesen, und ich erinnere mich, daß ich mir ziemlich fehl am Platze und komisch vorkam. Allerdings haben sie Klasse. Die Klinik ist stinkelegant.«

»Sonst nichts?«

»Wieso? Hast du vor, dich dort anzumelden?«

Ich lachte, aber irgendwie fühlte ich mich unbehaglich bei dem Gedanken. »Nein, noch nicht. Ich versuche nur, ein paar Informationen darüber zu kriegen.«

»Ach komm, Fee. Was schnüffelst du da aus? Wir wissen doch beide, daß es eine heiße Sache sein muß, wenn du im März einen Auftrag annimmst«, sagte sie und beugte sich gespannt über den Tisch. »Na komm schon, sag mir, was los ist, ja?«

»Es ist bloß ein Fall, den ich höchstwahrscheinlich gar nicht annehmen werden. Und es ist überhaupt keine große Sache, sondern nur eine neurotische Mutter. Du, ich hab jetzt eine Verabredung mit Roger, aber wir sollten uns wirklich mal wieder öfter treffen, findest du nicht?«

Ich brachte es einfach nicht fertig, sie zu fragen, ob sie etwas von dieser Anschuldigung gegen Ben wußte oder gehört hatte. Später einmal vielleicht. Ich mußte noch damit warten.

»Willst du mir damit sagen, daß du eine feste Beziehung hast?« fragte sie ungläubig, preßte die Hand auf ihr Herz und riß Augen und Mund weit auf.

»Es gibt doch wirklich nichts Lästigeres als eine vorlaute kleine Schwester«, sagte ich, während ich aufstand und die Rechnung vom Tisch nahm. »Das nächste Mal bezahlst du.«

Ich war seit etwa einer Stunde zu Hause, fragte mich, wo mein Kater war, und hoffte halb, daß er weggelaufen wäre, als Roger anrief und sagte, er würde später kommen. Ich saß vor meiner elektrischen Smith-Corona-Schreibmaschine am Küchentisch und hatte gerade meine Absage an Mary Kuntz fertig getippt. Es war schwieriger, als ich dachte, und ich wunderte mich selbst darüber, wie zartfühlend ich mein Danke-aber-nein-Danke formuliert hatte. Diese Frau war offensichtlich nicht ganz richtig im Kopf. Die Sache mit Ben war einfach absurd. Aber dann dachte ich wieder, schließlich ist das ganze Leben ziemlich absurd. Ich hatte mal davon gehört, daß es irgendwo in Frankreich einen Sport gab, der sich Zwergwerfen nannte, wo ein Liliputaner mit einem Sturzhelm auf dem Kopf wie ein Diskus gegen eine Matratze geschleudert wurde. Es würde gar nicht leicht sein herauszufinden, was Mary Kuntz mir da zugeworfen hatte und warum. Wenigstens hatte der Zwerg pro Abend 1800 Dollar kassiert.

Ich faltete den Brief zusammen und steckte ihn in ein Kuvert. Und um mich wegen meiner Absage weniger schuldig fühlen zu müssen, nahm ich mir vor, mit Onkel John über ihre Angelegenheit zu sprechen. Vielleicht konnte er ja etwas tun. Das Gespräch mit ihr ging mir nicht aus dem

Sinn, und so versuchte ich, an etwas anderes zu denken. An Roger zum Beispiel.

Einen Moment lang empfand ich Erleichterung darüber, daß er bald kommen würde. In meinem Kopf herrschte ein solches Chaos, daß mir etwas menschliche Wärme sicherlich gut tun würde. Guter alter Roger. Er war immer sanftmütig und ausgeglichen, während es bei mir ständig auf und ab ging. Bis zu seiner Pubertät war er der geborene Depp vom Dienst, einer, der alle Tritte des Lebens und seiner Mitmenschen widerspruchslos einsteckte. Aber der Wurm krümmte sich, und als die männlichen Hormone dann anfingen, ihre Wirkung zu tun, entwickelte sich Roger zu einem in jeder Hinsicht äußerst attraktiven Mann.

Wir hatten uns inzwischen an eine bequeme, ziemlich anspruchslose Art von Beziehung gewöhnt. Das einzige Problem war, die richtige Zeit und die richtigen Umstände für unsere gelegentlichen Momente ungezügelter Leidenschaft zu finden. Bei den wenigen Malen, wo uns das gelang, hatten wir es im Vorspiel und Streicheln zu einer wahren Kunstfertigkeit gebracht. Unsere Beziehung war allerdings nie allein auf Sex aufgebaut. Er war sexuell auch nicht besonders erfahren, aber was ihm in dieser Hinsicht fehlte, machte er durch Eifer und Begierde durchaus wett. Wahrscheinlich hatten wir eine merkwürdige Art von Gleichgewicht erreicht. Er war logisch, organisiert und zielorientiert. Mir war das alles scheißegal. Er besaß so etwas wie Unschuld, und ich hatte keine mehr.

Roger war stellvertretender Staatsanwalt im Montana Investigation Bureau, der staatlichen Ermittlungsbehörde, die sich selbst für die Elite der Exekutive hielt. Über viele seiner Fälle durfte er nicht sprechen. Nicht, daß ich selber so geschwätzig gewesen wäre, aber die bloße Tatsache, daß er über seine Arbeit meistens nicht reden konnte, machte es mir zu einer richtigen Herausforderung, ihm Informationen zu entlocken.

Ich warf den Brief auf den Tisch und verbrachte den Rest des Abends damit herumzutrödeln und Architekturzeitschriften durchzublättern, um mich von den Gedanken an Mary Kuntz abzulenken. Dann ging ich früh zu Bett und fiel in einen tiefen, traumlosen Schlaf. Ich sah nicht auf die Uhr, als ich spürte, wie die Matratze neben mir nachgab und Roger ins Bett kroch. Das nächste, woran ich mich dann erinnere, ist, daß seine Hand meine ultimativen erogenen Zonen ertastete. Wir haben sie nie wirklich genau festgelegt, aber die Suche war ausgesprochen angenehm. Ich drehte mich zu ihm um.

»Wie spät ist es?« fragte ich, während ich mich an ihn herankuschelte.

»Ist egal. Es war jedenfalls ein beschissener Abend«, antwortete er und zog mich noch näher zu sich heran.

»Was war los?«

Er schüttelte nur den Kopf und sagte nichts.

»So schlimm, ja?« Meine Stimme wurde weich und rauh. Sexuelle Stimulation war noch nie unser Problem gewesen.

»Ich brauche das jetzt, Phoebe. Oh Gott ... ich brauche dich«, flüsterte er.

»Göttin«, flüsterte ich zurück.

Wir beschleunigten unser Vorspiel und gingen gleich zum letzten Akt über. Es war eines der Male, wo man das Gefühl hat, von der Erde abzuheben, und man nichts anderes spürt, als ein wundervoll sinnliches Verlangen. Dann läutete das Telefon. Ich bezweifle, daß Roger es überhaupt gehört hatte. Ich versuchte, mich weiterhin auf das zu konzentrieren, was mit mir passierte, aber nach zehnmaligem Klingeln war es, als würde ich in zwei Hälften gerissen, die eine in nie geahnten Höhen schwebend, und die andere mußte einfach diesen Anruf beantworten. Ich rollte mich von Roger weg und blieb auf der Bettkante sitzen. Einen Moment lang wußte er nicht, wie ihm geschah.

»Phoebe, was zum Teufel ...«

»Das Telefon läutet.«

Er versuchte, mich zu packen und zurück ins Bett zu ziehen. »Laß das verdammte Ding klingeln. Die werden schon nochmal anrufen.«

»Es ist mitten in der Nacht. Es könnte Mama sein«, sagte ich, während ich mich umdrehte und ihn mit einem warnenden Blick fernhielt.

Inzwischen hatte ich die Lampe eingeschaltet. Roger beschirmte seine Augen gegen das Licht und warf sich zurück aufs Bett. Er tat mir wirklich leid. Ich stand auf, sah auf die Uhr und bemerkte, daß es kurz nach zwei war. Roger machte noch einen schwachen Versuch, meine Hand zu greifen, bevor ich endgültig vom Bett aufstand.

»Phoebe«, sagte er mit Verzweiflung in der Stimme. Ich ging zur Tür. »Phoebe«, schrie er, und dann »Scheiße!«, während er in seiner Frustration auf das Kissen schlug.

Langsam drehte ich mich noch einmal um, stemmte meine Fäuste in die Hüften und sah ihn an. Das Telefon läutete immer weiter. »Soll das so was heißen, wie ›Phoebe, Sitz!‹ oder ›Phoebe, bei Fuß‹?«

Er starrte bloß, verwirrt und verletzt. Ich warf mein Haar zurück, soweit man jedenfalls Haar zurückwerfen kann, das die Oberflächenstruktur einer Drahtbürste besitzt, marschierte aus dem Zimmer und nahm den Hörer ab.

»Tut mir leid, daß ich so spät anrufe.«

»Warum flüsterst du denn, Kehly?«

»Rudy schläft. Phoebe, da ist etwas, das mir nicht mehr aus dem Kopf geht, seit wir uns heute unterhalten haben.«

Es fiel mir schwer, um diese Uhrzeit Enthusiasmus aufzubringen, also fragte ich bloß: »Und was?«

»Es hat eine Weile gedauert, bis ich wußte, was es war. Aber dann war es wie ein Déjà-vu.«

»Ich bin froh, daß unsere Unterhaltung eine Bereicherung deiner metaphysischen Erfahrungen war, aber ich gehe jetzt wieder ins Bett.«

»Phoebe ... warte! Häng nicht auf. Ich weiß nicht, warum du mich nach Whispering Pines gefragt hast, aber mir ist eingefallen, daß Ben und ich eine ganz ähnliche Unterhaltung hatten, kurz bevor er ...«

»Und?« Ich hielt mitten im Gähnen inne und fühlte, wie ich munter wurde.

»Phoebe, er war ganz unruhig und wollte alles hören, was ich darüber wußte. Er fragte mich nach einer Gruppe, ›Die Kinder des Lichts‹, und erwähnte sogar ein paar Namen, aber ich kann mich einfach nicht mehr an sie erinnern.« Ihre Stimme wurde eindringlicher, und ich hörte gespannt zu. »Ich will damit sagen, als ich schließlich draufgekommen bin, daß ihr mich beide über diesen Ort ausgefragt habt, hab ich dieses merkwürdige Gefühl im Bauch bekommen. Nicht lange nachdem Ben mir all diese Fragen gestellt hat, war er tot, und jetzt stellst du mir dieselben Fragen.«

»Was hat es mit diesen Kindern des Lichts auf sich? Wer sind sie?«

»Der Name bedeutet irgendwas, ein Motto oder Leitspruch oder so was Ähnliches, ja, ich glaube, es steht für ein Leben der wahren Erleuchtung. Aber soweit ich weiß, gibt es diese Gruppe nicht mehr. Was war damit, warum hat Ben das alles wissen wollen, Phoebe?«

»Ich weiß es nicht. Daß Ben sich auch dafür interessiert hat, war wahrscheinlich nur ein blöder Zufall. Mach dir keine Sorgen.« Ich versuchte, so leichthin wie möglich zu klingen. »Trotzdem danke, daß du mich angerufen hast. Gute Nacht.« Ich hängte auf und lehnte mich gegen die Wand.

»Phoebe«, rief Roger aus dem Schlafzimmer. »Komm ins Bett.«

»Ja, gleich«, rief ich zurück und ging zum Küchentisch.

Ich nahm den Briefumschlag in die Hand und betrachtete ihn nachdenklich. Eine kühle, frisch duftende Brise wehte durch das leicht angelehnte Fenster und strich in der Dunkelheit über meinen Körper. Ich bekam eine Gänsehaut. Dann ging ich zum Fenster und sah in die Nacht hinaus. Irgendwo in der Nachbarschaft bellte ein Hund. Ich zerriß den Umschlag in zwei Hälften.

1968 hatte sich Ben einen Chevrolet Baujahr 1949 mit offener Ladefläche zugelegt. Ich war damals neun Jahre alt. Dieser Wagen wurde der Mittelpunkt seines Lebens, und, als ich älter wurde, auch der meines Lebens. Ein paar Tage nach seiner Beerdigung rief mich Charlene abends spät bei Mama an und sagte mir, sie müsse mich sofort treffen.

Obwohl wir unermeßliche Trauer empfanden, verstanden wir uns damals besser, als heute. Viel besser. Es war um Mitternacht, als ich bei ihr ankam. Ich stieg aus dem Wagen, und sofort umgab mich eisiger Märznebel. Den ganzen Tag über hatte es gestürmt und geregnet. Der Regen hatte aufgehört, doch noch immer drangen einem Kälte und Feuchtigkeit bis ins Mark.

Als ich sie sah, wußte ich sofort, daß sie geweint hatte. Sie sagte nichts, als ich das Haus betrat, sondern nahm nur meine Hand, führte mich durch die Küche, den Waschraum und die Stufen hinunter in die Garage. Dort schaltete sie eine Leuchtstoffröhre ein, die über unseren Köpfen hing und ging zu dem Wagen, der mit grobem Tuch bedeckt war.

Ihre Hände zerrten an dem schweren Material und zogen es schließlich von dem Fahrzeug. Darunter kam der alte Chevrolet zum Vorschein, dessen Karosserie im Licht der Lampe schimmerte und funkelte und sich über mein ganzes Leben lustig zu machen schien. Sie drehte sich nach mir um, und ich konnte sehen, daß sie Mühe hatte, nicht die Fassung zu verlieren.

»Er hat dich geliebt, Phoebe. Ich weiß, er hätte gewollt, daß du ihn bekommst.« Sie sprach langsam und mußte mehrmals schlucken. Ich konnte bloß dastehen und spüren, daß ich hier Zeuge unverhüllten Schmerzes war.

»Ich bitte dich, sag jetzt nichts. Es ist schon so schwer genug für mich. Bring ihn nur weg von hier, ja?« Ihre Stimme zitterte.

Ich ging zu dem Wagen und legte beide Hände auf die Kühlerhaube. Sogar in der beheizten Garage war das Metall kalt und tot, genau wie Ben. Ich brachte kein Wort heraus.

»Er ... er hatte ihn gerade erst frisch lackieren lassen. Er war so stolz darauf und wollte nur noch warten, bis das Wetter besser würde, weil er nicht naß werden sollte. Jetzt ...« Sie kam zu mir und legte mir die Hand auf die Schulter. Ich fühlte mich, als hätte mir jemand einen heftigen Schlag versetzt. »Jetzt will ich ihn hier nicht mehr sehen.«

»Ich weiß nicht, Charlene.« Ich rang nach Worten. »Laß dir doch noch ein bißchen Zeit ...«

Aber sie drehte sich um und redete weiter, als hätte ich nichts gesagt: »Er macht manchmal Schwierigkeiten mit der Benzinzuleitung. Ben hat den Benzintank nie neu beschichten lassen, und wenn sich Rostpartikel lösen ... jedenfalls mußt du vorsichtig mit ihm umgehen. Die Schlüssel stecken im Zündschloß. Das Auto von deiner Mutter bringe ich morgen vorbei.«

Dann ging sie zur Garagentür und betätigte dort einen Schalter. Hinter mir hob sich das Tor quietschend in den Angeln. Charlene wandte sich ab, ging, ohne noch einmal zurückzuschauen, die ächzenden Treppenstufen hinauf und verschwand im Haus.

Es hatte wieder angefangen zu regnen. Der Wind trieb so starke Regengüsse auf die Windschutzscheibe, daß ich zur Seite fahren und anhalten mußte. Ich konnte nichts mehr sehen, und alles, was ich hörte, war der Wind, der draußen wie eine Horde Gespenster heulte. Vielleicht waren sie hinter Ben her. Oder vielleicht auch hinter mir, weil sie wußten, daß ich innerlich gestorben war. Ich fing an, am ganzen Leib heftig zu zittern. Aber ich konnte nicht weinen.

Jetzt fuhr ich in diesem Wagen die Bundesstraße 90 entlang und dachte an Ben. Und auch heute, drei Jahre später, hatte ich wieder einmal Probleme mit der Benzinzuleitung. Ich stieg aus und öffnete die Kühlerhaube. Nach einem Blick leerte ich die Schale mit dem Bodensatz, stieg wieder ein und ließ den Motor an. Diese Prozedur mußte ich noch ein paar Mal wiederholen, bis ich die Kühlerhaube endgültig schließen und weiterfahren konnte.

Ich kannte eine Frau, die im Archiv der Polizeidirektion in Billings arbeitete. Ich hatte ihr mal gratis den Ehemann aufgespürt, der ihr davongelaufen war, und sie revanchierte sich dafür, wenn ich für meine Arbeit Informationen benötigte.

Falls irgendjemand, irgendwann, irgendwo einmal mit der Polizei zu tun gehabt hatte, dann war Grace diejenige, die diese Information beschaffen konnte, und zwar prompt. Auf der Polizeischule hatte ich gelernt, ständig sowohl wachsam als auch mißtrauisch zu sein, und deshalb war es für mich das Naheliegendste, Mary und Frank Kuntz überprüfen zu lassen. Mary hatte zwei Verkehrsdelikte begangen, die vier Jahre zurücklagen. Und ihr Mann Frank hatte von der Montana Highway Patrouille einen Strafzettel erhalten, weil er ohne Erlaubnis mit seinem Traktor auf dem Highway gefahren war. Wirklich harte Sachen. Außer diesen schockierenden Enthüllungen lag allerdings nichts über die beiden vor.

Ich hatte mich bei Grace auch nach Jennifers Akte erkundigt und war überrascht, als sie mir sagte, das würde ein paar Tage dauern. Jennifer Kuntz fing langsam aber sicher an, meine Gedanken zu beherrschen.

Mary hatte mir am Morgen telefonisch eine detaillierte Wegbeschreibung gegeben, und so hatte ich keine Schwierigkeiten, ihr Haus zu finden, obwohl es ziemlich abgelegen lag. Die Farm war reinlich und gepflegt, genau so, wie ich es erwartet hatte. Trotzdem fragte ich mich, wie es einem gelang, das Landleben so sauber zu gestalten.

Allerdings war das Haus größer, als ich erwartet hatte, und unterschied sich auch sonst etwas von den anderen Gebäuden in dieser Nachbarschaft von deutschstämmigen Farmern, deren Höfe meistens so funktional waren, daß sie schon fast langweilig wirkten. Dieses hier hatte zweieinhalb Stockwerke, eine Veranda, die das ganze Haus umgab, und war am Dachgesims reichlich mit Holzschnitzereien verziert. Es war in jeder Hinsicht makellos.

Ich hielt neben dem Tor und stellte den Wagen ab. Ein Mann, der vor einem Stallgebäude stand und eine Schweißbrille trug, sah von seiner Arbeit auf, als ich aus dem Chevrolet stieg. Er nahm die Brille ab, starrte mich einen Moment lang an, dann setzte er sie wieder auf und fuhr mit seiner Arbeit fort.

Er war groß und kräftig gebaut. Einer von der Sorte, gegen den man nicht viele Chancen hätte, wenn man sich mit ihm anlegen würde. Aus irgendeinem Grund hielt ich Typen, die groß und stark waren, nicht für besonders helle, und ich fragte mich, ob dieses Vorurteil auch auf ihn zutraf. Er war vermutlich Marys Mann.

»Sie kommen spät. Ich dachte schon, Sie hätten Schwierigkeiten, uns zu finden«, rief Mary jetzt vom Eingang des Hauses.

Ich hatte noch nie die Angewohnheit, mich zu rechtfertigen, und so lächelte ich nur, während ich auf sie zuging. Sie ging mir ins Haus voran, bat mich, am Küchentisch Platz zu nehmen, und stellte eine Tasse Kaffee vor mich hin. Ich sah mich um und bemerkte nichts, was mich überrascht hätte.

Meiner Erfahrung nach kann man eine Frau nach der Art ihrer Küche beurteilen. Auch bei Mary lag ich mit dieser Theorie nicht daneben. Der Duft von frischgebackenem Brot zog durch den Raum und ging direkt zum Angriff auf meine Geschmackssinne über, die mir das Wasser im Mund zusammenlaufen ließen.

»War das Ihr Mann da draußen?« fragte ich, während meine Augen der Spur meiner Nase folgten.

Sie nickte, wobei sich ihr Gesichtsausdruck veränderte. »Er mißbilligt das, was ich vorhabe. Wir hatten einen schrecklichen Streit, nachdem Sie angerufen hatten, um uns mitzuteilen, daß Sie den Auftrag annehmen. Aber ich bin Ihnen dankbar. Sehr dankbar«, sagte sie mit Nachdruck, während sie eine Hand auf meine Schulter legte.

»Hören Sie, Mary, ich will ganz offen zu Ihnen sein. Wenn Sie nicht den Namen meines Bruders erwähnt hätten, hätte ich die Sache wahrscheinlich nicht ...«

»Haben Sie sich schon die Dias angesehen?« unterbrach sie mich.

»Nein, noch nicht. Und was die Behandlung Ihrer Tochter betrifft, so glaube ich, daß Sie ihr Geld zum Fenster rauswerfen.«

»Haben Sie Kinder?«

»Nein«, antwortete ich und fing an, mich zu fragen, wer hier die Unterhaltung steuerte.

»Falls Sie eines Tages welche haben, werden Sie feststellen, daß es gar nicht genug Geld gibt, um ...« Sie wandte sich von mir ab.

»Ich werde mein Bestes versuchen, unter einer Bedingung: Sollte sich herausstellen, daß nichts dahinter ist, dann breche ich die Sache ab. Einverstanden?«

»Ja, sicher, ich bin einverstanden.«

»Na gut.« Ich griff in meine Aktentasche und zog ein Notizheft, ein Vertragsformular und einen Stift heraus. »Lassen Sie uns die Formalitäten erledigen, und dann hätte ich gern noch ein paar Informationen von Ihnen.«

Ich blieb über eine Stunde bei ihr – saß am Küchentisch, trank Kaffee, der so stark war, daß der Löffel darin steckenblieb, aß heiße, klebrige Zimtbrötchen, von denen die Butter nur so herabtropfte – und machte mir Notizen.

Sie wiederholte, was sie mir bereits am Tag zuvor in meinem Büro erzählt hatte. Sie sprach in dem gleichen, nüchternen Tonfall, und ich hörte ihr zu.

»Sie haben mich gefragt, ob wir es mal mit einer Familientherapie versucht hätten. Ja, das haben wir. Wir sind alle zusammen zu Dr. Drummond gegangen. Jennifer hatte natürlich einmal die Woche allein eine Sitzung bei ihm, und wir sind dann alle zusammen einmal im Monat bei ihm gewesen. Es hat Jennifer hart getroffen, als sie hörte, daß Dr. Drummond die Praxis aufgab. In dieser Zeit geschah es, daß Ihr Bruder und ein anderer Polizist sie in ihrem Auto anhielten und wegen Trunkenheit am Steuer nach Hause brachten.«

»Wer war der andere Polizist?«

»Ich habe keine Ahnung. Ihr Bruder hat sich uns vorgestellt, der andere ist draußen im Wagen geblieben.«

»Wie lange ist das her?« Sie betrachtete mich aufmerksam, und mir wurde klar, daß ich wie ein Vernehmungsoffizier vom KGB geklungen hatte. Ich lächelte, streckte meinen Arm aus und tätschelte ihr begütigend die Hand. »Tut mir leid … Es ist bloß so …«

»Ich verstehe schon«, sagte sie sanft. »Glauben Sie mir, das tue ich wirklich. Sie müssen Geduld mit mir haben. Es ist so lange her, und seitdem ist so viel passiert.«

»Okay, sie wurde wegen Trunkenheit aufgegriffen, und zwei Polizisten haben sie nach Hause gebracht. Haben Sie damals mit Ben gesprochen?«

»Ja. Er war mir sofort sympathisch. Er war ein höflicher junger Mann und wirkte sehr besorgt.«

In meinem Hals begann sich ein Kloß zu bilden. Ben war mehr als höflich und besorgt gewesen, besonders wenn es um irgendwelche Kids ging, die in Schwierigkeiten waren.

»Ich glaube übrigens nicht, daß das der erste Kontakt zwischen Jennifer und ihm war, sondern ich hatte den starken Eindruck, daß er ihr schon vorher begegnet war.«

»Wieso das?«

»Er erwähnte die Namen von irgendwelchen Leuten, die sie beide zu kennen schienen. Ich hatte keinen Zweifel, daß Jennifer beide Polizisten kannte«, sagte Mary, stützte einen Ellbogen auf den Tisch und rieb sich mit der Hand über die Stirn. »Sogar nachdem sie aus der Klinik in Minnesota kam, war sie immer noch mit den gleichen Leuten zusammen, mit denen sie in Schwierigkeiten geraten war. Anscheinend hat ihr Bruder mit ein paar von denen gearbeitet, und so hat sie ihn wahrscheinlich kennengelernt.«

Der Kloß in meinem Hals wurde dicker.

»Was war mit den Leuten von ihrer Schule? Haben die nichts unternommen?«

»Ach, die Schule«, sagte Mary ironisch lächelnd. »Jennifer hatte sie bereits so gut wie aufgegeben, als sie noch an der High School in Joliet war. Wir haben es danach mit Laurel versucht, und da blieb sie genau eine Woche. Schließlich ging sie dann auf eine Schule in Billings, und es hat nicht lange gedauert, bis sie da auch wieder ausgestiegen ist. Sie erschien kaum noch zum Unterricht, und wenn sie es tat, war sie so aggressiv und unzugänglich, daß man mich schließlich anrief und sie nach Hause schickte.«

»Hat sich denn niemand für ihre Probleme interessiert?« fragte ich.

»Doch, da gab es eine Schulpsychologin, die Jennifer mochte. Ihr Name war ... Himmel, wie hieß sie noch gleich? ... Jean, ja, ihr Name war Jean Dillard. Ich habe selbst ein paar Mal mit ihr gesprochen. Jean schien einen sehr positiven Einfluß auf Jennifer zu haben. Sie zeigte sogar wieder mehr Anteilnahme, und ich glaube, das war, weil sie keine Sitzung bei Jean versäumen wollte.«

»Und dann?«

»Dann passierte etwas ganz Merkwürdiges. Miss Dillard rief mich eines Abends spät an und erklärte mir, es sei ihr unmöglich, die Therapie mit Jennifer fortzusetzen. Ich versuchte, ihr Fragen zu stellen, herauszufinden, warum, aber sie wurde nur nervös, sogar ärgerlich und hängte schließlich einfach auf.«

»Wie lange hat sie mit Jennifer gearbeitet?«

»Die ganze Zeit während Jennifer bei Dr. Drummond war, und nachdem Dr. Stroud die Praxis übernommen hatte noch ungefähr drei Monate lang. Unmittelbar nachdem Jean den Kontakt abgebrochen hatte, ist es dann wirklich schlimm geworden. Das alles geschah kurz bevor Jennifer zum ersten Mal nach Whispering Pines ging.«

»Und diese Psychologin hat Ihnen keinen Grund dafür genannt, warum sie die Therapie abgebrochen hat?«

»Nein, keinen. Ich habe sie danach noch mehrmals versucht zu erreichen, aber sie hat mich nie zurückgerufen.«

»Wie hat Jennifer auf all das reagiert?«

»Es war ihr nach außen hin gleichgültig, und sie tat es mit einem Achselzucken ab, aber innerlich war sie ziemlich verletzt.«

»Da fällt mir noch was ein. Sind Dr. Stroud und Whispering Pines ein und dasselbe, oder reden wir hier über zwei verschiedene Dinge?«

»Dr. Stroud hat die Praxis von Dr. Drummond übernommen. Anfangs hat er auch weiterhin unter Dr. Drummonds Adresse im West End praktiziert. Aber sechs oder sieben Monate später wurden wir brieflich darüber informiert, daß ab sofort alle Behandlungstermine in Whispering Pines stattfinden würden.«

»Dann gab es Whispering Pines vor Dr. Stroud noch gar nicht?«

»Stimmt.«

»Gut, und wie ging es dann mit Jennifer weiter?«

»Sie war immer noch mit den gleichen Leuten zusammen, war manchmal völlig apathisch und dann wieder streitlustig und aggressiv. In dieser Zeit ist sie dann wegen Prostitution verhaftet worden und kam ins Gefängnis. Dr. Stroud erklärte uns damals, daß dies eine kritische Phase sei und Jennifer zur stationären Behandlung nach Whispering Pines kommen müsse.«

»Hatte Jennifer einen Freund?«

Mary senkte für einen Moment den Kopf, bevor sie mich wieder ansah. »Ja. Es gab da einen. Ein junger Mexikaner. Mit dem sollten Sie reden.«

»Wie heißt er?«

»Jimmy ... Jimmy Padilla. Ihr Bruder hat ihm ein paar Mal einen Job besorgt. Allerdings stammt diese Information von Jennifer und ist deshalb mit Vorsicht zu genießen. Ich nehme an, ich war einfach so beeindruckt von dem, was sie über Ihren Bruder erzählt hat. Sie mochte ihn, vertraute ihm, und, wie sie sagte, war er einer von den Guten, dem sie alle ...«

Ihre Stimme verlor sich »Na ja, sie wissen ja, wie das ist mit diesen Kindern und der Polizei.«

»Was ist mit diesem Padilla-Jungen?«

»Phoebe, ich dachte, er wäre schuld an allem, weil ich das Gefühl hatte, er hätte sie wieder zu Drogen verführt. Aber jetzt tut er mir leid. Das ergibt irgendwie keinen Sinn, oder?«

»Hatte er damit zu tun, mit ... äh ... ist er mit ihr zusammen verhaftet worden?«

»Meinen Sie damit, ob er ihr Zuhälter war?« fragte sie mit einem trockenen Lächeln. »Nein. Zuerst dachte ich das zwar auch, aber jetzt bin ich davon überzeugt, daß er genauso entsetzt war wie wir.«

»Was hat Sie davon überzeugt?«

»Er ist letzte Woche hier gewesen. Jennifer war nicht zu Hause, aber Frank. Die beiden waren zusammen draußen, und ich konnte nicht hören, was sie sprachen, sah aber, daß Jimmy richtig wütend war und Frank wegen irgendwas zur Rede stellte. Ich dachte schon, sie würden anfangen, sich zu prügeln.« Mary zog eine Grimasse und fuhr fort: »Ich ging dann nach draußen, und sie beruhigten sich ein wenig.«

»Aber Sie können mir nicht sagen, worüber sie gestritten haben?«

»Nein. Jimmy hat bloß immer geschrieen, ›Sie hat es mir erzählt‹. Er hatte sogar Tränen in den Augen. Er zitterte, und in seinem Gesichtsausdruck lag echte Verzweiflung. Er war ehrlich und wahrhaftig in Sorge um Jennifer. Das hat mich umgestimmt.«

»Und?«

»Ich fragte ihn, warum er gekommen sei und sagte ihm auch, daß ich ihn nicht in Jennifers Nähe haben wolle. Ich bin sicher, daß Jennifer ihm gesagt hat, was wir von ihm hielten. Dann hat er uns erzählt, er wolle sein Leben in Ordnung bringen. Er sagte, daß er Jennifer liebe, sie heiraten und für sie sorgen wolle. Daraufhin hat Frank einen Wutanfall gekriegt.« Mary sah jetzt aus dem Fenster, während sie weitersprach. »Aber Jimmy blieb ruhig und fest.«

»Und was passierte dann?«

»Frank befahl ihm, den Hof zu verlassen, und Jimmy ist gegangen. Aber bevor er ins Auto stieg, hat er sich noch einmal umgedreht und Frank zugerufen: *›Ich finde es heraus. Verlassen Sie sich darauf, ich werde herausfinden, ob es wahr* *ist. Und wenn es stimmt, dann gnade Ihnen Gott.*‹ Er sah furchtbar wütend aus, aber in dem Moment konnte ich einfach kein Mitleid für ihn empfinden.«

»Und jetzt denken Sie anders darüber?« Normalerweise hätte ich nicht so großzügig reagiert.

»Ich weiß nicht so recht. Ich weiß nur, daß Jennifer Himmel und Hölle in Bewegung gesetzt hätte, um mit diesem Jungen zusammen zu sein. Als sie das letzte Mal aus der Drogenklinik kam, hatte ich schreckliche Angst, er könnte wieder auftauchen und alles würde wieder von vorne anfangen«, erzählte Mary nachdenklich. »Ich ging davon aus, daß sie irgendwann weglaufen und ihn wieder treffen würde.«

»Das kann ich verstehen. Und, ist er hier wieder aufgetaucht?«

»Na, sicher ist er das. Aber als er da war, hat Jennifer ihn dermaßen erniedrigt, daß ich sie überhaupt nicht wiedererkannte. Übrigens hat er sie vor ein paar Tagen nochmal angerufen, aber sie will einfach nichts mehr mit ihm zu tun haben.«

»Waren Sie das letzte Mal in irgendeiner Form an Jennifers Therapie beteiligt?«

»Nein, eigentlich nicht. Wir waren – oder besser gesagt: ich war – bereit, alles zu tun, was notwendig war. Frank war unsicher und irgendwie erleichtert, als Dr. Stroud uns erklärte, wir bräuchten nicht mehr zu den Therapiesitzungen mit Jennifer zu kommen.«

»Was ist los, Mary?« fragte ich. Ich spürte instinktiv, daß da noch etwas war.

»Es ist wahrscheinlich gar nichts. Ich bin nur etwas konfus in letzter Zeit«, antwortete sie und machte eine unbestimmte Handbewegung. »Aber wenn ich es nicht besser wüßte …«

»Hören Sie, Mary, sie müssen bei mir kein Blatt vor den Mund nehmen. Ich brauche alle Informationen, die Sie mir geben können.«

»Naja, an diesem Tag, als Jimmy Padilla hier war, da war Frank so wütend, aber trotzdem, aus irgendeinem Grund hatte er auch Angst. Es war, als hätte Jimmy, ...«

»Sprechen Sie weiter«, drängte ich sie.

»Ach nein, es ist nichts. Ich suche nur immer nach einem Grund für alles. Irgend etwas. Frank war wahrscheinlich einfach nur wütend, aber das habe ich Ihnen ja schon gesagt.«

»Ja, das haben Sie.«

»Aber im Grunde hatte er Angst, echte Angst.«

Ich konnte mir schwer vorstellen, daß es etwas gab, wovor der Mann, den ich draußen gesehen hatte, sich fürchtete.

»Wenn die Behandlung keine befriedigenden Resultate gebracht hat, warum sind Sie dann bei Dr. Stroud geblieben?«

»Wir haben ja versucht, etwas anderes zu finden. Aber die anderen Therapiezentren hatten keinen Platz mehr frei. Und dann hat mein ...« Sie zögerte. »Wir wurden dazu ermutigt, mit Dr. Stroud weiterzumachen.« Sie hielt wieder inne. »Eigentlich kommt es gar nicht so sehr darauf an. Wir haben während der letzten Jahre auf so viele Menschen vertraut, die uns eine Lösung versprachen. Da gab es sogar einmal einen Psychologen, angeblich war er sogar sehr anerkannt, der uns riet, wir sollten sie an ihrem Bett festbinden, um zu verhindern, daß sie wegläuft. Können Sie sich das vorstellen?«

Ich hatte die Geschichte mit dem Zwerg geglaubt, warum also nicht auch diese? So viel jedenfalls zur Würde des Menschen.

»Ja, kann ich.«

Ich sah aus dem Küchenfenster auf das Gebäude, wo ich Marys Mann gesehen hatte. Er war nicht mehr da. Man konnte nicht gerade behaupten, daß er besonders scharf darauf war, an unserem Gespräch teilzunehmen.

»Er wird nicht kommen, um sich mit uns zu unterhalten, Phoebe. Frank ist ein sehr schweigsamer Mann. Er wirkt meistens ein wenig mürrisch, aber es ist einfach schwer für ihn, mit solchen Sachen umzugehen. Er arbeitet sehr hart hier draußen«, fügte sie noch hinzu.

»Das kann schon sein, Mary, aber …«

»Diese Farm ist größer, als sie aussieht. In früheren Jahren war das hier ein riesiger Betrieb. Wir hatten einen großen Viehbestand und sogar einige Pferde. Die Zeiten haben sich geändert. Etwas …« Sie machte ein sorgenvolles Gesicht und fuhr dann fort: »Aber es war besser so. Frank wollte das Land bearbeiten, das war immer sein größter Wunsch gewesen, deshalb haben wir einen Großteil der Fläche verpachtet, und auf dem Rest hat er Äcker angelegt. Wir haben ein paar Rinder behalten, nur zum Eigenbedarf, aber es ist genug, um uns zu beschäftigen. Trotzdem, dieses Leben ist nicht so leicht, wie die Leute immer glauben. Es raubt einem die Zeit und die Gesundheit.«

Dann sah sie mich einen Moment lang aufmerksam an, als ob sie eigentlich etwas sagen wollte, aber nicht sicher war, ob es nicht doch besser war zu schweigen.

»Was ist los, Mary?«

»Oh, nichts Besonderes. Ich habe mich bloß an früher erinnert und bin völlig vom Thema abgekommen.«

»Das macht gar nichts. Wie gesagt, jede Information kann wichtig für mich sein.«

»Als Jennifer verhaftet wurde, war es Stroud, der ins Gefängnis gefahren ist und mit ihr gesprochen hat. Mich wollte sie nicht sehen.« Mary hob eine Hand und bedeckte damit ihr Herz. »Es hat mir einen Stich versetzt, genau hier«, erklärte sie und klopfte auf ihre Brust. »Ich war eifersüchtig, und ich war empört. Schließlich bin ich ihre Mutter, und es hat mich gekränkt, daß er vor uns von ihrer Verhaftung erfahren hatte. Ich habe nie herausgefunden, woher er eigentlich wußte, was passiert war.«

»Man steckt einfach nicht drin in diesen Kids. Wahrscheinlich hat sie sich vor Ihnen geschämt und deshalb ihn zuerst angerufen. Und was ist dann passiert?«

»An diesem Abend hatte ich für die Kirchengemeinde im Altersheim zu tun. Ich konnte das unmöglich absagen, und ich dachte mir auch, es würde mich von dem Gedanken an Jennifer in ihrer Zelle ablenken.« Mary stand auf und nahm einen Stoffstreifen aus einem großen, geflochtenen Korb. »Wir machen Reisedecken für die alten Leute dort.«

Sie hielt eine exquisite, nicht ganz fertige Decke hoch. Ihr Gesichtsausdruck veränderte sich und wurde weicher, während sie meine Reaktion abwartete.

»Es ist wunderschön«, sagte ich. Ich fing an, diese einfache Frau mehr zu mögen, als ich sollte, aber es war schwierig, sie bei der Sache zu halten.

»Stricken Sie, Phoebe?« fragte sie mich, während sie den Stoff wieder zusammenfaltete und in den Korb legte.

»Nein. Einmal hab' ich es versucht und mich dabei fast aufgespießt.« Bei der Erinnerung daran mußte ich grinsen. »Da habe ich beschlossen, mir ein weniger gefährliches Hobby auszusuchen und statt dessen angefangen, Bücher zu lesen.«

Mary sah mich zunächst etwas verwirrt an und lachte dann laut auf. Ihr Lachen klang gut. Aufrichtig. Sie setzte sich wieder hin und wurde ernst.

»Jedenfalls, als ich an diesem Abend nach Hause kam, saß Stroud hier am Tisch. Er und Frank hatten ein Gespräch. Zuerst dachte ich, es sei etwas mit Jennifer passiert.«

»Warum?«

»Frank hatte geweint.« Ihre Stimme zitterte.

Die Vorstellung von einem weinenden Frank paßte so gar nicht in das Sumo-Ringer-Image, das er in meinen Augen besaß. Tatsächlich bemerkte ich, daß der Widerspruch zwischen meinem Eindruck von diesem Mann und Marys Beschreibungen immer größer wurde.

»Und ...?«

»Ich wollte Frank nicht in Verlegenheit bringen, deshalb sagte ich nichts und setzte mich nur zu den beiden an den Tisch. Frank war zwar gedämpfter Stimmung, aber erstaunlich kooperativ Dr. Stroud gegenüber, der wollte, daß wir irgendwelche Papiere unterzeichneten ...«

»Haben Sie sie zuerst gelesen?«

Mary machte ein entrüstetes Gesicht und einen ungemütlichen Augenblick lang starrte sie mich nur an. Dann sagte sie: »Ich bin keine dumme Frau.«

»Das wollte ich damit nicht sagen ...« Ich wußte, daß ich mich da nicht herausreden konnte und war froh, als sie es dabei bewenden ließ.

»Kurze Zeit später ging Dr. Stroud wieder, nachdem er uns noch versichert hatte, daß es das Beste für Jennifer sei und er ihr dabei helfen würde, sich ein neues Leben aufzubauen.« Sie sah einen Moment lang merkwürdig aus. »Ein neues Leben«, wiederholte sie dann mit weicher Stimme.

Ihre Gedanken wanderten zu verborgenen Erinnerungen, die ihr Gesicht mit Trauer überschatteten.

»Mary«, sprach ich sie an, um sie wieder in die Wirklichkeit zurückzuholen. »Welchen Eindruck hatten Sie von Stroud, als sie ihm zum ersten Mal begegnet sind? Sind Ihnen irgendwelche negativen Eigenschaften aufgefallen?«

»Nein, keine«, antwortete sie. Sie hatte sich wieder vollkommen unter Kontrolle.

»Haben Sie jemals seine Qualifikation überprüft oder Erkundigungen über seine Klinik eingezogen?«

»Warum sollte ich?« Sie sah mir gerade in die Augen, und ich wunderte mich über die plötzliche Schärfe in ihrem Ton. »Wie hätte ein Mann, der Kinder behandelt, oder, in diesem Fall, eine Drogenklinik betreibt, ohne die entsprechende Qualifikation in diesem Staat eine ärztliche

Zulassung erhalten haben sollen?« Darauf gab es nichts mehr zu sagen. Ich hatte mir inzwischen alle Namen notiert. Jimmy Padilla war der erste auf meiner Liste. Wenigstens hatte ich etwas, womit ich anfangen konnte.

»Übrigens, Mary, da fällt mir noch etwas ein: Was wissen Sie über die Kinder des Lichts?«

»Das ist der Name, den sich die Jugendlichen in Whispering Pines gegeben haben. Warum?«

»Ich bin nur mal zufällig darüber gestolpert und wollte wissen, ob Sie davon gehört haben.« Ich ging nicht weiter darauf ein.

»Ich muß Ihnen noch etwas sagen. Es war Dr. Stroud, der uns erzählt hat, daß ... Ich weiß nicht, wie ich es Ihnen sagen soll.«

»Sagen Sie es einfach.« Ich wußte, was kam.

»Dr. Stroud hat uns zu sich bestellt und uns erklärt, er wüßte von Jennifer, daß sie eine Beziehung hätte mit ... äh ...«

»Mit meinem Bruder?«

»Ja. Er sagte, daß sie ihm erzählt hatte, daß er ihr Liebhaber sei.«

Ich spürte, wie sich meine Finger um den Stift krampften. »Wie haben Sie darauf reagiert?«

»Ich war entsetzt, und ich habe es nicht geglaubt. Dann hat er uns einen Brief von ihr gezeigt. Da stand alles drin.«

»Wo ist dieser Brief?« Der Klumpen in meinem Hals wurde immer dicker. »Haben Sie ihn hier?«

»Nein. Am nächsten Tag sind wir zur Polizei gegangen und haben mit Ihrem Onkel gesprochen. Und ihm habe ich auch diesen Brief gegeben.«

Mir blieb fast der Mund offenstehen vor Schreck, und ich fragte sie fassungslos: »John? Sie haben ihn John gegeben?«

»Ja. Während wir über die Anzeige sprachen, die wir machen wollten. Zwei Tage später war Ihr Bruder tot.«

Ich verließ Mary um die Mittagszeit, ohne den schweigsamen Frank noch einmal getroffen zu haben, und fuhr direkt hinter einem Viehtransporter auf den Highway. Damit war klar, daß ich die nächsten zwölf Meilen bis zur Abfahrt nach Billings das Hinterteil eines schwarzen Angus-Bullen vor meiner Nase haben würde.

Ein starker Wind blies Strohhalme vom Bodenbelag des Transporters gegen die Windschutzscheibe meines Wagens. Als ich den Schornstein der Cenex-Raffinerie erkannte, beschloß ich, das schwerfällige Fahrzeug vor mir vorschriftswidrigerweise zu überholen, bevor wir die schmale Brücke über den Yellowstone River erreichten. Gerade als ich zum Überholmanöver ausscherte, leerte der große schwarze Bulle seine Blase. Der Wind trieb auch diese trübflüssig-amberfarbene Substanz in meine Richtung, wo sie gegen die Windschutzscheibe klatschte. Ich konnte nicht viel anderes tun, als die Scheibenwischer auf Hochtouren zu stellen. So viel zum Landleben.

Die Fahrt von Laurel nach Billings dauert zwanzig Minuten, und es gelang mir, mein Büro zu erreichen, ohne noch einmal anhalten und die Ablagerungen im Benzintank ausleeren zu müssen. Das war ein großer Fortschritt in meinen Augen. Ich nahm die Zeitung, die mit einem Gummiband eingerollt vor der Tür zu meinem Büro lag, und ging hinein.

Im Telefonbuch waren mehrere Padillas aufgelistet, deshalb beschloß ich, einfach mit dem ersten anzufangen und mich langsam durchzuarbeiten. Bei den ersten vier meldete sich niemand. Beim fünften Mal hörte ich nach etlichen Rufzeichen eine tiefe Männerstimme.

»Ja?«

»Ich versuche, Jimmy Padilla zu erreichen. Ist das die richtige Nummer?« Die darauf folgende Stille war irritierend. »Hallo?« fragte ich schließlich, nicht sicher, ob noch jemand am Apparat war.

»Hören Sie zu, wenn das ein gottverdammter Scherz sein soll, dann ist er nicht witzig.«

»Ich muß mit Jimmy sprechen. Ich bin eine Freundin von Jennifer Kuntz.«

Wieder nur Schweigen und dann unterdrücktes Hohngelächter.

»Sie sind bestimmt keine Freundin von Jenny, die hat nämlich keine Freunde.«

»Hören Sie, ich habe eine Nachricht für ihn. Es ist dringend. Können Sie mir sagen, wo ich ihn …«

»Haben Sie denn nicht die gottverdammte Zeitung gelesen?« Er sprach leise und drohend. Dann war die Verbindung unterbrochen.

Ich starrte eine Weile auf den Hörer, bevor ich auflegte. Dann nahm ich die Zeitung, die auf dem Tisch lag. Das Gummiband riß, bevor ich es abstreifen konnte und schnellte schmerzhaft gegen meine Fingerspitze.

Ich lutschte an meinem Finger, während ich die Zeitung durchblätterte. Plötzlich sprang mir die fettgedruckte Überschrift in die Augen: DROGENSÜCHTIGER GEFÄNGNISINSASSE ERHÄNGT SICH IN SEINER ZELLE. Es sah so aus, als hätte ich keine Gelegenheit mehr, mit Jimmy Padilla zu reden.

Während ich etwas später im Büro meines Onkels auf und ab ging, versuchte ich, meine Gedanken zu ordnen. Es ergab alles noch keinen rechten Sinn, aber der Selbstmord von Jimmy Padilla hatte meine Gehirnwindungen in Gang gesetzt. Ich hatte schon vor langer Zeit aufgehört, an Zufälle zu glauben.

Ich setzte mich in Johns Drehstuhl und sah mich um. Auf einem niedrigen Sims unter dem Fenster hatte er im Laufe der Jahre eine Kollektion von Familienphotos gesammelt. Meine Augen blieben auf dem Hochzeitsbild von Charlene und Ben hängen. Ich streckte den Arm aus und berührte sein Gesicht mit dem Zeigefinger. »Komm schon, Ben«, flüsterte ich. »Sprich zu mir. Was zum Teufel hat das alles zu bedeuten?« Als sich die Tür öffnete, schwang ich mich auf dem Drehstuhl herum.

»Na, bewunderst du mein Verbrecheralbum?« rief John, als er eintrat. »Von dir müßte auch ein Bild dabeisein.« Er klang erschöpft und müde, dabei war sein Arbeitstag noch lange nicht zu Ende.

»Hast du ein paar Minuten Zeit?«

»Für dich immer, Phoebe. Was ist los?«

Ich stand auf und hielt ihm die Wange für den obligaten Begrüßungskuß entgegen. Dabei antwortete ich: »Jimmy Padilla.«

»Ist das alles?« Er grinste krampfhaft. »Hast du ihn gekannt?«

»Nein, aber heute morgen ist mir sein Name untergekommen.«

»In welchem Zusammenhang?« Er sah mich fragend an.

»Anscheinend hatte Jennifer Kuntz etwas mit ihm zu tun.«

»Um Himmels willen, das glaubst du doch nicht, oder?« Er schüttelte den Kopf. »Hast du mit ihrer Mutter gesprochen?«

»Heute morgen. Sie meinte, daß ich mich mit Padilla mal unterhalten sollte. Zu spät, nehme ich an.«

»Das stimmt allerdings.« John setzte sich hinter den Schreibtisch, lehnte sich nach vorne und stützte seinen Kopf in die Hände.

»Alles in Ordnung, John?«

Er rieb sich die Schläfen. »Es gibt einfach keinen Sinn.«

»Was?«

»Daß sich dieser Junge aufgehängt hat. Ich hab' viel mit ihm gearbeitet, als er im Jugendgefängnis war, und wenn ich jemals auf einen dieser Kids meine Hoffnungen gesetzt habe, dann auf Jimmy.«

»Wieso?«

Statt einer Antwort betätigte er die Sprechtaste auf seinem Telefon und scheuchte seine Sekretärin auf. »Tillie? Bringen Sie uns bitte etwas Kaffee und ein paar von den steinharten Krapfen, falls noch welche übrig sind.«

Dann schob er einen Stapel Akten auf seinem Tisch hin und her, zündete sich eine Zigarette an und sah mir direkt in die Augen.

»Wann kommst du zurück in den Polizeidienst, Phoebe?«

»Ach, hör auf, John. Wir sind das doch schon zig Mal durchgegangen, und du ...«

»Du hast recht, das sind wir. Aber man kann's ja noch mal versuchen, oder?«

»Was habt ihr über ihn?«

»Das übliche, ein endlos langes Vorstrafenregister«, antwortete er, während er eine umfangreiche Akte mit abgegriffenen Rändern aus dem Stoß zog und auf die Tischplatte fallen ließ. »Vor ein paar Wochen kam er in mein Büro und sagte mir, er wäre jetzt clean und würde bei einem Ausbildungsprogramm mitmachen. Er wollte sogar heiraten. Er war ein echt gutaussehender Junge, Phoebe, und ziemlich clever.«

»Und was ist dann passiert?«

»Ich hab' keine Ahnung. Damals habe ich ihn das letzte Mal gesehen. Gestern Nacht hat seine Mutter dann bei der Notrufstelle angerufen und gesagt, er wäre völlig high und würde was ganze Haus auseinandernehmen.«

John lehnte sich in seinem Stuhl zurück. Er sah jetzt nicht nur müde aus, sondern gequält.

»Ein paar Polizisten sind hingefahren. Sie fanden ihn im hintersten Teil des Hauses, wo er vor so einer Art Hausaltar auf den Knien lag und betete. Als sie ihn ansprachen, ist er ausgerastet.«

»Was haben sie mit ihm gemacht?«

»Sie haben versucht, ihn zu bändigen. Du weißt ja, wie sie sich aufführen, wenn sie auf dem Trip sind. Er hielt ein Kruzifix so fest umklammert, daß sie dachten, sie müßten ihm die Finger brechen, um ihm die Handschellen anzulegen.« John seufzte.

»Scheiße. Seine Mutter fing ebenfalls an zu toben und zu schreien, der Junge war total durchgeknallt und brüllte irgendwas vom Teufel, und diese beiden Cops ...«

John stand auf, drehte sich zum Fenster und faltete die Arme über der Brust.

»Schließlich haben sie ihn endlich unter Kontrolle gekriegt und in den Wagen verfrachtet. Die städtische Drogenklinik war voll, und dann haben sie es sogar bei diesen Psycho-Freaks versucht, aber die wollten ihn nicht aufnehmen, weil er keine Krankenversicherung hatte.« Er drehte sich wieder um und grinste mich schief an. »Kannst du dir das vorstellen?«

»Ja, leider.« Mich überraschte in dieser Hinsicht kaum noch etwas.

»Also haben sie ihn lieber in eine Zelle gesteckt, als ihn auf die Straße zu schicken. Das Ganze bleibt natürlich unter uns, klar?«

»Klar«, antwortete ich, während ich versuchte, mir im Kopf Notizen zu machen. »Es klingt allerdings ein bißchen unwahrscheinlich, daß der Typ vom Beten so ausgerastet ist. Da muß doch noch was anderes passiert sein ...«

»Hör zu, Phoebe, ich hab dir schon mehr erzählt, als ich sollte. Ich muß jetzt wieder runter.«

»John, nenn es eine Vorahnung oder so was, aber ich muß wissen, ob ...«

»Tut mir leid, Phoebe.« Er hob die Hände. »Wenn du jetzt allerdings ein Kollege von mir wärst ...«

»Du gibst nie auf, oder?«

»Niemals.«

»Warum hast du mir eigentlich nie etwas über die Anzeige gesagt, die Jennifers Eltern gegen Ben erhoben haben?« Es geht doch nichts über einen Schlag in die Magengrube, um die Aufmerksamkeit zu wecken.

»Wovon redest du da?«

»Du weißt verdammt gut, wovon ich rede. Warum hat mir das niemand gesagt?«

John hielt immer noch die Hände in die Höhe und verdrehte die Augen zur Decke. »Heilige Mutter Gottes ...«

»Nein, ich bin's, Phoebe, und ich bin hier unten. Rede gefälligst mit mir, John. Ich kann einfach nicht begreifen, warum ich es so erfahren mußte.«

»Da gibt es nichts zu erzählen. Und jetzt laß es gut sein. Es bringt überhaupt nichts, diese Sache wieder auszugraben. Hast du mich verstanden?« Er lehnte sich vor und seine Augen verengten sich zu bedrohlich funkelnden Schlitzen.

»Irgend so ein junges Ding behauptet, eine sexuelle Beziehung mit Ben gehabt zu haben, und du sagst, da gibt's nichts zu erzählen? Ich bin doch nicht ...«

Seine Stimme wurde kalt. »Ich sagte, du sollst es gut sein lassen. Und jetzt hab ich noch alle Hände voll zu tun und weder Zeit noch Lust, mich um irgendwelchen Scheißdreck zu kümmern.«

»Dann muß ich es eben selbst herausfinden. Hat Mama es gewußt? Oder Charlene? Sag's mir, John.«

»Verdammt nochmal, Phoebe. Niemand hat es gewußt«, schrie er mich an. Dann wurde er still, in seine Augen trat ein trauriger Ausdruck, und er ließ sich erschöpft in seinen Stuhl fallen.

»Niemand hat es gewußt, das schwör' ich bei Gott. Zwei Tage nachdem die Kuntzes mit diesem verdammten Brief hier aufgekreuzt sind, war die Hölle los. Ben war tot. Ich dachte, deine Mutter würde sterben vor Kummer, und Charlene war ebenfalls in einem schrecklichen Zustand. Hätte ich ihnen das vielleicht auch noch um die Ohren hauen sollen?«

»Hast du vorher mit Ben darüber gesprochen?« Ich spürte, wie mir die Tränen in den Augen brannten.

»Natürlich«, antwortete er. »Sofort. Er war völlig entsetzt, daß dieses Mädchen so einen Brief geschrieben hatte. Ich sagte ihm, wir müßten das untersuchen, und er war sofort einverstanden. Natürlich war er nicht gerade erfreut darüber, aber er hat es verstanden. Ich sagte ihm auch, er sollte besser Charlene darauf vorbereiten. Ich weiß nicht, ob er das getan hat oder nicht, Charlene hat jedenfalls nie ein Wort darüber verloren.«

»Warum hast du mir nichts davon erzählt, John? Verdammt nochmal, du hättest einfach was sagen müssen.«

»Jennifers Mutter kam noch einmal zu mir an dem Tag, als die Sache mit Ben in der Zeitung stand. Sie sagte, sie sei wegen des Briefes beunruhigt und wollte ihn zurückhaben.«

»Also hat sie ihn wieder?«

»Ich konnte ihn nicht mehr finden. Er ist in dem ganzen Wirbel verlorengegangen, oder ...«

»Du hast ihn verloren?« fragte ich ihn ungläubig. »Verloren?«

Er zuckte die Achseln. Ich trat an seinen Schreibtisch und sah auf ihn herunter. John war dafür bekannt, daß er ab und zu einen über den Durst trank, und sein irisches Temperament war berüchtigt, aber er war auf keinen Fall inkompetent oder schlampig. Im Gegenteil: Er war genau und durchorganisiert, und er hatte das Gedächtnis eines Elefanten. Es war schwer vorstellbar, daß er einen so brisanten Brief verlegen könnte, besonders wenn sein eigener Neffe in die Sache verwickelt war. Da mußte es noch eine andere Erklärung geben.

»Wer hat sonst noch davon gewußt?«

»George Shanklin. Ben sagte mir, er würde mit George darüber reden.«

»Und hat dich George jemals darauf angesprochen?«

»Nein, nie.« John stand auf und kam hinter seinem Schreibtisch hervor. Als er vor mir stand, streckte er seinen Arm aus und legte seine Bärenpfote auf meine Schulter. »Du solltest die Sache wirklich auf sich beruhen lassen. Weder dein Vater noch dein Bruder hätten gewollt, daß du jetzt noch in offenen Wunden stocherst. Okay?«

Ich sagte nichts darauf. Warum sollte ich ihn anlügen? Dann stellte ich mich auf die Zehenspitzen, gab ihm einen Kuß auf die Wange und verließ sein Büro. Mir war sehr wohl bewußt, daß ich ihn mal wieder mit der Nase auf etwas drauf gestoßen hatte. So war John nun mal. Er klärte seine Fälle, indem er geduldig Stückchen für Stückchen zusammentrug. Unten in der Eingangshalle der City Hall lungerte eine Gruppe Reporter herum. Ich gesellte mich eine Weile zu ihnen, in der Hoffnung, vielleicht die eine oder andere Information aufzuschnappen.

In Billings passiert nicht gerade viel, und die Leute wissen das zu schätzen. Wenn aber mal was passiert, macht es gleich Schlagzeilen. Ein Selbstmord, mit dem die Polizei auch nur das Geringste zu tun haben könnte, war ein Anlaß für die wildesten Spekulationen. Manchmal entsprechen solche Spekulationen den reinen Tatsachen, und das war es, was ich jetzt brauchte: Tatsachen. Allerdings hatte ich keine Ahnung, wo ich anfangen sollte.

Die Reporter hatten in dieser Hinsicht nicht viel zu bieten, und deshalb verließ ich das Gebäude und ging direkt in das Café gegenüber, wo ich mich an einen Tisch setzte und auf die Bedienung wartete. Nicht lange danach stand eine Tasse Kaffee vor mir auf dem Tisch, und ein reichhaltiges Frühstück war auf dem Weg. Ich hatte gerade meine Nase in die Zeitung gesteckt, die auf dem Sitz gelegen hatte, als sich mir gegenüber jemand mit den Worten niederließ: »Na, studierst du die Stellenanzeigen, Phoebe?«

Ich hob den Kopf und sah direkt in das sommersprossige Gesicht von Lanny Wilson. Sein Haar hatte die gleiche abscheulich rote Farbe wie meines, war also von der Sorte, die einem als Kind eine Menge Hänseleien und Karottenkopf-Bemerkungen einträgt.

»Lanny, Lanny, Lanny«, grinste ich und machte so viel Aufhebens um sein Erscheinen wie ich konnte. »Du bist die Antwort auf all meine Gebete.«

»Ich dachte, du hättest es nicht so mit der Kirche«, sagte er und grinste zurück.

»Stimmt«, antwortete ich und legte die Zeitung zusammen.

»Ich bin gestern abend zu einem Haus in deiner Nachbarschaft gerufen worden«, sagte Lanny, während er der Bedienung winkte, um einen Kaffee zu bestellen.

»Tja, eine ziemlich üble Gegend.«

»Der Anruf hatte mit dir zu tun.«

»Machst du Witze? Mein Leben verläuft so ruhig, daß es schon langweilig ist.«

»Es war deine Nachbarin. Sie hat angerufen, um sich darüber zu beschweren, daß deine Katze ihren Pudel angesprungen, zu Boden geworfen und dann bepinkelt hat«, erklärte er und versuchte, ein ernstes Gesicht zu machen. Dann nahm er seine Mütze ab und legte sie auf den Tisch.

»Ich glaube, ich habe sogar den Namen des angeblichen Angreifers aufgeschrieben.« Er blätterte durch seinen Notizblock. »Jawohl, hier steht's. Kommt dir der Name ›Stud‹ irgendwie bekannt vor?«

»Nie gehört. Wer zum Teufel würde eine Katze ›Stud‹ nennen?«

»Deine Nachbarin sagt, sie hätte dich in deinem Garten ein paarmal ›Stud‹ rufen hören«, antwortete er und beobachtete mich über den Rand seiner Tasse. Seine Augen funkelten vor Vergnügen.

»Vielleicht hab' ich ja nach einem Mann gerufen. Eine alleinstehende Frau fühlt sich oft ziemlich einsam.«

»Das könnte Schwierigkeiten für dich geben, Phoebe. So ein tätlicher Angriff ist eine unangenehme Sache.«

»Aufhören, ich gestehe. Die Frau ist eine neurotische alte Kuh, die sich nicht um ihren eigenen Kram kümmern kann. Hast du diesen Pudel von ihr gesehen? Du lieber Himmel! Alles, was der fertigbringt, ist Bellen. Wahrscheinlich hat er Stud damit wahnsinnig gemacht, und er ist rabiat geworden.« Ich streckte ihm beide Handgelenke hin und forderte ihn auf: »Also, nimm mich fest.«

»Das nächste Mal.« Er grinste wieder. »Wenn ich du wäre, würde ich Stud für eine Weile einsperren, damit er keine

Probleme mehr macht.« Dann lachte er. »Oh Gott, dieser Pudel hat vielleicht gestunken.«

»So was ähnliches ist mir neulich auch passiert«, murmelte ich und dachte an den schwarzen Bullen.

»Was denn?«

»Ach, nichts. Das hättest du erleben sollen. Übrigens, ich habe eben daran gedacht, mich mit dir in Verbindung zu setzen. Ich komme gerade aus Johns Büro.«

»Ach ja, er hatte wohl einen anstrengenden Morgen.«

»Der Padilla-Junge?« Ich versuchte, meine Frage ganz beiläufig klingen zu lassen.

»Hast du ihn gekannt?«

»Ich hab' mal seinen Namen gehört«, antwortete ich ausweichend. Dann sprachen wir eine Weile lang nichts. Ich spürte eine Welle von Traurigkeit in mir aufsteigen, als ich daran dachte, daß es mal eine Zeit gegeben hatte, in der wir uns – auf allen denkbaren Ebenen – so gut gekannt hatten. Jetzt mußten wir uns bemühen, ein normales Gespräch in Gang zu bringen.

»Wie geht's dir Phoebe? Kannst du von deiner Arbeit leben?«

»Ich komme klar. Wie steht's mit dir?« fragte ich zurück und sah ihm gerade in die Augen.

»Gut. Alles bestens. Fran macht allerdings harte Zeiten durch. Der Job und so weiter. Sie hat immer noch Angst, daß ich eines Nachts nicht mehr nach Hause ...« Er hielt mitten im Satz inne und zog die Schultern hoch. »Oh Gott, Phoebe, ich wollte damit nicht ...«

Ich nahm einen großen Schluck aus meiner Kaffeetasse. Er berührte mich sanft am Arm, eine vertraute Geste aus der Vergangenheit. »Ach komm«, sagte ich schließlich, »du weißt doch, daß du mich nicht wie ein rohes Ei behandeln mußt. Ben ist ...« Ich konnte das Wort einfach nicht herausbringen. »Ben ist nicht mehr bei uns. Wir müssen einfach damit leben. Stimmt's?«

»Phoebe, wenn du mal mit jemandem reden willst, du weißt, ich bin immer für dich da.«

»Vielen Dank für das Angebot, Lanny. Aber laß uns offen sein, Fran hat schon Schwierigkeiten mit deinem Job, da sollten wir ihr nicht auch noch ihre Vorgängerin zumuten.« Außerdem kam er drei Jahre zu spät. Ich saß einfach da, versuchte, mir sein Bild einzuprägen, und versank in zärtlichen Erinnerungen. So was ist immer gefährlich.

Er zog seinen Arm zurück und lächelte mich an.

»Ich habe gehört, es gibt da, wie sagt man doch, einen neuen Mann in deinem Leben?«

»So neu ist der nicht mehr, Lanny, und ich weiß auch nicht, ob er wirklich zu meinem Leben gehört. Wir sind seit zwei Jahren hin und wieder zusammen.«

»Mir wurde ebenfalls berichtet, er wäre ein hohes Tier bei der Staatsanwaltschaft oder so was ähnliches.«

Die Beziehung zwischen Anwälten und Polizisten beruht nicht gerade auf gegenseitiger Hochachtung. Die Vorstellung von Roger als einem hohen Tier war zwar etwas lächerlich, aber trotzdem erfüllte sie mich mit einem gewissen Stolz, besonders, da Sie von Lanny kam.

»Er gehört zu den löblichen Ausnahmen«, sagte ich locker. »Sag mal, wie war das eigentlich mit diesem Padilla?«

»Nichts Besonderes. Nur die übliche Scheiße. Wir bekamen einen Notruf, zwei Polizisten sind hingefahren ...«

»Wer waren die beiden?«

»Ich weiß nicht genau. George Shanklin und ...«

George war ein knallharter Typ. Einer von der Sorte, von der ich fand, daß sie eigentlich nicht in den Polizeidienst gehörte. Er war nicht besonders beliebt bei seinen Kollegen, aber es gab keinen, der sich in einer brenzligen Situation nicht George an seiner Seite gewünscht hätte.

»Wer hätte das gedacht«, meinte ich sarkastisch und setzte mich in meinem Stuhl auf.

Daß George Charlene geheiratet hatte, hinterließ in mir ein bitteres Gefühl. Solange ich sie kannte, waren George und Ben Partner gewesen. Ihre Freundschaft begann, noch bevor sie in die Schule kamen, und hatte all die Jahre ihrer Ausbildung und den Polizeidienst überdauert. George war sogar Bens Trauzeuge gewesen. Jetzt gehörten ihm Bens Frau, Bens Haus und Bens Bett.

»Ach komm, Phoebe. George ist schon in Ordnung. Er war immer für Charlene da, und er wäre auch für dich dagewesen ...«

»Wer war mit ihm zusammen auf Streife?«

»Sharon Webb. Sie ist jetzt seit ungefähr einem Jahr im Polizeidienst. Sie ist jung, aber hart im Nehmen.« Er schüttelte den Kopf. »Warum interessiert dich das so?« Polizisten sind schon komisch. Sie sind immer wachsam, immer mißtrauisch und einfach gewohnt, daß sie diejenigen sind, die die Fragen stellen.

Ich hatte keine Lust, darüber zu reden. Die Geschichte gab noch keinen Sinn, also warum die Pferde scheu machen. Mit gespielt panischem Gesichtsausdruck stand ich auf und sah auf die Uhr.

»Oh Gott«, rief ich aus. »Jetzt hätte ich beinahe meinen Termin verpaßt. Du weißt ja, man muß in diesem Job immer am Ball bleiben. Ich seh' dich später, Lanny.« Ich beugte mich hinunter, küßte ihn rasch auf die Wange und ging. Ich hoffte nur, daß meine Flucht nicht allzu offensichtlich gewesen war.

Es war am späten Samstagabend, als ich es endlich schaffte, meinen Wagen durch die Waschanlage laufen zu lassen.

Anschließend fuhr ich zur 27. Straße runter. Billings war an einer Eisenbahnstrecke entlanggewachsen und war wie die meisten Städte dieser Art. Die Schienen, die in Chicago anfingen und sich den ganzen Weg bis zur Pazifischen

Küste erstreckten, teilten die Stadt ethnisch und ökonomisch in zwei Bezirke.

Ich hatte gerade die Montana Avenue überquert, als sich der Arm eines rot-weißen Signals senkte und den Verkehr wegen eines durchfahrenden Zuges anhielt. Mein Wagen fing an zu vibrieren, als der endlos lange Zug an uns vorbeiratterte und die Luft mit seinem gellenden Pfeifen erschütterte. Als sich der Arm des Signals wieder hob, fuhr ich weiter und überquerte die unsichtbare Grenze zur South Side.

Überwiegend von Hispanoamerikanern bewohnt, war die South Side einer der größten Stadtteile von Billings. Hier hatte Jimmy Padilla gelebt, und irgendwo hinter verschlossenen Türen beteten nun Frauen auf spanisch für seine Seele.

Ich parkte vor der Guadalupe Church, stieg aus und lehnte mich einen Moment lang gegen den Wagen. Hinter diesen Mauern hatte ich als Kind die meisten Sonntage auf den Knien verbracht.

Weder die Umgebung noch die Kirche selbst hatten sich während der vergangenen Jahre sehr verändert, und durch die massiven, geschnitzten Eingangstüren wurde immer noch ein Kaleidoskop von Menschen verschiedener Herkunft, Kultur und Sprache in den Schoß der Kirche geführt.

Eines hatte sich allerdings geändert, denn jetzt war der Hüter dieser Gemeinde mein Bruder Michael. Manchmal brauchte ich in meinem Job seinen Rat, und dann wußte ich immer, daß ich ihn hier finden würde. Wenn ich also heute auch durch diese Türen ging, so suchte ich keinen Priester, sondern das, was wir bei Michael für selbstverständlich hielten, nämlich eine Art höherer Weisheit.

Ich zog an den schimmernden Türgriffen aus Bronze und trat ein. Eine kleine Frau kam mir entgegen, ihr Gesicht war zufrieden, vielleicht hatte sie gerade die Absolution erhalten. Der schwere Duft von Weihrauch und Wachs nahm mir beinahe den Atem.

Das Innere der Kirche lag im Halbdunkel, nur spärlich beschienen vom letzten Licht der Nachmittagssonne, das durch die bemalten Fenster auf die Bankreihen fiel. Ich hielt mich nicht damit auf, meine Hand in das Weihwasserbecken zu tauchen und mich zu bekreuzigen, sondern ging direkt auf den Beichtstuhl zu. Eine dickliche Frau mit milchig-weißer Haut versuchte gerade mühsam, sich aus der Sitzreihe zu erheben, wo ihr Körper zwischen dem Sitz und der Kniebank festgeklemmt zu sein schien. Ich verkniff mir ein Lachen, denn ich hatte gelernt, daß Schadenfreude einen direkt in die Hölle bringen konnte.

Ich öffnete die Tür zum Beichtstuhl, setzte mich auf eine harte Bank und kämpfte gegen das Gefühl der Beklemmung an. Ich war immer der Meinung, daß ein gepolsterter Stuhl eine Erleichterung für die Beichtenden wäre und damit ihre Bereitschaft zur Ehrlichkeit steigern würde. Mit einer Ausnahme vielleicht, und das waren die Iren, die das Leiden brauchten und deshalb den schmalen Holzsitz bevorzugten, möglichst mit ein paar Glasscherben gespickt.

Ich habe die Angewohnheit, in unangenehmen Situationen meine Gedanken schweifen zu lassen, und die Kirche sowie die Aussicht, meinem Bruder gegenüberzutreten, waren für mich äußerst unangenehm. Ich liebte ihn, und manchmal brauchte ich ihn, aber ich wußte einfach nicht, wie ich ihm nahekommen konnte.

In diesem Moment öffnete sich die kleine Klappe vor meinem Gesicht.

»Vergib mir Vater, denn ich habe gesündigt … Ich weiß einen guten Witz für Sie, Vater«, sagte ich flüsternd.

»Wie bitte?« Die Stimme auf der anderen Seite des Drahtgitters klang ungehalten.

»Der Witz fängt so an, daß Sie mich fragen müssen ›Wer ist da?‹«, flüsterte ich lauter.

Nach einem längeren Schweigen hörte ich ein Kichern, und dann flüsterte die Stimme zurück: »Wer ist da?« Aber gleich darauf murmelte er: »Ach verdammt, Phoebe, sei doch mal ernst. Willst du, daß ich hier rausfliege?«

»Ich dachte, Gott wäre ein sehr fortschrittlicher Arbeitgeber, der außerdem Sinn für Humor hat.«

»Ja, Humor hat er, und den braucht er auch bei dir. Hast du Lust auf einen Kaffee?«

»Klar«, antwortete ich, immer noch flüsternd.

»Ich treffe dich in zehn Minuten im Pfarrhaus.«

»Aber Vater, was werden die Leute denken?«

»Komm, hör auf, Phoebe. Hier gibt es Menschen mit echten Problemen. Ich wollte mich übrigens schon bei dir melden, ich habe nämlich einen beunruhigenden Anruf von Kehly bekommen.«

»Das wundert mich nicht«, sagte ich leise. Dann verließ ich den Beichtstuhl, lächelte aufmunternd der dicken Frau zu, die immer noch eingezwängt in der Sitzreihe saß, und ging zum Pfarrhaus. Ein paar Minuten später kam Michael. Immer wenn ich ihn in seinem Priesterrock sehe, wundere ich mich, wie mein äußerst gut aussehender Bruder sich jemals zum Zölibat verpflichten konnte.

Michael ist einer dieser charismatischen Menschen, deren Berührung etwas Magisches hat. Seine Umarmung tat mir unendlich gut.

»Michael, ich ...«

»Fee, bevor wir über etwas anderes reden, müssen wir uns einmal unterhalten. Das hätten wir schon vor drei Jahren tun sollen.«

»Was ist denn mit dir los?« Ich bekam entsetzliche Angst. »Ich hab' doch nur Spaß gemacht mit dem Witz im Beichtstuhl.«

»Wie gesagt, Kehly hat angerufen,« meinte er, als er eine Tasse Kaffee vor mich hinstellte und mich stirnrunzelnd ansah. »Sie war völlig außer sich, Fee, und was sie redete, ergab irgendwie keinen Sinn. Ich hatte sogar den entsetzlichen Gedanken, daß sie vielleicht wieder …«

»Sie ist clean, Michael. Ich hab' mich mit ihr zum Dinner getroffen, und es geht ihr großartig, glaub mir.«

»Phoebe …«

»Aha, wir sind wieder bei ›Phoebe‹, ja? Dann ist es wohl was Ernstes.«

»Ja, das ist es«, sage er und sah mir direkt in die Augen. »Wir müssen über Ben reden.«

»Hör' zu, Michael«, sagte ich, während ich aufstand, »ich glaube, das ist nicht die passende Gelegenheit, um …«

»Setz dich hin, verdammt nochmal. Wir haben das beide viel zu lange vermieden.«

»Was haben wir vermieden?« fragte ich und versuchte alles, um mich zu wappnen.

»Kehly ängstigt sich zu Tode, daß dir irgendwas passieren könnte. So wie Ben«, antwortete Michael. »Ben hat sich umgebracht, Phoebe. Er hat sich in den Kopf geschossen, weil er in diesem Moment keine andere Möglichkeit sah.«

Meine Kehle war wie zugeschnürt, mein Herz raste, und die Tränen, als hätten sie auf diese Stunde der Wahrheit nur gewartet, schossen mir in die Augen.

»Tu das nicht, Michael«, flehte ich, »tu mir und uns das nicht an.«

»Phoebe.« Er ließ sich in seinen Stuhl fallen. »Wir alle in der Familie haben so viel durchmachen müssen, aber jetzt sind wir über den Berg. Kehly ist ja noch ein Kind, und was du ihr …«

»Sie ist eine Frau, Michael, und kein Kind mehr. Eine Frau. Aber davon verstehst du ja nicht so viel, oder?«

»Was ich sagen will, ist, irgendwas hat bei ihr die ganze Geschichte mit Ben wieder aufgewühlt. Und wenn du noch so böse wirst, aber … es macht mir Angst, Fee, richtige Angst.« Ein Schleier von Traurigkeit legte sich über sein Gesicht. »Ich hätte das schon lange tun sollen.«

»Was tun sollen?« Ich fühlte mich schwach und ausgeliefert.

»Du warst nicht da, Fee. Du warst auf der Polizeischule, als das Ganze anfing.« Seine Stimme war jetzt weich, bekümmert und sorgenvoll. »Ein paar Monate vor ... bevor es passierte, kam Ben ein paarmal hierher zu mir. Er war sehr unruhig, irgendwas nagte an ihm. Ich versuchte herauszufinden, was es war, aber ich konnte ihn nicht dazu bringen, sich mir anzuvertrauen. Du weißt doch, daß er in seiner Freizeit mit ein paar Jugendlichen gearbeitet hat?«

Ich nickte und sah ihn starr an.

»Irgend etwas quälte ihn, und er redete, als wäre er paranoid oder hätte einfach schreckliche Angst. Wahrscheinlich beides.«

Michael schüttelte verzweifelt den Kopf. »Es klang alles völlig wirr, aber ich merkte, daß es furchtbar wichtig für ihn war. Er sagte, es sei schrecklich schwer für ihn zu entscheiden, was richtig und was falsch ist. Und ein paar Mal habe ich ihn betend in der Kirche gefunden. Er war offensichtlich völlig durcheinander.«

»Ach komm, Michael. Das sieht Ben doch gar nicht ähnlich. Religion hat in seinem Leben nie eine Rolle gespielt. Jedenfalls nicht so wie bei dir.«

»Er hatte große Probleme, Fee. Emotionale Probleme. Er hat geredet wie im Fieber und immer wieder gesagt, er wäre zu weit gegangen und daß es jetzt zu spät sei für eine Umkehr. Vielleicht war es nur der Streß in seinem Job, oder er und Charlene hatten Probleme miteinander, obwohl ich das bezweifle, und vielleicht ...«

»Ben war stabiler als wir alle zusammen«, sagte ich und schlug auf den Tisch. »Willst du damit vielleicht andeuten, er hätte so eine Art Nervenzusammenbruch gehabt? Dann hätten seine Kollegen, oder zumindest Charlene, das doch wohl gemerkt.«

»Alles, was ich dir sagen kann, ist das, was ich mit eigenen Ohren gehört habe. Zwei Tage bevor sie ihn in seinem Wagen gefunden haben, hat er mich mitten in der Nacht angerufen. Er bat mich darum, etwas für ihn aufzubewahren, *nur für den Fall*, und daß er es mir zuschicken würde.« Michael sah zu mir auf. In seinen Augen standen Tränen.

»Er weinte, Fee, schluchzte wie ein Mann, der unvorstellbare Qualen litt. Ich flehte ihn an, mir zu sagen, wo er war. Aber er tat es nicht ...« Michael brach ab, räusperte sich und fuhr fort: »Dann beruhigte er sich ein wenig, sagte, er liebte mich und uns alle und bat mich, für ihn zu beten. Ich nahm ihm noch das Versprechen ab, daß er in ein paar Tagen vorbeikommen und mir alles erklären würde. An dem verabredeten Tag wurde ich zu einem Sterbenden gerufen und mußte aus dem Haus. Als ich später im Pfarrhaus anrief, war er da und wartete auf mich. Er klang, als ginge es ihm wieder gut.«

Ich sah Michael ungläubig und wütend an. »Du wußtest, daß dein Bruder in Schwierigkeiten war und bist weggegangen? Du hast ihn allein gelassen?«

»Phoebe, er klang ganz in Ordnung. Ich mußte jemandem die Sterbesakramente geben, um Gottes Willen ...«

»Um Gottes Willen«, schnaubte ich verächtlich. »Bei dir ist es immer um Gottes Willen gegangen, du verdammter heiliger Bastard. Und jetzt, drei Jahre später, willst du mir erklären, daß er übergeschnappt war. Dabei hättest du deinen Bruder retten können und hast dich dagegen entschieden.«

Meine Hand sauste so schnell durch die Luft, daß es gar nicht meine eigene zu sein schien. Sein Kopf prallte zurück, als ich ihm mit aller Kraft ins Gesicht schlug.

»Mach das mit deinem Gott aus, Michael, vielleicht vergibt er dir, ich vergebe dir nie.«

Er saß nur da wie betäubt, starrte mich an und sagte kein Wort. Ich verließ das Pfarrhaus, stieg in meinen Wagen und versuchte, ihn in Gang zu bringen. Er bockte. Jedesmal, wenn ich den Anlasser betätigte, hörte ich, wie die Batterie schwächer wurde.

Endlich kam der Motor in Gang. Ich beugte mich über das Lenkrad, und plötzlich überkam mich ein so schrecklicher Schmerz, daß ich vor Verzweiflung aufschrie. Mein Magen krampfte sich zusammen, und ich spürte die Übelkeit in mir aufsteigen. Oh mein Gott, ich wollte weinen. Aber ich konnte nicht.

Ich bemerkte den uniformierten Mann neben dem Chevrolet erst, als er seinen Arm in das Wageninnere streckte und den Zündschlüssel abdrehte.

George Shanklin war als Kind ein ausgesprochener Draufgänger gewesen. Ich hatte damals, als er und Ben unzertrennliche Freunde wurden, viel Zeit mit den beiden verbracht. Und später, als Ben sich in Charlene verliebte, unternahmen die drei sehr viel zusammen.

Charlene war sanft, meinem Bruder absolut ergeben und mütterlich zu George. Charlene war die personifizierte Fürsorglichkeit. Während ich den Schlüssel in das Schloß meiner Wohnungstür steckte, fragte ich mich, ob sie es wohl immer noch war. Dann drehte ich mich um und sah ihn an. Wir hatten seit zweieinhalb Jahren nicht mehr miteinander gesprochen.

»Ich komme schon zurecht«, sagte ich. »Vielen Dank, daß du mich nach Hause gefahren hast. Ich werde den Wagen später abholen.«

Dann drehte ich mich um, öffnete die Tür und ging hinein.

»Schön, dich wiederzusehen, Phoebe. Es ist lange her. Ab und zu treffe ich Kehly ...« Zum ersten Mal seit ich ihn kannte, schwang in seiner Stimme so etwas wie Unsicherheit mit.

Ich fühlte mich ausgelaugt. Die Auseinandersetzung mit

Michael ging mir immer noch nicht aus dem Kopf, und ich war nicht in Stimmung für eine nostalgische Versöhnungsfeier, aber irgendwie fühlte ich mich getröstet und war froh, daß er im richtigen Moment am richtigen Ort gewesen war.

Ich seufzte und versuchte, mir selbst ein Gefühl der Dankbarkeit zu entlocken. Dann drehte ich mich wieder zu ihm um. »Komm doch auf einen Sprung mit rein«, sagte ich mit gezwungenem Lächeln. »Du kannst doch sicher eine kleine Pause brauchen, oder?«

»Das wäre toll«, antwortete er und folgte mir in die Wohnung.

Ich ging in die Küche, nahm eine Flasche Cola aus dem Kühlschrank und sah ihm zu, wie er über sein Funkgerät die Fahrdienstleitung anrief.

»Wie ist deine Telefonnummer, Phoebe?«

Ich zögerte. Meine Nummer stand seit langem nicht mehr im Telefonbuch. Es gab nur wenige, die sie kannten. Mir war es sehr recht, daß ich immer wußte, wer es sein konnte, wenn das Telefon läutete. Aber dann dachte ich, ›Was soll's?‹ und gab sie ihm. Als das erledigt war, ging er zu einem Sessel, nahm seine Mütze ab und setzte sich.

Ich hatte vergessen, wie groß er war, fast zwei Meter und gebaut wie ein Schrank. Er sah umwerfend gut aus und hatte eine Art zu lächeln, die ebenso verführerisch wie jungenhaft wirkte. Ich nahm einen Schluck Cola und sah ihn nur an. Dabei hoffte ich, daß ich mit der Limonade auch meinen Groll gegen ihn herunterschlucken konnte.

Eine Minute lang sagte keiner von uns ein Wort. Er saß nur da, starrte auf den Boden und drehte unablässig seine Mütze zwischen den Fingern. Als er mir endlich ins Gesicht sah, wußte ich, daß Verachtung darin stand.

»Wir müssen damit aufhören, Fee. Verdammt, es ist fast drei Jahre her, und ich hab' dich seither kein einziges Mal gesehen oder mit dir gesprochen. Wenn es wegen Charlene und mir ist, dann kann ich das verstehen.« Er sah wieder auf den Boden.

»Aber verflucht nochmal, sie gehörte zu deiner Familie, und wir standen uns doch auch sehr nah. Was soll ich denn machen?«

Ich nahm noch einen Schluck Cola und starrte ihn weiter an. Er sah einfach bemitleidenswert aus. Und das stand ihm nicht besonders gut.

»Ich habe eine Frage an dich wegen Ben.«

»Was willst du denn wissen?« Es klang abwehrend, und das irritierte mich.

»Ich will wissen, warum die Polizei die Umstände seines Todes nicht untersucht hat.«

»Himmel, Fee, das haben sie doch.« Er griff in seine Jackentasche, nahm ein Päckchen Zigaretten heraus und zündete sich eine an. »Und das weißt du auch.«

»Wie war Ben in der Zeit, bevor es passierte?«

Er ließ sich nichts anmerken. Kein Flackern in den Augen, und kein Muskel zuckte, aber ich wußte, daß ihm meine Fragen auf die Nerven gingen. Er wartete eine Weile mit seiner Antwort. Schließlich sagte er ruhig: »Gereizt. Besorgt.«

»Besorgt über was? Charlene? Den Job?«

George stand auf und machte sich bereit zum Gehen. »Du willst das alles doch nicht noch einmal durchmachen. Und ich auch nicht.«

»Was war mit Jennifer Kuntz?«

»Was zum Teufel ... wer? Was hast du gesagt?«

»Jennifer Kuntz. Wie war das mit ihr?« Ich sah ihn lächelnd an. »Und ich weiß genau, daß du von der verdammten Sache wußtest, George.«

»Was ist jetzt los? Herrgott nochmal, Phoebe, du bist nicht die einzige, für die der März eine ziemlich schwierige Zeit ist.«

Diese letzte Bemerkung traf mich völlig unvorbereitet.

Konnte es etwa sein, daß George und ich da etwas gemeinsam hatten? Ich war immer noch unschlüssig, wie ich sein Verhalten werten sollte. Doch die bloße Erwähnung des Monats März in Verbindung mit seinem Gesichtsausdruck hatte mich in meiner Angriffslust schon etwas gebremst.

»Setz dich wieder hin, George. Ich hatte einen schlechten Tag, und ich sollte das nicht an dir auslassen. Tut mir leid.«

»Du hast mich wirklich eiskalt erwischt, Fee. Einen Moment lang hielt ich dich für den Großinquisitor persönlich«, sagte er und lachte unbehaglich.

»Möchtest du etwas trinken?«

»Nein, danke, ich hab' nicht viel Zeit. Bei uns zu Hause gibt's gleich Abendessen. Also ... wie ist es dir ergangen, Fee?«

»Prima«, log ich. »Danke, daß du dich eben so um mich gekümmert hast. Wahrscheinlich hab' ich ein Magengeschwür, oder so was Ähnliches. Ich krieg' in letzter Zeit öfters solche Anfälle.«

»Wie geht's deiner Mutter und Michael? Ich wette, er rettet da unten eine Seele nach der anderen.«

»Mama geht es gut, und du kennst ja Michael. Ich muß aber wirklich mit dir über Ben reden. Ist dir irgend etwas an ihm aufgefallen, George?«

»Laß es gut sein«, antwortete er. »Wir sind die ganze Zeit unter enormem Druck bei der Polizei. Verdammt, du weißt doch selbst, wie das ist. Wir schlagen uns mit der ganzen politischen Scheiße rum und dann noch jeden Tag mit dem ganzen Horror, den wir während unserer Einsätze erleben. Das hier ist kein besonders anheimelnder Ort für 'nen Polizisten ...«

»Genau. Und so war's auch heute. Ich wette, das war auch ganz schön hart, die Sache mit diesem Jungen, der sich aufgehängt hat. So unangenehm wie der Brief, den Jennifer Kuntz geschrieben hat.«

Jetzt regte sich etwas in ihm. Kaum wahrnehmbar, aber es war eine Veränderung. Ein Muskel in seinem Gesicht zuckte, aber er gab keine Antwort.

»Na, wie war das, George? War es so unangenehm wie der Brief?«

»Scheiße«, murmelte er, wandte seinen Blick von mir ab und sah mich dann wieder an. »Wie zum Teufel hast du davon erfahren? Es hatte rein gar nichts zu bedeuten. Eine von diesen hysterischen Fixerinnen. Wir haben es nicht weiter beachtet.«

»Fand Ben auch, daß es nichts zu bedeuten hatte? Zwei Tage, nachdem John den Brief bekommen hat, war er tot. Das war ja wohl doch ein bißchen mehr als *nichts,* oder?«

Er stand nur da. In seinen Augen las ich abwechselnd Furcht, Zorn und Schmerz, und plötzlich spürte ich ein brennendes Gefühl von Schuld in mir aufsteigen. »Hör' zu, es tut mir leid. Ich hab' von diesem Brief erfahren, und ich …«

»Vergiß es«, sagte er sanft. »Fee, Charlene weiß nichts von alledem. Bitte, sag ihr nichts. Nur John und ich und vielleicht noch zwei Leute wußten, daß es diesen Brief gab. Du würdest einer Menge Leute sehr weh tun, wenn du ihnen das erzählst. Denk doch an eine Mutter und das, was du ihr damit antun würdest.«

Ich wurde wütend. »Du hast es geglaubt, stimmt's? Du hast gedacht, Ben hätte tatsächlich …«

»Verdammt, nein, ich hab' es nicht geglaubt. Keine Sekunde lang, aber du weißt doch, wie so was läuft. Ein klitzekleiner Verdacht, und deine ganze Karriere ist im Eimer. Scheiße, du weißt doch genau, daß ich so was nie von Ben geglaubt hätte.« George rutschte unbehaglich auf seinem Stuhl hin und her und wich meinem Blick aus. Ich hob scheinbar kapitulierend die Hände. »George, die letzten Tage waren einfach sehr sonderbar, ich kriege lauter sonderbare Informationen, und …«

»Es ist vorbei. Vergiß es«, sagte er noch einmal. Dann scharrte er nervös mit den Füßen und versuchte zu lachen. Es klang wie ein krächzendes Husten. »Ja, für uns war es auch ein beschissener Tag.«

»Der Padilla-Junge?«

»Deswegen wird es sicher noch einen Aufstand geben. Aber der Junge ist einfach völlig durchgedreht. Gut, daß seine Familie nicht noch mehr abgekriegt hat. Für mich war das bloß ein paranoider Junkie.« Er schnaubte, stand auf und setzte sich die Mütze wieder auf. »Ich muß los.« George streckte den Arm aus und berührte meine Schulter. »Wir sollten nicht nochmal so viel Zeit vergehen lassen, bis wir uns wiedersehen, Fee. Charlene würde sich auch schrecklich freuen, wenn du mal zu Besuch kämst. Wir haben viel am Haus gemacht …«

In diesem Moment wirbelte George herum und stieß einen so gellenden Schrei aus, daß ich entsetzt von der Couch aufsprang. Als George sich umdrehte, sah ich Stud, der sich mit seinen fünfundzwanzig Pfund Lebendgewicht an Georges Rücken klammerte, wobei er seine Krallen tief in die Jacke und die darunterliegende Haut grub.

»Verdammte Scheiße«, brüllte George. Blitzschnell wirbelte er herum, bekam Stud zu packen und schmiß ihn quer durch das Zimmer. »Was zum Teufel war das?«

Stud landete auf seinen vier Pfoten, ließ ein paar Mal seinen Schwanz durch die Luft sausen und stolzierte dann in die Küche.

»Das war mein Kater«, sagte ich und versuchte, nicht zu grinsen. »Tut mir leid, er ist manchmal ein wenig unberechenbar.«

»Unberechenbar ist gut, der ist geradezu gemeingefährlich«, meinte George, ging zur Tür und öffnete sie.

»Es war schön, dich wiederzusehen.« Er lächelte gezwungen. »Melde dich mal.«

»Ja«, sagte ich ernst, »das werde ich. Paß auf dich auf, George.«

Ich schloß die Tür hinter ihm und lachte wie schon lange nicht mehr. Dann ging ich in die Küche, beugte mich über den liegenden Stud, der sich sofort auf den Rücken drehte und alle vier Pfoten von sich streckte, kraulte dem kleinen Killer den Bauch und flötete: »Das hast du fein gemacht, du kleiner Teufel. Heute abend laß ich dich raus, und dann kannst du diesen alten Pudel so lange anpinkeln, wie du willst.«

Während der nächsten beiden Stunden wartete ich darauf, daß Roger mit unserem Abendessen aus dem China-Restaurant auftauchte, und beschloß, mir in der Zwischenzeit Marys Dias anzuschauen. Ich besaß zwar einen großen Projektor, aber ich hätte zuerst in meinem nicht besonders geordneten Wandschrank danach suchen müssen, also nahm ich ihren.

Ich mußte ein paar Bilder abhängen, um die weiße Wand dahinter als Leinwand benutzen zu können, wobei die strukturierte Oberfläche die Personen auf den Bildern etwas uneben und wie gerastert aussehen ließ, was allerdings nichts an der Langeweile änderte, die mich ziemlich bald überkam. Und so arbeitete ich mich mühsam durch die Bildergeschichte von Jennifer Kuntz und einem anderen kleinen Mädchen, das in der Kindheit ihre ständige Gefährtin gewesen zu sein schien. Die Geschichte begann zu der Zeit, als Jennifer ein einjähriger Nackedei in einem aufblasbaren Swimmingpool war, bis zu Jennifer, die ihre Arme um ein weißes Kalb mit blauem Halsband gelegt hatte. Sie war ein süßes, germanisch wirkendes Kind, mit weißblonden Haaren und rosigen Wangen.

Je älter Jennifer auf der Wand wurde, desto langweiliger wurde mir auf der Couch. Ich hatte mir bereits den Inhalt von fünf Diakästen angesehen und legte gerade den letzten ein.

Na, komm, Jennifer, Schatz, mach was Schockierendes.

Auf den ersten Bildern war noch nichts Ungewöhnliches zu sehen.

Sie war jetzt älter, auf etwas nichtssagende Art ganz hübsch, schmales Gesicht, das mit etwas Make-up wahrscheinlich richtig attraktiv gewesen wäre. Ihre Gefährtin war verschwunden, und man sah auf den Bildern nur noch Jennifer.

Während ich mich durch die Dias arbeitete, diesmal etwas langsamer, bemerkte ich ein paar kleine Veränderungen. Sie fing an, mürrisch und ungepflegt auszusehen. Das war allerdings immer noch nicht weiter schockierend. Dann stieß ich auf ein Dia, auf dem mit brutaler Deutlichkeit sichtbar wurde, das Jennifer eindeutig high war. Sie stand gegen eine Mauer des Hauses gelehnt und sah den Betrachter herausfordernd an. Der Teenager, der bis dahin fast scheu gewirkt hatte, sah plötzlich aggressiv und hart aus. Sehr hart.

Das nächste Bild zeigte sie in vornübergebeugter Stellung, ihr Hinterteil in Jeans der Kamera zugewandt. Ich legte die letzte Serie der Dias noch einmal ein und sah sie mir erneut an.

»He, warum hast du mir nicht gesagt, daß es bei dir heute abend Heimkino gibt?« rief Roger, als er das Zimmer betrat. Kino in allen Variationen war eine von Rogers größten Leidenschaften. Ich hatte mich so auf die Bilder konzentriert, daß ich erschrocken zusammenfuhr.

»Wer ist das?«

»Die Tochter einer Klientin«, sagte ich ohne Begeisterung.

Es waren nur noch fünf oder sechs Dias bis zum Ende. Roger setzte sich neben mich auf die Couch und schaute auf die Projektionsfläche. Dann kam das letzte Bild.

»Wow!« kommentierte Roger. »Und was für eine Tochter!«

Er hatte recht. Meine Wohnzimmerwand reflektierte das Bild einer der schönsten Frauen, die ich je gesehen hatte. Ihr Ellbogen ruhte auf einem Zaunpfahl, das Kinn hatte sie in die Hand gestützt, und sie sah aus wie ein Engel. Das helle Sonnenlicht gab ihrem Haar einen schimmernden Glanz und wurde von einem mattglänzenden Armreif an ihrem Handgelenk reflektiert. Ihr Gesicht war absolut ebenmäßig. Sie war auf fast beängstigende Weise schön. Ich fuhr ein Dia zurück und dann wieder vor.

»Das kann doch nicht dasselbe Mädchen sein«, sagte ich im Flüsterton.

»Wieso nicht? Sie ist bloß erwachsen geworden«, meinte Roger und wandte seine Augen nicht von der Wand. »Wie alt ist sie?«

»Achzehn.«

»Unmöglich. Schau dir doch um Himmels willen mal diese Augen an. Sie sehen irgendwie gespenstisch aus. Als ob sie außer Kontrolle geraten wäre. Man weiß nicht, ob man sie liebkosen oder sich vor ihr verstecken soll. Sie kommt mir übrigens verdammt bekannt vor. Wer, sagtest du, ist sie?«

»Ich hab's gar nicht gesagt, und es würde auch zu lange dauern, dir das jetzt zu erklären.«

Das letzte Bild hatte mich richtig umgehauen. Irgendwas an Jennifer Kuntz hatte sich verändert, und ich war nicht so sicher, ob es sich dabei nur um das natürliche Erblühen einer schüchternen Landpomeranze zu diesem phantastisch-schönen Wesen handelte. Ich ging noch einmal zu dem Bild von dem Mädchen mit dem Kalb zurück, von wo aus ich die ganze Serie vom trotzigen Teenager bis zur klassischen Schönheit wiederholte. Irgend etwas vermißte man unter der vollkommenen Hülle. Etwas, von dem ich nicht sagen konnte, ob ich wirklich wissen wollte, was es war. Ich schaltete den Projektor ab, lehnte mich zurück und rieb mir die Augen.

»Bist du bereit fürs Abendessen?« fragte Roger.

»Ja, klar«, antwortete ich, während ich weiter auf die weiße Wand starrte.

Der Duft von süß-sauer Gebratenem und gekochtem Reis ließ mir das Wasser im Mund zusammenlaufen, als Roger einen kleinen, weißen Karton unter meiner Nase schwenkte.

»Laß uns essen«, sagte er und küßte mich leicht auf den Mund. »Wir nehmen den Nachtisch dann da drinnen«, meinte er und deutete mit dem Kopf zum Schlafzimmer.

Roger war eigentlich schüchtern, wenn es um Sex ging, und um das zu überspielen, wurde er manchmal etwas pubertär oder albern, aber er konnte sich der Lust mit Leib und Seele hingeben. An jenem Abend bestand das Problem nur darin, daß ich bereits vorher verführt worden war: von dem Rätsel um Jennifer Kuntz.

Ein paar Stunden lang hatte ich mich im Bett hin und her geworfen und konnte nicht einschlafen. Einmal wollte Stud raus, dann wieder rein und schließlich wieder raus. Roger hatte sich schlaftrunken umgedreht, mich in die Arme genommen und zu sich gezogen.

»Was ist los, Liebling?« fragte er im Halbschlaf.

»Es war bloß ein anstrengender Tag. Schlaf weiter. Ich muß noch warten, bis Stud wieder im Haus ist.«

»Wir müssen uns mal über diesen Kater unterhalten.« Rogers Worte klangen gedämpft, während er begann, mich leicht auf den Nacken und die Schultern zu küssen.

»Wieso, was ist mit ihm?«

»Er ist ein Psychopath, Phoebe.«

Ich unterdrückte ein Kichern. Wenn ich die Wahl hätte zwischen Mäusen und Stud, dann gewann Stud eindeutig.

»Ich glaube, er wird langsam altersschwach«, murmelte ich, während ich mich noch näher an Roger schmiegte. Sein Körper war warm und empfänglich. Ich hätte beinahe laut losgelacht, als ich daran dachte, wie Stud sich auf George gestürzt hatte.

»Roger?«

»Hmmm?«

»Können wir mal kurz reden?«

»Na klar.«

»Ich hatte heute eine schlimme Auseinandersetzung mit Michael. Er versuchte, mir einzureden, daß Ben psychische Probleme hatte.«

»Vielleicht hatte er die ja auch.« Roger rückte ein wenig von mir ab, setzte sich auf und sah mich an.

Er war der einzige Mensch, dem ich erlaubte, das heikle Thema meiner Familienbeziehungen zu erörtern. Ich hatte mir immer eingebildet, daß unsere Beziehung eher locker war, aber rückblickend weiß ich, daß er immer so etwas wie mein Prüfstein war. Ich brauchte ihn trotz all seiner Unbeholfenheit, um mich ab und zu wieder auf den Boden der Tatsachen zurückholen zu lassen.

»Im Moment passieren merkwürdige Dinge, all diese Leute von früher treten plötzlich wieder in mein Leben. Ich werde einfach nicht schlau daraus.«

»Wer denn zum Beispiel?«

»Zum Beispiel Lanny Wilson und George Shanklin.«

Roger und ich, wir hatten uns nie über meine Ehe unterhalten und deshalb auch nie über Lanny gesprochen. Deshalb wunderte es mich nicht, daß er auf ihn gar nicht erst einging, sondern sich gleich nach George erkundigte.

»Ist das nicht der Typ, der nach Bens Tod seine Frau …«

»Ja«, antwortete ich und legte einen Finger auf seine Lippen. »Ich bin heute ziemlich empfindlich.«

»Wo hast du George getroffen?«

Ich erzählte ihm von der Begegnung mit Michael und

daß George meinen Wagen gesehen und angehalten hatte, daß er mich nach Hause gebracht hatte und dann noch kurz in meiner Wohnung gewesen war.

»Vielleicht brauchtet ihr das beide, daß ihr wieder Verbindung aufgenommen habt, um euch mit ein paar Dingen aus der Vergangenheit auseinanderzusetzen. Aus dem, was Kehly erzählt hat, schließe ich, daß er und Ben sich sehr nahe gestanden haben.«

Ich konnte es nicht leiden, wenn er so vernünftig war.

»Er hat sich jedenfalls nicht sehr verändert«, meinte ich und dachte wieder an das Gefühl, das ich hatte, als George in meinem Wohnzimmer saß. »Er ist immer noch verdammt überzeugt von sich selbst.«

»Das ist doch keine Charakterschwäche, Phoebe. Vielleicht weiß der Typ einfach, wer er ist.« Er rückte wieder näher. »Ist dir klar, daß wir da noch eine Angelegenheit von gestern nacht zu erledigen haben?«

Wie gesagt, manchmal war er geradezu albern.

»Haben wir das?« kicherte ich.

Roger nahm meinen Kopf in die Hände, zog mich so nah wie möglich zu sich heran und gab mir einen von diesen langen, feuchten Küssen, nach denen es kein Zurück mehr gibt. Gerade als sich dieses spezielle Kribbeln in meiner Bauchgegend bemerkbar machte, bewegte Roger seinen Arm. Ich spürte einen scharfen, lähmenden Schmerz im Nacken und schrie auf. Er erschrak und versuchte die Hand zurückzuziehen, und dadurch wurde der Schmerz noch stärker.

»Deine verdammte Uhr hat sich in meinen Haaren verfangen«, kreischte ich.

Ich streckte meinen Arm nach der Lampe neben dem Bett aus und schaltete sie ein. Das grelle Licht schien ihm direkt ins Gesicht, und er bedeckte seine Augen mit der Hand. »Würdest du gefälligst diese blöde Lampe in eine andere Richtung drehen!« fuhr er mich an.

»Warte mal eine Sekunde!« Ich befreite mein Haar und sprang aus dem Bett.

»Wo zum Teufel willst du hin?«

»Das ist es, Roger. Ihr Handgelenk!«

»Oh Gott, Phoebe, ich flehe dich an, mach das nicht noch mal mit mir.«

Ich lief ins Wohnzimmer und schaltete den Projektor ein, dann durchsuchte ich hastig die Schachteln mit den Dias und fand schließlich die richtige. Ich ließ die Serie durchlaufen und wiederholte sie noch einmal.

Dann sah ich es plötzlich so deutlich, daß ich mich fragte, wie es mir beim ersten Mal entgangen sein konnte. Mary hatte mir doch gesagt, ich solle mir die Bilder sorgfältig ansehen. Auf den letzten Dias sah man überall denselben Gegenstand: den Armreif an ihrem Handgelenk. Ich ging zurück zu dem Bild, wo sie das Kinn in die Hand gelegt hatte und holte das Armband mit der Linse näher heran, dann ging ich zu der Wand und berührte es mit dem Finger.

Es mußte tausende von medizinischen Armreifen geben, die dem, den sie trug, *ähnlich* waren. Aber höchstwahrscheinlich gab es nicht eines, das *genauso* aussah. Ein Hauptgewinn im Lotto wäre wahrscheinlicher gewesen.

Charlene hatte es maßanfertigen lassen, als sie und Ben noch zur High School gingen. Ben hatte damals wegen einer Halsentzündung Penicillin genommen und unmittelbar darauf einen anaphylaktischen Schock erlitten. Die Ärzte hatten ihn gewarnt, daß eine nochmalige versehentliche Einnahme des Medikaments tödliche Folgen haben könnte. Sein Macho-Stolz hatte sich dagegen gesträubt, ein SOS-Armband zu tragen, bis Charlene ihm dieses aus Sterlingsilber schenkte. Außer dem Äskulapstab und den medizinischen Daten hatte sie noch seine und ihre Initialen darauf eingravieren und eine keltische, geflochtene Gliederkette statt des Verschlusses anbringen lassen.

Meine Augen hingen an Jennifers Gesicht. Ihre Pupillen, die trotz des Sonnenlichts extrem geweitet waren, wirkten wie zwei dunkle, geheimnisvolle Höhlen. Sie lächelte, als würde sie für die Kamera posieren. Aber dieser Blick, Roger hatte recht, war anders als alles, was ich bisher gesehen hatte. Er erfüllte mich mit einer kalten und beklommenen Furcht. Noch einmal ließ ich die Dias vor- und zurücklaufen. Das Armband war immer an ihrem Handgelenk. Ein Gefühl der Schwäche und Angst überkam mich. Absolut nichts in diesen leeren, gespenstischen Augen konnte mir die Frage beantworten, die jetzt in meinem Kopf hämmerte: Warum um alles in der Welt trug sie das Armband, das vor drei Jahren mit Ben hätte beerdigt werden müssen? Alles, was mir diese Augen bestätigten, war Marys Verdacht, daß mit ihrer Jennifer etwas ganz und gar nicht in Ordnung war.

Ich hatte keine Lust, meinen Kampf mit dem Chevrolet wieder aufzunehmen, deshalb überredete ich Roger, mir seinen BMW zu leihen und machte mich am nächsten Morgen um halb acht auf den Weg zu Marys Farm. Ich wollte sie vorher anrufen, aber nach sieben Versuchen war immer noch besetzt, und das, obwohl ich mir dachte, jede Farmersfrau mit einem Funken von Selbstachtung im Leib würde um diese Zeit im Schweiße ihres Angesichts Brotteig kneten oder die Hühner füttern.

Als ich in den Kiesweg einbog, der zur Farm führte, verlor die Sonne gerade ihren Kampf gegen eine dunkle Wolkenwand, die bedrohlich nach Regen oder Schnee aussah. Oder nach beidem. Die Luft war kalt, aber nicht annähernd so kalt wie ich mich innerlich fühlte, während ich immer noch darüber nachsann, ob Jennifers Augen die Antwort auf meine Fragen enthielten. Ich war fest entschlossen, heute in diese Augen zu sehen und herauszufinden, warum mich Mary das Armband auf diese Weise hatte entdecken lassen, anstatt mir davon zu erzählen.

Als ich am Tor ankam, hielt ich den Wagen an und blieb noch eine Weile sitzen. Am Horizont sah man Berge, die bis in den Hochsommer hinein mit Schnee bedeckt sein würden. Sie bildeten einen scharfen Kontrast zu den etwa sechzig Meilen entfernten vorgelagerten Beartooth Mountains, die mit ihrem dichten Pinienbewuchs tiefblau zu sein schienen. Nichts war so, wie es schien. Ich versuchte, nachzudenken, aber die Gedanken rasten nur so durch meinen Kopf, und keiner davon ergab einen Sinn. Mary hatte recht gehabt. Vielleicht nicht unbedingt in dem Sinne, wie sie dachte, aber sie war ganz sicher auf der richtigen Spur.

Ich stieg aus dem Wagen, öffnete das schwere Tor, stieg wieder ein, fuhr in den Hof und wiederholte die ganze Prozedur. Kein Wunder, daß die Menschen auf dem Land besser in Form sind als wir Großstadtpflanzen.

Bauernhöfe sind mir ein Greuel. Das Heu läßt mich niesen wie verrückt, Kühe ängstigen mich, und ich bin wahrscheinlich auch die einzige, die es nicht besonders witzig findet, daß man diese flachbraunen Fladen, die die Kühe so zahlreich auf den Wiesen hinterlassen, »Montana Frisbees« nennt.

Hühner mit ihren ihren kleinen, spitzen Schnäbeln können den Fußknöcheln schmerzhaften Schaden zufügen, und Gott allein weiß, was sie mit einem machen würden, wenn es ihnen gelänge, einen zu Fall zu bringen. Auf einem Bauernhof leben einfach zu viele gefährliche Lebewesen, und jeder, der einmal, so wie ich, von einer psychotischen Gans verfolgt wurde, weiß, was ich meine.

Hier war alles ruhig. Auf einer Seite des Hauses stand ein neuer Ford Escort. Ich stieg aus meinem Wagen, ging zur Haustür, klopfte und wartete, daß jemand öffnete. Aber niemand kam. Ich sah mich um, konnte aber nichts oder niemanden entdecken. Dann drückte ich auf die Klinke. Die Tür war unverschlossen.

Ich stieß sie auf und rief »Hallo«. Keine Antwort. Drinnen hörte ich ein Radio laufen. Ich kam mir vor wie ein Eindringling und rief noch einmal. Immer noch nichts. Die Stille machte mich nervös, und so ging ich wieder nach draußen und um das Haus herum. Ich bin überzeugt, daß niemand auf dem Land eine Vordertür benutzt. Sie haben zwar alle eine, aber niemand benutzt sie.

Kurz bevor ich wieder an der Vorderseite des Hauses ankam, glaubte ich, ein Geräusch zu hören. Der Boden war noch feucht vom Frühlingstauwetter, und mit jedem Schritt legte sich eine weitere Schlammschicht auf die Sohlen meiner Turnschuhe. Dann hörte ich wieder das Geräusch. Es klang wie schepperndes Metall, ein Eimer vielleicht.

Ich ging ein Stück weiter und sah eine Scheune am Fuß eines Hügels. Es war eine von diesen alten, massiven und roten Holzgebäuden, wie sie in dieser Gegend üblich sind. Das Geräusch schien von dort zu kommen. Um das eine Ende der Scheune erstreckte sich eine Koppel. Sie sah leer aus. Jetzt hörte ich das Geräusch nicht mehr. Ich ging durch die offene Tür der Scheune und erwartete, drinnen Mary zu finden.

Im Innern war es halbdunkel. In jeder Ecke kauerten geisterhafte Schatten, und die Luft roch schwer und süßlich.

»Mary!« rief ich. Ich meinte, in dem höhlenartigen Raum über mir ein Echo zu hören. »Mary! Ich bin's, Phoebe!« schrie ich noch einmal.

»M-a-a-r-y«, kam ein sanft flötender, gespenstischer Ton durch die Luft. Ich erzitterte. Das war kein Echo.

Mir gefiel dieser Ort ganz und gar nicht. Er war dunkel, feucht und unheimlich.

»Wo sind Sie? Ich ... habe versucht, Sie anzurufen, aber es war immer besetzt.«

»Ich bin hi-e-e-e-r ...«, antwortete der Singsang von irgendwoher.

Ich ging zentimeterweise vorwärts. Meine Augen fingen an zu brennen, und meine Nase juckte von dem Staub und dem leichten Geruch nach Moder. Ich preßte die Zähne zusammen und versuchte vergeblich, ein Niesen zu unterdrücken. Die Scheune war sofort erfüllt von lautem Trompeten.

»Gesundheit«, sagte die körperlose Stimme.

Vom anderen Ende der Scheune vernahm ich ein leises, langgezogenes Ächzen. Ich hörte genauer hin und erkannte in dem Geräusch das Knarren alter, rostiger Scharniere. Vor mir sah ich ein Lichtfeld. Mit beschleunigtem Schritt ging ich darauf zu.

Als ich näherkam, konnte ich sehen, daß es eine kleine Tür war, die nach draußen führte. Ich überlegte mir, daß sie sich wohl auf die Koppel öffnen würde, die ich vom Hof aus gesehen hatte.

»Mary...« Langsam machte mich dieses Versteckspiel ärgerlich. Gut, die Frau hatte eine Menge Probleme, aber ihr Verhalten wurde allmählich lächerlich. »Können wir vielleicht ins Haus gehen und uns unterhalten?«

Ich bückte mich und trat ins Freie. Nach der stickigen Luft in der Scheune tat die kühle Brise draußen gut wie purer Sauerstoff.

»Mary?« Hinter mir bewegte sich etwas. Gerade, als ich mich umdrehte, knallte die kleine Scheunentür zur. Ich lief hin und preßte mit aller Kraft meine Hände dagegen. Sie gab ein klein wenig nach, aber dann hörte ich, wie auf der anderen Seite ein Riegel vorgeschoben wurde und vernahm ein schrilles, nervenzerfetzendes Gelächter.

»Machen Sie die verdammte Tür auf!« brüllte ich und hämmerte mit den Fäusten auf das rauhe Holz. Von dem ziegelroten Anstrich blätterten kleine Stücke ab und fielen auf den Boden vor meinen Füßen. »Aufmachen!«

»Sie sollten lieber nicht soviel Krach machen da draußen«, erklang eine Stimme aus dem Innern der Scheune. Es war nicht Mary.

Ich ließ erschrocken die Hände sinken und trat von der Tür zurück. »Jennifer?«

»Kennen wir uns?« fragte sie.

»Nein, wir kennen uns nicht. Aber es ist vielleicht eine gute Gelegenheit, um das nachzuholen. Warum machen Sie die Tür nicht auf und leisten mir Gesellschaft?« Ich hatte keine Lust, diesem merkwürdigen Mädchen in der dunklen Scheune zu begegnen.

»Och, nö, ich glaub' nicht. Ich bin schon spät dran für meine Verabredung. Jetzt muß ich los.« Sie klang arrogant, geradezu triumphierend. Dabei wußte ich noch gar nicht, wieso.

»Ich hab' keine Zeit für diese Albernheiten«, rief ich wütend und fing wieder an, auf die Tür zu hämmern.

»Ich sagte Ihnen doch, Sie sollten nicht so einen Krach machen. Blacky mag das nicht. Der Tierarzt glaubt, daß er verrückt ist und eingeschläfert werden muß.« Bei diesen Worten gab sie ihrer Stimme einen melodramatischen Klang. »Sogar das kleinste Geräusch kann ihn zum Ausrasten bringen. Mutter hat neulich einen Eimer fallen lassen, und er hat zwei Bretter von der Umzäunung zertrampelt.«

»Hör zu Jennifer, deine kleinen Spielchen sind echt amüsant. Wirklich. Aber ich gehe jetzt zu diesem Zaun und krieche drunter durch. Ob deine Mutter das allerdings so amüsant finden wird, bezweifle ich. Hörst du mich?«

Ich fing an, rückwärts zu gehen. Eine Weile war es still. Dann hörte ich plötzlich ihre Stimme hinter mir. Ich wirbelte herum. Jennifer stand auf der anderen Seite der Umzäunung. In den Händen hielt sie einen Metalleimer und einen Haken aus Eisen.

»Wie kommen Sie darauf, daß Mutter davon erfährt?« Sie fing an, mit dem Haken auf den Eimer zu schlagen.

»Ich sehe, Sie machen Musik. Wie schön.« Ich ging einen Schritt auf den Zaun zu und fragte mich, wie ich sie entwaffnen könnte, als ich den Boden unter meinen Füßen vibrieren spürte. Dann hörte ich ein hohes Wiehern, gefror in meiner Bewegung und drehte nur langsam den Kopf.

Über mir erhob sich ein riesiger, schwarzer Hengst und trommelte mit den Hufen in der Luft. Er rollte die Augen in wilder Wut, ließ die Nüstern beben, bleckte das Gebiß und wieherte noch einmal laut gegen den dunklen Himmel. Dann ließ er sich auf alle viere fallen und wühlte etwa drei Meter von mir entfernt stampfend die Erde auf.

Ich schaute über die Schulter und erkannte, daß es mir auf keinen Fall gelingen würde, unter dem Zaun durchzukriechen. Er würde mit einem einzigen Schlag seiner Hufe mein Rückgrat zeschmettern. Hinter mir ertönte Jennifers Lachen. »Ich habe es Ihnen ja gesagt. Er mag keinen Lärm. Das Tier ist verrückt.«

Sie mußte mich nicht weiter überzeugen. Ich sagte kein Wort. Tatsächlich wagte ich es nicht einmal zu atmen. Ich hatte so tief eingeatmet, als ich den Hengst erblickt hatte, daß es mir immer noch in den Lungen weh tat.

Er kam etwas zur Ruhe, wenn man das überhaupt so nennen konnte und bewegte sich jetzt in der Koppel auf und ab. Wir beide tanzten in seltsamer Weise umeinander herum. Er machte einen Schritt in die eine Richtung, ich schlich in die andere. Dabei positionierte er sich raffiniertenweise immer genau zwischen mich und den Zaun.

Dann brach es los, das Gelächter und die Schläge auf den Eimer. Ich sah, wie sich jeder einzelne Muskel im Körper des Pferdes zuerst anspannte und dann zuckte. In pulsierendem Rhythmus beschleunigte Jennifer langsam aber stetig das tödliche Tempo, in dem sie den Haken auf den Eimer trommelte.

Er ging auf mich los wie eine schwarze Dampfwalze, bäumte sich auf und ließ seine Hufe so nahe an meinem Kopf vorbei niedersausen, daß ich die Luft wie einen Kondensstreifen neben meinem Gesicht spürte. Ich stolperte rückwärts und krabbelte im Krebsgang aus seiner Reichweite. Das Schmettern seiner Hufe war jetzt ohrenbetäubend. Er lief Amok. Er bäumte sich erneut auf, traf wieder daneben. Vor meinem geistigen Auge sah ich, wie er meinen Schädel zertrümmerte, und ich bekam Angst.

»Jennifer, aufhören! Um Gottes willen, was machst du da?« Ich hörte, wie Mary aus einiger Entfernung schrie. »Hör auf, um Himmels willen!«

Ich war zu beschäftigt, um mich von ihrem Rufen beeindrucken zu lassen. Sie hätte sowieso nicht viel tun können; sie hätte höchstens zu mir in die Koppel kommen können, um die Hufschläge von mir abzulenken. In diesem Moment kam ein Eimer an mir vorbei geflogen und traf den Kopf des Pferdes. Der Hengst prallte zurück. Seine zitternden Flanken glänzten von weißlich-flockigem Schweiß. Plötzlich war alles ruhig. Mary tauchte neben mir auf, packte mich unter den Schultern und versuchte, mich zum Zaun zu ziehen.

»Ich kann gehen«, sagte ich. Dabei zitterte ich so sehr, daß meine Zähne klapperten.

»Dann tun Sie das, aber schön langsam. Er hat sich wieder beruhigt.«

Ich erinnere mich nicht daran, wie ich über den Zaun gekommen bin. Vielleicht bin ich auch drunter durch gekrochen. Alles, was ich weiß, ist, daß danach der Bretterzaun zwischen mir und diesem schwarzen Monster war.

»Kommen Sie ins Haus. Sind Sie verletzt?« Marys Stimme zitterte ebenso wie meine. »Wie konnte das nur passieren?«

Ich versuchte, den Dreck von meinen Jeans zu klopfen, aber meine Hände versagten. Mein Magen krampfte sich zusammen, und ich dachte, ich müßte mich übergeben. Aber es kam nichts. Dann ging ich langsam den Hügel hinauf zum Haus.

»Sie haben eindeutig ein Problem, Mary.« Meine Stimme klang heiser und atemlos. »Wo zum Teufel waren Sie?« fragte ich.

»Ich ... eine Kuh ist ausgebrochen, und ich mußte sie wieder in den Pferch zurückschaffen. Warum haben sie nicht vorher angerufen?«

»Hab' ich doch«, kreischte ich, holte tief Luft und senkte meine Stimme um eine Oktave. »Ich habe versucht, Sie anzurufen. Es war ständig besetzt. Verdammt, schauen Sie sich an, wie ich aussehe.«

Ich war über und über mit Schlamm und noch etwas Unappetitlicherem bedeckt. Bei dem Versuch, es abzuwischen, verschmierte ich es nur.

»Es tut mir so leid. Mein Gott, er hätte sie umbringen können.« Marys Hände zitterten, als sie jetzt ihrerseits versuchte, den Pferdemist von meinen Kleidern zu entfernen. Als wir oben auf dem Hügel ankamen, sah ich gerade noch das Heck des Escorts um die Ecke verschwinden. Mary machte ein gequältes Gesicht und war den Tränen nahe. Ich streckte meine Hand aus und berührte ihre Schulter. Dabei fragte ich mich, warum zum Teufel ich eigentlich versuchte, sie zu trösten.

»Ich muß jetzt hier weg, Mary. Ich werde Sie anrufen, wenn ich in der Stadt bin. Übrigens, ich hab' das Armband entdeckt. Sehr clever. Wir reden noch darüber.«

»Es tut mir so leid.« Ich spürte, wie sie mit der Hand meinen Rücken abklopfte. »Vielleicht hätte ich Ihnen sagen sollen ...«

Es hatte angefangen zu regnen. Ohne eine weitere Erklärung abzuwarten, ging ich durch die Pfützen auf den BMW zu. Als ich bei dem Auto ankam, fiel mein Blick auf meine Füße, und ich bemerkte, daß ich einen meiner Turnschuhe verloren hatte.

»Scheiß drauf«, meinte ich, stieg ein und verließ die Farm so schnell ich konnte. Dabei sah ich noch einmal in den Rückspiegel. Mary war im Regen stehengeblieben und blickte mir nach.

Nachdem ich geduscht hatte, zog ich mich an und brachte meine total verdreckten Kleider in den Waschsalon. Getrockneten Pferdemist und Schlamm konnte ich der

Waschmaschine meiner Mutter unmöglich zumuten. Dann fuhr ich Rogers Wagen zur Waschanlage, ging zu Fuß nach Hause und rief Mary an. Sie klang immer noch ziemlich durcheinander, als sie den Hörer abhob.

»Sind Sie in Ordnung?« fragte sie.

»Mir geht's prima. Ich versuche, heute noch mal bei Ihnen vorbeizukommen ...«

»Nein ... bitte, tun Sie das nicht.« Sie klang jetzt fast hysterisch. »Das würde nichts bringen.«

»Wir müssen miteinander reden, Mary. Und zwar so bald wie möglich.«

»Das weiß ich, aber hier geht es einfach nicht. Das müßten Sie doch jetzt gemerkt haben.«

»Ja gut, das sehe ich ein, aber ...«

»Ich suche gerade nach Jennifers Tagebuch. Sie hat eines geführt, seit sie schreiben kann, und vielleicht steht da etwas drin, das Ihnen helfen könnte.«

»Großartig«, sagte ich ohne viel Begeisterung. »Wo können wir uns treffen?«

Sie nannte eine Tankstelle auf halber Strecke zwischen Laurel und Billings, und wir einigten uns auf Mittwochabend zwischen neun und halb zehn. Dann hängte sie ein.

Es war drei Tage her, seit ich das Diabild von Jennifer Kuntz auf meiner Wohnzimmerwand gesehen hatte, und zwei Tage, seit ich auf der Farm von Mary Kuntz dachte, mein letztes Stündlein hätte geschlagen. Diese Begegnung mit Jennifer und ihrem schwarzen Rächer saß mir immer noch in den Knochen.

Roger hatte recht gehabt: Ihre Augen waren unheimlich. Jedenfalls unheimlich genug, um sie nicht mehr vergessen zu können. Ich war davon überzeugt, daß das Mädchen nach wie vor Drogen oder zumindest irgendwelche starken Medikamente nahm, die offensichtlich nicht die erwünschte Wirkung hatten.

Wie immer hatte Roger nach langem Bitten und Betteln schließlich nachgegeben und versprochen, bei der Staatsanwaltschaft zu prüfen, ob er etwas über Dr. Stroud in Erfahrung bringen könne. Heute hatte er mich in sein Büro bestellt, um mir das Ergebnis seiner Nachforschungen mitzuteilen.

Ich hatte mir ein neues Paar Schuhe gekauft und betrachtete sie mit Wohlgefallen, während ich im Empfangsraum der Kanzlei saß und auf Roger wartete.

Wenn Macht einen Geruch hätte, würde sie nach altenglischer Möbelpolitur duften. Und wenn man sie fühlen könnte, dann würde man sie als zentimeterdicken, weichen Teppichboden unter den Füßen spüren. Gerüchten zufolge hatte die Staatsanwaltschaft von Montana das Gebäude zu einem verdammt günstigen Preis erstanden und konnte sich wahrscheinlich nur deshalb diese luxuriöse Inneneinrichtung leisten.

Ich blätterte in einer Ausgabe der Zeitschrift *Glamour*, die mir die Empfangsdame in die Hand gedrückt hatte, und tat so, als würde ich nie etwas anderes lesen. Ab und zu sah ich auf und lächelte ihr freundlich zu, worauf sie ihre tiefrot-glänzenden Lippen zu einem Lächeln verzog, das eine Reihe strahlend weißer Zähne entblößte.

Wenn eine Frau aus einem der Büros zu ihrem Pult kam, legte sie eine dienstbeflissene, erzwungene Kollegialität an den Tag, wenn ein Mann kam, gab sie ihrer Stimme sofort einen verführerisch tiefen Klang. Dann beugte sie sich vor, die Oberarme eng an den Körper gepreßt, um ihr Dekolleté zu betonen, und brachte es tatsächlich fertig, jeden harten Typen, der vor sie trat, in ein sanftes Lamm zu verwandeln, indem sie ihm einen kurzen Blick auf ihren Brustansatz gewährte. So viel zum Stil des Hauses.

Als Roger den Empfangsraum betrat und mich sah, kam ein Ausdruck von Panik in seine Augen. Er schaute nur kurz zu mir herüber, während er einem großen, gutaussehenden Mann, flankiert von einem kleineren mit einem spitzen Mäusegesicht, der mich unverhohlen von oben bis unten musterte, die Hand schüttelte. Als die blauen Augen des kleineren Mannes meinen begegneten, lief mir ein Schauer über den Rücken.

Dann machte der Mann, der immer noch Rogers Hand hielt, mit einer leichten Bewegung des Kopfes auf meine Anwesenheit aufmerksam, woraufhin sich alle drei gleichzeitig zu mir umdrehten. Der größere Mann schob sich vor Roger und kam auf mich zu.

»Roger, Sie haben immer die Nase vorn. Das gefällt mir«, sagte er lachend, während er mich musterte. Dann rief er in Richtung der prächtigen Blondine an der Rezeption: »Keine Anrufe für mich durchstellen, Linda« und streckte mir die Hand entgegen. In diesem Moment trat Roger hinter den Mann und fing an, eine Reihe mysteriöser Grimassen zu schneiden, deren Bedeutung ich nicht verstehen konnte. Unter den Blicken von Roger mit seinem Gesichtstick und den anderen beiden Männern fühlte ich mich äußerst unbehaglich.

»Was für ein glücklicher Zufall«, sagte der Mann, während er mir die Hand schüttelte.

Roger trat schnell vor mich. »Phoebe, ich wußte gar nicht, daß du hier bist. Kommst du nicht zu spät zu deinem …«

»Äh …«, versuchte ich verzweifelt zu verstehen, was er mir mit seinen akrobatischen Gesichtsverrenkungen sagen wollte.

»Ich dachte, du könntest vielleicht eine Mittagspause einlegen …«

»Das ist jetzt eher ungünstig«, antwortete er. »Sehr ungünstig.«

»Roger«, sagte der große Unbekannte, während er mir seinen Arm um die Schultern legte und mit mir auf Rogers Büro zuging, »hat mir viel von Ihnen erzählt. Nach allem, was ich höre, hätten wir uns schon viel früher kennenlernen sollen.«

Nachdem ich mich nach Roger umgesehen hatte, der hilflos die Schultern hochzog, blieb mir nicht viel anderes übrig, als ihm zu folgen. Er ließ mir den Vortritt in das Büro, führte mich zu einem Stuhl, ließ sich selbst in Rogers Stuhl fallen und legte die Füße auf den Schreibtisch.

»Schließen Sie doch bitte die Tür, Roger, alter Knabe«, sagte er und lächelte breit. »Das heißt, hinter Ihnen. Das wird mir die Möglichkeit geben, Ihre Freundin etwas besser kennenzulernen. Wie wär's, wenn Sie noch mal mit Earl diese Sache durchgehen, die wir eben besprochen haben?«

Ohne ein weiteres Wort verließen Roger und Earl den Raum. Der Mann mir gegenüber beobachtete mich, faltete seine Hände unter dem Kinn und lehnte sich zurück.

»Ich bin Cutter Gage«, sagte er einfach.

Seine Worte waren ausgesprochen wirkungsvoll. Jeder kannte diesen Namen. Malcolm »Cutter« Gage gehörte zum alten Geldadel. Er hatte vier erfolgreiche Amtsperioden als Senator hinter sich, war jetzt leitender Staatsanwalt im MIB, der größten Ermittlungsbehörde von Montana, und spekulierte angeblich auf einen Sitz im U.S. Senat.

Außerdem wurde noch so mancherlei über Cutter Gage gemunkelt. Er war rücksichtslos ehrgeizig, bekannt für seinen radikalen Rassismus und er war der Ansicht, daß man Mauern um die Indianerreservate errichten sollte. Er hatte eine Menge Anhänger, und es hieß, daß er beste Aussichten hatte, in den US-Senat gewählt zu werden. Wenn er kam, wurden die Frauen ohnmächtig. Als ich ihm gegenübersaß und ihn ansah, konnte ich verstehen, warum. Männer fürchteten sich vor ihm. Auch das konnte ich verstehen.

Wenn es um Cutter Cage ging, gab es scheinbar niemanden, der ihm gegenüber neutral bleiben konnte. Er wurde entweder verehrt oder gehaßt. Dieser Mann besaß eine unglaubliche Persönlichkeit und eine Kraft, die einen dazu zwang, ihn zu beachten. Ich wußte nicht, was ich sagen sollte.

»Ich habe gehört, sie waren auf der Polizeischule in Quantico.«

»Das ist richtig.«

»Wie lange haben Sie das gemacht?«

»Ungefähr drei Jahre. Hören Sie, ich habe jetzt wirklich keine Zeit ...«

»Ich schätze, ich sollte zur Sache kommen. Eigentlich gehe ich die Dinge immer so an.«

Ich suchte fieberhaft nach einer passenden Antwort, aber alles, was ich hervorbrachte, war ein klägliches »Äh ...«.

»Roger ist einer meiner wichtigsten Männer, Miss Siegel. Ach was, ich kann Sie doch Phoebe nennen, oder?«

»Sicher, Cutter.« Ein Druck legte sich mir auf die Brust. Ich wollte aufstehen, langsam, und dann einfach aus dem Zimmer gehen.

Er lachte, lehnte sich wieder zurück und legte seine Hände hinter den Kopf. »Das gefällt mir. Eine Frau nach meinem Geschmack. Ich wette, Sie halten ihn ganz schön auf Trab. Stimmt's?«

»Worauf wollen Sie eigentlich hinaus?«

»Sie gefallen mir immer besser.« Er lachte wieder und sah mir dabei direkt in die Augen. »Sie sind nicht fürs lange Rumreden. Gut, ich auch nicht.«

Er stand auf, ging um den Schreibtisch herum und stellte sich hinter meinen Stuhl. Ich konnte seine Fingerspitzen in meinem Rücken spüren, als er die Lehne umfaßte.

»Obwohl diese Sache ziemlich schwierig für mich ist.« Seine Stimme wurde leiser. Er machte eine Pause und holte tief Luft. Ich konnte hören, wie sich das Leder zusammenzog, als er den Griff seiner Hand verstärkte. »Meine Tochter hat sie kürzlich wegen eines Auftrags angesprochen. Da gibt es ein paar Dinge, die Sie wissen sollten.«

»Ihre Tochter?« fragte ich ungläubig. »Sie müssen sich irren.«

Ich wollte ebenfalls aufstehen, aber er legte eine Hand auf meine Schulter und übte damit gerade genug Druck aus, um mich auf meinem Sitz festzuhalten. Dann trat er wieder hinter den Schreibtisch.

»Gott, ich wünschte, sie wäre damit zu mir gekommen.«

»Wen meinen Sie?«

»Es wundert mich nicht, daß sie Ihnen nichts davon erzählt hat. Sie war in dieser Hinsicht immer schon sehr eigen. Mary ist, wie soll ich es sagen, ...«

»Mary ist was?«

»Sie übertreibt immer ein wenig, macht die Dinge größer, als sie sind.« Er schüttelte traurig den Kopf. »Sie war immer schon ein bißchen überspannt und zwanghaft.«

Mein Mund stand so weit offen, daß ein Zahnarzt sein leichtes Spiel mit mir gehabt hätte.

»Marys Mutter und ich ließen uns scheiden, als sie noch sehr jung war. Ihre Mutter ist dann zurück nach Missoula gegangen und hat unglücklicherweise alles getan, was in ihrer Macht stand, um eine weitere Beziehung zwischen Mary und mir zu verhindern. Ich habe Mary nicht wieder gesehen, bis sie von der High School abging und zurück nach Billings zog.«

»Warten Sie eine Sekunde.« Ich hob meine Hand. »Das Ganze noch mal, bitte. Mary Kuntz ist Ihre Tochter?«

»Das ist richtig. Ich weiß, das bringt Sie in eine unangenehme Position. Und ich weiß Ihre Skrupel zu schätzen. Aber Tatsache ist ...«

»Tatsache ist, daß mich das überhaupt nicht in eine unangenehme Position bringt. Es bringt mich in gar keine Position, und es gibt für mich in dieser Angelegenheit rein gar nichts, was ich mit Ihnen zu diskutieren hätte, *Cutter.*« Ich stand endlich auf und sah ihn an.

Er hatte sich völlig unter Kontrolle. Seine Lippen öffneten sich leicht, als er lächelte. Seine Augen blitzten für einen Moment lang auf und wurden dann schmaler. Ich konnte sehen, wie er seine Zunge im Mund rollen ließ. Mit der Hand fuhr er sich durch sein dichtes, dunkles Haar. Dann entspannte sich sein Körper plötzlich wieder und er brach in Gelächter aus.

»Verdammt nochmal! Kein Wunder, daß der Junge ...«

»Ich habe noch eine Verabredung. Es hat mich sehr gefreut, Mr. Gage.« Ich erhob mich.

»Bleiben Sie sitzen. Ich kann Ihnen helfen, und das werde ich auch tun«, sagte er und betätigte die Gegensprechanlage, um seine Sekretärin zu rufen.

Schweigend blieb ich stehen. Innerlich zitterte ich wie Espenlaub. Er behielt sein selbstsicheres Lächeln auf den Lippen, während er auf die Antwort seiner Sekretärin wartete. Auch als diese sich meldete, wandte er seinen Blick nicht von mir ab.

»Würden Sie bitte Earl herein schicken?«

Es dauerte nur wenige Sekunden, bis Earl hinter mir das Büro betrat. Dann hatte ich sie plötzlich beide vor mir, Earl, auf dem Rand des Schreibtischs sitzend, und Gage, immer noch grinsend, dahinter.

»Earl steht für Sie zur Verfügung, wann immer Sie ihn brauchen sollten. Dieser Mann ist seit vielen Jahren mein Vertrauter und Berater. Er kennt meine Familie und Marys *Probleme.*« Dann lehnte er sich nach vorne und sagte: »Ich möchte, daß Sie meiner Tochter ihren Willen lassen. Tun Sie, worum sie Sie gebeten hat, solange es in vernünftigen Grenzen bleibt.«

»Ich fürchte ...«

Er schnitt meinen Satz mit einer Handbewegung ab und fuhr fort: »Ich bin kein Mann, der ein *Nein* akzeptiert. Besonders, wenn es um meine Familie geht. Ein Mann in meiner Position muß sehr vorsichtig sein. Er muß absolut unbescholten bleiben, ebenso wie seine Familie.«

»Was Mr. Gage damit sagen will, ist, daß ...«, fing Earl an, aber ich unterbrach ihn.

»Ich fühle mich nicht besonders wohl bei dieser Unterhaltung. Schließlich hat mir Mary einen Auftrag erteilt, und ...«

»Ich würde es als eine persönliche Gefälligkeit betrachten, wenn Sie mir erlauben würden, Ihnen bei Ihren Ermittlungen ein paar Türen zu öffnen, die Sie vielleicht verschlossen finden. Ich könnte Ihnen auch Kontakte vermitteln, die für Sie sicher hilfreich wären.«

Ich fragte mich, wie viele Leute ihm wohl insgesamt einen persönlichen Gefallen schuldeten, den er jetzt einfordern konnte. Dann kam er hinter dem Schreibtisch hervor und auf mich zu, legte mir wieder einen Arm um die Schulter und führte mich zur Tür.

In diesem Augenblick summte das Telefon auf dem Schreibtisch. Gage hob den Hörer ab, hörte einen Moment lang zu, legte wieder auf und wandte sich an Earl.

»Der Gouverneur ist bereit für die Konferenzschaltung. Würdest du bitte dafür sorgen, daß alles klar geht?« Seine Stimme war voller Autorität.

Earl nickte, warf mir einen abschätzigen Blick zu und verließ den Raum.

»Also, Sie müssen sich nur an Earl wenden, falls Sie etwas brauchen. Wir werden uns wiedersehen, Phoebe. Meine Familie ist sehr wichtig für mich. Ich würde alles, wirklich alles tun, um sie zu schützen.«

Er hielt inne und fixierte mich. Sein Gesicht war völlig ausdruckslos. Dann sagte er: »Aber was erzähle ich da ausgerechnet *Ihnen* von Familie? Ja, wir werden uns sicher wiedersehen.«

Er öffnete die Tür, führte mich zurück in den Empfangsraum und ging dann fort, ohne noch ein Wort zu sagen. Während er in einem langen Flur verschwand, sah ich aus den Augenwinkeln Roger aus einer Tür treten.

»Oh Scheiße, Phoebe!«

»Das ist ja wohl die Untertreibung des Jahres. Was zum Teufel hast du ihm erzählt? Meine ganze Lebensgeschichte?«

»Ich schwöre dir, ich hab' ihm überhaupt nichts erzählt. Ich habe bloß Strouds Namen durch den Computer laufen lassen, und fünf Minuten später ist Gage in meinem Büro aufgetaucht. Und du hast wirklich nicht gewußt, daß Mary seine Tochter ist?«

»Sehe ich so aus? Ich muß jetzt schleunigst hier raus, Roger. Wir sollten dann aber wirklich mal miteinander reden. Wann geht's bei dir?«

»Ich weiß noch nicht. Ich ruf' dich an.«

»Roger«, rief die Empfangsdame, »Sie möchten bitte dringend in Earls Büro kommen.«

»Sofort«, rief er zurück. »Später, Phoebe. Mensch, ich hab' doch noch versucht, dich zu warnen.«

»Ich dachte, du machst ein Gesichtsmuskeltraining. Vielen Dank jedenfalls für die gute Absicht.« Mit diesen Worten drehte ich mich um und ging zur Tür. Als ich auf die Straße trat, spürte ich eine Verspannung im Nacken wie von der unsichtbaren Schlinge eines nicht mehr ganz so unsichtbaren Henkers.

Alpha Food war der bekannteste Lebensmittelgroßhändler der Gegend, und deshalb war anzunehmen, daß auch Whispering Pines von Alpha beliefert wurde. Cutter Gage war vielleicht imstande, mir die Vordertür von Whispering Pines zu öffnen, aber ich konnte es mir nicht leisten, nicht auch alle anderen Möglichkeiten in Betracht zu ziehen. Eine bestand darin, mir selbst den Zugang zur Hintertür zu verschaffen.

Mit dem sprichwörtlichen Glück der Iren erfuhr ich, daß der Lagerleiter bei Alpha Jerry Bean hieß, den ich noch von der High School kannte. In einer Stadt wie Billings hört man so einiges, und so wußte ich, daß er geheiratet und drei oder vier Kinder hatte, was bedeutete, daß er wahrscheinlich von einem Gehaltsscheck zum nächsten lebte.

Ich fuhr zuerst zur Bank, hob zweihundert Dollar in Fünfzigdollarnoten ab, und dann, ohne vorher anzurufen, weiter zu dem Lagerhaus in der 49. Straße, wo ich den Wagen an einer der Laderampen parkte. Der alte Chevrolet erregte wie immer ziemliches Aufsehen, und kaum daß ich ausgestiegen war, kamen drei oder vier Männer und fingen an, sich den Wagen genauer anzusehen. Jerry stand am anderen Ende der Laderampe mit einer Liste in der

Hand und beschimpfte gerade einen mageren Jungen, der dabei war, einen Lieferwagen zu beladen. Als er mich sah, grinste er und sprang von der Rampe.

»Hallo, Phoebe.«

»Hallo, Jerry.« Ich kannte Jerry gut genug, um zu wissen, daß ich ihm nicht um den Bart gehen mußte. »Ich möchte dich um einen Gefallen bitten.«

»Leg los.«

Ich fing mit einer Frage an, die mir nur bestätigen sollte, was ich schon vermutet hatte. »Ihr beliefert doch diese Privatklinik oben am Rims, stimmt's?«

»Du meinst Whispering Pines? Na klar. Warum? Ermittelst du etwa gegen uns?« Er plusterte sich ein bißchen auf, so daß er ein paar Zentimeter größer wirkte, und runzelte die Stirn.

»Aber nein, nichts dergleichen. Ich stelle hier nur ein paar Nachforschungen an.«

»Was ist los?«

»Du weißt doch, daß ich darüber nicht reden darf, Jerry. Die Information könnte sich allerdings für dich lohnen.«

Ich zog die vier Fünfzigdollarscheine aus meiner Hemdtasche und stopfte sie in seine.

»Wie geht's der Frau und den Kindern?« Wenn man schon jemanden kaufen mußte, war es beruhigend zu wissen, daß das Geld wenigstens einem guten Zweck diente.

Jerry griff in seine Hemdtasche, holte das Geld heraus und zählte es. Dann sah er sich um, ziemlich auffällig, wie ich fand, und grinste mich an.

»Ich schätze, mein Sohn kriegt nun endlich seinen Gameboy, den er sich so lange gewünscht hat. Das Leben ist doch voller Überraschungen. Was kann ich für dich tun, Phoebe?«

So viel zum guten Zweck. »Könnte sein, daß ich in Whispering Pines mal die Hintertür benutzen möchte. Ist das möglich?«

»Für das Geld, würde ich dich sogar durch *meine* Hintertür lassen. Ich hab' die früher selbst beliefert. Ziemlich verrückte Typen sind das.«

»Wieso?«

»Sie nehmen Lieferungen nur am Samstagabend an. Und sie bezahlen bar. 'Ne ganze Menge. Außerdem haben sie ein paar echte Kampfhunde da oben, die einmal versucht haben, einem meiner Fahrer die Eier abzubeißen. Er mußte daraufhin zum Arzt, aber bevor wir uns noch offiziell beschweren konnten, hatten sie sich schon nach der Arztrechnung erkundigt, das mit ein paar Tausendern für uns geregelt und uns versichert, sie würden die Hunde zukünftig einsperren, wenn wir liefern.«

»Prompte Reaktion.«

»Dickes Konto«, gab er zurück. Laß mich nachsehen, wann wir die nächste Lieferung haben. Ich hab' auf dieser Route jetzt einen Neuen, Crank heißt er. Er ist seit acht Monaten bei uns.«

»Crank?«

»Frag mich nicht, was das für ein Name ist. Das ist auch der, auf den die Hunde losgegangen sind. Direkt auf sein Ding. Er zeigt dir sicher gern die Narbe. Und die Kollegen zerreißen sich jetzt das Maul darüber, daß er ihn seither nicht mehr hochkriegt. So, ich bin gleich wieder da.«

Er klopfte mir auf die Schulter und ging zu meinem Chevrolet, wo er mit einem der Männer sprach und die anderen wieder zur Arbeit schickte. Nach ein paar Minuten rief er mich.

Nicht nur, daß Cranks Name »komischer Kauz« bedeutete, er sah auch so aus. Außerdem war sein Gehabe unerträglich großspurig. Sobald ich zu den beiden Männern trat, musterte er mich so blöde von oben bis unten, daß ich schon wünschte, ich wäre verschleiert gekommen.

»Ich hab' gehört, du bringst es total«, sagte er grinsend.

»Und ich hab' gehört, du nicht mehr.«

Sein Mund blieb ihm offenstehen und er lief rot an. Dann sah er wütend zu Jerry.

»Verdammte Scheiße, Jerry, du hast ihr doch nicht erzählt …«

Er benahm sich plötzlich wie ein kleiner, beleidigter Junge.

»Bei ihr solltest du besser vorsichtig sein, Crank. Sie macht Hackfleisch aus dir, wenn sie will. Also, was meinst du? Ist doch leicht verdiente Kohle.«

Crank sah mich eine Weile mißtrauisch an.

»Okay, warum nicht? Ich hab' morgen abend eine Fuhre.«

»Um wieviel Uhr?«

»Zwischen neun und halb zehn. Die sind inzwischen ziemlich scharf da oben, und um Punkt zehn lassen sie die verdammten Rottweiler raus.«

»Klingt reizend«, meinte ich. »Ich werde kurz vor neun Uhr hier sein.« Dann wandte ich mich an Jerry. »Werden die sich nicht wundern, wenn zwei Leute die Lieferung machen?«

»Kein Problem. Wir schicken immer zwei Fahrer. Wenn du's machst, kriegt halt jemand anderer ein paar Stunden frei.«

»Danke, Jerry. Also, Crank, alles klar?«

»Alles klar«, antwortete er, aber es klang nicht gerade begeistert.

Ich drehte mich um und ging. Daß Crank für ein paar lausige Dollar so leicht zu haben war, war wohl ein weiteres Symptom für die schleichende Wirtschaftskrise in unserem Land.

Ich rief in der Klinik an und wurde von einer Frau mit honigsüßer Stimme am anderen Ende der Leitung auf eine Art und Weise behandelt, als wäre ich mindestens reich und berühmt. Dr. Stroud würde mich selbstverständlich *je-*

derzeit empfangen. Am nächsten Tag verkleidete ich mich in eine Frau, die genau wußte, wie man sich anzog (und stellte dabei einigermaßen verblüfft fest, wie sehr ich in dieser Aufmachung meiner Tante Zelda glich), stieg in Rogers BMW und fuhr aus der Stadt.

Nach knapp fünfzehn Minuten fuhr ich die Auffahrt hoch, die zu Whispering Pines führte. Ich hielt vor einem massiven Eisengitter, stieg aus dem Wagen und las das Schild, das auf einem der Torflügel angebracht war.

WHISPERING PINES
INSTITUT FÜR GANZHEITLICHE HEILMETHODEN
BITTE LÄUTEN

Durch die Bäume hindurch konnte ich das dreistöckige Gebäude sehen, das einmal das Old Fellows Altersheim gewesen war. Kaum hatten meine Hände das Tor berührt, ertönte von irgendwoher eine harte, weibliche Stimme.

»In welcher Angelegenheit kommen Sie, bitte?«

Ich ließ das Eisengitter los, trat einen Schritt zurück und sah mich um. Die Sprechanlage befand sich in einem der steinernen Torpfosten.

»Ich habe einen Termin bei Dr. Stroud«, sagte ich.

»Ihr Name?«

»Helen Jenkins.«

Einen Augenblick später begannen sich die Torflügel langsam zu öffnen. Ich stieg wieder in den BMW, fuhr durch die Einfahrt und sah im Rückspiegel, wie sich das Tor sofort wieder hinter mir schloß. Das Auge einer drehbaren Kamera, die auf einem der Pfosten angebracht war, folgte meinem Weg.

Das Gelände war von einer bestimmt drei Meter hohen Mauer umgeben. Das Ganze wirkte wie eine Festung. Ich hielt den Wagen am Fuß der breiten Steinstufen an, die zur Eingangstür führten, stellte den Motor ab und stieg aus.

Als ich zu dem Haus aufsah, bemerkte ich an einem der Fenster eine Frau, die ein Fernglas um den Hals gehängt trug. Kaum hatte ich einen der Türgriffe berührt, hörte ich einen Summton im Innern des Hauses, und die Tür schwang weit auf. Raffinierte Technik, dachte ich.

Bevor sich die Tür nach meinem Eintreten automatisch wieder schloß, kam die Frau, die ich am Fenster gesehen hatte, auf mich zu und gab mir wortlos die Hand.

»Mein Name ist Helen Jenkins. Ich habe wegen eines Termins angerufen. Dr. Stroud erwartet mich.«

Ihr Gesicht veränderte sich plötzlich. Nicht, daß es weicher wurde, nur eben anders. Etwas, das man wohl für ein Lächeln halten sollte, erschien oberhalb ihres spitzen Kinns. Ihr Händedruck zerquetschte mir fast die Knöchel.

»Dr. Stroud wird gleich hier sein. Er pflegt das Abendessen mit unseren Patienten einzunehmen und müßte jetzt fertig sein. Sein Zeitplan ist äußerst präzise eingeteilt, Miss Jenkins.«

Ich war fasziniert, wie ihr lippenloser Mund die Worte formte. Ihr Gesicht war kantig und hart. Nichts Weiches, keinerlei Rundungen, und man konnte erkennen, wie sich die Haut über den Knochen spannte. Ich sagte nichts.

»Ihr Name war Jenkins, nicht wahr?«

Einen Moment lang war ich nicht auf der Hut gewesen. Ich wußte gar nicht, wen zum Teufel sie meinte.

»Entschuldigung. Ich dachte gerade, wie schön sie es hier oben haben. Das Gelände ist sehr weitläufig, nicht wahr? Das hätte meinem verstorbenen Mann auch gefallen«, versuchte ich Konversation zu machen. Aber sie war offensichtlich nicht an meiner Lebensgeschichte interessiert.

Das Haus war still wie ein Grab, mit Ausnahme von dem Klappern unserer Absätze, das in einem merkwürdig unregelmäßigen Rhythmus durch die Räume hallte. Ich spannte meine Wadenmuskeln an und versuchte, den

Schmerz in meinen Füßen nicht zu bemerken. Es war das erste Mal seit drei Jahren, daß ich hochhackige Schuhe trug, und ich hatte tatsächlich Mühe, mich aufrecht zu halten. Außerdem fing meine Kopfhaut unter der Perücke langsam an so mörderisch zu jucken, als würden mir lauter Ameisen über den Schädel laufen.

Endlich blieb die Frau vor einer Tür stehen, öffnete sie und bedeutete mir einzutreten. Der Raum war geräumig, elegant und männlich. Er ließ keinen Zweifel daran, daß es sich bei seinem Bewohner um den Chef des Hauses handeln mußte. Außerdem war der Mann ein Sammler.

Primitive, grell bemalte Masken, lange, spitze Säbel und reich verzierte Dolche hingen in allen Winkeln und Ecken der holzverkleideten Wände. Einige standen sogar auf kleinen Marmorpodesten oder in Glasvitrinen.

»Dr. Stroud wird gleich kommen«, versicherte mir meine Begleiterin noch einmal, während sie mich zu einem riesigen, gepolsterten Ledersessel führte.

Ich ließ mich hineinfallen, dankbar für die Gelegenheit, meine Füße zu entspannen. Dann beugte sich die Frau zu mir herunter, sah mir direkt in die Augen und sagte: »Ich bin Dr. Strouds Assistentin. Mein Name ist Claire. Und jetzt rühren Sie sich bitte nicht vom Fleck.«

Wieder huschte dieses Lächeln über ihr Hexen-Gesicht, dann verschwand sie. Da war ich nun, beobachtet von hunderten schwarzer, leerer Augenhöhlen; ein schwacher, übelkeitserregender Duft nach süßlichem Weihrauch lag in der Luft, und die zahlreichen scharfen Waffen an den Wänden machten mich ganz nervös. Ziemlich ausgefallenes Dekor für eine Drogenklinik. Das war also Whispering Pines.

Die Minuten vergingen. Ich war versucht, aus meinen Pumps zu schlüpfen, aber ich fürchtete, daß ich sie wegen der Schwellung dann nicht mehr anbekäme. Also lehnte ich mich nur in dem tiefen Sessel zurück und sah mich weiter um. Der Raum war halb so groß wie eine durchschnittliche Mietwohnung und enthielt mehr Antiquitäten als die meisten Museen.

Ich konnte dem Wunsch nicht widerstehen, die Objekte näher zu betrachten und zu berühren. Mit schmerzverzerrtem Gesicht erhob ich mich und durchquerte das Zimmer. Die eine Wand wurde ganz von Bücherregalen eingenommen. Ich begann, die Titel zu studieren. Viele, die dort zwischen psychologischen Publikationen und Zeitschriften einsortiert worden waren, waren von irgendeinem Rama-dies oder Rama-das verfaßt worden. War Bhagwan etwa in Montana wiedergeboren worden?

Außerdem war der Raum mit zwei ledernen Chaiselongues, mehreren Ledersesseln und einem kolossalen hölzernen Schreibtisch ausgestattet, neben dem sich mein eigener wie eine Handschuhablage ausgenommen hätte. Hinter dem Schreibtisch standen zwei Glastüren offen, die den Blick auf eine große Terrasse freigaben. Von draußen wehte ein kühler Märzwind ins Zimmer und brachte die Papiere auf dem Schreibtisch in Unordnung.

Ich sah auf die Uhr und stellte fest, daß ich bereits fast fünfzehn Minuten gewartet hatte. Daraufhin warf ich die alberne Handtasche, die zu meiner Verkleidung gehörte, in den Sessel und ging zum anderen Ende des Raums, wo auf einem niedrigen Podest ein Objekt stand, bei dem es sich wohl um das Paradestück der Sammlung handelte. Ich streckte meine Hand aus und berührte einen langen, schlanken und mahagonifarbenen Stock, der aussah, als sei er aus poliertem Leder. Ich nahm das Stück von dem Podest und strich mit der Hand über seine glatte, weiche Oberfläche. Ich war von Natur aus neugierig und liebte Dinge, die mir ein Rätsel aufgaben, aber dieses Rätsel hier konnte auch ich nicht lösen. Ich setzte das eine Ende des Stockes auf den Boden, stützte mich mit meinem ganzen Gewicht darauf und stieß einen Seufzer der Erleichterung aus, als ich spürte, wie der Schmerz in meinen Fußknöcheln nachließ. Dann blieb ich in dieser bequemen Haltung stehen und versuchte, den Masken, die jeder meiner Bewegungen folgten, tief in die leeren Augen zu sehen.

»Das ist ziemlich scharfsinnig von Ihnen. Die meisten Leute hätten gar nicht erkannt, daß dies ein Spazierstock ist.«

Die Stimme, tief und respekteinflößend, mit einem leichten, aber sehr charakteristischen Akzent, traf mich von hinten wie ein Geschoß.

Victor Stroud kam durch den Raum und blieb kurz vor mir stehen. In diesem Moment fielen mir so ziemlich alle Horrorfilme ein, die ich je gesehen hatte. Ich wußte, wenn ich jetzt versuchen würde zu fliehen, würde seine Krallenhand hervorschnellen, mich bei der Gurgel packen und vom Boden aufheben. Dann würde er mich hilflos zappelnd eine Weile so hängen lassen. Meine Schuhe würden mir von den Füssen auf den Boden fallen, bevor er mich mühelos quer durch den Raum schleudern würde. Manchmal kann eine lebhafte Phantasie ganz schön deprimierend sein.

Ich räusperte mich und hielt ihm meine Hand entgegen. Seine Haut war weich und sein Händedruck äußerst schlaff. Meine Augen blieben an seinen schmalen, roten Lippen hängen, als er sich mit seiner feuchtschimmernden Zunge rasch darüber fuhr.

»Ich bin Dr. Stroud, und Sie sind vermutlich Helen Jenkins«, sagte er, während er den Kopf neigte und mir ins Gesicht sah.

Bei diesen Worten runzelte er leicht die Stirn, wobei sich zwischen seinen Augenbrauen eine scharfe Falte bildete. Er war sehr groß und schlank und trug sein schwarzes, silbriggraumeliertes Haar glatt aus der Stirn gebürstet. Er war durchaus attraktiv, wenn auch auf eine etwas unheimliche Art, und wenn er lächelte, blieben seine Augen unbeteiligt.

»Ich bin Ihnen dankbar, daß Sie mich so kurzfristig empfangen haben.« Es kostete mich einige Mühe, ihm gegenüber meine Selbstsicherheit zu wahren.

Er streckte seine Hand aus, nahm mir den Stock ab, hielt ihn zwischen uns in die Höhe und fing an, ihn langsam zu drehen.

»Das ist der Penis eines Bullen, Helen« erklärte er mir in sachlichem Ton und ohne mich anzusehen. »Sie stecken einen Eisenstab hinein und lassen ihn in der Sonne trocknen. Natürlich erst, nachdem er operativ entfernt wurde.«

Dann wandte er mir wieder seinen Blick zu.

»Natürlich«, zwitscherte ich und kam mir unsäglich dämlich vor.

Falls die Schockreaktion seine Methode war, funktionierte sie. Er brachte mich aus der Fassung. Absichtlich.

Wortlos berührte er meine Wange mit dem Stock, der mir jetzt vorkam, als hätte er ein Eigenleben. Ich spürte seine glatte und kalte Oberfläche auf der Haut.

»Er ist immer sehr kühl. Merkwürdig, nicht wahr?«

»Oh ja, sehr merkwürdig.«

Ich sah plötzlich das Bild vor Augen, wie der Kerl meine Perücke mit dem Bullenpenis abhebt und darunter mein eigenes Haar in seiner rotgelockten Pracht zum Vorschein kommt. Das wäre bestimmt ziemlich schwierig zu erklären gewesen.

Irgend etwas sagte mir, daß dieser Mann ein kindliches Spiel trieb und daß er gleichzeitig vor nichts zurückschreckte.

»Setzen Sie sich doch, Helen«, forderte er mich auf, während er in dem Stuhl hinter seinem Schreibtisch Platz nahm.

Ich war froh, daß wir nun anderthalb Meter massives Holz zwischen uns hatten und ließ mich zum zweiten Mal in dem gepolsterten Ledersessel nieder, wobei ich versuchte, meiner Rolle entsprechend elegant zu wirken.

»Bedauerlicherweise hat es meine Assistentin versäumt, Ihnen gleich am Telefon zu sagen, daß die Aufnahme eines Patienten aus der hiesigen Umgebung nicht den Regeln unseres Hauses entspricht. Es gibt natürlich immer Ausnahmen, allerdings nur sehr selten.«

Ich fragte mich sofort, wieviel *hiesiger* als Jennifer Kuntz man wohl sein könnte.

»Ich habe mich eigentlich nie als eine der Hiesigen betrachtet«, antwortete ich und versuchte dabei, so arrogant wie möglich zu klingen.

»Dieser Grundsatz wird es wahrscheinlich erforderlich machen, für Ihre Tochter anderswo einen geeigneten Platz zu finden. Unserer Erfahrung nach nimmt nämlich die räumliche Distanz zur Familie unseren Patienten gewissermaßen den Wind aus den Segeln, und der Prozentsatz derjenigen, die von hier weglaufen, ist wahrscheinlich der geringste von allen Privatkliniken des Landes.«

Er hatte jedes einzelne Wort mit äußerster Präzision ausgesprochen. Dann faltete er die Hände vor der Brust und sah mich direkt an. Ich habe eigentlich nie Probleme damit gehabt, bei meiner Arbeit die Nerven zu behalten. Aber mit diesem Mann funktionierte das nicht. Er hatte eine solche Energie und Ausstrahlung, daß es mir unter die Haut ging und dort irgendeinen empfindlichen Nerv berührte.

Ich griff in meine Handtasche und zog ein Photo von Kehly heraus. Bevor ich es ihm gab, merkte ich, daß ich zögerte, so, als würde es durch seine Berührung befleckt.

»Ich glaube nicht, daß das ein Problem sein wird. Wir sind nämlich gar nicht von hier. Mein verstorbener Mann war es, und wir haben ein Ferienhaus beim Red Lodge Hotel, das wir aber nur im Sommer bewohnen. Ansonsten leben wir in West Palm Beach, wo ich herkomme. Meine Tochter«, sprach ich weiter, während ich ihm das Bild schließlich über den Schreibtisch reichte, »hat die meiste Zeit in verschiedenen Internaten im Ausland verbracht.

Erst als ich ihr im vergangenen Jahr erlaubt habe, den Sommer allein in Florida zu verbringen, ist sie, wie soll ich sagen, auf Abwege geraten. Jetzt benimmt sie sich auf eine Art und Weise, mit der ich überhaupt nicht umgehen kann, und ich weiß einfach nicht mehr, was ich tun soll.«

Ich lehnte mich in dem Sessel zurück, um seine Reaktion auf das Bild zu beobachten.

»Eine sehr attraktive junge Frau«, bemerkte er ohne eine Spur von Interesse.

»Aus Gründen, auf die ich hier nicht näher eingehen möchte, muß diese Angelegenheit mit äußerster Diskretion behandelt werden. Ich bin übrigens angenehm überrascht von Ihren Sicherheitsvorkehrungen.«

»Wir haben leider die Erfahrung machen müssen, daß sie notwendig sind.« Er legte das Photo auf den Tisch und bedeckte es mit seiner Hand. Dann sah er mich an, leckte sich wieder rasch die Lippen und verfiel in Schweigen.

»Dr. Stroud, ich bin eine alleinstehende Frau, praktisch ohne Familie. Und um ganz ehrlich zu sein, meine Rolle als Mutter war nicht einfach für mich.« Ich war selbst überrascht, wie überzeugend das klang. »Rachel ist meine Stieftochter, und wir sind uns nie besonders nahe gestanden. Natürlich versuche ich, in dieser Situation das Beste für sie zu tun. Sie ist in Schwierigkeiten und braucht Hilfe.«

»Hmmm«, murmelte er und betrachtete eingehend Kehlys Bild, das vor ihm lag.

»Seit wann betreiben Sie diese Klinik?«

»Bevor ich mich hier niederließ, hatte ich mehrere Jahre lang eine Privatpraxis etwas außerhalb von Washington. Dann habe ich die Praxis eines hiesigen Kollegen übernommen und, als sich kurz darauf die Gelegenheit bot, dieses Institut eröffnet.« Er wies mit einer weiten Armbewegung durch den Raum. »Whispering Pines.«

»Das Leben in Montana muß doch eine ziemliche Umstellung für Sie gewesen sein.«

»Eigentlich nicht«, antwortete er und rückte sich in seinem Stuhl zurecht.

»Vermissen Sie nicht das kulturelle und gesellschaftliche Leben einer Großstadt wie Washington?«

»Durch meine Arbeit und das Engagement für meine Patienten war mein Sozialleben immer schon stark eingeschränkt. Und obwohl ich jetzt sogar eine noch größere Anzahl von Patienten betreue, lege ich immer noch größten Wert darauf, mit jedem einzelnen von ihnen auf einer ganz persönlichen Ebene zu arbeiten.«

Ich hatte mich in meinem Sessel zurückgelehnt, um seine Reaktionen auf meine Fragen besser beobachten zu können. Er gab mir mehr Informationen über sich selbst, als ich erwartet hatte. Victor Stroud war ein Mann, der nicht gerne über sich selbst sprach. Oder über seine Vergangenheit.

»Ich möchte noch mal auf die Sicherheitsvorkehrungen in Ihrem Haus zurückkommen. Ich hatte den Eindruck, daß alles bestens überwacht wird.«

Er veränderte wieder seine Stellung, sah mich direkt an, leckte sich die Lippen und schwieg einen Augenblick. Dann antwortete er: »Die meisten unserer Patienten stammen aus ziemlich wohlhabenden Familien, und ihre Probleme decken die gesamte Bandbreite ab, von emotionalpsychischen Konflikten über Drogen- und Alkoholabhängigkeit, bis zur guten, alten spät-pubertären Rebellion. Deshalb müssen wir bei unserer Behandlung der Kinder immer auch die Privatsphäre der Eltern schützen. Und jetzt möchte ich Ihnen unsere Einrichtung gerne etwas näher zeigen. Ich kann Sie zwar nicht überallhin mitnehmen –, eine weitere Maßnahme zum Schutz unserer Patienten –, aber ich bin sicher, Sie werden von den Behandlungsmethoden in Whispering Pines überzeugt sein. Und dabei haben wir die Gelegenheit, unser Gespräch noch ein wenig fortzusetzen.«

In diesem Augenblick gab ein Signalgerät auf seinem Tisch mehrere Pieptöne von sich.

»Entschuldigen Sie mich, bitte.« Er ging zum Telefon und nahm den Hörer ab.

Es war unmöglich, etwas von dem Gespräch mitzuhören, aber als er sich wieder zu mir umdrehte, bemerkte ich plötzlich einen Riß in seinem Schutzschild aus Selbstsicherheit und Unnahbarkeit. Angst? Wut? Was immer es war, es war jedenfalls sehr intensiv.

»Wir haben ein kleines Problem«, sagte er und sprach jetzt sehr schnell. »Ich muß Sie bitten, diesen Raum nicht zu verlassen. Bitte warten Sie hier auf mich. Es wird nicht lange dauern.«

Er öffnete die Tür, die in der Holzvertäfelung verborgen war und verließ das Büro. Ich ging zu den Verandatüren und blickte über den gepflegten Garten hinaus. Von irgendwoher hörte ich gedämpfte Stimmen, aber ich konnte niemanden sehen.

Dann trat ich zu einer der Vitrinen und betrachtete einen juwelenbesetzten Dolch, der Tausende von Dollars wert sein mußte. Mein Atem hinterließ auf dem Glas eine feuchtbeschlagene Stelle.

Plötzlich spürte ich, daß hinter mir jemand war, der nur da stand, der nichts sagte, sich nicht bewegte, und nur ganz leicht atmete.

Dann legte sich mir eine Hand auf die Schulter. Meine Nackenhaare standen zu Berge, als ich mich langsam umdrehte. Sie war nicht viel größer als ich. Ihr Haar war blond und hing in matten, dünnen Strähnen um ihr Gesicht. Ihre blauen Augen waren glasig und so weit aufgerissen, daß sie fast aus den Höhlen traten. Sie nagte mit den Zähnen an der Unterlippe, und ich bezweifle, daß sie den Blutstropfen, der sich dadurch gebildet hatte, überhaupt bemerkte.

»Oh Gott, helfen Sie mir«, flüsterte sie. »Sie ... Sie müssen mir helfen, hier rauszukommen. Um Gottes willen, helfen Sie mir, bitte.«

»Wer sind Sie?« flüsterte ich zurück.

Ihre Augen schossen wie wild umher und suchten überall nach einem Versteck, einer Öffnung, in die sie sich verkriechen könnte. Sie sah immer wieder hinter sich und durch die Glastüren. Dann streckte ich meine Hände aus und nahm sie bei den Schultern.

»Es ist alles gut. Beruhigen Sie sich«, flüsterte ich und wiederholte: »Wer sind Sie?«

»Sie haben mich im Krankenzimmer festgehalten.« Sie wies mit einer ruckartigen Bewegung des Kopfes in Richtung Wand. »Sie müssen mir helfen, sofort, bevor ...«

Irgendwas in ihrer Stimme packte mich und ließ mich mit angehaltenem Atem fragen: »Was soll ich tun?«

»Rufen Sie meinen Vater an. Er lebt in Denver. Sagen Sie ihm, er soll vergessen, was ich ihm erzählt habe. Er darf nichts sagen. Oh mein Gott ...«

Sie rannte um den Schreibtisch herum, schnappte sich einen Bleistift, riß ein Blatt Papier von einem Notizblock und fing an, in rasender Eile etwas aufzuschreiben. Ihr ganzer Körper zitterte, und sie schien am Rande eines Nervenzusammenbruchs zu sein. Als ich auf sie zuging, brach die Spitze des Bleistifts ab, und ihrer Kehle entrang sich ein Schluchzen.

Ich nahm ihr Gesicht in die Hände und versuchte, es zu mir zu drehen. Ihre rechte Hand verkrampfte sich, und sie ließ den Bleistift fallen. Dann krümmte sie sich plötzlich zusammen, verzog das Gesicht vor Schmerz und hielt sich den Bauch. Es dauerte nur wenige Sekunden, bevor ihr Gesichtsausdruck sich erneut veränderte: Sie sah jetzt wachsam, beinahe gerissen aus. Dann richtete sie sich auf und sah mir ins Gesicht.

»Fassen Sie mich nicht an.« Sie sprach leise, aber sehr bestimmt. Einen Moment lang erschien ein Lächeln auf ihren Lippen, bis sich der Wahnsinn in ihren Augen in Tränen verwandelte, die ihr über das Gesicht liefen. »Ich flehe Sie an, bitte rufen Sie meinen Vater an, bevor es zu spät ist. Oh mein Gott, mein Gott«, schluchzte sie, während sie das Blatt Papier zusammenfaltete und es mir in meine vor Aufregung feuchte Hand schob. Dann gaben ihre Knie nach, und sie sank langsam zu Boden. Ich hockte mich neben sie und versuchte zu verstehen, was sie mir sagen wollte.

»Wissen Sie ...«, begann sie halb schluchzend, halb flüsternd. Dann kicherte sie. »Haben Sie eine Ahnung, was die hier ...«

»Shawna, du solltest uns wirklich nicht so einen Schreck einjagen.« Die Stimme ließ mich erstarren. Ich fühlte die Berührung einer Hand auf meiner Schulter. »Miss Jenkins wollte sich gerade einen Eindruck von unserem Institut verschaffen. Was soll sie denn von uns denken, wenn du dich so aufführst?«

Ich drehte mich um und sah Stroud hinter mir stehen. An seiner Schläfe zuckte ein Muskel. Er gab zwei Pflegern einen Wink, die das junge Mädchen unsanft vom Boden auf die Füße zogen. Sie warf mir noch einen kurzen, flehenden Blick zu; dann gab sie jeden Widerstand auf und ließ sich mit hängendem Kopf abführen.

»Ich muß mich bei Ihnen entschuldigen. Shawna ist neu hier und hat noch große Anpassungsschwierigkeiten. Das ist zwar nicht die Regel bei unseren Patienten, aber es kommt manchmal vor.«

Der Griff, mit dem er mich am Ellbogen hielt, war kräftig genug, um mir zu zeigen, daß er nicht die Absicht hatte, mich noch einmal aus den Augen zu lassen. Claire, die Eiserne Jungfrau, stand im Hintergrund des Zimmers und beobachtete mich. Ich krampfte meine Finger um den Zettel, den das Mädchen mir zugesteckt hatte. Noch bevor ich richtig wußte, wie mir geschah, hatte mich Stroud in die Eingangshalle geführt.

»Sie verstehen sicher, daß ich mich jetzt um meine Patientin kümmern muß. Wir bleiben in Verbindung, Miss Jenkins. Oder noch besser, rufen Sie mich an, und wir vereinbaren dann einen neuen Termin.« Mit diesen Worten drehte er sich um und ließ mich stehen.

Auch seine Assistentin war verschwunden. Statt dessen erschien vor mir ein großer, muskelbepackter Typ, der mich von oben bis unten musterte. Dann hob er eine tatzengleiche Hand und betätigte eine Taste bei der Eingangstür. Sie öffnete sich lautlos, und ich trat ins Freie.

Während ich ins Auto stieg und die Einfahrt entlangfuhr, spürte ich, wie in mir ein Gefühl von Hilflosigkeit und Wut aufstieg. Im Rückspiegel sah ich, daß jemand an demselben Fenster stand wie vorhin und meinen Abgang durch ein Fernglas beobachtete.

Als sich die schweren Eisentore öffneten, um mich durchzulassen, ging hinter den Bergen im Westen gerade die Sonne unter.

Plötzlich trat ich vor Schreck auf die Bremse, als mir einfiel, daß ich Kehlys Photo auf Strouds Schreibtisch liegengelassen hatte. Ich mußte es unbedingt wiederhaben, und es gab nur einen Weg, es mir zu beschaffen. »Verflucht«, murmelte ich leise.

»Ich schätze, jetzt sind wir beide am Zug, Crank. Hoffentlich kriegst du wenigstens das hin.«

Als ich auf die Uhr sah, stellte ich fest, daß ich noch fünfundvierzig Minuten hatte, um Rogers Wagen zurückzubringen und Crank beim Lagerhaus zu treffen.

Für meinen Geschmack gab es zu viele Gründe, die gegen Crank sprachen. Er besaß übermäßig viel Energie, irgend etwas an ihm war immer in Bewegung. Wahrscheinlich nahm er Aufputschmittel. Außerdem war er ein Punk, aber so, wie die Dinge standen, gab es nun mal keinen Buchhalter, Bankangestellten oder irgendeinen anderen seriösen Typen, der es geschafft hätte, mich um diese Uhrzeit zurück in das Gebäude zu bringen.

Er war einer von der Sorte, mit denen meine Schwester auf den Straßen rumgezogen war. Diese Vorstellung verursachte mir eine Gänsehaut.

Wir mußten auf Cranks Route zweimal Halt machen, bevor wir auf der 27. Straße, einer Hauptverkehrsader, die Billings von Ost nach West in zwei Hälften teilt, Richtung Norden fuhren.

Auf meiner ersten Fahrt nach Whispering Pines hatte ich diese Straße gemieden, weil sie an der Stelle vorbeiführte, wo man Bens Leiche gefunden hatte.

Als ich bemerkte, daß wir uns diesem Platz näherten, sah ich aus dem Fenster und beobachtete ein Flugzeug der United Airlines, das mit blinkenden Startlichtern gerade vom Boden abhob. Ich wünschte mir, einer der Passagiere zu sein und weit weg zu fliegen. Irgendwohin, wo der März mich nicht erwischen konnte. Aber ich wußte, daß er mich bereits am Kragen hatte.

In der Zwischenzeit war es dunkel geworden. Unsere Konversation beschränkte sich auf das Notwendigste. Dabei mußte ich ständig an Shawna denken. Ihren Gesichtsausdruck hatte ich schon einmal gesehen. So unglaublich es klingt, aber das war der Gesichtsausdruck eines Kaninchens. Vor ein paar Jahren war ein Mann zu mir gekommen, der behauptete, in der Garage seines Nachbarn würden merkwürdige Dinge vor sich gehen. Ich fand heraus, daß ein paar College-Studenten dort Kaninchen eingesperrt hatten und sie folterten, wobei sie ihre Schmerzensschreie auf einen Kassettenrecorder aufnahmen und die Bänder dann an Jäger verkauften, die mit dem üblen Trick arbeiteten, Kojoten durch dieses fingierte Gemetzel anzulocken.

Ich war dabei, als die Polizei den Laden auffliegen ließ, und hatte in einen Käfig gegriffen, um ein dunkelfarbiges Kaninchen mit langen Ohren, das in der hintersten Ecke seines Verschlags kauerte, zu streicheln. Niemals werde ich diese Augen vergessen. In ihnen lag die gleiche hilflose, nackte Angst, die ich in Shawnas Augen gesehen hatte. Damals habe ich fast zwei Tage lang geheult, und jetzt hatte ich das gleiche Gefühl. Scheiße.

Shawnas Zettel war in meiner Jackentasche. Ich zog ihn heraus und las ihn noch mal.

DANIEL UNGER

THE GRAY GOOSE

FIVE POINT DENVER

Bilder und Gedanken jagten durch meinen Kopf, aber alles, was ich begriff, war, daß diese Mädchen verzweifelt war und Angst hatte. Natürlich konnten das auch die Folgen des Drogenentzuges sein. Kehly hatte sich die ersten Wochen in der Klinik auch ziemlich wild aufgeführt, ich konnte diese Erklärung für Shawnas Auftritt also nicht völlig ausschließen. Oder doch?

Ich sah wieder rüber zu Crank. Was um Himmels willen machte ich hier überhaupt? Ich konnte immer noch aussteigen. Ich konnte Mary Kuntz anrufen und ihr erklären, daß es gar keinen »Fall« gibt, sondern nur die Tatsache, daß ihre Tochter eine Psychopathin war, um daraufhin das nächste Flugzeug zu besteigen und abzudüsen. Die Worte formten sich gerade in mir, um gleich darauf auch in die Tat umgesetzt zu werden. Doch das Schicksal wollte es, daß Crank ausgerechnet in diesem Augenblick sein Schweigen brach und mit einem kleinen Satz all meine Pläne über den Haufen warf und damit mein Schicksal besiegelte: »Ich war noch nie vorher bei einer Undercover-Aktion dabei«, meinte er, während er gedankenlos mit der flachen Hand einen Rhythmus auf das Steuerrad trommelte. Er war wie ein einziger, zum Zerreißen gespannter Nerv. Irgendeine Heavy-Metal-Band dröhnte aus dem Lautsprecher, so daß ich glaubte, daß mein ohnehin schmerzender Kopf nun endgültig platzen würde. Ich höre sonst nur Musik aus den Fünfzigern und Sechzigern und ab und zu noch ein bißchen Blues. Das hier war die reinste Zumutung.

»Ist das 'ne Routinesache für dich?« fragte er.

»Was?« schrie ich.

»Machst du das öfter?« schrie er zurück.

Ich hörte ihn zwar, gab aber keine Antwort. Daraufhin lehnte er sich rüber und drehte die Musik leiser.

»Nein, Crank. Oft mache ich das nicht.«

»Willst du da jemanden rausholen?«

»Nein, Crank.« Diesmal betonte ich seinen Namen besonders und warf ihm noch ein verächtliches Lächeln hinterher.

»Oder willst du dich da anmelden?« Er brach in ein wieherndes Gelächter aus und schlug sich vor Vergnügen auf die Schenkel. Aus seinem Mundwinkel tropfte etwas Speichel, den er sich mit dem Ärmel abwischte. Dabei schlingerte der Laster über die gelbe Linie.

»Paß doch auf, wo du hinfährst, verdammt!« Ich hielt mich am Armaturenbrett fest. »Ich hab' jetzt 'ne Menge im Kopf, Crank. Laß uns nur noch verabreden, wo du mich wieder abholst, wenn du mit deiner Lieferung fertig bist.«

Sein Gesichtsausdruck veränderte sich, und er sah ernsthafter aus, als ich es ihm jemals zugetraut hätte.

»Nein, das geht nicht. Du mußt mit mir wieder raus.«

»Warum das denn?«

»Weil es eben nicht anders geht. Ich kenne das Gebäude am besten.«

Ich sah ihn an und versuchte festzustellen, ob dieser Typ nüchtern genug war, um die Situation vernünftig beurteilen zu können. Er grinste mich von der Seite an und griff sich mit einer machomäßig ordinären Geste in den Schritt.

»Jerry hat dir doch von den beiden ›Hunden von Baskerville‹ erzählt«, meinte er, immer noch grinsend. »Die haben mich fast mein bestes Stück gekostet.«

Ich weiß nicht, was mich mehr schockierte, die Tatsache, daß er dieses Buch überhaupt kannte, oder die Art, wie er von seinem Geschlechtsteil sprach.

»Und?«

»Ich brauche ungefähr dreißig Minuten zum Ausladen. Dann noch fünfzehn, um zu checken, ob die Lieferung vollständig ist. Mehr Zeit kann ich dir nicht geben.«

»Wo lädst du aus?«

»Am Hintereingang, unter der großen Terrasse, wo es direkt in die Küche geht. Normalerweise hängt da die ersten fünf Minuten so ein Junkie rum. Dann geht er aber in den Garten, ein paar Joints rauchen.«

»Woher weißt du, was er da macht?«

Statt einer Antwort schaltete Crank das Licht im Wagen an, zog zwei ordentlich gerollte Joints aus seiner Jackentasche und hielt sie mir unter die Nase.

»Die raucht er, und ich krieg' ein paar Dosen Shrimps, zwei, drei Hühnchen, oder was mir sonst noch so ins Auge sticht.«

Der Erfolg meiner Aktion hing also von einem erbärmlichen Dealer ab? Na, großartig. Meine innere Stimme sagte mir, daß ich besser die Finger davon lassen sollte. Vielleicht hätte ich auf sie hören sollen.

Als er die Terrasse erwähnt hatte, war ich hellhörig geworden. Hoffentlich handelte es sich auch um die bewußte Terrasse. Möglicherweise waren mir die Götter ja doch noch gnädig. Wir verließen den Highway und folgten der Straße, die ich erst vor wenigen Stunden entlanggefahren war. Mir war schlecht. Ich hatte keine Ahnung, was in diesem Haus vor sich ging, aber der verzweifelte und gehetzte Ausdruck in den Augen des Mädchens ließ mich nicht los.

Als wir beim Eingangstor ankamen, ging Crank zur Sprechanlage und nannte seinen Namen. Ein paar Minuten später fuhren wir auf die Rückseite des Gebäudes zu. Während der Lastwagen langsamer wurde und schließlich anhielt, tanzten in seinem Lichtkegel die Schatten aus der Dunkelheit.

»Das wäre jetzt der richtige Moment, um auszusteigen«, sagte er und schaute mich auffordernd an.

»Hier?«

»Genau hier. Normalerweise ist da immer so ein Weib, das mich beim Reinfahren durch ein Fernglas beobachtet, aber heute ist sie nicht da.«

»Ist das die Terrasse, von der du gesprochen hast?«

»Richtig. Du hast fünfundvierzig Minuten. Maximal. Ich treffe dich dann auf meinem Rückweg genau hier. Und ich warte nicht«, fügte er hinzu, während er noch einmal in seinen Schritt faßte und vielsagend die Augenbrauen hob.

»Alles klar.«

Ich schloß leise die Wagentür und ließ meine Hand an der Seite des Lasters entlanggleiten, als er langsam wieder anfuhr. Dann holte ich tief Luft und schlich in geduckter Haltung hinter dem Fahrzeug, das jetzt auf den Hintereingang zusteuerte, die Treppenstufen zur Terrasse hoch.

Bis zu diesem Abend hatte mir mein Job nicht viele von diesen dämlichen 007-Nummern abverlangt, aber jetzt war es wohl so weit. Ich preßte den Rücken an die Wand und schlich mich die Treppe hoch. Dabei hoffte ich inständig, daß ich oben die Glastüren finden würde, daß sie nicht versperrt sein, und mich tatsächlich in Strouds Büro führen würden.

Alle meine Wünsche erfüllten sich. Und noch mehr. Das Büro war leer. Von den offenen Glastüren zum Schreibtisch waren es nicht einmal fünf Schritte. Nur eine Lampe war eingeschaltet, und ihr mildes Licht tauchte den Raum in einen angenehm warmen Sepiaton. Ich blickte mich suchend auf dem Schreibtisch um. Kehlys Photo war nicht da. Die Tür auf der rechten Seite, durch die Stroud heute verschwunden war, war offen. Sie führte auf einen Gang, der nach etwa acht Metern nach links abbog.

Ich schob gerade einen Stoß Papiere auf dem Schreibtisch zur Seite, als ich von einer plötzlich aufsteigenden Panik gepackt wurde. Dann hörte ich es. Dieselben klackenden Echos, die Claires und meine Schritte verursacht hatten, als wir auf diesen Raum zugegangen waren. Jetzt näherten sich die Schritte der Biegung des Flurs.

Mein erster Impuls war, sofort wieder durch die Glastür hinter mir zu verschwinden. Aber anstatt dem Impuls zu folgen, kroch ich unter den Schreibtisch und kauerte mich so eng wie möglich hinter die hölzerne Verschalung, wo mich pechschwarze Finsternis umgab. Mein Herz hämmerte so laut, daß ich es hören konnte. Die Schritte kamen immer näher, und dann konnte ich Claires flache, tonlose

Stimme hören. Das Geräusch ihrer Absätze wurde von einem Teppich verschluckt. Sie hatte das Büro betreten.

»Setzen Sie sich«, sagte sie zu jemandem, der offenbar mit ihr gekommen war. »Der Doktor wird gleich hier sein. Und machen Sie bitte keine zusätzlichen Lichter an. Am Abend möchte der Doktor nur gedämpfte Beleuchtung haben.«

Angestrengt lauschte ich auf ihre Schritte, während sie über den Teppich ging und dann zurück durch den Flur stöckelte. Jetzt saß ich in der Falle. Ich hatte keine Ahnung, wer sich mit mir in dem Raum befand. Vielleicht war es ja Crank, den man erwischt hatte, wie er sich ein paar Shrimps unter den Nagel riß.

Ich sah auf das Leuchtzifferblatt meiner Uhr und erkannte, daß mir noch exakt neununddreißig Minuten blieben, um Crank zu treffen. Ich wußte, sollte ich es nicht schaffen, würde er keinen Moment lang zögern und mich hier zurücklassen, wo ich den Hunden zum Fraß vorgeworfen werden würde. Vielleicht sollte ich mich besser rückwärts in Richtung Glastür davonschleichen. Doch dann hörte ich wieder Schritte im Flur.

Um unter den Schreibtisch kriechen zu können, hatte ich den schweren Ledersessel davor verschieben müssen, der jetzt von einer unsichtbaren Hand wieder zurückgeschoben wurde. Dann sah ich mich direkt Victor Strouds Knien gegenüber, während er mit seinem Sessel noch näher an mein Versteck rückte. Dabei kam ich mir vor, als würde ich bei lebendigem Leib eingemauert. Ich hörte das Geräusch eines Bleistifts, mit dem nervös auf die Schreibtischplatte geklopft wurde.

»Gina«, begann Victor Stroud das Gespräch mit seinem unsichtbaren Gast, und der tiefe Klang seiner Stimme drang leicht gedämpft an mein Ohr. »Claire hat mir gesagt, du hast es dir anders überlegt. Möchtest du mit mir darüber reden?«

Seine Stimme klang verführerisch einfühlsam, aber sein Gegenüber hatte offensichtlich keine Lust zum Reden.

»Du hast so große Fortschritte gemacht. Ich dachte, wir hätten ein Übereinkommen getroffen, das nicht nur deinen, sondern auch den Bedürfnissen deiner Familie gerecht wird. Was ist denn passiert?«

Einen Moment lang glaubte ich, Gina, wer immer das war, würde antworten, aber ich konnte ihre Worte nicht verstehen. Strouds Beine versteiften sich. Dann dröhnte über mir ein dumpfer Knall. Anscheinend hatte der kühle, kontrollierte Doktor seine Nerven verloren und mit der Faust auf den Tisch geschlagen.

Das Holz um mich herum vibrierte von der Wucht des Schlages. Fast hätte ich vor Schreck aufgeschrieen, und ich mußte mir auf die Lippen beißen, um an mich zu halten.

»Ich habe keine Zeit für deine Spielchen, Gina. Du bist keine kleine Prinzessin, die alle mit Samthandschuhen anzufassen haben«, sagte er in verächtlichem Ton. »Es könnte ja auch sein, daß du diese dreckigen alten Penner vermißt, von denen du dich ...«

Stroud entspannte sich im selben Moment, da ein leises Wimmern zu hören war. Gina weinte offensichtlich.

»Es macht mir keinen Spaß, so mit dir zu reden. Das weißt du doch, nicht wahr?«

»Ja.« Sie war kaum zu hören.

»Ja, was, Gina?« Seine Stimme war jetzt ebenfalls leiser geworden, aber er sprach befehlend, fast drohend.

»Ja, Dr. Stroud. Ich weiß, daß es Ihnen keinen Spaß macht, so mit mir zu reden.«

»Und warum bringst du mich dann in diese Position? Warum zwingst du mich dazu?«

»Ich weiß nicht«, antwortete sie und fing an, noch heftiger zu weinen. »Ich fühle mich nur so ...«

»Wie fühlst du dich, Gina? Was ist passiert?«

»Ich ... ich hab' das Gefühl, daß ich hier niemandem trauen kann.«

»Wie meinst du das? Hast du denn irgendwelche Geheimnisse?«

»Geheimnisse!« Ihre Stimme ging in einem weiteren Schluchzen unter, dann fragte sie: »Wie kann man denn Geheimnisse haben, wenn alles, was man sagt, in diesen Büchern aufgeschrieben wird?«

»Das Buch der Schatten befreit uns, Gina. Das hat nichts mit Grausamkeit zu tun, sondern durch das Aufschreiben werden die Geheimnisse und die Lügen, hinter denen wir uns alle verstecken, vertrieben.«

»Das ist doch die reinste Bespitzelei, Dr. Stroud.« Dann senkte sich ihre Stimme zu einem Flüstern.

»Claire hat mir von meiner Familie erzählt.«

»Was hat Claire dir denn erzählt?«

»Sie hat mir gesagt, daß sie nichts mehr mit mir zu tun haben wollen. Claire«, sie unterdrückte ein Schluchzen, »Claire meinte, mein Vater hätte gesagt, daß ich ihn furchtbar verletzt hätte mit meinen ganzen Lügen, und deshalb würden sie meine Anrufe nicht mehr beantworten.«

»Aber das kannst du ihnen doch nicht verübeln. Du hast ihnen eine ganze Menge Schwierigkeiten und Kummer bereitet. Dein Vater ist darüber sehr krank geworden und wäre beinahe gestorben. Du kannst doch nicht erwarten, daß er für dich sein ganzes Leben opfert, oder?«

Ich begriff immer noch nicht, welchen Zweck Stroud verfolgte. Ich wußte nur, daß ich ihm am liebsten in die Eier getreten hätte. Er war dabei, dieses Mädchen zu quälen. Gnadenlos und ganz bewußt. Und was dieses Scheißbuch der Schatten bedeutete, war ja wohl klar: Seine Patienten mußten sich gegenseitig kontrollieren und denunzieren.

»Ich dachte, sie würden, ... Ich meine, daß er mir verzeihen würde. Ich dachte, ... Ach, ich will nur tot sein, Dr.

Stroud. Das ist mein Ernst. Ich will sterben. Ich will nicht mehr lügen. Bitte, Dr. Stroud …«

Ich konnte ganz deutlich die Verzweiflung und den Schmerz in ihrer Stimme hören. Stroud machte eine Bewegung, und dabei mußte er eine Mappe mit Papieren von seinem Schreibtisch gestoßen haben, deren Inhalt sich neben seinen Füßen aufblätterte. Ich erwartete, daß er sich jetzt danach bücken würde und versuchte, mich auf meine Entdeckung gefaßt zu machen, aber er tat es nicht.

»Ich verstehe deinen Wunsch zu sterben, Gina. Und ich kann es sogar nachvollziehen. Obwohl ich mich selbst immer für stark gehalten habe, weiß ich nicht, ob ich das aushalten würde, was du aus deinem Leben gemacht hast. Vielleicht«, sagte er und unterbrach sich. Das Mädchen schluchzte noch ein, zwei Minuten lang. Ich bewegte meine Hand zentimeterweise und sah wieder auf meine Uhr. Ich hatte noch fünfzehn Minuten, oder ich war verloren. Dann rückte Stroud seinen Sessel zurück und bückte sich, um die Blätter aufzusammeln. Ich konnte sein widerlich süßliches Aftershave riechen, als er die Papiere zusammenraffte und sich wieder aufrichtete.

»Was soll ich bloß tun, Dr. Stroud? Ich weiß, sie glauben mir nicht, aber ich will wirklich sterben. Oh Gott, ich will, daß das alles vorbei ist.«

»Wie gesagt, ich verstehe das. Ich habe hier deine Unterlagen vor mir. Es ist, wie soll ich sagen, ja, es ist schockierend. Du kannst wirklich nicht deinen Eltern die Schuld geben. Sie haben sich alle Mühe mit dir gegeben, Gina, und haben das nicht verdient. Als du von zu Hause weggelaufen bist, war das ganz allein deine Entscheidung.«

»Was bleibt mir jetzt? Wohin kann ich noch gehen?«

»Vielleicht sollten wir uns mal über deine Zukunft unterhalten, Gina. Es könnte noch eine Weile dauern, aber es gibt einen Weg …«

»Was für einen Weg?«

»Eine Langzeitbehandlung. Ich habe das bereits deinen Eltern vorgeschlagen, und sie sind einverstanden. Du und ich, wir brauchen noch etwas Zeit, um einander besser kennenzulernen und Vertrauen zueinander zu fassen. Wir werden noch in allen Einzelheiten darüber sprechen. Natürlich kommt jetzt alles darauf an, wie du auf unser Programm reagierst.«

»Ich werde mir Mühe geben. Das verspreche ich«, sagte sie zwischen weiteren Schluchzern. »Ich tue ja alles, Dr. Stroud, wirklich alles, ... aber ich bin doch schon seit sechs Monaten hier.« Ich rechnete mir das schnell im Kopf aus, sechs Monate bei sechshundert Dollar pro Tag, und mußte mich zusammenreißen, um mich nicht laut vernehmbar zu verschlucken.

»Und was ist mit deinem Vater? Was haben du und ich wegen deines Vaters beschlossen?«

»Ich ... ich weiß es nicht mehr.« Ihre Stimme klang erbärmlich. Ganz dünn.

»Natürlich kannst du dich daran erinnern, wenn du es versuchst. Es sind die Drogen, die deine Wahrnehmung verzerren, Gina. Jetzt, wo sie in deinem Körper allmählich abgebaut werden, erlebst du die gleichen Wahrnehmungsstörungen und Wahnvorstellungen wie in der Zeit, als du sie noch genommen hast. Wenn ich mich recht entsinne, habe ich dir doch dabei geholfen, einige dieser Wahnvorstellungen über deine Behandlung hier aus der Welt zu schaffen. War es nicht so, Gina?«

»Ja, schon möglich.«

»Dann bist du also bereit, deinem Vater einen Brief zu schreiben, in dem du ihm sagst, daß du noch weiter an deiner Genesung arbeiten mußt, und daß du deinen Aufenthalt hier bei uns verlängern möchtest?«

»Ich weiß nicht, ob ich das noch länger aushalte«, antwortete sie und fing wieder an zu weinen. »Er liebt mich doch. Und er hat sich Sorgen darüber gemacht, daß ich hier so unglücklich bin.«

»Erst nachdem du ihm all diese Lügen geschrieben hast. Aber jetzt, nachdem er und ich ein Gespräch miteinander hatten, hat er eine sehr viel bessere Vorstellung davon, wie wir hier mit unseren Patienten arbeiten.«

»Ich kann nicht, Dr. Stroud ... Ich will nach Hause.«

»Sie wollen dich aber nicht zu Hause, Gina. Nicht, bevor es dir besser geht. Ich möchte diesen Brief morgen vormittag von dir vorgelegt bekommen.« Seine Stimme wurde dröhnend. »Hast du mich verstanden? Morgen vormittag.«

»Ja, Sir«, wimmerte sie.

»Und jetzt laß uns schlafen gehen.«

Plötzlich hörte ich Claires Stimme. Ich hatte der Unterredung so angespannt zugehört, daß ich nicht mitbekommen hatte, daß sie eingetreten war.

»Claire«, sagte Stroud. »Ich wollte Sie gerade rufen. Ich glaube, Gina braucht heute abend etwas Ruhe. Würden Sie ihr das bitte ermöglichen?«

»Natürlich, Doktor.«

»Gina, geh jetzt auf dein Zimmer. Claire wird dir etwas bringen, um deine Ängste zu vertreiben.«

»Ja, Dr. Stroud.«

»Ach, und Gina? Ich freue mich, daß du diesen Brief schreiben willst. Wir reden dann morgen weiter.«

Ich hörte, wie das Mädchen den Raum verließ. Dann fragte Claire: »Wie ist es gelaufen?«

»Sie ist nah dran. Wirklich nah. Ruf ihre Eltern an und sag Ihnen, sie sollen keine Anrufe mehr von ihr annehmen. Sag ihnen, es wäre in diesem Stadium ihrer Behandlung notwendig und zu ihrem Besten. Und sag ihrem Trottel von Vater auch, daß er mich unter meiner Privatnummer anrufen soll. Der ist jetzt verzweifelt genug, um mir alles abzukaufen. Wir sollten das ausnutzen und die Schraube ein bißchen fester anziehen.« Dann erhob er sich aus seinem Sessel, schloß die Glastüren und löschte das Licht.

»Was ist das für ein Wagen, den ich in der Einfahrt gesehen habe?«

»Das ist unser Lebensmittellieferant. Er ist gleich fertig.«

»Geh runter und sieh zu, daß alles in Ordnung ist. Und paß mal ein bißchen auf Shawna auf. Ich hab' das Gefühl, sie könnte ein Problem werden.«

Beide Stimmen entfernten sich.

Ich wartete, bis ich ihre Schritte nicht mehr hörte, dann kroch ich aus meinem Versteck und suchte in rasender Eile auf dem Schreibtisch nach Kehlys Photo. Nur das schwache Licht des Mondes schien durch die Fenster in das Büro. Dann fand ich das Bild, es steckte zischen zwei Briefbögen.

Ich schob es in meine Jackentasche und hielt den Brief, auf dem es gelegen hatte, in das Mondlicht. Er kam mir interessant genug für eine genauere Lektüre vor, und so stopfte ich ihn ebenfalls in meine Jackentasche. Dann öffnete ich so geräuschlos wie möglich eine der Glastüren und trat auf die Terrasse. Dabei litt ich tausend Ängste, daß die Alarmanlage losgehen würde.

Es war stockfinster, als ich mich an der Wand entlang zu den Treppenstufen tastete und vorsichtig, eine Stufe nach der anderen, herunterschlich. Zwischendurch blieb ich stehen, um meine Augen an die Dunkelheit zu gewöhnen und um mir zu überlegen, wie um alles in der Welt ich es schaffen könnte, ungesehen zu entkommen. Vorher hatte ich noch einmal einen Blick auf meine Armbanduhr geworfen. Es war 22 Uhr. Zeit für die Hunde. Dann spürte ich plötzlich eine Hand auf meiner Schulter.

»Wo warst du denn, verdammt nochmal?« flüsterte Crank.

»Ich hab' auf dich gewartet. Laß uns verschwinden.«

Gerade als wir in den Laster gestiegen waren, tauchten ein paar Meter vor uns im Licht der Scheinwerfer zwei dunkle, stämmige Gestalten auf. Die Hunde standen nur da und starrten uns an. Crank ließ den Wagen langsam anrollen und lehnte sich dann mit seinem Oberkörper auf die Hupe. Nicht übermäßig beeindruckt von dem ohrenbetäubenden Geräusch, trabten die Hunde gemächlich zur Seite. Crank hüpfte vor Begeisterung in seinem Sitz auf und ab.

»Das sind vielleicht blöde Viecher, was? Diese Hupe weckt Tote und läßt Trommelfelle platzen.«

»Ja genau, je mehr Aufmerksamkeit wir auf uns lenken, desto besser.«

»Klingt gut«, rief er und betätigte wieder die Hupe, während wir das Eingangstor passierten.

Nach wenigen Minuten fuhren wir auf dem Highway in Richtung Stadt, die im blassen Mondlicht sehr schön und unwirklich aussah. Die Nacht verhüllte alles Schäbige und alle dunklen Geheimnisse. Aber mir ging weder Shawnas Gesicht noch Ginas Stimme aus dem Sinn.

»Hast du gefunden, was du gesucht hast?« fragte Frank.

»Ja, hab' ich«, antwortete ich und klammerte mich an meinem Sitz fest. Ich konnte nicht aufhören zu zittern.

Als ich mich von Crank verabschiedet hatte und nach Hause fuhr, glitzerte der Regen auf den Straßen. Das Licht meiner Scheinwerfer wurde fast verschluckt, so daß ich ein paar Mal anhalten und überprüfen mußte, ob sie überhaupt noch funktionierten.

Ich kam an Onkel Johns Haus vorbei und stieß einen Seufzer der Erleichterung aus, als ich sah, daß bei ihm kein Licht mehr brannte. Ich wußte nicht, ob ich ihm von Shawna und Gina erzählen sollte, denn er hätte mir das, was ich gesehen und gehört hatte, leicht als die Entzugserscheinungen zweier drogensüchtiger Mädchen auslegen können.

John würde meine Methode nicht billigen. Wenn es um seinen Job ging, hielt er sich eisern an die Vorschriften, und mein Abenteuer mit Crank war in seinen Augen garantiert nicht vorschriftsmäßig. Im großen und ganzen haben Polizisten einfach nicht viel übrig für die Arbeit eines Privatdetektivs. Und, Blutsbande hin oder her, Onkel John war da keine Ausnahme.

Ich fuhr zu meinem Haus, parkte den Chevrolet und stieg aus. Auf der Straße war nichts zu sehen, mit Ausnahme von Victor Stroud, der an allen Ecken lauerte, Shawnas quälender Verzweiflung, die mir aus jeder dunklen Schaufensterscheibe, an der ich vorbeikam, entgegenblickte, und Ginas erbarmungswürdigem Weinen, das mir in den Ohren klang.

In dem Moment, als ich die Tür zu meinem Apartment aufschließen wollte, hörte ich Schritte hinter mir. Ich mußte plötzlich an Claire denken, und meine Panik, die ich schon fast bezwungen hatte, war wieder da. Die Hausschlüssel fielen mir aus der Hand, und ich drehte mich langsam um.

»Guten Abend, Miss Siegel, ich bin Mrs. Wickersham von nebenan. Miss Siegel, ich muß einmal mit Ihnen darüber reden, daß Ihr Kater ständig auf meine Susie losgeht. Ich sah Sie eben kommen und dachte mir, warum nicht gleich die Gelegenheit ergreifen?« Ihre Stimme war schrill und klang schlimmer als ein Nagel auf einer Schiefertafel, aber in dem Moment, als ich in ihr runzeliges, verschmiertes Gesicht sah, verflog meine Wut. Der Regen bildete kleine Tropfen auf ihren Wangen, und sie hielt krampfhaft ihren dünnen Mantel um sich gepreßt. Ich sah sie von oben bis unten an und mußte mich beherrschen, um nicht laut loszulachen.

»Wie bitte?« fragte ich statt dessen.

»Susie ist schwer asthmatisch, Miss Siegel. Jedesmal, wenn Ihre Katze sie überfällt, hat sie hinterher tagelang Atemnot.«

»Hören Sie, das war ein wirklich anstrengender Tag für mich, und ...«

»Ich habe alle rechtlichen Möglichkeiten ausgeschöpft und mir auf den Rat eines Herrn bei der Stadtverwaltung eine Katzenfalle besorgt. Ich möchte nur, daß Sie wissen, Susie und ich werden dieses Verhalten nicht länger hinnehmen.«

»Ach nein?« Sie brachte es fertig, daß die Wut in mir wieder aufstieg.

Vom Dach des Hauses fielen kalte Regentropfen genau

auf meinen Kopf, von wo sie in zwei Rinnsalen hinter meinen Ohren herunterliefen.

»Susie will einfach nicht mehr von Ihrem Kater belästigt werden.«

»Sind Sie da so sicher?«

»Oh ja, da bin ich ganz sicher«, antwortete sie und brachte ein künstliches Lächeln auf ihre Lippen. Mir war klar, daß sie jetzt glaubte, die Versöhnung wäre perfekt.

»Na gut, dann will ich Ihnen auch mal was sagen: Wenn Sie das nächste Mal mit Susie reden, dann sagen Sie ihr, Stud läßt ausrichten, sie soll sich ins Knie ficken.«

Sie rührte sich nicht und starrte mich nur ungläubig an.

»Und wo wir schon übers Ficken reden, Stud meint, das würde Ihnen vielleicht auch mal guttun. Es wirkt Wunder für das innere Gleichgewicht. Das tut es jedenfalls bei mir.«

Daraufhin drehte sie sich abrupt um und klapperte mit den Absätzen ihrer Pantöffelchen den Gehweg hinunter zu ihrem Haus. Dabei schrie sie über die Schulter: »Die Falle, Miss Siegel. Ich habe die Falle. Susie hält das nicht mehr aus mit Ihrem Katzenvieh.«

»Er hat sie gar nicht angegriffen, angepißt hat er sie, Mrs. ... Mrs. Wickershit!« schrie ich zurück.

Ich hörte, wie sie ihre Haustür zuschlug, hob meinen Schlüssel vom Boden auf und betrat meine Wohnung. Dann zog ich den Brief, den ich von Strouds Schreibtisch genommen hatte, aus der Jackentasche, schaltete das Licht ein, legte das zerknüllte Papier auf den Tisch und glättete es.

Der Brief war kurz und bündig.

Beiliegend finden Sie meinen Scheck in Höhe von $ 18.400. Wie in unserem persönlichen Gespräch vereinbart, deckt dieser Betrag alle noch ausstehenden Kosten für die Behandlung meiner Tochter in Ihrer Klinik. Dinah ist in guter Verfassung und geht wieder zur Schule.

Ich möchte noch einmal betonen, daß damit für einen weiteren Kontakt zwischen uns keine Veranlassung mehr besteht.
Jeffrey Lord

Ich las den Brief noch einmal. Es war nichts Ungewöhnliches daran. Trotzdem machte er mich neugierig. 18.400 Dollar waren zwar eine Menge Geld, und offensichtlich handelte es sich um die letzte Rate von einer Gesamtsumme, die weit höher gewesen sein mußte. Aber warum wollte Jeffrey Lord – wer immer das sein mochte – unbedingt jeden Kontakt zu Stroud abbrechen?

Ich sah mir den Briefkopf an.

LORD MANUFACTURING, INC.
JEFFREY LORD – DIREKTOR
TYMER, WISCONSIN

Am Fußende des Briefbogens stand in kleinen Kursivbuchstaben das einfache, wenn auch etwas blödsinnige Firmenmotto:

MIT LORD FÜHLEN SIE SICH WIE IM HIMMEL.
QUALITÄTS-MATRATZEN SEIT 1900

Einer von diesen Sprüchen, bei denen man nicht so genau weiß, ob man lachen oder ihn ernst nehmen soll.

Ich faltete den Brief zusammen und legte ihn in eine Schublade in der Telefonkonsole. Vielleicht würde sich der Name noch einmal als nützlich erweisen.

Mein Anrufbeantworter zeigte vier Anrufe an. Ich drückte auf die Wiedergabetaste und setzte mich auf die Couch. Stud sprang auf meinen Schoß und ließ mich mit seinem lauten, kehligen Schnurren wissen, daß er dringend ein paar Streicheleinheiten brauchte. Brauchten wir das nicht alle?

»Wir sitzen in der Scheiße, mein Freund. Es ist besser, wenn du mal eine Zeitlang zu Hause bleibst.«

Das tiefe, volltönende Vibrieren seiner Brust, das ich spüren konnte, als er sich an mich schmiegte und seine Nase unter mein Kinn kuschelte, hatte eine beruhigende Wirkung auf mich. Ich war dermaßen ausgelaugt, daß ich nicht einmal mehr die Kraft hatte, die Hand zu heben und Studs Rücken zu kraulen, und so lehnte ich mich nur in dem weichen Sofa zurück und lauschte dem Anrufbeantworter.

Der erste und zweite Anruf war von meiner Mutter. Ich hatte mich seit über einer Woche nicht mehr bei ihr gemeldet und nahm mir jetzt vor, am nächsten Tag bei ihr zum obligatorischen Nachmittagskaffee vorbeizuschauen. Der dritte Anruf war von Roger, der mir sagte, er müsse noch ein paar Zeugenaussagen überarbeiten und würde dann bei mir vorbeikommen, falls es nicht zu spät würde.

Beim vierten Anruf wäre ich vor Schreck fast vom Sofa gefallen. Ich spulte das Band zurück und hörte mir die Nachricht noch einmal an. Am Anfang gab es eine Pause. »Fee, hier ist Charlene. Wenn du da bist, geh doch bitte ran.« Wieder eine Pause. »Anscheinend bist du nicht da. Ich, äh ... George hat mir erzählt, daß er dich zufällig getroffen hat. Ich«, sie machte wieder eine Pause und fuhr fort, »*wir* würden dich gerne am Freitagabend zum Essen einladen. Bitte Fee. Freitag um sechs, okay?«

Ich ließ das Band noch mal zurückspulen und hörte mir die Nachricht ein drittes Mal an. In ihrer Stimme lag eine gewisse Unsicherheit. Der Anruf war ihr sicher schwergefallen, aber trotzdem war ihre Stimme noch die alte; sie klang warm und liebevoll.

Abendessen. Der Gedanke an ein Abendessen mit George im Haus meines Bruders, mit der Witwe meines Bruders, das war einfach absurd. Absolut indiskutabel. Und doch wußte ich, daß ich hingehen würde. Ich mußte. Ich mußte mit Charlene über Bens letzte Wochen sprechen.

Vielleicht gab es ja etwas, an das sie sich jetzt, nach drei Jahren, erinnerte, etwas, das sie damals vergessen hatte. Und was war mit seinem Armband passiert?

Eine innere Stimme wiederholte mir immer wieder bruchstückhafte Sätze aus meiner Unterhaltung mit Kehly. Ben hatte ihr vor seinem Tod die gleichen Fragen über Whispering Pines gestellt. Warum? Ich wählte Kehlys Nummer.

»Bist du noch wach?« fragte ich, als sie antwortete.

»Ja. Ich bin gerade von einem AA-Treffen gekommen. Was ist los?«

»Ich würde gerne noch mal auf deinen Anruf neulich zurückkommen. Was wollte Ben damals von dir über Whispering Pines wissen?«

»Fee, ich war völlig durcheinander, als ich dich angerufen habe. Manchmal ... ach, weißt du, die ganze Sache ist plötzlich wieder hochgekommen, und ich bin einfach hysterisch geworden. Vergiß es, okay?«

»Kann ich nicht. Außerdem könnte es wichtig sein.«

»Für noch mehr Neurosen? Vergiß es. Ich sagte doch, ich war hysterisch.«

»Kehly, ich arbeite gerade an einem Fall, bei dem es um ein Mädchen geht, das denen da oben in die Finger geraten ist. Vielleicht wußte Ben ja etwas über diese Leute, vielleicht hat er ...«

»Ich wußte selbst nicht sehr viel darüber, und deshalb konnte ich ihm auch nicht viel sagen. Ich habe ihm erzählt, was ich dir auch schon gesagt habe, daß die Typen irgendwie merkwürdig waren. Snobs. Es war das erste und das letzte Mal, daß sich unsere AA-Gruppe dort getroffen hat. Und keiner von denen hat sich bei unseren Treffen jemals blicken lassen.«

»Hattest du vielleicht den Eindruck, daß von den Patienten, die du da gesehen hast, jemand, wie soll ich sagen, nicht so ganz freiwillig da war?«

»Nein, eigentlich nicht. Ich hatte eher den Eindruck, die hielten sich als Fixer für was Besseres als uns Trinker. Du kennst doch diese Typen. Jedenfalls waren sie eindeutig mehr an sich selber als an uns interessiert. Und dann haben sie alle diese komischen Bücher mit sich rumgeschleppt, in die sie ständig was reingeschrieben haben. Das war auch sehr merkwürdig.«

»Was für Bücher?«

»Notizbücher oder so was Ähnliches.«

»Das war's?«

»Das war's. Ich glaube, Ben hielt sie für so 'ne Art Sekte. Das hat er zwar nie so gesagt, aber ich hatte das Gefühl, daß er so einen Verdacht hatte. Und ich fand's auch irgendwie gruselig da oben.« Dann sagte sie schnell: »Rudy ist gerade gekommen. Ich muß Schluß machen.«

»Danke Kehly. Bis demnächst.«

»Ja ... mach's gut.«

Es war Mitternacht, als ich das Licht löschte und ins Bett kroch. Der Regen trommelte gegen die Fensterscheiben, und ich ließ mich von dem gleichmäßigen Geräusch willig einschläfern. Dann hatte ich einen Traum: Blacky kam aus der Dunkelheit auf mich zugerast und hob sich vor mir auf die Hinterbeine. Seine Hufe blitzten wie Messer, als er sie durch die Luft sirren ließ. Mit einem Schrei richtete ich mich jäh im Bett auf. Die kühle Luft im Schlafzimmer kroch über meinen schweißbedeckten Körper und ließ mich schaudern. Plötzlich bemerkte ich, daß sich unter meiner Steppdecke etwas bewegte. Ich packte die Decke, sprang aus dem Bett, schüttelte sie mit aller Kraft und warf sie auf den Boden, wo sie in einem Haufen liegenblieb, der lebendig zu werden schien, als etwas unter ihr hervorzukriechen begann. Ein paar Sekunden später kam Stud zum Vorschein und blinzelte mich von unten so verwirrt und wütend an, wie ich ihn selten gesehen hatte. Er machte einen Buckel, streckte sich ausgiebig und marschierte dann aus dem Schlafzimmer.

»Scheiße«, murmelte ich, ebenfalls wütend, während ich mein Bett wieder in Ordnung brachte.

Da Roger bis dahin nicht aufgetaucht war, wußte ich, daß er in dieser Nacht nicht mehr kommen würde. Wahrscheinlich war das auch besser so, denn ich mußte irgendwie zur Ruhe kommen und wieder klar im Kopf werden. Aber ein Teil von mir wollte in den Arm genommen und liebkost werden. Ich fühlte mich verwundbar und bedürftig, und in diesem Zustand konnte ich nicht mehr einschlafen. Also schaltete ich mein Empfangsgerät für den Polizeifunk ein. Ich konnte damit nicht nur die Signale und Nachrichten der Polizei, sondern auch die vom Rettungsdienst empfangen, und in einer Nacht, in der die Einwohner von Billings nicht zur Ruhe kommen konnten – so wie ich – war das Zuhören manchmal ganz interessant. Oder ich machte eine sehr eigene Form der Meditation daraus, indem ich mich nur auf die roten Ziffernsignale konzentrierte, die in einer endlosen Reihe auf dem Display erschienen.

Ich ließ das Gerät eingeschaltet, ging wieder ins Bett und drehte das Licht ab. Dann hörte ich, wie Stud in der Küche den Abfall durchwühlte. Er hat sich immer schon ebenso kreative wie wirkungsvolle Mittel zur Rache ausgedacht, eines seiner bevorzugten war zum Beispiel, das Toilettenpapier in winzig kleine Streifen zu zerreißen.

Im Halbschlaf hörte ich noch ein paar Durchsagen wegen nächtlicher Ruhestörung von bellenden Hunden oder streitenden Nachbarn und wurde plötzlich wieder hellwach, als eine weitere Durchsage im Polizeifunk kam.

»Achtung Suchmeldung. Vermißt wird eine Patientin aus der Whispering Pines-Privatklinik. Name Shawna Unger, Größe ein Meter sechzig, Gewicht einhundertfünfzehn Pfund, blond und blauäugig. Trug zuletzt einen hellgrünen Klinikkittel und Jeans. Wird seit etwa vierzehn Uhr vermißt. Wenn Person gesichtet, bitte festhalten und sofort Nachricht geben.«

»Sechsundvierzig an Fahrdienstleitung.« Ich saß inzwischen senkrecht im Bett und lauschte angespannt.

»Ja bitte, sechsundvierzig?«

»Wer hat die Person vermißt gemeldet?« Die Stimme kam mir irgendwie bekannt vor.

»Dr. Victor Stroud.«

»Zehn vier.«

»Elf an sechsundvierzig.« Eine neue Stimme hatte sich eingeschaltet.

»Ja, bitte?«

»Muß lausekalt sein, jetzt in einem Nachthemd draußen rumzulaufen.«

»Davon kannst du ausgehen.«

»Ich bin gerade in der Gegend. Laß mich die Sache für dich übernehmen.«

»Bist du sicher?«

»Ja. Ich fahre sowieso in die Richtung.«

»Danke. Ich wollte mir nämlich gerade bei Perkins einen Kaffee genehmigen.«

Die roten Zahlen auf dem Display fingen an, vor meinen Augen zu tanzen, bis sie in ein einziges, wildes Durcheinander zerflossen. Mein Magen krampfte sich zusammen, und ich mußte würgen. Dann ging ich zum Fenster und sah hinaus. Irgendwo da draußen war Shawna jetzt, frierend, allein und verzweifelt vor Angst. Oder vielleicht wurde sie ja auch gar nicht vermißt.

Es war noch nicht einmal richtig hell, als ich Henry Wayne Williams, einen Polizisten, den ich noch von früher kannte, in Denver anrief. Ich hatte ihn in Quantico kennengelernt. Er war nicht besonders lange dort gewesen, aber lange genug, daß ich Gelegenheit hatte, eine heftige und intensive Affäre mit ihm zu haben. Henry war ein etwas sonderbarer, aber sehr liebenswürdiger Mann, der sich immer mit seinen vollen drei Namen vorstellte und auch darauf bestand, daß man Dritten gegenüber ebenfalls seinen vollständigen Namen nannte. Und er konnte das »R« in *Henry* so rollen, wie niemand sonst.

Wir hatten uns ab und zu geschrieben, bis er geheiratet hatte. Dann hörte ich, daß er während der letzten drei Jahre vom einfachen Polizisten im Streifendienst bis zum Untersuchungsbeamten im Polizeidezernat aufgestiegen war und sich somit genau in der Position befand, wo ich ihn jetzt brauchte. Ich gab ihm die einzige Information, die ich über Daniel Unger hatte und die aus sechs kleinen Wörtern bestand: *The Gray Goose, Five Point* und *Denver.* Er versprach, um der alten Zeiten willen, sich gleich darum zu kümmern und mich zurückzurufen, sobald er etwas in Erfahrung gebracht hatte. Der Name kam ihm zwar bekannt vor, aber er konnte sich nicht darauf besinnen, woher.

Jeder Privatdetektiv behauptet von sich, daß er sich einzig und allein an die Fakten hält. Stimmt nicht. Wenigstens nicht für mich. Sie betrachten ihre Methode gerne als streng wissenschaftlich, im Sinne von Sherlock Holmes. Und ich? Mit den Methoden des guten alten Sherlock bin ich immer zu den am wenigsten wahrscheinlichen Schlußfolgerungen gelangt.

In einer von Doyles besten Sherlock Holmes-Geschichten, *Das Zeichen der Vier,* beschreibt er eine Formel, die in neuneinhalb von zehn Fällen anwendbar ist. Sie lautet sinngemäß: Wenn man das Unmögliche ausgeschlossen hat, dann muß das, was übrigbleibt, gleichgültig, wie unwahrscheinlich es einem vorkommt, die Wahrheit sein. Dieser Leitsatz hat sich für mich immer wieder bestätigt, auch wenn er bedeutete, daß die Möglichkeiten damit praktisch endlos waren. Innerhalb einigermaßen vernünftiger Grenzen natürlich.

Eine Stunde verging, bevor Henry zurückrief.

»Was hast du herausgefunden?«

»Warum suchst du diesen Typen, Phoebe?«

»Ach komm, Henry, ich hab' dir doch gesagt, es geht darum, daß seine Tochter hier aus einer Drogenklinik abgehauen ist.«

»Ist das alles?«

»Das ist alles.«

»Und haben sie das Mädchen schon gefunden?«

»Ich glaube nicht. Sie ist vielleicht per Anhalter nach Denver unterwegs.«

»Dann ist sie wahrscheinlich umsonst gekommen. Ihr Alter hat sich im Hinterzimmer einer Bar eine Kugel durch den Kopf gejagt. Die Bar heißt *The Gray Goose* und ist unten in der Gegend von Five Point. Ich wußte doch, daß ich diesen Namen gerade kürzlich gehört hatte.«

»Wann ist das passiert?«

»Vor ein paar Tagen. Die Besitzerin der Bar hat ihn am nächsten Morgen gefunden.«

»Und du bist sicher, daß es derselbe ist?«

»Ganz sicher. Ich hab' gerade den Bericht gelesen. Laß mich noch mal nachsehen, wie die Frau heißt«, sagte er und machte eine Pause, in der ich hörte, wie er die Papiere durchblätterte. »Hier steht's: Dorothy Morgan. Laut Bericht lebten sie seit ungefähr zehn Jahren zusammen. Am Vorabend hatten sie einen ziemlich heftigen Streit, und er sagte zu ihr, er wolle lieber in der Bar schlafen, die, wie gesagt, ihr gehört. Als sie dann am nächsten Morgen kam, um aufzusperren, hat sie ihn gefunden. Er hat sich mit einer Zwölfmillimeter praktisch den Kopf abgeschossen. Ziemlich unappetitlicher Anblick.«

«Danke, Henry. Könntest du mir vielleicht noch ihre Telefonnummer geben?«

»Kein Problem.«

Ich notierte mir die Nummer und hörte noch etwa eine

Minute Henrys munterem Geplauder zu, bevor ich mich nochmals bei ihm bedankte, den Hörer kurz auflegte und dann die Nummer wählte. Dorothy antwortete nach dem ersten Läuten. Ich sagte ihr, wer ich sei, und daß Shawna weggelaufen wäre.

»Armes Kind«, sagte sie mit weicher Stimme, »das arme, dumme Ding.«

»Meinen Sie, sie wird versuchen, sich mit Ihnen in Verbindung zu setzen?«

»Das wird sie sicher. Und was soll ich ihr dann sagen? Soll ich ihr von Dan erzählen?«

Ich überlegte einen Moment lang und beschloß dann, ein großes Risiko einzugehen.

»Nein, sagen Sie ihr nichts. Dorothy, hier gehen ein paar merkwürdige Dinge vor. Ich kann jetzt nichts weiter sagen, aber ...«

»Es geht um diesen Scheißkerl von der Klinik, stimmt's?« Der Ton in ihrer Stimme erschreckte mich.

»Warum sagen Sie das?«

»Ich hab' sofort gewußt, daß mit diesem Arschloch was nicht stimmt. Das Mädchen hatte zwar schon Probleme, als sie hierher kam, aber dieser Scheiß-Guru hat ihr sicher den Rest gegeben.«

»Was meinen Sie damit, ›als sie hierher kam‹?«

»Ihre Mutter, mit der sie irgendwo im Osten gelebt hat, ist gestorben, und da hat sie beschlossen, ihren Vater aufzusuchen. Muß ein ziemlicher Schock für sie gewesen sein, als sie ihn gefunden hat.« Sie gluckste. »Dan hatte seine guten Seiten, aber er hätte seine eigene Großmutter verkauft, wenn es ihm was gebracht hätte.«

»Also hat Shawna nicht lange bei ihm gelebt?«

»Shawna hat bei mir gelebt, Schätzchen.« Sie lachte selbstgefällig. »Und mit Dan, wenn ihm danach war, sich hier wieder mal sehen zu lassen. Er hat, oder besser gesagt, er hatte ziemlich viel Kohle und außerdem ein Haus oben in den Bergen. Aber ihm gefiel das Nachtleben hier unten, anscheinend stand er auf Slums.«

»Und was war mit Shawna? Hat er sie Ihnen einfach aufgehalst, oder was?«

»Nö, überhaupt nicht, wir beide haben uns nur gleich auf Anhieb bestens verstanden. Ich glaube, sie hat ihre Mutter vermißt. Sie ist wirklich ein gutes Mädchen, die Kleine, und höllisch clever. Aber sie hat wahrscheinlich schon zu viel durchmachen müssen.«

»Wer hat sie in die Drogenklinik geschickt?«

»Ihr Alter. Kurz nachdem sie hierher kam, fing sie an, mit ein paar ziemlich schweren Jungs rumzuhängen, und er ist total ausgeflippt vor Angst, weil er meinte, sie würde als Junkie enden. Davon haben wir nämlich eine ganze Menge hier rumlaufen, wissen Sie?«

»Ich habe davon gehört. Und dann?«

»Er glaubte, daß sie sich auch mit Shit vollpumpen würde, jedenfalls hat er so was gesagt, aber ich persönlich glaube eher, daß er bloß Schiß hatte, sein kleines Mädchen würde in Schwierigkeiten geraten und damit seinen guten Ruf als Geschäftsmann gefährden. Dann hat sich dieser Scheißkerl von Stroud irgendwie mit Dan getroffen und ihn belabert, Shawna zu ihm in die Drogenklinik zu schicken.«

»Sind Sie ihm je begegnet?«

»Nein, aber er hat hier ein paar Mal angerufen und auf seriösen Doktor gemacht.«

»Hat Shawna denn Drogen genommen?«

»Himmel, nein. Ich bezweifle sogar, daß sie jemals einen Joint geraucht hat« sagte sie und lachte wieder. »Und dann war Shawna weg, in der Klinik. Dan hatte Kohle. Reichlich Kohle. Aber nicht genug, um sein Gewissen freizukaufen. Und dann ging's allmählich den Bach runter mit ihm. Er hat immer mehr Geld für seine zweifelhaften Freunde und seine Flittchen zum Fenster rausgeschmissen, bis ich genug davon hatte und ihm gesagt hab', er soll die Fliege machen.«

»Und, hat er?«

»Ja, und das mit einer zwölfkalibrigen Knarre.« Ich hörte, wie ihre Stimme zitterte. »Soll er doch zur Hölle fahren. Dabei hat der Arsch mir noch nicht mal das Geld zurückgegeben, das er mir geschuldet hat. Die letzten Tage hat er nur dagesessen und Schwachsinn geredet.«

»Was denn zum Beispiel?«

»Verrücktes Zeug. Zum Beispiel, daß Shawna immer mehr wie ihre Mutter wird und sein Leben ruinieren will. Er und Shawna haben sich furchtbar gestritten, bevor sie in diese Klinik gegangen ist. Armes Ding.«

»Worüber haben sie sich denn gestritten?«

»Alles. Sie war einfach in einem schwierigen Alter. Und er hatte nicht die blasseste Ahnung, wie er als Vater mit ihr umgehen sollte. Die beiden haben immer nur gestritten, meine Güte. Hat mich fast verrückt gemacht. Er hatte sie ja überhaupt nicht mehr gesehen, seit sie fünf oder sechs war. Und sie wollte von ihm wissen, warum nicht.«

»Und?«

»Keine Ahnung. Ich mische mich nicht in Familienangelegenheiten ein. Da halt' ich mich lieber raus. Aber das Mädchen hätte gleich, als sie ihn wiedergesehen hat, kapieren müssen, daß er keine Hilfe für sie sein würde.«

»Wir war es, nachdem sie in die Klinik kam?«

»Ich glaube, anfangs hat er sich noch eingebildet, daß alles nur zu ihrem Besten geschah, bis er noch mal mit diesem Scheißtypen geredet hat und der ihm sagte, daß sie da jetzt 'ne ganze Weile bleiben müßte. Da ist er dann plötzlich ausgeflippt und hat nur noch rumgejammert, er hätte sie im Stich gelassen und daß er nicht ernstgenommen hätte, was sie ihm erzählt hat.«

»Wieso, was hat sie ihm denn erzählt?«

»Ich weiß nicht. Ehrlich. Nein, Moment mal, ich erinnere mich doch noch an was. Es hatte irgendwas mit einem Mädchen zu tun, das sie da kennengelernt hat, und mit so einem Buch, das sie gelesen hat. Das alles hat nicht allzuviel Sinn gemacht. Ich dachte bloß, der viele Gin hätte ihm jetzt vollends das Hirn vernebelt. Shawna hätte ihm erzählt, daß sie da oben ›Petz-Bücher‹ über die anderen schreiben müßten. Ich hab' auch mal kurz mit ihr geredet, und da sagte sie, daß sie stapelweise Photokopien von solchen Büchern gefunden hätte. Vielleicht standen da ja irgendwelche pikanten Geschichten drin.«

»Hören Sie, Dorothy. Wenn Shawna sich bei Ihnen meldet, sagen Sie ihr bitte, sie soll mich dringend anrufen. Dringend«, betonte ich. »Und sagen Sie ihr noch nichts über ihren Vater. Und noch was: Erzählen Sie auch sonst niemandem, daß Sie mit mir gesprochen haben und daß Dan tot ist. Okay?«

»Tja ...« Sie zögerte, dann sagte sie schnell: »Sicher. Sie klingen, als würden Sie sich wirklich Sorgen um das Mädchen machen. Übrigens, ich behalte Ihr Geheimnis, und Sie meins, ja?«

»Und was ist Ihr Geheimnis.«

»Ich hab' Dan gefunden. Hat man Ihnen das erzählt?«

»Ja.«

»Ich hab' auch ein bißchen Geld in seiner Tasche gefunden. Ich wollte es nicht für mich behalten, verstehen Sie. Ich dachte nur ...« Ihre Stimme fing wieder an zu zittern. »Ich dachte mir, vielleicht kann's die Kleine brauchen, wenn sie wieder rauskommt. Ich hab' den Bullen nichts davon gesagt. Sollen sie den Bastard doch auf Staatskosten beerdigen.«

»Ich finde, das ist nur fair.«

»Der blöde Kerl hat sich wirklich einen stilvollen Abgang verschafft und einen ganzen Rattenschwanz von unbezahlten Rechnungen und Schulden hinterlassen. Ich schätze, ich und das Mädchen müssen jetzt wohl allein klarkommen.«

»Danke für die Informationen. Ich bin Ihnen wirklich sehr dankbar.«

»Das Leben macht nicht viel Sinn, oder?«

Ihre Stimme wurde undeutlich, und ich fragte mich schon, wie ich diese Unterhaltung beenden sollte, als die Verbindung plötzlich unterbrochen wurde. Jetzt war es Zeit, das Unmögliche auszuschließen.

Ich hatte die Wahl: entweder zuerst bei Mama vorbeifahren oder gleich zum Friedhof. Beide Orte hatte ich seit über einer Woche gemieden, aber ich wußte, daß ich in meiner derzeitigen Verfassung unmöglich mit Mama fertig werden würde, ohne mich vorher ausgiebig mit Zelda von Frau zu Frau unterhalten zu haben.

In Zeiten wie diesen fehlte mir Zelda am meisten. Sie hatte es immer geschafft, für jedes Problem im Leben eine klare und einfache Lösung parat zu haben.

Das Leben war für Zelda nie bloß eine Übung für ein besseres Danach, sondern die einzige Chance, die man hatte, um es richtig zu machen. Lachen war für sie das beste Heilmittel, und Tränen versauten bloß das Make-up. Wenn sie nicht gleich die passende Antwort auf ein Problem wußte, lachte sie es einfach weg, und wie durch Magie verschwand es dann meistens wirklich.

Mama dagegen vertraute auf eine Macht, die für mich schon seit langem keine Glaubwürdigkeit mehr besaß. Sie zündete mehr geweihte Kerzen an, als die Kirche liefern konnte, und so kaufte sie sich diese kleinen Duftkerzen im Supermarkt. Seither roch ihr Haus nach Vanille, Myrthe, Gott und Kerzenwachs. Für Mama macht das Sinn.

In der Mitte des Friedhofs bildeten Hunderte von gleichförmigen, weißen Grabsteinen ein konzentrisches Muster, das die Gräber der Kriegsveteranen von denen der Normalsterblichen trennte, die sich über das hügelige Gelände und entlang der engen, gewundenen Straße verteilten. Es war mir immer komisch vorgekommen, daß es diese Form der Trennung gab, wo sie doch alle gewaltsam gestorben waren: Mensch gegen Mensch, Gott gegen Mensch.

Auf einem Hügel oberhalb der Soldatengräber gelegen, hatten die Siegels die beste Aussicht. Ich parkte den Wagen unter der großen Fichte, deren Zweige einen Baldachin über dem Grab ausbreiteten, und stieg aus. In der Ferne war die Sirene eines Streifenwagens zu hören, der zu dem Schauplatz einer weiteren namenlosen Tragödie raste. Ich setzte mich auf die Steinbank zu Füßen der Toten und tat, was ich immer als erstes tat: Ich las die Inschrift auf ihren Grabsteinen.

BENJAMIN AARON SIEGEL
1925 – 1979
INNIG GELIEBTER EHEMANN UND VATER

SAMUEL AARON SIEGEL
1949 – 1969
SGT. U. S. ARMY – VIETNAM
WIR LIEBEN DICH, SAM

BENJAMIN AARON SIEGEL
1952 – 1986
UNSER STERN AM HIMMEL
DU SCHEINST HELL FÜR UNS
ÜBER ALLES GELIEBTER SOHN, EHEMANN UND BRUDER

ZELDA DEBORAH SIEGEL, FINK ABRAHAMS, MORGAN, FEINSTEIN 1925 – 1986

OI WEH, OI WEH

Sogar als Tote war Zelda noch für einen Lacher gut.

»Ich habe dich gerade parken sehen.« Roger trat hinter mich und nahm mich in die Arme. Ich hatte nicht einmal seinen Wagen gehört. Ich spürte seinen wohltuenden Atem an meinem Hals, als er sein Gesicht in meinem Kragen vergrub. Dann ging er um die Bank herum und setzte sich neben mich. »Hallo, Pop«, rief er und winkte in seine Richtung. »Das ist einer der beiden Orte, wo ich sie dazu bringen kann, mal stillzuhalten. Was soll ich da machen?« sagte er grinsend und zuckte die Achseln.

»Mach dich nicht lustig über mich, Roger. Und außerdem bin ich stinksauer auf dich.«

»Ich mache mich gar nicht über dich lustig.« Er nahm zärtlich mein Kinn und drehte mein Gesicht zu sich. In seiner Stimme lag eine Spur von Melancholie.

»Hast du ein schlechtes Gewissen, daß du mich den Wölfen zum Fraß vorgeworfen hast?«

»Das solltest du wirklich besser wissen. Verdammt nochmal, ich war genauso überrascht wie du. Warum, zum Teufel, hat diese Mary wie-heißt-sie-noch-gleich …«

»Mary Kuntz, Roger.«

»Warum hat sie nie erwähnt, daß Cutter Gage ihr Vater ist?« Da mußte ich leider passen.

»Phoebe, dieser Mann hätte da draußen jederzeit von jedermann alles in Erfahrung bringen können. Warum ist sie mit ihrem Problem nicht zu ihm gegangen? Das ergibt einfach keinen Sinn.«

»Da gibt es noch viel mehr, was keinen Sinn ergibt. Laß uns das Thema wechseln.« Seine Fragen waren durchaus berechtigt. Es waren dieselben, die seit dem Treffen mit

Gage auch in mir bohrten. Aber ich wollte jetzt nicht darüber reden und fragte ihn statt dessen: »Wie läuft's bei dir?«

»Streß. Ich weiß nicht, wo mir der Kopf steht. Cutter ist total reizbar, und Earl hat's aus irgendeinem Grund auf mich abgesehen und beobachtet jede meiner Bewegungen.« Er strich sich mit der Hand durchs Haar und sah plötzlich sehr müde aus.

»Hör zu, Phoebe, seit du mit ihm geredet hast...«

»War es nicht eher so, daß er mit mir geredet hat?«

»Wie auch immer, ich glaube, daß er seither meine Telefongespräche überwacht.«

»Das meinst du doch nicht im Ernst. Wirst du jetzt etwa auch paranoid, oder was?«

»Ja, wahrscheinlich hast du recht, ich werde paranoid. Bei uns laufen gerade eine Menge ziemlich schwieriger Fälle, alle zur gleichen Zeit.«

»Ich hab' dich im Büro angerufen, und man sagte mir, du wärst im Gericht.«

»War ich auch. Aber der Richter hat eine Vertagung angeordnet, und da hab' ich beschlossen, das Büro zu schwänzen, und bin zu dir gefahren. Aber du warst nicht da. Und plötzlich fand ich mich in der Küche Deiner Mutter mit einer Tasse Kaffee in der Hand wieder.«

Ich stand auf und fragte: »Und?«

»Nichts und. Es war einfach schön, sie wiederzusehen.« Roger erhob sich ebenfalls und nahm meine Hand. »Laß uns ein Stück gehen.«

Wir liefen einen schmalen Pfad entlang, der den gesamten Friedhof durchzog. Wir waren schon ein sonderbares Paar: Roger, so dunkel und elegant gekleidet wie ein Leichenbestatter, und ich in Turnschuhen, Jeans und Sweatshirt mit Kapuze. Aber die Beziehung funktionierte. Auf irgendeine Art und Weise funktionierte sie wirklich.

»Phoebe, was ich noch sagen wollte...«

»Ich wußte, daß das kommen würde, sobald du erwähnt

hattest, daß du bei Mama warst«, unterbrach ich ihn, entzog ihm meine Hand und sah ihn an. »Aber ich bin jetzt wirklich nicht in der Stimmung für eine von Mamas ewigen Episteln.«

Roger sah mich nur an, ein halbherziges Lächeln auf den Lippen und mit gerunzelter Stirn. Plötzlich, ohne Vorwarnung, zog er mich in seine Arme und küßte mich. Er war irgendwie anders als sonst.

Für spontane Gefühlsausbrüche war Roger nicht gerade berühmt. Er hielt mich fest und ganz eng an sich gepreßt, und ich spürte, wie sein Wollmantel gegen meine Wange scheuerte. Nach einer Weile schob er mich auf Armeslänge von sich weg und sah mir in die Augen. »Vielleicht ist das hier nicht die richtige Zeit und der richtige Ort«, sagte er weich.

»Versuch's doch mal.«

»Es klappt irgendwie nicht mehr zwischen uns.«

»Was klappt nicht?« Ich wußte verdammt gut, was er meinte.

»Wir. Ich,« dabei wies er auf sich, »und du.« Er stupste mich sanft mit dem Zeigefinger.

»Roger, laß uns nicht…«

»Ich will dich nicht verlieren. Ich will nicht den besten Freund verlieren, den ich jemals hatte.«

»Sind wir hier auf unserer eigenen Beerdigung?« fragte ich, aber es klang nicht ganz so ironisch wie es gemeint war.

»So könnte man es vielleicht nennen.«

Wir sahen uns eine Weile an, ohne daß einer von uns auch nur ein Wort sagte. Ich verspürte einen plötzlichen Drang, in Tränen auszubrechen. Dann sah ich, wie Roger ein paar Mal heftig atmete und wappnete mich gegen einen Gefühlsausbruch von seiner Seite.

Und er kam. Roger verlor nun doch die Fassung. Er lehnte sich zurück und lachte so laut, daß ich dachte, er würde gleich platzen.

»Tut mir leid, daß dich das so sehr mitnimmt«, sagte ich ärgerlich.

»Es ist nicht deswegen, Phoebe. Ich lache bloß, weil wir hier mitten auf dem Friedhof stehen, da, wo alles anfing, und genau wissen, daß unsere Beziehung nie mehr sein wird als das, was sie ist, und da kommen mir ein paar Sachen einfach ziemlich komisch vor.«

»Was denn, um Himmels willen?«

»Dein Gesichtsausdruck eben zum Beispiel, als ich ernst wurde. Ich wette, du hattest Angst, daß ich jetzt mit einem Heiratsantrag versuchen würde, dich festzunageln.«

Ich lächelte, denn das war mir tatsächlich durch den Kopf gegangen.

»Und überhaupt, dieser ganze gottverdammte Friedhof. Seit zwei Jahren hänge ich jetzt andauernd hier rum. Es ist richtig morbide. Komisch, aber auch morbide.«

»Also Freunde? Für immer?«

»Ganz genau. Und jetzt entspann dich und erzähl mir, worum es bei dieser Geschichte mit Cutter geht.« Roger legte seinen Arm um meine Schultern.

Wir gingen wieder weiter, und bevor ich mich versah, hatte ich ihm mein Herz ausgeschüttet. Ich erzählte ihm alles über Mary Kuntz, das lebensgefährliche Erlebnis in der Pferdekoppel, wiederholte das nächtliche Telefongespräch mit Kehly und berichtete von meinen beiden Besuchen in Whispering Pines. Ich hatte eigentlich damit gerechnet, daß er ärgerlich werden und mich mit einer juristischen Predigt über Hausfriedensbruch und weiß der Henker was noch belehren würde. Aber das blieb aus. Statt dessen hörte er sich völlig kommentarlos meinen Bericht an und zuckte nicht einmal mit der Wimper, als ich ihm von meiner Begegnung mit Shawna erzählte und wie ich mich unter Strouds Schreibtisch versteckt hatte. Auch zu der Sache mit Daniel Unger und Dorothy Morgan sagte er nichts. Als ich geendet hatte, erteilte er mir nur einen vernünftigen Rat: »Wenn du davon überzeugt bist, daß es in dieser Klinik nicht mit rechten Dingen zugeht, wende dich an deinen Onkel. Ich sehe keine andere Möglichkeit. Aber du mußt dir darüber im klaren sein, daß deine Beweise auf ziemlich schwachen Beinen stehen.«

»Es gibt immer noch andere Möglichkeiten, Roger.«

»Und wenn nicht, dann schaffst du dir selber welche.«

»Da ist aber noch mehr hinter der ganzen Geschichte.«

»Wieviel mehr kann da noch sein?« fragte er.

»Das weiß der Himmel«, antwortete ich.

»Hast du später noch ein bißchen Zeit für mich?«

»Ich treffe mich heute abend noch mit Mary Kuntz, aber es wird wohl nicht allzu spät werden. Warum treffen wir uns hinterher nicht bei mir zu einem chinesischen Essen *unter Freunden*?«

Ich lehnte mich noch einmal kurz an ihn und meinte dann: »So, und jetzt muß ich nach Hause fahren, Trenchcoat und Filzhut aus dem Schrank holen und ein bißchen herumschnüffeln.«

»Sei vorsichtig, Phoebe«, sagte er, als er mein Kinn hob und mich leicht auf den Mund küßte.

»Warum sagst du das?«

»Was?«

»Daß ich vorsichtig sein soll. Das hast du doch noch nie gesagt.«

Er war einen Moment lang still, und sein Gesicht verdüsterte sich. »Ich weiß nicht. Ist heute einfach nicht mein Tag. Aber ich meine es ernst, sei vorsichtig.«

Ich summte die Erkennungsmelodie von »Twilight Zone«, gab ihm schnell einen Kuß auf die Wange und drehte mich um.

»Jetzt haben wir schon den 6. März, und du bist noch nicht zusammengebrochen. Ich bin stolz auf dich«, rief er mir hinterher.

»Der Monat ist noch nicht rum«, gab ich zurück und ging zu meinem Wagen.

Das steifgefrorene Gras unter meinen Füßen knirschte wie lauter Glassplitter. Ab und zu zeigte sich ein grüner Fleck unter dem Weiß und verhieß einen Frühling, in dem manches, was jetzt noch tot war, wieder lebendig werden würde. Als ich den Weg zum Ausgang an der Central Avenue entlangfuhr, bemerkte ich am anderen Ende des Friedhofs einen geparkten Streifenwagen. Beinahe hätte ich den Chevrolet gewendet und wäre zurückgefahren, um zu sehen, ob jemand drinnen saß, den ich kannte, aber dann ließ ich es doch bleiben. Das war ein Fehler.

Den meisten Menschen ist gar nicht bewußt, welche Unmenge an Informationen über sie in Umlauf ist. Sie füllen hier ein Formular aus, da einen Kreditantrag, und in Nullkommanichts kann jeder Bankangestellte oder Beamte, der sein Gehalt wert ist, herausfinden, welche Schuhgröße Sie haben, welche Schule Ihre Kinder besuchen, und kennt bald sämtliche schmutzigen Details Ihrer Scheidungsverhandlung.

Nach drei Jahren in meinem Job als Ermittlerin hatte ich mir allmählich ein gut funktionierendes Netzwerk von Informanten aufgebaut. Wenn ich eine Auskunft brauchte, war alles, was ich tun mußte, die Gegenleistungen für ein paar Gefälligkeiten einzufordern. Donna Jo Johnson schuldete mir noch einen Gefallen, und der günstige Zufall wollte es, daß sie sich mittlerweile zur Assistentin eines der führenden Kredithaie in Billings hochgearbeitet hatte.

Bei meinem Eintritt nahm mich ein weiblicher Kredithailehrling mit einem Blick in Empfang, unter dem selbst Mutter Theresa zur ewigen Sünderin geworden wäre. In dem Raum hinter der jungen Frau konnte ich Donna mit einem Mann sprechen sehen, der kurz vor einem hysterischen Anfall stand. Als sie meine Stimme hörte, wandte sie sich um, bedeutete mir mit einer Geste zu warten und setzte ihr Gespräch fort.

Ein paar Minuten später ließ ich mich ihr gegenüber in dem gleichen Stuhl nieder, in dem vorher der nervöse, junge Mann gesessen hatte.

»Was kann ich für Sie tun, Phoebe?« fragte sie und grinste.

»Ich möchte, daß Sie mir über diesen Namen alle Informationen besorgen, die Sie kriegen können«, erklärte ich, während ich einen Stift von ihrem Schreibtisch nahm und etwas auf ein Blatt Papier schrieb, das sie mir hingeschoben hatte.

Sie sah auf den Namen und zuckte mit den Schultern.

»Kommt mir nicht bekannt vor. Benötigen Sie irgendeine konkrete Auskunft?«

»Ich brauche alles, und das so konkret wie möglich.«

»Kein Problem«, antwortete sie. »Ich werde tun, was ich kann. Und wie geht's sonst so?«

»Bestens. Und Ihnen?«

»Nicht so besonders. Ich weiß nicht, ob ich für diese Arbeit die richtigen Nerven habe. Sie bezahlen zwar viel mehr, als ich jemals als Kellnerin verdient hätte, und ich kriege noch zusätzlich eine Prämie dafür, daß ich die Leute fertigmache, aber es ist einfach ein mieser Job, und ich überlege mir, ob ich nicht wieder aufhören soll.«

»Nicht, bevor Sie diese Sache für mich erledigt haben. Es ist wirklich wichtig für mich, Donna, und ich brauche die Informationen dringend.«

»Am besten vorgestern, ja?«

»Stimmt. Ich melde mich wieder bei Ihnen.«

Ich fand Mama über den Spülstein gebeugt. Sie wusch sorgfältig das schmutzige Geschirr und sortierte es in dem Gestell zum Trocknen ein. Als ich hinter sie trat, fuhr sie zusammen.

»Phoebe, Liebling. Du sollst mich nicht so erschrecken«, rief sie aus, während sie sich die Hände an einem Handtuch abwischte, das über ihrer Schulter hing.

Ich brauchte gewöhnlich eine Minute, um festzustellen, in welcher Stimmung Mama sich befand, aber heute wußte ich sofort Bescheid, als ich ihr Gesicht sah. Sie war auf ihrem Mitleidstrip. Ihre Klagestunde, wie sie es selbst nannte. Ich küßte sie auf die Wange, nahm mir eine saubere Tasse von dem Gestell und goß mir Kaffee ein.

»Entschuldige, Mama. Beim nächsten Mal führe ich einen kleinen irischen Tanz auf und gröle ein Sauflied, wenn ich in die Küche komme.«

Sie lächelte kurz, dann wurde sie wieder ernst und wischte sich eine Träne aus dem Augenwinkel.

»Was ist los? Roger hat mir erzählt, er wäre zum Kaffee bei dir gewesen. Das hätte dich doch glücklich machen müssen.«

»Der arme, liebe Junge.« Sie seufzte dramatisch. »Ich bin wirklich enttäuscht von dir. Er ist das, was wir zu meiner Zeit eine gute Partie genannt hätten.«

»Wovon redest du eigentlich?«

»Von dir und ihm.«

»Da gibt es kein ich und er. Ich meine... oh Gott, du hast doch nicht etwa eine deiner Heiratskampagnen bei ihm abgezogen, oder?«

»Es kann schon sein, daß ich es erwähnt habe«, antwortete sie unschuldig. »Nur ganz beiläufig natürlich.«

»Herrgott, Mama. Manchmal frage ich mich, wer der Jude in der Familie war, du oder Daddy. Hast du schon mal was von *Erwachsensein* oder *Privatsphäre* gehört?«

»Für eine Mutter gelten solche Dinge nicht, Phoebe.«

»Dann solltest du dich langsam daran gewöhnen, daß sie für *mich* sehr wohl gelten.« Es war schwer, streng mit Mama zu sein, aber ein wenig Druck brachte sie meistens zur Vernunft. »Also komm mir jetzt nicht noch damit.«

»Ich komme dir mit gar nichts. Du wirst ja jetzt bald in dieses riesige Haus ziehen, falls es nicht vorher zusammenfällt, und du solltest dir wirklich langsam Gedanken über den Wiederverkaufswert machen, Liebes.« Aber sie sprach nur scheinbar von etwas anderem, um dann wieder auf ihr Lieblingsthema zurückzukommen: »Wenn du verheiratet wärst, bräuchte ich mir nicht solche Sorgen um dich zu machen.«

»Mama… fang nicht wieder davon an.«

»Ich fange überhaupt nicht an. Von mir aus brauchen wir gar nicht mehr darüber zu reden.«

Das mußte man ihr lassen: Wenn sie merkte, daß sie mit ihren Andeutungen nicht weiter kam, konnte sie mühelos ihre Strategie ändern.

Wir verbrachten die nächste Stunde, indem wir uns über wesentlich weniger heikle Themen unterhielten: zum Beispiel über meine Probleme mit Stud, wobei sie mir sofort empfahl, ihn kastrieren zu lassen, und ihre Probleme mit einem Nachbarn, der Junggeselle war und sie jedesmal, wenn sie den Müll rausbrachte, dämlich anmachte. Ich empfahl ihr in dieser Sache den gleichen operativen Eingriff wie bei Stud, aber sie fand meinen Vorschlag nicht besonders witzig.

Als wir alle Alltagssorgen erschöpfend behandelt und die meisten unserer Nachbarn ausgiebig verbal geteert und gefedert hatten, lächelten wir zufrieden und fielen in ein vertrautes Schweigen. Egal für wie erwachsen ich mich hielt, egal wie sehr ich mich von meiner Familie entfremdet hatte, ich konnte mich immer mühelos diesem Gefühl der Geborgenheit überlassen, das so tröstlich war.

»Mama, was ist damals eigentlich mit Bens persönlichen Sachen passiert?«

»Du stellst aber komische Fragen, Phoebe, Schatz. Denkst du an irgendwas Bestimmtes?«

»Ach, ich weiß nicht… Ja, ich wollte wissen, ob es vielleicht Notizbücher oder so was ähnliches gibt. Und dann das Armband, das ihm Charlene geschenkt hat, nachdem er diese Spritze nicht vertragen hatte.«

»Und was willst du nach all den Jahren mit diesem Armband?«

»Ich war neulich in einem Geschäft und sah da ein ganz ähnliches in der Auslage, und da ist es mir wieder eingefallen. Hat Charlene es noch?«

»Ich weiß nichts von dem Armband, aber ich glaube, Charlene hat alle seine persönlichen Sachen behalten. Michael hat ihr geholfen, das meiste davon in Kisten zu verpacken, ungefähr ein Jahr, nachdem Ben ... Phoebe, dir geht's doch nicht schlecht, wegen März und dem ganzen Zeug, oder, Liebling?«

»Nein«, antwortete ich und vermied ihren forschenden Blick. Sie streckte die Hand aus und berührte meine Wange. »Na ja, vielleicht doch ein bißchen. Du weißt ja, wie das ist.«

»Möchtest du darüber reden?«

»Nein, Mama. Ich komm schon drüber weg. Bist du sicher, daß Charlene alle Sachen von Ben behalten hat?«

»Ich wüßte nicht, daß sie sie weggegeben hätte. Aber ich dachte, sie hätten Ben das Armband angelassen. Er hat es schließlich die ganze Zeit getragen.«

»Danke, Mama. Ich werde mich danach erkundigen.«

»Michael kommt gleich vorbei«, sagte sie, als sie auf die Uhr sah. »Er würde sich freuen, dich zu sehen.«

»Warum hast du mir das nicht vorher gesagt?« Ich hörte selbst, daß meine Stimme vorwurfsvoll und ärgerlich klang. »Das ist so ziemlich der letzte Mensch, dem ich jetzt begegnen möchte.«

»Wie bitte?«

Niemand sonst konnte diese beiden kleinen Worte so sagen wie Mama. Ihr ganzer Gesichtsausdruck veränderte sich dabei. Sie grollte das *wie* ganz tief und gedehnt und ließ das *bitte?* scharf und knapp wie einen Peitschenknall folgen. Dann wußte jeder, daß sie zu diesen rothaarigen irischen Frauen gehörte, mit denen man sich besser nicht anlegte.

»Ich... ich wußte bloß nicht, daß...«

»Wie solltest du auch. Er hat heute morgen angerufen. Du und Michael habt euch doch nicht etwa gestritten, oder?«

»Nein, Mama, aber ich muß jetzt los. Ich arbeite gerade an einer dringenden Sache.« Ich stand auf und ging zur Tür. »Ich werde dich in den nächsten Tagen anrufen, und vielleicht können Roger und ich mal mit seiner Mutter vorbeikommen zum...«

Ich hatte gerade die Hintertür aufgestoßen, von wo aus ich den Garten gerade noch überblicken konnte. Ich stand hoch genug, um das Lichtsignal auf dem Dach eines Streifenwagens zu erkennen, der auf der Straße parkte. Allerdings wurde alles andere von dem Zaun verborgen, der unser Grundstück von dem kleinen Fahrweg abgrenzte. In diesem Moment setzte sich der Wagen langsam in Bewegung und verschwand um eine Kurve.

»Wolltest du euch zum Abendessen anmelden, Schatz? Darüber würde ich mich sehr freuen, und es wäre sicher auch für Frieda eine Abwechslung, wenn sie mal aus dem Haus käme.«

»Ja, sicher, Mama.«

»Was ist los?« fragte sie und trat zu mir hin. Ich war wie gelähmt.

»Nichts, es ist gar nichts«, antwortete ich rasch. »Ich dachte nur, ich hätte einen Streifenwagen hinter dem Haus gesehen.«

Zum Teufel, ich *wußte*, daß einer da gestanden hatte.

»Doch nicht hier in dieser Gegend. Wir sehen nie einen Polizisten, außer wenn dein Onkel John mal zum Kaffee vorbeikommt. Bist du sicher, Liebling?«

»Nein, ich bin nicht sicher. Vergiß es. Bis bald dann.«

Ich küßte sie zum Abschied und ging. Dabei war ich mir absolut sicher, daß ich das Auto gesehen hatte. Es hätte ja auch nichts weiter zu bedeuten gehabt, wenn mir nicht schon auf dem Friedhof ein Streifenwagen aufgefallen wäre. Die Sache fing an, mir auf die Nerven zu gehen.

Es gibt Zeiten, da frage ich mich wirklich, warum ich eigentlich in Montana bleibe. Und dann spiele ich mal wieder mit dem Gedanken, an die Westküste zu ziehen und eine Firma für Sicherheitsdienste aller Art zu gründen oder einen Partyservice für die Reichen und Schönen. Aber Tatsache ist und bleibt, daß ich nicht aus Montana weg könnte, selbst wenn ich es wollte.

Irgendwas hält die Leute hier. General Custer hat seinerzeit beschlossen, sich sechzig Meilen östlich von Billings am Little Bighorn River niederzulassen. Natürlich erst, nachdem Häuptling Sitting Bull darauf bestanden hatte. Es geht das Gerücht, daß es Schilder an der Grenze zu Dakota gibt, die die Autofahrer mit der Aufschrift warnen, CUSTER WAR NOCH GANZ GESUND, BEVOR ER NACH MONTANA KAM.

In unseren Tagen kann man es billiger haben, wenn man zum Little Bighorn reist, als Custer, den es über zweihundertfünfzig Leben gekostet hat, auch das eigene. Heute kann man für $ 10,50 inklusive Strom und Wasser seinen Wohnwagen dort parken und wahrscheinlich am nächsten Morgen auch lebendig wieder aufwachen, wenngleich es in der Gegend Geschäftsleute gibt, die ihren Kunden das

Geld förmlich aus der Tasche ziehen, aber das ist eine andere Geschichte.

Das wichtigste sind für mich die Jahreszeiten. Ich brauche die periodisch auftretende Veränderung in meinem Leben, also bleibe ich. Jede Jahreszeit ist klar definiert, und jeder Monat unterscheidet sich vom vorhergehenden. Der März ist am unberechenbarsten. Er versteckt sich zunächst im Norden, nahe der kanadischen Grenze, wo er noch ein Weilchen wartet und sich dabei ständig verändert. Dann schlägt er ohne Vorwarnung los, setzt mit der Kraft eines wilden Tieres über den neunundvierzigsten Breitengrad, läßt die Temperatur innerhalb von fünf Stunden um fünf Grad fallen und wirft einen halben Meter Schnee über den High Plains ab.

Wenn das passiert, lege ich ein paar Sandsäcke hinten in den Chevrolet, damit der Wagen schwerer ist und die Räder besser greifen. Als ich von Mama wegfuhr, war der Regen heftiger und kälter geworden, und ich dachte darüber nach, ob es wohl wieder einmal soweit war.

Dann fuhr ich noch bei Jackie, der Polyester-Maklerin, vorbei, um herauszufinden, wann der Vertrag für mein Traumhaus unterschriftsbereit sein würde. Sie hielt mir einen längeren Vortrag über die Hauseigentümerin, einer fünfundneunzig Jahre alten Dame, die in einem privaten Altersheim lebte und ab und zu den Kontakt zur Realität verlor. In letzter Zeit hatte Jackie leider ihre wenigen klaren Momente verpaßt, aber sie versicherte mir, es könne sich nur noch um ein paar Tage handeln. Na klar, Jackie.

Je kälter es wurde, desto häufiger mußte ich an Shawna Unger denken. Auf die unbestimmte Hoffnung hin, daß sie mich inzwischen vielleicht angerufen haben könnte, fuhr ich in meine Wohnung, um den Anrufbeantworter abzuhören. Dreimal hatte jemand nur aufgelegt und keine Nachricht hinterlassen. Dann schleppte ich die Sandsäcke aus meiner Garage, verfrachtete sie in den Kofferraum meines Wagens und fuhr zum Bezirksgericht.

Bis zu diesem Zeitpunkt hatte ich nichts gegen Victor Stroud in der Hand, außer dem persönlichen Eindruck, daß er ein mieser Typ war, und der Tatsache, daß sich Ben vor drei Jahren aus irgendeinem Grund für seine Klinik interessiert hatte. Das und den Instinkt einer Mutter und die flüchtige Begegnung mit Jennifer Kuntz.

Im Gegensatz zu den Puristen in der Branche habe ich mir bei meinen Ermittlungen ein paar Grundsätze zur Regel gemacht: Man setze niemals irgend etwas voraus, laufe nicht mit Scheuklappen durch die Gegend und ignoriere keinesfalls die eigenen Instinkte. Das Gespräch zwischen Stroud und dem jungen Mädchen, das ich in seinem Büro mitangehört hatte, war gelinde gesagt besorgniserregend. Ich wußte zwar, daß auch Härte zu den Methoden einer Therapie gehören konnte, schließlich konnte man sich keine Talkshow mehr ansehen, ohne daß die Vorzüge einer schmerzhaften und offenen Konfrontation gepriesen wurden, aber irgend etwas in Strouds Stimme und Haltung hatte die Grenzen der Therapie überschritten und einen Schatten auf sein Verhalten geworfen.

Als der Archivar im Bezirksgericht seinen Arbeitstag beendet hatte, war ich um ein paar Informationen reicher. Whispering Pines und das vier Hektar umfassende Grundstück, auf dem es stand, war für eine ausstehende Steuerschuld verkauft und von den alten Leuten, die dort auf ihren Tod gewartet hatten, geräumt worden. Nun gehörte es einer Organisation mit der Bezeichnung »United Investments Corporation«.

Gerade als ich mir die letzten Notizen dazu machte, kam Krisa Poole auf mich zu. Krisa und ich sind zusammen zur Schule gegangen. Sie war eine kleine, quirlige Blondine, die ihre muntere Cheerleader-Mentalität nie ganz abgelegt hatte. Ich mochte Krisa. Aber sie glaubte fälschlicherweise, daß wir Freundinnen waren, eine Tatsache, die ich jedesmal, wenn ich für meine Ermittlungen die Akten im Archiv des Bezirksgerichts einsehen wollte, schamlos ausnutzte.

Ich hatte ein schlechtes Gewissen deswegen. Allerdings nicht schlecht genug, um ihr ihre Illusionen zu nehmen.

»Na, hast du gefunden, was du gesucht hast, Phoebe?«

»Ich hätte etwas mehr Zeit brauchen können«, antwortete ich und sah auf meine Armbanduhr. »Kommt dir dieser Name hier vielleicht bekannt vor?«

Sie beugte sich über mein Blatt und las die Notiz.

»UIC? Nein, das sagt mir nichts. Aber das Geschäft mit Immobilien blüht, und wir kriegen so viele Verkaufsurkunden herein, daß ich mir unmöglich alle merken kann. Um welches Objekt geht es denn?«

»Das alte Odd Fellows Altersheim.«

Sie überlegte kurz. »Das kenne ich. Ist das jetzt nicht so eine Art Krankenhaus?«

»Krankenhaus?«

»Ach, du weißt doch, was ich meine. Eines von diesen Privatsanatorien, wo sie Drogensüchtige behandeln. Windy Pines, Whispering Pines, oder so ähnlich.«

»Whispering Pines.«

»Wenn ich mich recht entsinne, war das aber nur Teil einer größeren Transaktion«, meinte sie und dachte eine Weile nach. Dann sagte sie: »Es fällt mir im Moment nicht ein. Ich sehe morgen mal nach. Okay?«

»Das wäre sehr nett von dir, Krisa. Wann ungefähr?«

»Komm doch so um zwölf Uhr hierher. Ich mache dann auch meine Mittagspause, und wir können noch ein bißchen miteinander plaudern.«

Ich warf ihr mein strahlendstes Lächeln zu. »Gute Idee. Bis morgen also.«

Ich verließ das Bezirksgericht und ging um das Gebäude herum zum Parkplatz. Von dem Wind, der jetzt Graupelschauer in mein Gesicht blies, bekam ich sofort Kopfschmerzen. Als ich mit gesenktem Kopf auf meinen Wagen zuging, ertönt neben mir eine Hupe und ließ mich vor Schreck zusammenfahren.

»Paß doch auf, wo du hinfährst ...«, schrie ich, sah auf und erblickte Lanny, der sich grinsend aus dem Wagenfenster seines weißen Chevys lehnte.

Ich ging zu ihm. »Macht keinen guten Eindruck, wenn ein Bulle einen Fußgänger überfährt«, meinte ich.

»Kann ich dich irgendwohin mitnehmen?«

»Nein, danke. Mein Wagen steht da drüben. Hast du Feierabend?«

»Ich hab' heute tagsüber jemanden beschattet, aber um Mitternacht muß ich wieder raus.«

»Ziemlich harte Schicht.«

»Ich hatte eben auch im Bezirksgericht zu tun und hab' dich kurz im Archiv gesehen.«

»Ich bin dabei, mir ein Haus am Stadtrand zu kaufen, und wollte wissen, ob es irgendeinen historischen Wert hat«, log ich und fühlte mich unbehaglich dabei.

»Was für ein Haus ist das?«

»Das leerstehende Mausoleum auf der Two Moon Road.«

»Diese riesige Villa?« Er pfiff durch die Zähne. »Aber Mensch, die verfällt doch seit Jahren. Du wirfst dein Geld zum Fenster raus. Ich hab' sogar schon mal ein paar Kinder von dort vertrieben. Es ist einer ihrer Lieblingstreffs.«

»Haben sie eigentlich schon das Mädchen gefunden, das aus dieser Drogenklinik weggelaufen ist?« fragte ich und ignorierte sein hämisches Grinsen.

Er sagte eine Weile nichts und fragte dann zurück: »Welches Mädchen?«

»Ich hab' im Polizeifunk gehört...«

»Du hörst immer noch zu, ja? Wußtest du übrigens, daß bei der Fahrdienstleitung kürzlich eine Stelle freigeworden ist? Baker geht weg, und du hättest gute Aussichten, den Job zu kriegen.«

»Nein, danke. Und hat man sie nun gefunden?«

»Nein, noch nicht. Warum interessierst du dich so dafür?«

»Das Wetter schlägt um, und ich mache mir einfach Sorgen um ein junges Mädchen, das allein da draußen unterwegs ist.«

»Du, ich muß jetzt nach Hause und ein paar Stunden schlafen. Wenn es jetzt noch anfängt zu frieren, dann kriegen wir eine höllische Nacht.«

»Bis bald dann«, rief ich über die Schulter, ging zu meinem Wagen und stieg ein.

Mein Haar war klatschnaß, und mein Kopf hämmerte vor Kälte. Ich verließ den Parkplatz und fuhr auf die 27. Straße in Richtung South Side. Es gab eine Menge möglicher Schlupfwinkel, wo jemand, der auf der Flucht war, Schutz vor der Kälte finden konnte, und da ich noch etwas Zeit bis zu meinem Treffen mit Mary Kuntz hatte, beschloß ich, einfach mal ein bißchen durch die Gegend zu fahren.

Wer weiß, was im Unterbewußtsein vorgeht, wenn man ein schlechtes Gewissen hat. Eigentlich hätte ich mich selbst dafür treten können, daß ich heute nachmittag nicht lange genug bei Mama geblieben war, um Michael abzuwarten und mich mit ihm zu versöhnen. Danach hatte ich ein paar Mal den Impuls gehabt, ihn anzurufen, aber ich brachte es nicht fertig.

Jetzt dachte ich mir, wenn ich schon mal in der Gegend bin, könnte ich doch kurz bei ihm vorbeifahren und so tun, als wäre nichts gewesen. Also bog ich in seine Straße ab und hielt gegenüber von der Kirche. Vor dem Portal standen zwei Latino-Jungs und teilten sich eine Zigarette. Vor Kälte hatten sie die Schultern praktisch bis zu den Ohren hochgezogen.

Ich blieb im Wagen sitzen und beobachtete sie. Als der

größere von beiden mich sah, schubste er seinen Freund an. Ich wußte, daß in der Kirche irgend etwas Ungewöhnliches vor sich gehen mußte, denn es war zu früh für eine Totenwache und zu spät für eine Messe.

Gerade als ich wieder weiterfahren wollte, trat Michael aus der Kirche, den Arm um die Schultern einer kleinen mexikanischen Frau gelegt. Sie blieben stehen, die Frau wandte sich zu Michael und lehnte sich an ihn. Die beiden Jungen warfen ihre Zigarette weg und gingen zu den beiden.

Michael schüttelte ihnen die Hände. Während er mit ihnen sprach, schaute er zufällig in meine Richtung und sah dann noch mal genauer hin. Mein erster Impuls war, so schnell wie möglich zu verschwinden, aber ich unterdrückte ihn, weil ich wußte, daß ich nun nicht mehr zurück konnte.

Die beiden Jungen halfen der Frau in einen Wagen, der vor der Kirche parkte und brausten davon. Michael winkte mir zu. Ich lief auf die Kirchentür zu, die er für mich geöffnet hielt und rannte hinein. Jetzt saß ich in der Falle und brachte keinen Ton heraus. Ohne ein Wort nahm er mich in die Arme.

»Komm, wir setzen uns hin«, sagte er dann und führte mich zu einer der hinteren Bankreihen. »Ich bin froh, daß du gekommen bist, Phoebe. Ich wollte dich ohnehin gleich anrufen.«

Oh Gott, er war so verdammt gutaussehend. Was für eine Verschwendung. Zuerst sprach keiner von uns, dann fingen wir beide gleichzeitig an zu reden und mußten lachen.

Ich kannte Michael, und er kannte mich, und so erwähnten wir das, was zwischen uns vorgefallen war, nicht weiter, sondern ließen es mit diesem Lachen gut sein.

»Du siehst müde aus, Michael.«

Er beugte sich vor und massierte seine Nasenwurzel mit Daumen und Zeigefinger.

»Ich hatte gerade ein ziemlich schwieriges Gespräch. Das waren die Mutter von Jimmy Padilla und zwei seiner Cousins. Manchmal...«, begann er und wurde nachdenklich, »manchmal weiß ich einfach nicht mehr, was ich sagen soll.«

Ich konnte mir das nur schwer vorstellen. Michael war bekannt für die Unerschütterlichkeit seines Glaubens.

»Wie geht es ihnen?«

»Nicht so besonders. Hast du die Geschichte in der Zeitung gelesen?«

»Wer hat das nicht?«

»Es macht mich stink...« Er unterbrach sich, grinste entschuldigend und fuhr fort: »Es fällt mir schwer zu akzeptieren, daß sich ein junger Mann in der Gefängniszelle aufhängen kann, ohne daß es jemand rechtzeitig bemerkt.«

»Tja, Michael...« Ich rang nach Worten, weil ich das Gefühl hatte, daß ich ihm etwas schuldete, und wünschte, es wäre etwas, was ich ihm geben konnte. »Vielleicht war er auf einem Trip, und...«

»Er war so nahe dran.« Michael sah mich verzweifelt an.

»Nahe dran reicht nicht, Michael. In der Zeitung stand, er habe unter Drogeneinfluß gestanden.«

Michael schüttelte den Kopf und wandte das Gesicht ab, aber ich konnte sehen, wie ihm die Zornesröte in die Wangen stieg.

»Ach, Unsinn, wenn das so ein verwöhntes Gör aus der Villengegend oder aus dem Country Club gewesen wäre, hätten sie ihn gehütet wie ihren Augapfel...«

»Oder sie hätten ihn gar nicht erst eingesperrt«, warf ich ein.

»Genau«, antwortete er und ließ den Kopf hängen. »Ich habe mit seinem Cousin gesprochen, und der sagte, er sei längere Zeit völlig clean gewesen, aber aus irgendeinem Grund hätte er dann wieder angefangen, Kokain zu nehmen und alles, was er sonst noch kriegen konnte.«

Er sprach so leise, daß ich ihn kaum verstand. »Es hatte irgendwas mit einem Mädchen zu tun.«

»Was?«

»Ein Mädchen. Er hat es wegen eines Mädchens getan.« Michael sah mich an. »Angela Padilla hat mich gerade über diese Geschichte mit den Drogen informiert. Sie kannte den Bericht des Toxikologen. Da stand alles drin. Sie hat mir auch erzählt, daß Jimmy, ein paar Stunden bevor er ausgerastet ist, mit diesem Mädchen gesprochen hat.«

»Weißt du, wie sie heißt?«

»Nein. Ich habe Angela nach ihrem Namen gefragt, weil ich dachte, es sei vielleicht jemand aus der Gemeinde. Der Gedanke macht mir höllische Angst: Da bringt sich eines dieser Kids um, und dann kriegt ein anderer auch solche Ideen, und bevor man etwas tun kann... Naja, aber das Mädchen war nicht von hier. Angela wußte ihren Namen auch nicht.«

Ich konnte mir denken, wer es war. »Manchmal schlittern sie einfach in ihr Verderben, Michael.«

»Die Jugendlichen hier schlittern nicht einfach. Sie sind viel zu beschäftigt damit zu überleben. Dann treffen sie einmal die falsche Wahl, und wenn diese Wahl Drogen heißt, sind sie ein gefundenes Fressen für jeden miesen Dealer, der ihnen über den Weg läuft.«

»Es tut mir leid.« Ich stand auf und legte ihm eine Hand auf die Schulter.

»Ja, mir auch. Gleich kommen zwei zu mir zur Beratung. Sie ist vierzehn und schwanger. Er ist fünfzehn und... tja, sie glauben, daß sie es zusammen schaffen. Da fragt man sich doch, was das alles soll, oder?

»Meldest du dich mal wieder?«

»Na klar.«

Ich ließ ihn in der Stille der Kirche, in der Stille Gottes zurück. Doch, hier gehörte er hin.

Mary Kuntz kam fünfzehn Minuten nach mir zum Pelican Truck Stop. Ich hatte einen Tisch am Fenster gewählt. Jedesmal, wenn die Tür geöffnet wurde, kam mit einem kalten Luftstrom der schwere Geruch von Diesel in die Raststätte.

Als Mary eintrat, bemerkte ich, daß sie genau dieselben Kleider trug wie an dem Tag, als sie zum ersten Mal in mein Büro kam. Sogar ihr Gesichtsausdruck war genauso entschlossen wie damals. Sie hatte etwas an sich, was mir sehr gefiel. Nichts an Marys Erscheinung und Auftreten hätte einen dazu verleiten können anzunehmen, daß sie die Tochter eines der mächtigsten und umstrittensten Männer in ganz Montana war.

Ich war immer noch ganz davon überzeugt, daß sie nicht doch etwas verrückt war, aber je länger ich an ihrem Fall arbeitete, desto mehr sprach gegen diese Möglichkeit und für die Richtigkeit ihres Verdachts.

»Komme ich zu spät?« fragte sie, während sie die Windjacke auszog und sich auf die Sitzbank gleiten ließ. »Ich hätte mir was Wärmeres anziehen sollen. Es ist ziemlich kalt draußen.«

Sie legte die Jacke sorgfältig neben sich auf den Sitz, rieb sich die Hände und sah sich nach der Kellnerin um.

»Ich habe schon Kaffee für uns bestellt.«

»Sie haben daran gedacht. Wie aufmerksam von Ihnen«, antwortete sie. »Ich...«

»Mary, ich will nicht lange drumrumreden. Warum zum Teufel haben Sie mir nicht gesagt, daß Cutter Gage Ihr Vater ist?«

Die Farbe wich aus ihrem Gesicht. Sie schlug die Augen nieder und sah dann direkt in meine. »Ich habe Sie nicht angelogen, Phoebe. Ich hielt es bloß nicht für notwendig, es zu erwähnen. Außerdem wußte ich, daß sie es schließlich selbst herausfinden würden.« Sie lächelte entschuldigend.

»Warum sind Sie nicht mit Ihrem Problem zu ihm gegangen? Warum haben Sie denn nicht seine… nun ja, Verbindungen genutzt, um Stroud überprüfen zu lassen?«

»Ach, ich hab' es doch versucht«, sagte sie und lachte bitter. »Sie sollten ihn nicht unterschätzen.« Bei diesen Worten hob sie mahnend den Zeigefinger. »Für ihn zählt nichts so sehr wie sein Ansehen in der Öffentlichkeit, seine berühmte, oder besser gesagt, berüchtigte Karriere und die Kontrolle, die er auf Menschen ausübt. Alles, aber auch wirklich alles, was auch nur annähernd seinen Ruf schädigen könnte, wird von ihm zertreten wie ein Insekt. Über Cutter Gage gibt es einfach keine Schmutzgeschichten. Er würde es nicht tolerieren.«

»Hören Sie, Mary…«

»Nein, Sie hören mir zu«, unterbrach sie mich. »Sehen Sie diese Jacke?« Sie nahm einen Ärmel ihrer Windjacke und hielt ihn in die Höhe. »Sie ist von Cutter Gages Geld bezahlt worden. Genauso wie jedes andere Kleidungsstück, das ich trage, wie das Geschirr, von dem ich esse, das Bett, in dem ich schlafe, das Gras, das ich mähe, alles das gehört auf die eine oder andere Weise Cutter Gage. Das einzige auf dieser Welt, das mir gehört, sind meine…« Sie machte eine Pause. »Ich meine Jennifer. Jennifer gehört mir.«

Ich saß nur da und starrte in ein Gesicht, das ich kaum wiedererkannte. Ihre Augen waren dunkel und hart geworden und unverwandt auf mich gerichtet.

»Was ist mit Frank?«

»Frank?« Sie lachte wieder. »Frank hat sich an dem Tag verkauft, als er mich geheiratet hat. Allerdings wußte er damals noch nicht, wie hoch der Preis sein würde. Der Unterschied zwischen meinem Mann und mir ist, daß ich keine Angst vor Cutter habe. Tatsache ist, daß ich ihn ja überhaupt nicht kannte, bis ich achtzehn Jahre alt war. Meine Mutter und er hatten sich getrennt, als ich noch sehr jung war. Für mich war er bis dahin nicht mehr als ein Name in der Zeitung und ein Gesicht im Fernsehen.«

»Warum sind Sie hierher zurückgekommen?«

»Aus Neugierde. Ich wollte meinen Vater kennenlernen. Meine Mutter hatte ihn praktisch aus unserem Leben verbannt, und als ich dann mit der Schule in Missoula fertig war und hierher kam, bin ich gleich in seine offenen Arme gerannt, und er hat mich mit seinem ganzen Charme eingewickelt.«

Sie und Shawna Unger hatten ein paar Dinge gemeinsam. Sie sah auf den Tisch und schüttelte den Kopf. Als sie wieder aufblickte, lächelte sie.

»Frank arbeitete für Cutter auf der Farm. Sechs Monate später sind Frank und ich nach Wyoming gefahren und haben dort geheiratet.«

»Und dann?« Es fiel mir schwer, mir die junge, kichernde Mary vorzustellen, die mit einem Farmarbeiter durchbrannte.

»Als wir am nächsten Tag zurückkamen, war die Hölle los. Cutter hat Frank geschlagen, er hat ihn vor meinen Augen regelrecht zusammengeschlagen. Das war das erste Mal, daß ich erkannte, wozu er fähig war.« Für Mary schien diese Erinnerung immer noch schmerzhaft zu sein. »Danach wurde dieser Vorfall nie wieder erwähnt. Cutter ist in die Stadt gezogen, hat Frank die Farm übergeben, und von da an war es für ihn ein Geschäft wie jedes andere. Schließlich handelt es sich bei fast allen von Cutters Beziehungen um Geschäfte.«

»Warum sind Sie und Frank nicht einfach von hier weggegangen?«

»Frank kommt aus recht armen Verhältnissen. Seine Eltern waren gute, hart arbeitende Leute, aber Frank haßt die Armut. Für ihn ist das wie so ein häßlicher Geburtsfehler, etwas, das er sein ganzes Leben lang versucht hat zu verbergen oder zu ändern.«

Instinktiv streckte ich meine Hand aus und berührte ihren Arm. »Es tut mir leid, Mary.«

»Sie brauchen kein Mitleid mit mir zu haben. Man kriegt im Leben immer das, was man verdient. Wir haben hart gearbeitet, hatten ein gutes Leben und brauchen uns für nichts zu schämen. Im großen und ganzen läßt Cutter uns in Ruhe.«

Ich wußte nicht, was ich sagen sollte. In diesem Moment war ich nicht einmal sicher, ob es überhaupt eine Rolle spielte, wer ihr Vater war, aber ich fragte mich, warum Cutter neulich unbedingt mit mir reden wollte.

»Gibt es da noch irgend etwas, was Sie mir noch nicht gesagt haben, Mary? Ich hab' diese kleinen Überraschungen nämlich nicht so gerne, Sie wissen ja, wie die mit dem Armband.«

Sie sah mich forschend an, sagte aber nichts. »Mary?«

»Dann war es also das Armband Ihres Bruders. Wissen Sie das genau?

»Ich kann es nicht mit Sicherheit sagen, bis ich es gesehen habe. Hat Jennifer es noch?«

»Ich glaube nicht. Ich habe ihr Zimmer durchsucht, aber ich konnte es nicht finden. Sie hat es einmal auf dem Waschbecken im Badezimmer liegen lassen. Da habe ich es gesehen und mich gewundert, daß sie so etwas trug. Sie hatte nämlich niemals irgendwelche Allergien oder ähnliches.«

»Wenn es das von meinem Bruder war, dann war es wegen seiner Penicillin-Allergie. Und es hatte Initialen eingraviert.«

»Ja, ich erinnere mich, B. S. und C. D. stand darauf, und es ging um Penicillin. Als ich die Initialen sah, wußte ich gleich, daß es nicht ihres sein konnte. Und später konnte ich mir denken, wem es ursprünglich gehört hat.«

»Wie ist sie an dieses Armband gekommen, Mary? Wer zum Teufel hat es ihr gegeben?«

»Ich habe keine Ahnung. Einmal, an einem Sonntag nach der Kirche, hatten wir zu Hause Gäste, und wir haben ein paar Photos gemacht. Jenny stand gegen einen Pfosten gelehnt, und da habe ich eines der schönsten Bilder von ihr aufgenommen. Sie kennen es ja, es ist das, wo man das Armband ganz deutlich sieht.«

Ich nickte und ließ sie weitersprechen.

»Mir war eigentlich gar nicht aufgefallen, daß sie ein Armband trug, bis ich diese Dias selbst zum ersten Mal gesehen habe. Als ich sie danach fragte, hat sie einen Wutanfall gekriegt und mich beschuldigt, hinter ihr herzuspionieren. Seither weiß ich nichts mehr davon.«

»Und gibt es sonst noch was, das ich wissen sollte?«

»Nein, nichts mehr.«

»Sind Sie sicher?«

»Ganz sicher.«

Ich wollte sie nicht weiter drängen, und so wechselte ich das Thema. »Ich nehme an, Sie haben die Zeitung gelesen…«

»Sie meinen das mit dem Padilla-Jungen? Ja, das habe ich gelesen. Seine Familie tut mir schrecklich leid, und ich muß ständig an ihn denken.«

»Weiß Jennifer davon?«

»Ja, ich habe ihr die Todesanzeige gezeigt«, antwortete sie und senkte den Blick. »Aber ich fürchte, es hat sie nicht besonders interessiert.«

»Hat sie keine Reaktion gezeigt?«

»Nein. Nichts.«

Die Kellnerin stellte zwei Tassen Kaffee vor uns auf den Tisch. Mary nahm ihre Tasse und umfaßte sie mit beiden Händen. »Die Wärme tut meinen Fingern so gut«, sagte sie.

Ich sah zum ersten Mal bewußt ihre Hände. Sie hatte sie bei unseren Gesprächen vorher meistens auf dem Schoß gefaltet, und außerdem achte ich auch nicht so auf die Hände der Leute. Jetzt bemerkte ich, daß ihre Fingerknöchel stark geschwollen waren, und die Haut auf den Handrücken war rotgefleckt. Ihre Hände sahen aus, als würden sie oft schmerzen, und ich fragte mich, wie sie es schaffte, damit die wundervollen Wolldecken herzustellen, die sie mir gezeigt hatte.

»Mary, ich hab' mal meine Fühler ausgestreckt, aber ich kann Ihnen noch nicht viel sagen.« Sie legte ihre Hand tröstend auf meine. »Es tut mir so leid, was Ihnen da neulich bei uns passiert ist. Ich weiß gar nicht, was ich sagen soll. Sie hat sich so furchtbar verändert. Glauben Sie mir das wenigstens?«

»Ich glaube, daß sie krank ist, Mary. Allerdings kann ich es vielleicht nicht so richtig beurteilen. Ich kannte sie ja vorher nicht, und eigentlich kenne ich sie jetzt auch nicht.« *Man sollte sie zusammen mit Blacky vom Tierarzt einschläfern lassen,* ging es mir durch den Kopf, und dann schämte ich mich sofort für diesen Gedanken.

»Was da auf der Koppel geschehen ist, das hätte *meine* Jennifer nie getan. Das Pferd hätte Sie umbringen können. Als Jennifer an diesem Abend nach Hause kam, hat sie bloß gelacht und sich geweigert, darüber zu reden.«

»Wo war sie den ganzen Tag gewesen?«

»Wer weiß? Phoebe, da geht noch etwas anderes vor sich. Ich bin nicht sicher, was es ist, aber es braut sich etwas zusammen.«

Ihre Augen füllten sich mit Tränen. »In der Nacht bin ich aufgewacht, weil ich dachte, ich hätte Jennifer gehört. Als ich die Treppe hinunterging…« Sie brach ab, sah aus dem Fenster und verbarg ihr Gesicht. Dann beobachtete ich, wie sie sich wieder zusammenriß. »Ich ging gerade die Treppe hinunter, als sie an mir vorbei nach oben ging. Sie lächelte, sagte aber nichts. Unten fand ich Frank, der im Dunkeln saß und weinte.«

»Frank?« Der Mann hatte nicht den Eindruck auf mich gemacht, als könne er überhaupt weinen.

»Ja«, antwortete sie. »Die Tränen liefen ihm nur so runter, aber was mich noch mehr erschreckte, war der Schmerz, der auf seinem Gesicht lag. Er sah so gequält aus, wie ich ihn noch nie gesehen habe.«

»Haben Sie mit ihm geredet?«

»Ich hab's versucht«, sagte sie und schüttelte den Kopf. »Aber er wollte einfach nicht. Er saß bloß da, mit diesem ... diesem ...«

Und wieder wandte Mary das Gesicht ab und sah aus dem Fenster.

»Haben Sie mit Jennifer gesprochen?«

»Ich bin dann wieder nach oben gegangen. Sie lag im Bett.« Mary biß sich auf die Unterlippe und fuhr fort: »Es ist einfach nur so schwer, darüber zu reden. Jennifer hat mich gebeten, zu ihr zu kommen und ihr einen Gutenachtkuß zu geben. Ich war völlig perplex. Sie spricht ja kaum mehr mit mir, geschweige denn ...«

Jetzt brach Marys mühsam bewahrte Fassung zusammen, und sie schluchzte.

Ich griff über den Tisch und nahm ihre Hand. Meine Handflächen waren feucht, und es gefiel mir nicht, so viel für diese Frau zu empfinden. »Bitte versuchen Sie weiterzusprechen.«

»Sie wollte, daß ich sie in den Schlaf singe und hat sich ein Lied gewünscht, daß ich ihr immer gesungen habe, als sie noch klein war. Also nahm ich sie in die Arme und habe das Lied gesungen, bis sie eingeschlafen ist. Ich bin die ganze Nacht bei ihr geblieben, ... oh Gott ...« Sie holte tief Luft und sah durch das Fenster in die regnerische Nacht.

»Am nächsten Morgen war sie wieder eiskalt zu mir. Ich will mein kleines Mädchen wiederhaben. Bitte. Ich darf sie nicht verlieren, wie ...« Sie brach ab.

»Reden Sie weiter«, drängte ich sie.

»Ich darf Jennifer nicht verlieren. Haben Sie schon mit Stroud gesprochen?«

»Ja.«

»Was war Ihr Eindruck?«

»Er war mir unsympathisch.« Meine Gedanken kehrten zu dem Gespräch zurück, das ich mitangehört hatte. »Aber das heißt nicht viel. Hat Jennifer Ihnen gegenüber jemals die Namen von anderen Patienten in der Klinik erwähnt?«

»Nein ... vielleicht, ich weiß nicht mehr. Welche Namen?«

»Lord?«

»Wie bitte?« fragte sie zurück und grinste.

»Dinah Lord. Sagt Ihnen der Name etwas?«

Sie dachte eine Weile nach und sagte dann: »Nein. Phoebe, was ist mit Stroud?«

»Er ist ein widerlicher Kerl. Aber, wie gesagt, ich brauche noch Zeit, um die notwendigen Informationen zusammenzutragen. Mir fehlen sogar noch die grundlegenden Zusammenhänge.«

Ich nahm einen großen Schluck aus meiner Kaffeetasse und verbrannte mir dabei derart die Zunge, daß ich mich zusammenreißen mußte, um den Kaffee nicht gleich über den Tisch zu spucken. Statt dessen nahm ich einen ebenso großen Schluck Wasser aus dem Glas, das die Kellnerin gebracht hatte und spülte damit meine verbrannte Mundhöhle. Mary reichte mir eine Serviette.

Als die Krise vorüber war, beschloß ich, gleich aufs Ganze zu gehen.

»Hören Sie, Mary, ich möchte mit Jennifer reden.«

»Das ist unmöglich.«

»Ich würde mir gerne einen besseren Eindruck von ihr verschaffen.«

»Ich habe Ihnen doch von Anfang an gesagt, daß sie sich verändert hat. Ich dachte, Sie hätten das verstanden. Besonders nachdem ...«

»Das habe ich auch, ich meine, ich verstehe es, aber ...«

»Sie müssen Jennifer da raushalten. Sie ist wie gelähmt, wie ein verletztes Tier. Wenn Sie in ihre Nähe kommen … Das dürfen Sie nicht, Phoebe. Sie ist krank.«

Jetzt hatte sie keine Kontrolle mehr über sich. Mit einem gequälten Aufschluchzen griff sie nach meiner Hand.

»Ich habe gebetet, oh Gott, und wie ich gebetet habe, aber es wird etwas Schreckliches passieren. Ich fühle es. Ich weiß es. Bitte …«

Jetzt war es an mir, das Gesicht abzuwenden. Das rote Neonschild, das über unseren Köpfen an der Glasscheibe befestigt war, gab einen gleichmäßig summenden Ton von sich. Die Leuchtbuchstaben ergaben die Wörter: CAFÉ – GEÖFFNET. Ich konnte das blinkende Spiegelbild der Buchstaben auf ihrer blassen Haut sehen.

»Mary, wenn da noch etwas ist, das ich wissen sollte, dann sagen Sie es mir bitte jetzt.«

Sie sah mich wieder an.

»Ich habe Ihnen alles gesagt.«

»Alles?« Klienten erzählen einem niemals wirklich alles. Und für Mary galt das ganz besonders. »Sind Sie sicher?«

»Mary …«, rief eine Stimme neben uns.

Mary drehte sich um und lächelte. Eine kleine, zierliche Frau mit kirschroten Lippen und geröteten Wangen war an unseren Tisch getreten. Sie trug einen feuchtglänzenden Regenmantel und ein Kopftuch aus dem gleichen Kunststoff.

»Was zum Teufel machst du hier an so einem lausigen Abend? Wo ist Frank? Ist er nicht mit dir gekommen?«

Mary errötete und warf mir einen schnellen Blick zu. Sie ging zwar nicht auf die Bemerkung über Frank ein, aber ich sah, daß es ihr unangenehm war.

»Das gleiche könnte ich dich fragen. Du bist ja naß bis auf die Knochen.«

»Wir hatten gerade ein schreckliches Erlebnis. Wir mußten eine Ladung Heu nach Blue Creek bringen und wollten eigentlich wieder zurück sein, bevor das Wetter noch schlimmer würde, aber die South Bridge ist gesperrt.«

»Hat es einen Unfall gegeben?« fragte Mary höflich.

»Das haben wir zuerst auch gedacht.«

»Na, komm schon, Karen«, rief ein Mann von einem der Nebentische, woraufhin die Frau nur in seine Richtung winkte und mit ihrer Erzählung fortfuhr.

»Überall standen Streifenwagen herum. Irgendein junges Mädchen ist von der Brücke gesprungen. Sie sind mit den Booten raus. Kannst du dir vorstellen, bei diesem Wetter mit den langen Haken im Fluß rumfischen zu müssen?«

Bei diesen Worten kroch etwas meinen Nacken hoch.

»Wie entsetzlich«, rief Mary. »Haben sie sie gefunden?«

»Ich weiß nicht, wir sind weitergefahren. Jerry kannte den Polizisten, der den Verkehr abgeriegelt hat.«

Ich hatte das Gefühl, mich übergeben zu müssen.

»Was hat der Polizist gesagt?« unterbrach ich die beiden Frauen, die mich daraufhin neugierig ansahen.

»Er hat Jerry erzählt, ein Autofahrer hätte gesehen, wie ein blondes Mädchen aus einem Wagen gesprungen ist, der gerade über die Brücke fuhr. Er hätte sie beinahe überfahren. Sie ist dann auf das Geländer zugerannt und drüber gesprungen.«

»Mary, ich muß jetzt gehen. Ich ruf' Sie wieder an.« Ich stand auf, kramte etwas Geld aus meiner Tasche und legte es auf den Tisch.

»Ja, aber …«

»Ich rufe Sie an, Mary«, sagte ich noch einmal und verschwand. Ich stieg in meinen Chevrolet und mußte warten, bis ein großer Laster vorbeigebraust war, bevor ich aus dem Parkplatz herausfahren konnte. Dabei schaute ich noch einmal zurück und sah Mary niedergeschlagen am Tisch sitzen. In tiefroten Bächen rann das Spiegelbild der Neonschrift die Scheibe herab, in die Schwärze der Nacht.

Meine Hände zitterten so heftig, daß ich Mühe hatte, meine Wohnungstür aufzuschließen. Ich hatte eigentlich erwartet, daß Roger da sein würde, aber alles war dunkel. Ich schaltete das Licht ein, ging direkt zum Anrufbeantworter und hörte ihn ab. Nach drei oder vier Anrufern, die keine Nachricht hinterlassen hatten, ertönte Shawnas verzweifelte Stimme vom Band.

»Dorothy Morgan … in …«, fing sie an und machte eine Pause. Ich merkte, daß sie das Mundstück des Telefons abgedeckt hielt, um ihre Stimme zu verstellen. Als sie nach ein paar Sekunden weitersprach, weinte sie. »Eine Freundin meines Vaters hat mir Ihre Nummer gegeben. Sie schickt mir morgen etwas Geld und meinte …« Sie brach wieder ab und sagte dann sehr rasch: »Sie meinte, daß Sie mir helfen würden. Ich bin hier in einem Einkaufszentrum …« Dann hörte ich, wie sie jemanden nach dem Namen fragte.

»Verdammt, Shawna, sag mir doch, wie es heißt«, sagte ich mehr zu mir selbst als zu dem teilnahmslosen Apparat.

»Ich bin im West Park Plaza … auf der Grand Avenue. Ich ruf' wieder an.«

Ich hörte das Amtszeichen, und dann gab der Anrufbeantworter nur noch ein gleichmäßiges Summen von sich.

»Scheißgerät!« schrie ich und schlug mit der flachen Hand auf den Tisch. Offensichtlich hatte ich ein Heidengeld ausgegeben für ein Gerät, das hauptsächlich Wählsignale wiedergab.

Dann kam wieder ihre Stimme.

»Da ist so ein Wachmann, der mich die ganze Zeit beobachtet. Ich kann hier nicht mehr lange bleiben«, sagte sie und rang um Worte. »Ich ... Ihre Adresse steht nicht im Telefonbuch. Ich warte hier in der Nähe des Telefons. Bitte ... ich bitte Sie, kommen Sie her und holen Sie mich. Ich stehe beim Telefon. Es ist hinten bei den Toiletten.«

Ich spulte das Band weiter und hörte mir das Ende ihrer Nachricht an. Dabei spürte ich, wie sich mein Magen vor Angst und Nervosität zusammenkrampfte.

»Ich muß hier weg. Da sind ein paar Typen, die gesagt haben, sie könnten mich in ihrem Wagen mitnehmen ...«

Einen Moment lang sagte sie nichts, und ich wußte, daß sie jetzt überlegte, was sie tun sollte.

»Tu's nicht ... bitte, tu's nicht«, flehte ich. »Warte doch einfach draußen.« Ich sah auf meine Uhr. Es war bereits zehn Uhr abends. »Scheiße«, dachte ich bloß.

»Ich fahre jetzt mit denen los. Ich rufe in etwa einer halben Stunde wieder an.«

Dann hängte sie auf. Auf dem Band gab es keine weiteren Nachrichten. Ich ließ mich auf die Couch fallen und versuchte mit hypnotischem Blick das Telefon zum Klingeln zu bewegen. Es klingelte nicht. Ich wußte, daß es das nicht tun würde, und tief in meinem Innern wußte ich auch, warum.

Während ich meinen Chevrolet über die eisglatten Straßen durch die Stadt in Richtung South Billings Boulevard steuerte, ging mir Shawnas Stimme einfach nicht mehr aus dem Sinn. Mit wildem, anklagendem Blick schien sie mich um Hilfe anzuflehen.

Als ich an der South Bridge ankam, sah ich, daß sich die Lage etwas entspannt hatte. Die Brücke war jetzt nicht mehr für den Verkehr gesperrt. Drei oder vier Streifenwagen parkten am Flußufer.

Um einen Rettungswagen herum herrschte geschäftiges Treiben. Mein erster Gedanke war, daß sie das Mädchen gefunden hatten. Aber ich blieb im Wagen sitzen und wartete ab, was passieren würde. Ich hatte ganz weiche Knie. Wahrscheinlich wäre ich nicht einmal imstande gewesen auszusteigen, wenn ich es gewollt hätte.

Die Scheinwerfer meines Wagens beleuchteten den Krankenwagen und ein paar Polizisten, die drumherumstanden. Ich hörte, wie jemand etwas rief, und sah einen Polizisten mit heftigen Armbewegungen in meine Richtung gestikulieren. Ich kurbelte das Fenster herunter und lehnte mich hinaus.

»Machen Sie Ihre verdammten Scheinwerfer aus«, brüllte der Polizist.

Ich tat wie befohlen und blieb in der Dunkelheit sitzen. Einer der Männer kam den Hügel herauf auf mich zu. Sein Gang, seine langen, schlaksigen Beine und sein Cowboyhut waren unverwechselbar.

Kyle Old Wolf war der einzige Indianer, sowohl bei der örtlichen Polizei als auch bei den Leuten des Sheriffs. Das und die Tatsache, daß er einfach ihr bester Mann war, machten ihm seinen Job nicht gerade leichter. Wir hatten früher zusammen ein paar Klassen auf dem Eastern Montana College zusammen besucht. Mit seinen scharfgeschnittenen Gesichtszügen und dem rabenschwarzen Haar sah er sowieso schon ungemein sexy aus, und seine ernste Nachdenklichkeit, die sich im durchdringenden Blick seiner tiefdunklen Augen widerspiegelte, machte ihn nur noch um so attraktiver. Er lebte so traditionsbewußt, wie es einem Indianer in den 90er Jahren überhaupt noch möglich ist.

»Dachte ich mir doch, daß das dein Wagen ist. Wolltest du ein kleines, mitternächtliches Bad nehmen?« fragte er, lehnte sich gegen die Wagentür und grinste mich an.

»Na klar, Kyle«, antwortete ich zynisch. »Ich hab' gehört, die Idee hatte vor mir schon jemand.«

»Wir wissen es noch nicht sicher. Bis jetzt haben wir nur die Aussage von einem Paar, das in seinem Wagen über die Brücke fuhr, als sie gesprungen ist.«

»Und ...«

»Und was?«

»Erzählst du mir mehr darüber?«

Kyle senkte den Kopf und lachte. »Du willst doch auf was Bestimmtes hinaus. Worum geht's?«

Ich wußte, daß ich ihm trauen konnte, aber ich erzählte ihm trotzdem nicht alles. Ich sagte nur, daß ich gehört hätte, daß ein junges Mädchen aus Whispering Pines weggelaufen sei und daß sie über eine Kontaktperson in Denver meine Nummer erhalten habe. Und dann beschrieb ich ihm noch, wie sie aussah.

Er runzelte die Stirn, zog sich den Cowboyhut tiefer ins Gesicht und schüttelte den Kopf. Als er sprach, wurde sein Atem in der kalten Nachtluft als weißer Dampf sichtbar.

»Das könnte sie sein, Phoebe. Wir haben hier zwei Jungs, die ein Mädchen in ihrem Auto mitgenommen haben. Und die Beschreibung würde auf sie passen.«

»Wo sind die beiden?«

»Sie sind jetzt auf der Wache und machen ihre Aussage. Der eine war unten beim Ufer geblieben, und der andere hat uns angerufen.«

»Was ist passiert?«

»Sie haben sie im Einkaufszentrum in der Grand Avenue aufgegabelt. Einer von den Wachmännern hat sie beobachtet, und die beiden dachten sich, daß sie vielleicht irgendwie in Schwierigkeiten wäre. Also haben sie dem Wachmann erklärt, sie wäre ihre Schwester.«

»Hat der das geglaubt?«

»Wir haben noch nicht mit ihm gesprochen. Die beiden Jungs sind jedenfalls ganz schön fertig. Sie wollten 'ne Sauftour zum Blue Creek machen, und nach dem, was sie uns erzählt haben, ist sie dann plötzlich ziemlich paranoid geworden.«

»Wieso, was hat sie gemacht?«

»Sie hat zum Beispiel die ganze Zeit durch die Heckscheibe gesehen, und immer wenn sie ein Auto überholt hat, hat sie sich in ihrem Sitz verkrochen. Und dann hat sie sich anscheinend noch furchtbar aufgeregt über einen Streifenwagen, der ihnen gefolgt sein soll.«

»Und, war da einer?«

»Nicht, daß wir wüßten. Aber einer von den Typen schwört, er hätte ihn auch gesehen, wie er bis kurz vor der Brücke hinter ihnen hergefahren ist. Allerdings hat der andere nichts davon bemerkt. Sie ist völlig hysterisch geworden und hat behauptet, der wäre schon seit dem Einkaufszentrum hinter ihnen her. Dann hat sie angefangen zu schreien und versucht, aus dem Wagen zu springen.«

Kyle schüttelte wieder den Kopf. »Wahrscheinlich hatten sie ein paar Bier geladen, und sie hatte Angst, daß man sie wegen Trunkenheit verhaftet. Ich hab' auch den Wagen durchsucht, aber nichts gefunden.«

»Und wie zum Teufel ist sie dann auf die Brücke gekommen?«

»Na ja, die haben richtig miteinander gekämpft. Der Typ am Steuer hat versucht, an den Rand zu fahren und anzuhalten, während der andere das Mädchen festgehalten hat.«

»Und konnten sie sie nicht besser festhalten?«

»Nein, sie sprang raus, bevor sie es verhindern konnten. Der Junge, der den Wagen gefahren hat, ist ihr noch hinterhergerannt. Aber als sie etwa in der Mitte der Brücke war, ist sie gesprungen.«

»Scheiße!« rief ich aus und schlug mit der Faust auf das Steuerrad. »Was ist mit dem Wagen, der ihnen gefolgt ist?«

»Ein Polizist? Glaub' ich nicht. Kann schon sein, daß sich jemand aus der Stadt an ihre Fersen geheftet hat, aber wieso sollte das ein Polizist gewesen sein? Aber wie gesagt: Einer der Jungs schwört, daß ein Streifenwagen mit ausgeschalteten Schweinwerfern in einiger Entfernung hinter ihnen gestanden hat. Als sie dann um Hilfe riefen, hat er angeblich gewendet und ist davongefahren.«

»Kann das sein, Kyle?«

»Schon möglich. Ich hab' mich gleich bei der Fahrdienstleitung erkundigt. Die Jungs sind in einem schwarzen Camaro mit der Aufschrift BATMAN auf dem Nummernschild gefahren. Ich denke, an so was würde man sich erinnern, wenn ein Polizist dort angerufen hätte, um den Wagen überprüfen zu lassen. Glaubst du, sie ist das Mädchen, das du suchst?«

Ich schüttelte den Kopf, aber gleichzeitig spürte ich, daß mir ganz heiß und schwindlig wurde: Ich war mir gewiß, daß es Shawna gewesen war.

»Ich hab' gesehen, wie die Männer da unten etwas in den Rettungswagen geladen haben, und gedacht, man hätte sie vielleicht gefunden.«

»Nein, die machen Schluß für heute Nacht. Das kann man ihnen bei diesem Scheißwetter auch kaum verdenken, und es wird wahrscheinlich noch schlimmer. Sie kommen gleich als erstes morgen früh wieder her.«

»Kyle, leih mir mal bitte deinen Stift.« Ich kritzelte meine Telefonnummer auf einen alten Briefumschlag, den ich im Handschuhfach fand, und reichte ihn Kyle. »Bitte ruf mich an, wenn du was Neues weißt, ja?«

»Na, klar«, antwortete er und steckte den Zettel in seine Jackentasche. »Woran arbeitest du eigentlich hier?«

»Könnte sie den Sprung nicht überlebt haben? Ich meine, habt ihr das Ufer abgesucht?«

»Sie sind noch dabei. Ich schätze allerdings, daß ihre Chancen nicht besonders gut stehen. Sogar wenn sie es geschafft hätte, aus dem Wasser zu kommen, würde sie es in diesem Zustand und bei diesem Wetter draußen nicht lange machen.« Er streckte seinen Arm ins Wageninnere und legte eine Hand auf meinen Arm. »Was ist los mit dir?«

»Ich würde es dir sagen, wenn ich könnte. Später vielleicht, okay?«

Er sah mich eine Weile an, drehte sich dann um und ging fort. Ich fuhr zurück auf die Straße und dann nach Hause. Die Temperatur war weit genug gefallen, daß der Schnee jetzt liegenblieb. Ein scharfer Wind blies aus dem Norden und gefror alles, was ihm in den Weg kam, zu Eis.

Irgendwann mußte ich im Halbschlaf das Telefon läuten gehört und den Hörer abgehoben haben, aber alles, was ich dann vernahm, war meine eigene Stimme, die den Anrufer aufforderte, eine Nachricht zu hinterlassen und drei Gründe aufzählte, warum ich bestimmt zurückrufen würde. Es war ein komisches Gefühl.

»Heb den verdammten Hörer ab, Phoebe«, schrie eine Stimme. Ich preßte den Hörer gegen mein Ohr.

»Das ist die blödeste Ansage, die ich je auf einem Anrufbeantworter gehört habe«, fuhr die Stimme wütend fort. »Aber ich geb' dir jetzt auch einen verdammten Grund, warum du dich so schnell wie möglich bei mir melden solltest. Wenn du es nämlich nicht tust, schick' ich einen Streifenwagen und laß' dich herbringen. Du hast eine Stunde.«

Dann legte der Anrufer auf. Ein stinkwütender Onkel John hätte Tote wecken können. Ich konnte nur raten, was er von mir wollte, oder besser gesagt: Ich konnte es mir denken. Auf der Uhr neben meinem Bett war es beinah zwölf.

Ich habe noch nie im Leben für irgendwas eine Stunde gebraucht, aber diesmal ließ ich mir Zeit. Und warum auch nicht? Was glaubte er denn, wer er war? Ich habe mich auch noch nie von jemandem herumschikanieren lassen und hatte nicht vor, bei Onkel John damit anzufangen.

Als ich meine Wohnung verließ, läutete das Telefon wieder. Ich ignorierte es und stand nur zwei Minuten vor Ablauf der Frist vor dem Eingang der City Hall.

»Ich glaube, diesmal sind Sie zu weit gegangen, meine Liebe«, meinte Tillie, als ich das Büro betrat.

»Was ist los, hat er eine Überdosis Testosteron genommen?« Ich lächelte nervös und versuchte, einen coolen Eindruck zu machen. »So was ähnliches, also reizen Sie ihn nicht noch mehr, sonst wird er zum Tier.« Sie kicherte. »Wollen Sie etwas Kaffee, bevor Sie ...«

»Das klingt gefährlich. Haben Sie was zu beißen für mich?«

Sie wies mit dem Kopf auf einen kleinen Schrank, auf dem eine Kaffeemaschine und ein Tablett mit Süßigkeiten standen.

»Bedienen Sie sich. Ich serviere heutzutage nur noch gegen Trinkgeld. Bin schon zu alt und abgebrüht für diesen Job.«

Ich hatte mir gerade eine Tasse Kaffee eingeschenkt und ein großes Stück von einem Schokoladenriegel abgebissen, als John aus seinem Büro marschiert kam. Er bedachte mich mit einem zornigen Blick, sagte aber nichts. Statt dessen beugte er sich zu Tillie herunter und gab ihr eine Anweisung, die ich nicht verstand, dann wandte er sich ab und kämpfte mit dem Aktenschrank.

Ich stand da, den Mund voller Kohlehydrate, und sah zu, wie er die oberste Schublade aufriß und wie wild ein paar Unterlagen durchwühlte. So wütend hatte ich ihn noch nie gesehen, und allmählich bekam ich es fast mit der Angst zu tun.

»Phoebe?«

»Hmmm?« antwortete ich, während ich versuchte, den Schokoladenriegel mit einem Schluck Kaffee herunterzuspülen.

»Er möchte, daß Sie in seinem Büro auf ihn warten. Er wird gleich kommen.«

»Danke, Tillie«, murmelte ich, immer noch mit vollem Mund.

»Kann ich mir die Methode meiner Hinrichtung aussuchen? Dann möchte ich Gift, bitte.« Ich grinste ihr zu.

»Das haben Sie gerade getrunken.« Sie grinste zurück.

Ich aß noch einen Bissen von dem Schokoladenriegel und ging dann in Johns Büro. Als ich eintrat, sah ich einen großen Mann, der mit dem Rücken zu mir hinter Johns Schreibtisch stand und sich die gerahmten Familienphotos betrachtete. Ein süßlicher Duft stieg in meine Nase, der mir sofort bekannt vorkam, aber noch bevor ich mich daran erinnern konnte, woher, drehte sich der Mann um. Er machte ein verblüfftes Gesicht. Ich nahm noch einen Schluck Kaffee und hoffte, damit meine eigene Verwirrung verbergen zu können. In diesem Moment trat John in das Büro und legte mir eine Hand auf die Schulter. Er klang förmlich, fast drohend, als er sagte: »Nimm Platz. Das ist Dr. Victor Stroud. Er ist der Leiter dieser Privatklinik am Fluß.«

John sprach jedes Wort betont deutlich aus, und in seinem Ton lag eine Mitteilung für mich, die ich allerdings nicht verstand. Victor Stroud kam auf mich zu.

John verstärkte seinen Griff auf meiner Schulter, um mich aus meiner Erstarrung zu lösen. »Das ist meine Nichte, Miss Siegel.«

»Angenehm«, antwortete Stroud und streckte mir die Hand entgegen. Er sah mich forschend an und fragte dann unsicher: »Sind wir uns zufällig schon einmal begegnet?«

Ich setzte meine Kaffeetasse auf den Rand des Schreibtisches und ergriff Strouds Hand. Sie war kalt und kraftlos, und hinterher hatte ich das Bedürfnis, meine Hand abzuwischen. Ich schluckte nervös und murmelte eine Begrüßungsfloskel. Er hielt den Kopf leicht gesenkt und fixierte mich unverwandt.

Offensichtlich versuchte er immer noch, sich an mein Gesicht zu erinnern.

»Phoebe, ein junges Mädchen, das zur Behandlung in dieser Klinik war, ...«

»War?« fragte ich, bevor ich es mir verkneifen konnte.

»Sie haben sie heute morgen gefunden.«

Ich brachte keinen Ton heraus, sondern stand bloß da und starrte Onkel John an. Seine Augen wurden hart, und ich begriff sofort, daß sie mir unmißverständlich befahlen, keine Reaktion zu zeigen, und so griff ich nur nach meiner Kaffeetasse und versuchte, meine Panik zu verbergen.

John nahm ein Blatt Papier von seinem Schreibtisch, las es kurz durch und ließ es zurück auf die Tischplatte flattern. Ich sah ihm wie gebannt zu, dann schaute ich rasch zu Stroud und bemerkte, daß er immer noch mich ansah und nicht Onkel John.

»Wir wissen jetzt ziemlich genau, was passiert ist. In der Nacht, als sie weglief, ist sie ungefähr eine oder zwei Meilen querfeldein gegangen, bis sie am Ende der 27. Straße an die Airport Road gelangte.

Dann ist sie entweder per Anhalter gefahren, oder, was ich für wahrscheinlicher halte, weitergelaufen, bis zu einem Waschsalon in der Nähe vom College. Wir sind gegen Mitternacht angerufen worden, weil ein paar Kleidungsstücke von dort verschwunden waren. Wahrscheinlich sind es die, die sie anhatte, als man sie rausgefischt hat.«

Rausgefischt. Scheiße. Johns Gefühlslosigkeit provozierte mich, obwohl ich wußte, daß er nur aus Selbstschutz so redete.

»Wir wissen nicht, was sie tagsüber gemacht hat, aber sie

ist an diesem Abend im West Park Plaza-Einkaufszentrum gewesen. Wir haben die Aussage eines der Wachmänner, der sich an sie erinnert. Und wir haben die Aussagen von den beiden Jungs, die sie in ihrem Wagen mitgenommen haben.«

»Die ganze Sache ist schrecklich bedauerlich«, sagte Stroud völlig emotionslos.

»Wir haben auch mit einer Freundin des Vaters gesprochen«, fuhr John fort, während er ein anderes Blatt Papier von seinem Schreibtisch nahm und sich seine Brille zurechtschob. »Eine Frau in Denver, die dem Mädchen offenbar nahe stand. Sie sagte, Shawna hätte sie gestern drei- oder viermal angerufen, und sie hätte ihr deine Telefonnummer gegeben.«

Plötzlich sprach mich Stroud ganz direkt an:

»Haben Sie diese junge Frau gekannt, Miss Siegel?«

»Nein, ich ...«

»Kannten Sie ihren Vater oder die Freundin in Denver?«

»Äh ...«

»Meine Nichte ist Privatdetektivin«, unterbrach John das Verhör und wandte sich dann an mich: »Ich nehme an, diese Frau hat sich mit dir in Verbindung gesetzt und dich mit der Suche nach dem Mädchen beauftragt. Ist das richtig?«

Ich konnte sehen, daß John immer noch wütend auf mich war, aber aus irgendeinem Grund versuchte er, meinen Arsch zu retten. Ich ging darauf ein.

»Ja ... äh ... das ist richtig. Ich wollte mir noch ein paar Tage Zeit lassen, um eine Entscheidung zu treffen, ob ich den Fall annehme oder nicht.«

»Das erklärt also, warum man deine Telefonnummer in der Jackentasche von dieser Miss Unger gefunden hat.« Johns Stimme wurde noch eine Spur tiefer.

»Dann kannten Sie weder die Verstorbene noch ihren Vater?« wollte Stroud noch einmal von mir wissen.

»Nein, ich kannte keinen von beiden.« Ich sprach mit voller Überzeugung und hoffte, daß ich auch Stroud überzeugt hatte.

»Nachdem sie weggelaufen war, war Dr. Stroud sehr um ihre Sicherheit besorgt. Er hielt es für möglich, daß sie sich vielleicht bei jemandem versteckt gehalten hat und wollte in diesem Zusammenhang wissen, warum sie deine Telefonnummer in der Tasche hatte.«

Ich sprach jetzt sicher und bestimmt: »Wenn es meine Nummer war, dann konnte sie sie nur von der Frau aus Denver haben, mit der ich telefoniert habe. Ich habe Miss Unger nicht gekannt.«

John wandte sich Stroud zu. »Wir halten in diesem Fall keineswegs irgendwelche Informationen zurück, Doktor, und ich hoffe, mit diesem Gespräch Ihre Bedenken zerstreut zu haben. Außerdem verbürge ich mich für meine Nichte.« Bei diesen Worten sah er mich nicht an. »Sie hat sich jederzeit und bei jedem Fall an die Vorschriften des von ihr *gewählten* Berufsstandes gehalten.«

Wenn es sein mußte, konnte er einen furchtbaren Blödsinn daherreden.

»Gut«, sagte John und stand auf, »wenn wir sonst noch etwas für Sie tun können, lassen Sie es mich bitte wissen.« Er reichte Stroud über den Schreibtisch die Hand.

»Wir werden den Obduktionsbericht erhalten, wenn ...«

»Obduktion?« fragte Stroud verblüfft. Ich konnte sehen, daß er für einen Moment lang die Fassung verlor. »Ich glaube nicht, daß die Familie ...«

»Bei Fällen wie diesem ist das gesetzlich vorgeschrieben. Dazu brauchen wir keine Erlaubnis von den Angehörigen.«

»Das wußte ich nicht.« An Strouds Schläfe zuckte ein Muskel. »So etwas ist eine Verletzung der Würde der Verstorbenen.«

»Tut mir leid«, antwortete John und zuckte die Achseln. »Jedenfalls danke ich Ihnen nochmals. Kommen Sie doch einmal in unserer Klinik vorbei und verschaffen Sie sich einen Eindruck von unserer Arbeit. Wir sind sehr stolz darauf. Vielleicht würde das die Zusammenarbeit mit der Gemeinde noch verstärken.«

»Ja, ich komme gern einmal vorbei.« Onkel John lächelte und führte Stroud zur Tür. Nachdem sie sich geschlossen hatte, konnte ich seine Augen in meinem Rücken spüren.

»Was baust du da eigentlich für einen Mist? Bei mir läutet ununterbrochen das Telefon. Und komischerweise beklagen sich die Leute über dein Verhalten. Was zum Teufel hast du gemacht, um Cutter Gage gegen dich aufzubringen?«

Bevor ich ihm antworten konnte, ging er um den Schreibtisch herum und ließ sich in seinen Drehstuhl fallen. Dann streckte er die Hand aus und betätigte, ohne mich aus den Augen zu lassen, die Sprechtaste.

»Tillie, stell jetzt keine Anrufe mehr zu mir durch. Es ist mir scheißegal, wer es ist. Keine Anrufe, kapiert?«

Bei meiner Unterredung mit Onkel John fehlten nur noch das dunkle Verhörzimmer im Keller und die Lampe, die mir direkt in die Augen schien. Aber seine Worte verfehlten auch so nicht ihre Wirkung. Ich überstand das Ganze mit Magenschmerzen von Tillies Kaffee und einer Warnung, die er mir mit auf den Weg gab: »Der Staat gibt sie, der Staat kann sie auch wieder nehmen«, womit er auf meine Lizenz anspielte. Dann folgte die eigentliche Folter: Wir unterhielten uns noch eine ganze Weile gemütlich und nett über die Familie.

Obwohl es schon recht spät war, beschloß ich, noch beim Bezirksgericht vorbeizufahren und in Erfahrung zu bringen, was Krisa für mich herausgefunden hatte. Als ich das Archiv betrat, sprach sie gerade mit einem älteren Herrn. Deshalb winkte ich ihr nur zu und flüsterte: »Ich komme später wieder«, aber sie schüttelte den Kopf, und so blieb ich und wartete fünfzehn Minuten, bis der Mann wieder gegangen war. »Tut mir leid, daß du so lange warten mußtest, aber ich glaube, ich habe etwas für dich.«

Ich machte mir zwar keine allzu großen Hoffnungen, aber ich zwang mich zu einem begeisterten Was-wäre-ichnur-ohne-dich-Lächeln. Sie ging zu ihrem Schreibtisch und holte ihr Notizbuch. Dann beugte sie sich vor und fing an, mit leiser, verschwörerischer Stimme auf mich einzureden. Dabei tat sie so geheimnisvoll, daß ich fast laut gelacht hätte.

»Weißt du noch, daß ich dir erzählt habe, ich könnte mich dunkel an den Verkauf des Altersheims erinnern?«

»Ja. Hast du etwas darüber herausgefunden?«

»Ich weiß noch nicht. Das mußt du beurteilen.«

»Okay. Leg los.«

»Bei uns gehen eine Menge Leute aus und ein. Immobilienmakler, Anwälte, Architekten, Gutachter, nur um einige zu nennen. Und dann kommt es gelegentlich vor, daß jemand bestimmte Unterlagen nicht finden kann oder daß ein Dokument einfach verschwunden ist.«

»Du meinst, ihr werdet hier bestohlen?« fragte ich verblüfft.

»Na, du würdest dich wundern«, antwortete sie und runzelte ärgerlich die Stirn. »Meistens werden alte Dokumente bevorzugt, die mit den verschnörkelten Schriftzeichen. Einige davon sind anscheinend echte Sammlerstücke«, sagte sie im Brustton der Überzeugung.

»Ach, das wußte ich nicht.« Und es interessierte mich auch nicht besonders.

»Jedenfalls wissen wir in den meisten Fällen, um welche Dokumente es geht. Eigentlich könnten sich diese Leute auch eine Kopie ziehen, aber das reicht denen oft nicht. Oft reißen sie einfach die ganze Seite heraus.«

»Willst du damit eigentlich auf etwas Bestimmtes hinaus?« Ich wurde langsam ärgerlich.

»Das Altersheim, das jetzt Whispering Pines ist, wurde an zwei Interessenten verkauft. Der erste Anteil wurde von United Investments Corporation erworben, und zwar für zweihunderttausend Dollar.«

»Whow!« rief ich aus.

»Die übrigen vier Hektar Land, die an das Grundstück anschließen, mit einer kleinen Start- und Landebahn ...«

»Mit einer Start- und Landebahn?«

»Ja. Aber dabei ist UIC mit einem Partner aufgetaucht und hat die vierzig Acre, einschließlich der Landebahn gekauft. Dieses Land gehörte zu einem Grundstück, das von einer örtlichen Anwaltskanzlei verwaltet wurde. Es kam zum Interessenkonflikt, weil noch andere Leute an dem Grundstück interessiert waren. Und die Anwaltskanzlei behauptete, es gäbe keine Erben.«

»Sag mal, wie hast du das alles rausgefunden?«

»Ach, weißt du, der Job hier ist ziemlich langweilig, und so gibt es viel Gerede über alles mögliche, was so in den anderen Abteilungen los ist, und man muß dann nur noch zwei und zwei zusammenzählen. Hinzu kommt, daß es dann besonders spannend hier wird, wenn urplötzlich eine unserer Abteilungen besonders viel zu tun hat.«

»Falls du jemals einen anderen Job brauchst, ruf mich an.« Krisa lachte geschmeichelt.

»Außerdem herrscht hier eine grundlegende Paranoia. Manche glauben doch tatsächlich, daß irgendwelche ausländischen Investoren das ganze Land aufkaufen könnten«, flüsterte sie, als ob es sich dabei um eine streng vertrauliche Information handelte.

»Ich weiß aber immer noch nicht, was das mit dem zu tun hat, was ich wissen wollte.«

»Arbeitet nicht dein Freund für das Montana Investigation Bureau?«

»Ja, das ist richtig. Woher weißt du das?«

»So ein gutaussehender Mann? Und obendrein noch unverheiratet? Da dauert es nicht lange, bis dieser Bienenschwarm von weiblichen Angestellten hier alles über ihn in Erfahrung gebracht hat, einschließlich der Farbe seiner Zahnbürste.«

»Und weiter?«

»Malcolm Gage hatte das Eigentumsrecht nicht nur für die vier Hektar Land, sondern auch für Whispering Pines selbst. Aber er hatte damals beträchtliche Steuerschulden, und da hat ihn die Finanzbehörde zum Verkauf gezwungen. Und jetzt rate mal, an wen er verkauft hat.«

»Keine Ahnung, an wen denn?«

»An seinen Schwiegersohn, einen ... Moment mal ...« Sie blätterte durch ihre Notizen. »Franklin Kuntz. Das Komische ist nur, daß der es zehn Tage später an einen gewissen Victor Stroud verkauft hat. Und Victor Stroud ist ...«

Diesmal wußte ich die Antwort: »Mitglied der United Investments Corporation. Und wann war das alles?«

»Vor ungefähr drei Jahren.«

Ich war völlig perplex. Dann fragte ich sie, ob sie mir Kopien von den Unterlagen machen könnte.

»Na klar, welche brauchst du?«

»Alle.«

»Okay. Gib mir eine Stunde, ja?«

»Hast du. Krisa, du bist ein Genie.« Ich beugte mich über den Tisch und umarmte sie.

Seit Ende Februar hatte ich mein Büro gemieden. Jetzt parkte ich meinen Wagen vor dem Hart Albin-Gebäude und blickte zu meinen halbrunden Fenstern hinauf, hinter denen ich elf Monate im Jahr über das Leben als solches nachdachte.

Die Sonne stand im Zenit und hatte die Temperatur auf ein paar Grad über Null steigen lassen, was einem nach dem eiskalten Schneesturm der letzten Nacht wie eine Hitzewelle vorkam. Das Eis und der Schnee waren inzwischen zu einem schmutzigen Matsch geschmolzen. Von den Gehwegen und Straßen stieg feuchter Dampf auf.

Ich betrat das Bürogebäude und fuhr mit dem sarggroßen Aufzug in den fünften Stock. Von den Büros waren nur einige wenige vermietet, wodurch das 1890 erbaute

Haus jetzt wie eine alte Frau wirkte, die dringend ein Facelifting benötigte.

Unter dem Dachgesims turtelten die Tauben miteinander und ließen ihre Exkremente auf die Passanten in der Straße tief unter sich fallen. Roger konnte das Haus nicht ausstehen, aber ich liebte seine verblaßte Pracht, die Stuckdecken, die Eichentäfelungen und das Treppengeländer aus Messing, das durch die Berührung der unzähligen Menschen, die die fünf Treppen bis zum obersten Stock, meinem Stockwerk, hochgestiegen waren, herrlich glänzte. Für mich hatte es Atmosphäre. Roger nannte das Verfall.

In dem Büro neben dem meinen fristete ein kleiner Wirtschaftsprüfer sein Dasein, berechnete zuweilen Soll und Haben, las aber meistens *PENTHOUSE.* Auf der anderen Seite des Gangs bearbeitete Sharon, eine Massagetherapeutin, fünf Tage in der Woche das willige Fleisch ihrer Klienten.

Der Wirtschaftsprüfer war mir unheimlich, aber zu Sharon ging ich regelmäßig, damit sie mir mit ihren wunderbar geschickten Händen alle Knoten aus dem Körper und alle Probleme aus dem Kopf knetete. Auch jetzt ging ich zuerst in ihr Studio und fand sie hinter ihrem Schreibtisch sitzend in einen Krimi vertieft.

»Phoebe, du hast gerade deinen Typen verpaßt«, grüßte sie mich, legte das Buch auf den Tisch und lächelte mich an. »Er hat mich gebeten, dir auszurichten, daß er später bei dir vorbeikommt.«

»Roger?«

»Ich glaube schon. Oder gibt's da noch einen?«

Ich ging zu ihrer Kaffeemaschine und schenkte mir eine Tasse ein. »Warum liest du eigentlich dieses Zeug?« fragte ich sie und setzte mich in den Stuhl ihr gegenüber.

»Du lebst es, ich lese es. Und außerdem, mit einer richtigen Privatdetektivin als Nachbarin …«

»Ermittlerin«, korrigierte ich sie.

»Ach was, Privatdetektivin klingt viel romantischer«, gab sie zurück. »Übrigens, ich nehme an, der Vertrag für dein Haus ist unter Dach und Fach?«

»Nein, noch nicht. Warum?«

»Was hast du denn dann gestern Nacht in deinem Büro gemacht? Frühjahrsputz?«

»Wovon redest du eigentlich, Sharon?«

»Der ganze Krach …«

»Ich weiß immer noch nicht, wovon zum Teufel du sprichst.«

»Ich hatte gestern noch spät abends einen Termin und bin hier erst kurz vor elf weggegangen,« sagte sie und deutete auf die Wand, die ihre Räumlichkeiten von meinem Büro trennten. »Meine Güte, Phoebe, das hörte sich an, als hättest du die Möbelpacker bestellt …«

Noch bevor sie zu Ende gesprochen hatte, war ich aus meinem Stuhl aufgesprungen und aus dem Zimmer gerannt. Meine Hände zitterten dermaßen, daß ich den Schlüssel kaum ins Schloß bekam. Ich drehte den Türknauf, hörte, wie der Riegel sich zur Seite schob und die Scharniere quietschten. Ansonsten war kein Laut zu hören. Der Anblick, der sich mir bot, war keine Überraschung mehr für mich.

Die Büroschränke und Schreibtischschubladen standen weit offen und waren leer. Ein paar andere Schubladen lagen auf dem Boden unter einem unglaublichen Wust von Papieren, der überall verstreut war. Nichts war unberührt geblieben. Ein großer, ziemlich neurotischer Gummibaum, den ich Bud nannte, lag zwischen meinem Schreibtischstuhl und der Heizung, die tiefdunkle Erde war im ganzen Zimmer verteilt. Dies war mein erster und einziger Versuch gewesen, einen grünen Daumen zu entwickeln.

»Whow!« rief Sharon, als sie über meine Schulter spähte. »Die Scheißkerle haben Bud umgebracht. Du solltest einen Privatdetektiv anheuern.«

»Ich glaube, ich werde es zuerst mal mit dem Polizeinotruf probieren.«

Zwei Polizisten, die ich nicht kannte, kamen vorbei und brauchten eine volle Stunde, um eine kurze Aussage von mir und einen längeren, dramatischeren Bericht von Sharon aufzunehmen. Sie kam sich wie die Kronzeugin in einem ihrer Kriminalromane vor.

Sie gab zu Protokoll, daß sie um etwa neun Uhr abends in ihr Studio gegangen sei, und ihr Kunde sei kurze Zeit später eingetroffen. Um halb elf, als sie gerade zusammenpacken wollte, habe sie Geräusche in meinem Büro gehört.

Sie nahm an, daß ich, wie so oft, zu dieser späten Stunde noch zu arbeiten hätte. Sie habe sich nichts dabei gedacht und sich vorgenommen, später noch bei mir vorbeizuschauen. Dann habe sie Lärm aus den Büroräumen kommen hören, und zwar bis ungefähr Viertel vor elf. Als sie jedoch wenige Minuten später ihre Tür abgeschlossen habe, sei in meinem Büro wieder alles ruhig und dunkel gewesen.

Sie habe niemanden die Treppe hochkommen hören, deren Stufen grundsätzlich laut knarrten. Auch den Aufzug, der beim Fahren immer ein leichtes Vibrieren im ganzen Haus verursachte, habe sie nicht gehört. Das Haus war ohnehin sehr hellhörig, aber letzte Nacht seien die einzigen Geräusche, die sie wahrgenommen habe, die aus meinem Büro gewesen.

Sharon blieb noch, als die Polizisten gegangen waren, und bot mir an, beim Aufräumen zu helfen. Sie holte ein paar große Kisten aus ihrem Studio, und gemeinsam sammelten wir alles vom Boden auf und packten es hinein. Wir steckten Bud wieder in seinen Topf und packten so viel Erde, wie wir noch hatten, dazu und hofften das Beste. Dann sagte ich Sharon, ich käme mit dem Rest jetzt allein klar.

»Ich muß wieder nach nebenan«, sagte sie, als sie auf die Uhr sah. »Oh Gott, Phoebe, es tut mir so leid. Sie hätten ebensogut bei mir einbrechen können.«

»Tja, stimmt«, gab ich zurück, aber ich wußte genau, daß der oder die Täter, wer immer es gewesen war, sicher kein Interesse an Massageöl oder Frotteehandtüchern gehabt hatte. »Danke für deine Hilfe.«

»Ich hab' irgendwie ein schlechtes Gewissen. Daß das alles passiert ist, während ich gegenüber war, und ich habe nichts mitgekriegt ...«

»Vergiß es«, tröstete ich sie. »Es hätte schlimmer kommen können.«

Den Rest des Tages verbrachte ich damit, meine Akten neu zu sortieren und annähernd so etwas wie Ordnung herzustellen. Ein paar Mal, als ich Schritte im Treppenhaus hörte, ertappte ich mich dabei, wie ich zusammenfuhr. Ab und zu läutete das Telefon, aber ich ging nicht ran. Nicht nur mein Büro war durcheinander, ich selbst war es noch viel mehr. Immer wieder erschien vor meinem geistigen Auge das deutliche Bild von Shawna, wie ihr aufgedunsener Körper mit einem Haken aus dem Wasser gezogen wurde. Wenn ich zu Hause gewesen wäre ... wenn ich den Anrufbeantworter früher abgehört hätte, wenn ... wenn ... wenn. Immer wieder die gleichen Fragen. Kehly nannte das den Wenn-ich-doch-Teufelskreis, der ihrer Meinung nach schlimmer sein konnte als das Delirium tremens. Ich begann, ihr das zu glauben.

Als ich nach Hause fuhr, stand die Sonne tief am westlichen Horizont und tauchte das ganze Tal in goldenes Licht. Ich parkte den Wagen vor meinem Haus und stellte gerade den Motor ab, als mir zwei Dinge auffielen. Zum einen die Rücklichter eines Streifenwagens, der einen Häuserblock weiter langsam um die Ecke bog, und zum anderen Rogers Auto, das am Bordstein gegenüber parkte. Ich wunderte mich kurz über den Streifenwagen, dachte aber nicht weiter darüber nach. Mir gingen im Moment so viele andere Dinge durch den Kopf, wie zum Beispiel die Antworten auf ein paar Fragen, von denen ich nicht einmal wußte, ob es die richtigen waren.

Ich ging zum Hintereingang des Hauses und betrat meine Wohnung durch die gläsernen Schiebetüren. Dann drehte ich die Stereoanlage an, schleuderte meine Schuhe von den Füßen und ließ mich in meinen Lieblingssessel aus den dreißiger Jahren fallen, in dessen weicher Mohairpolsterung ich wohlig versank. Erschöpft ließ ich den Kopf gegen die Lehne sinken.

Die sanften Klänge von B. B. King füllten den Raum und übertönten die weniger sanften Geräusche von Rogers Trällern unter der Dusche. Ich konzentrierte mich ganz auf die Melancholie der Musik und fiel in einen unruhigen Schlaf.

Ich war wieder zwölf Jahre alt. Die Luft um mich herum vibrierte von Zeldas Gelächter. Vorsichtig trippelte ich auf den Spitzen meiner weißen Lackschuhe auf die lächerliche, herzförmige Badewanne zu, die vor mir auf einer Plattform stand. Über der Wanne hing ein eisiger Dunst. Ich empfand keine Furcht, als ich näher heranschlich und mich auf einer Stufe niederließ, die zu der Plattform führten.

Da fiel von hoch über mir plötzlich ein riesiger Haken herab und tauchte in das Wasser. Ich ging die restlichen Stufen hinauf und blickte schaudernd in die kristallklare Flüssigkeit. Der Haken fing an, sich zu heben, hielt einen Moment lang an und hob sich dann weiter. Mein Herz klopfte wie wild, und ich tat einen stummen Schrei.

Während der Haken immer weiter aufstieg, erschien an seinem Ende ein geisterhaftes Gesicht. Es war Shawnas Gesicht, das an dem glänzenden Stahl aufgespießt war und mich anlächelte. Das Wasser ergoß sich in Strömen aus ihrem Haar, aus ihrem Mund und von ihren schlaffen Armen, als ihr lebloser Körper über der Wanne hing.

Aus ihrem Mund kamen gurgelnde Laute, und ihre toten Augen starrten mich an.

»Ich habe dich gebraucht«, spuckte sie, »und du warst nicht da.«

Ich taumelte zurück, während in dem nassen Grab jetzt immer mehr Köpfe auftauchten. Zelda, Ben, Daddy und Sam erhoben sich tropfend und lächelten mir zu. Mein Atem stockte, das Wasser spritzte über den Rand der Wanne auf meine Füße und benetzte die glänzenden weißen Lackschuhe. Ich stolperte die Stufen hinab und fiel, meine Augen unverwandt auf Shawna gerichtet, die jetzt von einem hysterischen Gelächter geschüttelt wurde. Dann packte mich jemand an der Schulter.

»Scheiße«, hörte ich Roger rufen und sah, wie er entsetzt zurücksprang. Ich hörte mit meinem Schreien auf. Stud floh mit einem Satz von meinem Schoß. »Ich hab' doch bloß gesagt, daß das Abendessen fertig ist. Was hast du denn gemacht, um Himmels willen?«

»Geschlafen«, schrie ich zurück. »Ich hab' geschlafen, verdammt nochmal. Hast du noch nie davon gehört, daß der Mensch seinen Schlaf braucht?«

»Okay, okay, es tut mir leid. Du hast so fertig ausgesehen, und da hab' ich mir gedacht, ich koch' dir was Feines.«

»Was machst du eigentlich hier? Wie bist du hier reingekommen?« fuhr ich ihn an. »Ich dachte, zwischen uns ist es aus.« Kaum hatte ich das gesagt, hätte ich mich am liebsten dafür geohrfeigt.

»Ich bin gekommen, um den Rest meiner Sachen abzuholen, und hatte plötzlich Lust zu duschen. Wenn das eine Zumutung ist, dann entschuldige bitte vielmals. Und hier hast du die Antwort auf deine zweite Frage.« Mit diesen Worten griff er in seine Jackentasche, zog einen Schlüssel hervor und warf ihn mir in den Schoß.

Ich streckte meinen Arm aus und ergriff seine Hand. »Es tut mir leid. Es ist einfach alles so …« In diesem Moment stieg mir der Duft von Schinken und Eiern in die Nase, und ich spürte, wie hungrig ich war. »Ich rieche Frühstück.«

»Ich dachte, abends ißt du am liebsten eine Frühstücksmahlzeit.« Er klang immer noch verärgert und mißtrauisch.

»Das ist es auch, Roger. Weißt Du, ich hatte einfach einen schrecklichen Tag und eine schreckliche Nacht. Und jetzt hatte ich auch noch einen schrecklichen Traum.«

»Laß uns essen. Wir können später über alles reden.«

Irgendwie tat er immer das richtige. Ich stand auf und berührte seine Wange.

»Roger?«

»Was?«

»Verzeihst du mir?«

»Vielleicht in zehn Jahren oder so.«

»Gott sei Dank, ich hatte schon Angst, du wärst nachtragend.«

Rogers scharf gebratener Speck und die Eier lagen wie ein Stein in meinem Magen. Krisa Poole hatte die Verbindung zwischen Gage und Frank Kuntz, Whispering Pines, Victor Stroud, Jennifer Kuntz, Shawna Unger und Ben geschaffen. Was für eine merkwürdige Gesellschaft!

Ich hatte mich wieder in den Sessel verkrochen, hörte zu, wie Roger die Küche aufräumte, und versuchte zu verstehen, in welcher Beziehung all diese Personen zueinander gestanden hatten. Shawna und Daniel Unger und Jimmy Padilla konnten nicht mehr darüber reden. Mary Kuntz konnte es zwar noch, aber das, was sie sagte, ergab auch nicht viel Sinn. In erster Linie war es die Tatsache, daß sie so überzeugt von der Sache gewesen war, die mich dazu verleitet hatte, den Fall zu übernehmen.

Den letzten Stoß hatte mir wohl die Erwähnung von Ben

gegeben. Und dann gab es da noch den mächtigen und skrupellosen Cutter Gage.

Ich erhob mich aus dem Sessel, ging zur Glastür, öffnete sie und sah in die Nacht hinaus. Dann hielt ich mein Gesicht in den feinen Nieselregen. In der Nachbarschaft fiel eine Tür ins Schloß, und ich erschrak.

»Susie«, flötete eine Stimme. »Susie, komm nach Hause, oder du wirst dir in diesem Regen den Tod holen. Na komm, Baby. Komm Heim zu Frauchen.«

Genau, du solltest wieder ins Warme gehen, dachte ich bei mir, blieb aber wie angewurzelt stehen, als ich sah, wie auf der gegenüberliegenden Straßenseite ein Wagen an den Bordstein fuhr, dort parkte und die Scheinwerfer ausgeschaltet wurden. Die Auspuffgase blieben als kleine Wolke über der Straße stehen. Im Wageninnern entzündete jemand ein Streichholz, und dann sah ich das kleine rote Licht einer brennenden Zigarette. Ich hatte sofort erkannt, daß es ein Streifenwagen war.

»Phoebe, komm doch rein«, sagte Roger, als er neben mich trat. »Mist, es hat angefangen zu regnen. Ich muß gehen.«

»Ich komme«, flüsterte ich. »Nur noch eine Minute, ja?«

Ich preßte mich gegen die Wand, als ich wieder Mrs. Wickershams schrille Stimme vernahm.

»Susie, ich meine es ernst, du wirst die den Tod holen. Jetzt komm endlich rein.«

Ich hörte, wie die winzigen Krallen des Pudels auf dem Gehweg kratzten, als er um die Ecke bog und auf mich zulief. Das Tier blieb vor meinen Füßen stehen, setzte sich und sah zu mir auf.

»Verschwinde hier.« Ich sprach so leise, aber gleichzeitig auch so drohend wie ich konnte. »Los, hau ab!«

Susie wich nicht von der Stelle. Sie knurrte und fing an, mich anzubellen. Jedesmal, wenn sie ein weiteres, nervenzerfetzendes Bellen losließ, hüpfte ihr ganzer Körper. Bei

Mrs. Wickersham ging das Terrassenlicht an. Ich behielt den Streifenwagen im Auge, der ebenfalls nicht von der Stelle wich. Dann erschien Susies Frauchen mit einer Taschenlampe, die sie auf den Boden vor sich gerichtet hielt, während sie durch ihren Garten auf mein Haus zukam.

Zuerst sah sie mich nicht. Susie hörte auf zu bellen und rannte zu ihr. Dann hielt Mrs. Wickersham plötzlich die Taschenlampe auf mein Gesicht gerichtet. Ich schirmte meine Augen gegen das grelle Licht ab und schaute zu dem Streifenwagen. Wer immer darin gesessen hatte, warf jetzt die Zigarette aus dem Wagenfenster und fuhr langsam an.

»Aha!« schnaubte Mrs. Wickersham. »Susie, du sollst doch nicht in die Nähe dieser Frau und ihrer räudigen Katze gehen. Also komm, Süße.«

Die neurotische Pudeldame trippelte um die Füße ihrer Herrin, die sich ohne ein weiteres Wort bückte, den Hund in die Arme nahm und mit ihm zurück in ihr Haus ging. Ich blieb noch einen Moment lang stehen und beobachtete, wie der Streifenwagen um die nächste Ecke in der Dunkelheit verschwand.

Ein starker Wind blies um das Haus und ließ auch die Temperatur in meinem Schlafzimmer empfindlich sinken. Irgendwann in der Nacht kam Stud ins Bett gekrochen und legte sich auf meine Füße, womit er das Gewicht, das ich bereits auf mir lasten fühlte, nur vergrößerte.

Es hatte lange gedauert, bis ich eingeschlafen war. Als der Wind sich eine Weile gelegt hatte, war ich aufgestanden und hatte Stud rausgelassen, damit er sein Geschäft erledigen konnte. Als er nicht wiederkam, schloß ich die Tür, ließ eines der Fenster weit genug geöffnet, daß er durchkriechen konnte, und ging wieder ins Bett. Ich weiß nicht, wie lange ich geschlafen hatte, als ich Stud fauchen hörte.

Es war einer dieser Momente, wo man völlig hin- und hergerissen ist zwischen dem, was man tun sollte, nämlich aufstehen und sehen, was mit dem Kater los ist, und dem, was man tun möchte, was in diesem Fall bedeutete, sich einfach wieder zurück in den komagleichen Schlaf fallen zu lassen. Ich entschied mich für letzteres.

Ich schlafe immer auf der Seite, vorsichtig am Rand des Bettes balancierend; die Decke ziehe ich bis zum Kinn hoch und ein Bein lugt darunter hervor. Außerdem pflege ich im Schlaf sehr tief zu atmen, denn ich liebe es, die kühle Luft in meine Lungen zu saugen, wenn ich unter einem Haufen warmer Decken liege. So war es auch in dieser Nacht, aber irgendwann spürte ich plötzlich, daß sich die Luft verändert hatte.

Ein warmer, feuchter Atem traf mein Gesicht mit keuchenden Stößen. Er roch ekelerregend. Als ich mich ein klein wenig bewegte, vernahm ich sofort ein leises, drohendes Knurren an meiner Seite. Ich erstarrte und öffnete langsam die Augen.

Zuerst konnte ich in der Dunkelheit nichts erkennen, aber nachdem ich ein paar Mal geblinzelt und alle meine Sinne angespannt hatte, um mich aus einem Traum zu wecken, von dem ich bereits ahnte, daß es gar kein Traum war, erblickte ich etwa einen halben Meter von meinem Gesicht entfernt das wildeste und furchterregendste Gesicht, das man sich vorstellen kann. Aus ihm leuchteten zwei dunkle, glänzende Augen, die direkt in meine starrten. Aber wie gesagt: Ein Alptraum war das nicht, das war die schreckliche Wirklichkeit.

Wieder versuchte ich, mein Gewicht zu verlagern, worauf der riesige, schwarze Hund, der sich neben meinem Bett aufgebaut hatte, sofort mit einem weiteren bösartigen Knurren antwortete.

Einen Moment lang blieb ich so regungslos liegen, wie ich konnte. Meine Gedanken überschlugen sich, aber ich hatte keine Idee, wie ich mich aus dieser mißlichen Lage befreien könnte. Wieder versuchte ich, mich ein klein wenig zu bewegen. Und wieder legte der Hund seine Stirn in Falten, bleckte die Lefzen und legte dabei eine scheinbar endlos lange Reihe massiver, mit Speichel bedeckter Zähne frei, durch die er sein übliches Knurren stieß.

Mein Hirn war wie vernebelt. Roger war da. Neben mir. Oder etwa nicht? So langsam wie möglich bewegte ich meinen Fuß zu der Stelle, wo ich sein Bein hätte spüren müssen, bis mich plötzlich die Erkenntnis traf wie ein Glas Eiswasser ins Gesicht: Roger war nach Hause gegangen. Hier waren nur ich und der Hund, der meine heimlichen Fußbewegungen unter der Bettdecke nicht bemerkt zu haben schien. Ich ließ sein Gesicht nicht aus den Augen.

Dann erkannte ich, daß sich noch jemand im Raum befand. Über die Wände huschte ein Schatten. Schubladen wurden geöffnet und wieder geschlossen. Meine Augen hatten sich zwar an die Dunkelheit gewöhnt, aber mein Herz, immer noch unter der Einwirkung einer Überdosis Adrenalin, weigerte sich, langsamer zu schlagen. Der Hund und ich starrten uns unverwandt in die Augen. An meinem Fuß begann sich ein Krampf bemerkbar zu machen. Ich bewegte ihn wieder leicht. Daraufhin plazierte der Hund seine beiden Vorderpfoten auf die Bettkante und fing an, mich zu beschnuppern. Speichel tropfte aus seinem Maul und fiel auf mein Gesicht, aber ich hatte viel zu viel Angst, um Ekel zu empfinden. In der Türöffnung erschien ein Schatten, und aus dem Augenwinkel konnte ich eine große, dunkle und gesichtslose Gestalt erkennen.

»Paß auf sie auf«, flüsterte die Erscheinung. »Guter Junge.«

Und genau das tat der gute Junge. Er wandte nicht ein einziges Mal seine Augen von meinem Gesicht ab. Unter dem Kissen schob ich meine Hand millimeterweise in Richtung der Lampe auf dem kleinen Tisch neben dem Bett, aber der gute Junge hatte die subversive Bewegung bemerkt und übertraf sich diesmal selbst mit einem Knurren, das tief aus seinem Innern kam und so mächtig grollte, daß die Luft vibrierte.

Ich überlegte kurz, ob ich ihm die Bettdecke über den Kopf werfen sollte, aber dann fiel mir ein, daß es wahrscheinlich keine halbe Minute dauern würde, bis er sie zerfetzt und sich auf meine Kehle gestürzt hätte. Ich dachte auch daran zu schreien, aber ich haßte es, wenn man mich mitten im Schreien unterbrach. Also blieb ich nur still liegen. Der zähflüssige Geifer des Tieres bildete eine Schleimspur, die mir über Hals und Nacken lief.

Dann fing es an: dieses lästige, juckende Gefühl, das in der Nase entsteht, kurz bevor man niesen muß. Ich versuchte verzweifelt, den Atem anzuhalten und es zu unterdrücken, aber vergeblich. Der Drang zu niesen wurde immer stärker, und es gab nichts, was ich dagegen tun konnte, außer mir mit der Hand die Nase zuzuhalten.

Die heiße Luft aus dem Maul des Hundes förderte das Niesen, das wahrscheinlich das letzte sein würde, was ich auf dieser Welt tun würde. Ich schätzte, daß dieses Killer-Monster so ungefähr 150 Pfund wog. Mit etwas Glück würde es ganz schnell gehen.

»Komm jetzt«, wisperte die Stimme heiser. »Komm, mein Junge.« Wieder stand der Schatten in der Türöffnung. Der Hund sprang auf den Boden und trabte ruhig aus dem Zimmer. Es war totenstill. Ich war unfähig, mich zu bewegen. Tränen stiegen mir in die Augen. Ich schluckte ein Schluchzen hinunter, setzte mich im Bett auf und sah auf die Uhr. Es war zwei Uhr morgens. Dann nieste ich.

»Du hast wahrscheinlich schlecht geträumt«, meinte Roger, während er einen Schluck von dem Kaffee nahm, den ich gekocht hatte.

»Ach Scheiße, ich hab' nicht geträumt. Ich weiß genau, was ich gesehen habe.« Ich zitterte immer noch. »Ich bin dir übrigens wirklich dankbar, daß du vorbeigekommen bist.«

»Kein Problem.« Er gähnte. »Du vermißt doch nichts, Video, Fernseher, Schreibmaschine, Schlüssel, alles noch da, oder?«

»Verdammt, Roger, du brauchst mich nicht wie eine hysterische Idiotin zu behandeln«, schrie ich, und er sah erschrocken auf.

»Das habe ich auch nicht gemeint. Ich ... Phoebe, was

zum Teufel ist eigentlich los mit dir?« Roger war aufgestanden, um den Tisch gegangen und zog mich auf die Füße. »Phoebe, die ganze letzte Woche war einfach ... Ich weiß nicht mehr, wie ich mit dir umgehen soll. Du benimmst dich so ... Ich weiß nicht, aber da stimmt doch was nicht mit dir.«

»Es ist die ganze Geschichte mit Jennifer Kuntz, die einfach keinen Sinn ergibt. Und jetzt auch noch dieser Hund ...«

»Laß mal diesen Hund beiseite. Wir sollten über Jennifer Kuntz reden. Was ergibt keinen Sinn?«

»Du glaubst mir das mit dem Hund nicht, stimmt's?«

»Doch, ich glaube dir. Und was ist jetzt mit Jennifer Kuntz?«

»Es ist wie ein Stein, den man ins Wasser geworfen hat, und der immer weitere Kreise zieht. Mary Kuntz glaubt, daß jemand ihre psychopathische Tochter auf dem Gewissen hat. In Whispering Pines gehen äußerst merkwürdige Dinge vor sich. Zwei Jugendliche sind gestorben. John reißt sich den Arsch auf, damit ich mich aus der Sache heraushalte. Ich bin beinahe von einem Pferd umgebracht worden, und schließlich dringt ein riesiger Hund in mein Schlafzimmer ein.«

»Zufälle.«

»Ach, hör schon auf damit. Hast du vergessen, daß jemand in mein Büro eingebrochen und es durchsucht hat? Und weißt du auch nicht mehr, daß meine Schwester schier ausgeflippt ist, weil mein Bruder ihr damals die gleichen Fragen über diese gottverdammte Drogenklinik gestellt hat?« Ich merkte, wie ich langsam hysterisch wurde. »Und hast du Bens ... hast du Ben vergessen?« Ich versuchte, die Fassung zu bewahren, und dann erzählte ich Roger von der Anzeige gegen meinen Bruder, von dem Brief und dem Armband. »Es hängt alles zusammen, Roger. Irgendwie hängt das alles zusammen.«

»Phoebe, wie oft hast du mir schon erzählt, daß du im März nicht zurechnungsfähig bist? Vielleicht erfindest du das alles aus irgendeinem, ich weiß nicht, einem emotionalen Bedürfnis heraus. Wenn ich es nicht besser wüßte, würde ich sagen, du wirst allmählich paranoid.«

Ich trat einen Schritt zurück und sah ihm fest in die Augen. »Die Polizei verfolgt mich.«

»Scheiße!« Roger warf verzweifelt die Arme in die Luft und ging ins Wohnzimmer.

»Hör mir doch mal zu«, rief ich, folgte ihm und erklärte ihm noch einmal die Sache mit der Anschuldigung, die Jennifer Kuntz kurz vor Bens Tod gegen ihn erhoben hatte. Ich sprach über den Brief und darüber, wie John damit umgegangen war. »Er sagte erst mal nichts, kam zu mir herüber und packte mich an den Schultern.«

»Phoebe, ich hätte an seiner Stelle ganz genauso gehandelt. Ich hätte die Sache auch fallen lassen. Herrgott, dein Bruder war tot, er hat sich ...«

Ich legte meinen Zeigefinger auf seine Lippen. »Nicht. Sag das nicht. Ich habe es damals nicht geglaubt, und heute glaube ich es noch viel weniger. Er hat etwas gewußt.« Ich hatte ein Würgen im Hals. Meine Stimme drohte zu versagen.

»Jedesmal, wenn ich mich umdrehe, sehe ich einen Streifenwagen in meiner Nähe. Ich mag ja vieles sein, aber paranoid bin ich sicher nicht.«

Roger ging zur Couch und setzte sich. Ich setzte mich neben ihn. Er lehnte sich vor und legte seinen Kopf in die Hände. »Roger, vergiß doch mal für eine Minute alles, was du über meine persönliche Geschichte weißt.«

Er sah auf, schüttelte den Kopf und bettete ihn wieder in die Hände.

»Hör mir doch einfach mal zu«, bat ich inständig. »Und dann sag du mir, was das alles bedeutet.« Er blieb still, und so erzählte ich ihm von der Auskunft, die ich im Bezirksgericht über Malcolm Gage erhalten hatte, daß ihm das Grundstück von Whispering Pines gehört, daß er es Frank überschrieben und dieser es dann an Victor Stroud weitergegeben hatte. Das schien sein Interesse zu wecken.

»Woher weißt du das alles so genau?«

»Das spielt keine Rolle. Kommt dir das nicht so vor, als hätte sich da jemand freigekauft? So, als ob Frank Kuntz versuchte, Stroud zu beschwichtigen?«

»Nein, es kommt mir eher so vor, als würdest du da etwas überinterpretieren.«

»Und wie ist das mit Cutter Gage? Findest du das nicht merkwürdig?«

Aber Roger sah mich nur an.

»Roger, würdest du mir bitte helfen? Ich bitte dich, ja?«

»Nein. Ich hab' dir doch gesagt, wenn ich mich da reinhänge, könnte das für mich ziemlich unangenehme Folgen haben. Und damit ist dieses Thema für mich erledigt. Hast du verstanden?«

»Und wenn ich beweisen kann, daß doch etwas hinter all dem steckt, wirst du mir dann helfen?«

»Nein, Phoebe, auch dann nicht. In diesem Fall solltest du die Polizei einschalten, oder, noch besser, warum wendest du dich nicht an deinen Freund und Helfer, der immer in seinem Streifenwagen hinter dir her fährt? So, und jetzt muß ich gehen. Ich habe morgen früh eine wichtige Besprechung.«

Roger erhob sich und sah auf mich herab, als wäre ich verrückt und würde bald ein Fall für die Psychiatrie.

»Meinst du, du bist wieder in Ordnung?«

»Kommt drauf an, was du darunter verstehst.«

Darauf sagte er nichts. Nach ein paar Minuten hörte ich, wie er die Tür hinter sich schloß. Ich prüfte, ob alle Fenster verschlossen waren, ließ das Küchenlicht an und legte mich auf der Couch nieder. Dann drehte ich mich um und erkannte im Halbdämmer des Wohnzimmers die Familienphotos, die ich auf dem Couchtisch aufgestellt hatte. Mama, Daddy und Kinderbilder von allen Geschwistern. Dann Ben und Charlene in glücklichen Tagen, Sam in Uniform und Michael am Tag seiner Priesterweihe. Ich setzte mich auf und sah mir die Bilder genauer an. Plötzlich wußte ich, daß etwas nicht stimmte. Es fehlte ein Photo, und als mir klar wurde, welches, traf mich die Erkenntnis wie ein Schlag in die Magengrube.

Der Platz, wo das einzige Bild, das ich von Kehly besaß, gestanden hatte, war leer. Es war mitsamt dem Rahmen verschwunden. Ich durchsuchte verzweifelt die Wohnung, konnte es aber nirgends finden. Dann fiel mir der Brief wieder ein, den ich von Strouds Schreibtisch genommen hatte. Ich riß die Schublade der Telefonkonsole auf, in die ich ihn gelegt hatte. Auch der Brief war und blieb verschwunden. Wer immer in meine Wohnung eingebrochen war, während ich schlief, wußte ganz genau, was er wollte.

Am nächsten Morgen fühlte ich mich hundeelend. Ich war die ganze Nacht wach geblieben und hatte weiter an allen möglichen und unmöglichen Plätzen nach Kehlys Bild und dem Brief von Jeffrey Lord gesucht, aber ich hatte weder das eine noch das andere finden können. Jetzt, als kein Zweifel mehr daran bestehen konnte, daß der nächtliche Einbrecher beides mitgenommen hatte, spürte ich nackte Angst in mir aufsteigen.

Gleichzeitig klammerte ich mich an einen neuen Gedanken, einen neuen Namen: Kehly. Ich hatte mehrmals versucht, sie anzurufen, konnte sie aber nicht erreichen. Jetzt wählte ich die Nummer des Kaufhauses, wo sie arbeitete und ließ mich mit ihrer Abteilung verbinden.

»Ich bin gerade sehr beschäftigt«, flüsterte sie in den Hörer.

»Kann ich dich zurückrufen?«

»Ja, klar ... Ich wollte nur wissen, wie's dir geht.«

»Danke, mir geht's gut«, antwortete sie verblüfft und machte eine Pause. »Und du, bist du in Ordnung?«

»Warum nicht? Ich rufe dich heute Abend zu Hause an. Du bist doch zu Hause, oder?«

»Ja, natürlich bin ich das ... nein, warte mal ... ich gehe noch zu einem AA-Treffen nach der Arbeit, aber ich müßte so um neun oder halb zehn zu Hause sein. Warum, was ist los, Phoebe?«

»Nichts. Nichts ist los. Paß auf dich auf.«

Eine Weile waren wir still, dann frage sie: »Also, rufst du mich an?«

»Ja, mach' ich. Kehly?«

»Was?«

»Ich ... da gibt es ...« Mir fiel ein, daß alles, was ich sagen konnte, sich absolut verrückt anhören würde, also beschloß ich, nichts zu sagen. »Ach nichts. Also abgemacht, ich ruf dich heute abend an. Ich bin zum Essen bei Charlene eingeladen und melde mich danach bei dir.«

»Das freut mich, Phoebe. Wurde ja auch langsam Zeit. Bis heute abend dann.«

»Ja, bis heute abend.«

Es dauerte nicht lange, bis ich von der Auskunft die Telefonnummer von Jeffrey Lord in Tymer, Wisconsin, erfahren hatte. Es gab mehrere Anschlüsse bei Lord Manufacturing und zwei Privatnummern. Ich wählte die erste an und wartete.

»Hallo?« Die Stimme klang sehr weiblich und sehr jung.

»Ich möchte Mrs. Lord sprechen. Ist sie da?«

Am anderen Ende entstand ein peinliches Schweigen.

»Hallo?« fragte ich.

»Hier gibt es keine Mrs. Lord. Sie ist seit Jahren tot. Wer ist da bitte?«

»Hier spricht ... äh ... Helen Jenkins. Ich bin Historikerin und wir, das heißt die Gesellschaft für Staatsgeschichte, wollen eine Arbeit über die wichtigsten Familienbetriebe in Wisconsin veröffentlichen, und die Firma Lord steht da an oberster Stelle auf unserer Wunschliste.« Ich dankte Gott für meine Schlagfertigkeit.

Die Stimme am anderen Ende wurde merklich entspannter. »Ach so. Ich bin sicher, wenn Sie im Büro anrufen und nach der Sekretärin meines Vaters fragen, sie heißt Gwen, wird sie Ihnen gerne alle Informationen geben, die Sie brauchen.«

»Ihr Vater? Dann sind Sie ...«

»Dinah. Ich bin Dinah Lord«, antwortete sie mit einem Anflug von Stolz.

»Ich habe schon ein wenig über Sie gehört, Dinah«, sagte ich und beschloß, es auf die naßforsche Tour zu probieren. »Ich hätte auch gleich nach Ihnen gefragt, aber ich dachte mir, Sie sind sicher in der Schule.«

»Es sind gerade Ferien. Ich bin mit meinem Vater so oft zusammen wie ich kann, deshalb komme ich in den Ferien immer nach Hause. Wir sind dann ganz für uns.«

»Keine Brüder?«

»Nein, keine. Ich muß jetzt leider gehen. Wenn Sie Gwen in der Fabrik anrufen wollen, gebe ich Ihnen gerne die Nummer.«

»Nicht nötig, die habe ich schon. Aber wären Sie wohl so freundlich und würden mir noch ein paar Worte über Ihren Vater sagen, ich meine, so ein persönlicher Aspekt wie eine Vater-Tochter-Beziehung macht die Geschichte immer gleich viel interessanter.«

»Wie sagten Sie noch ist Ihr Name?«

»Helen ... Helen Jenkins.«

»Miss Jenkins, mein Vater ist über siebzig Jahre alt und ganz sicher nicht mehr an dieser Art von Publicity interessiert. Wenn Sie mich jetzt also bitte entschuldigen ...«

»Nein, warten Sie.« Ich geriet in Panik. »Ich habe Sie angelogen.«

»Wie bitte?« Sie war offensichtlich beleidigt.

»Ich habe Ihren Namen von einem Mädchen, das Sie von der Drogenklinik kennen.«

Wieder nichts als Schweigen am anderen Ende.

»Sie ist aus Whispering Pines weggelaufen«, fuhr ich vorsichtig fort. Darauf hörte ich einen tiefen Seufzer. »Wenn sie von da weg ist, dann ist ja alles in Ordnung mit ihr. Und was wollen Sie von mir?«

»Ich muß mit Ihnen darüber sprechen, was Sie dort erlebt haben.«

»Was ich dort erlebt habe, hat mich und meinen Vater beinahe vernichtet. Wenn mein Vater Dr. Stroud alle seine Lügen abgekauft hätte, wäre ich dort vermutlich immer noch eingesperrt.«

»Was meinen Sie damit?«

»Stroud hat meinen Vater und mich gegeneinander ausgespielt. Ja, es stimmt, ich hatte Probleme mit Drogen, aber das haben die da oben nicht behandelt. Wer hat Ihnen eigentlich meinen Namen gegeben?«

»Jennifer Kuntz.«

»Sie lügen doch. Jennifer Kuntz ist Strouds persönliche Psychopathin. Sie tut alles für ihn, und ich wundere mich nur, daß sie noch niemanden umgebracht hat. Ich weiß nicht, was Sie von mir wollen, aber rufen Sie mich ja nicht noch einmal an.« Sie hängte auf. Ich blieb am Apparat und starrte in die Luft.

Das Wasser strömte aus dem Duschkopf über mein Gesicht und meinen Körper, aber es konnte weder die Erschöpfung von meinen Gliedern noch die quälenden Gedanken an Shawna Unger aus meinem Kopf waschen.

Um die Mittagszeit ging es mir ein wenig besser und ich konnte allmählich wieder geradeaus denken. Ich versuchte, Mary Kuntz anzurufen, aber es meldete sich niemand. Ich hatte gerade den Hörer wieder aufgelegt, als Roger anrief.

»Bist du in deinem Büro?« fragte ich. »Ich dachte, deine Anrufe werden abgehört.« Innerlich rechtfertigte ich meinen Sarkasmus als Revanche dafür, daß er mir die Sache mit dem Hund in meinem Schlafzimmer nicht geglaubt hatte.

»Hör zu, ich bin in einer Telefonzelle, und es tut mir leid wegen heute morgen. Irgendwas ist faul an dieser ganzen Geschichte. Jemand hat sich Zugang zu meinem Computer verschafft.«

»Wie kommst du denn darauf?«

»Ich hab' nicht viel Zeit. Hör mir jetzt nur zu. Immer wenn jemand meinen Computer benutzt, registriert er automatisch das Datum und die Uhrzeit. Als ich ihn heute morgen eingeschaltet habe, erschien auf dem Bildschirm das gestrige Datum und ungefähr zweiundzwanzig Uhr, und da war ich garantiert nicht mehr im Büro.«

»Ich dachte, ihr hättet einen Zentralcomputer.«

»Haben wir auch. Aber die Datei, die ich zuerst aufgerufen habe, war mein persönlicher Terminkalender, wo ich mir auch Notizen mache. Ich habe dann meine anderen Dateien überprüft und bei allen das gleiche Datum und die gleiche Uhrzeit gefunden. Also muß sich gestern Nacht zwischen zweiundzwanzig Uhr und Mitternacht jemand Zugang zu meinen gesamten Dateien verschafft haben. Mit anderen Worten: Da ist wirklich etwas faul.«

»Das habe ich dir ja die ganze Zeit versucht zu erklären. Übrigens, hast du vielleicht das Photo von Kehly gesehen, das bei mir auf dem Couchtisch stand?«

»Nein, warum?«

»Es ist weg, und ich kann es nirgends finden.«

»Und warum brauchst du es so dringend?«

»Weil ...« Ich ertappte mich dabei, wie ich ganz langsam und deutlich sprach. »Weil es weg ist ... Ach, vergiß es, Roger.«

»Du hast es wahrscheinlich nur verlegt. Ich muß jetzt zurück ins Büro. Wir reden heute abend miteinander, ja?«

»In Ordnung.«

»Und Phoebe? Sei vorsichtig. Bis dann.«

Es war nicht schwer herauszufinden, wo Jean Dillard, die Schulpsychologin, die Mary erwähnt hatte, arbeitete. Aber als ich bei der High School anrief, sagte man mir, sie sei zur Zeit aus gesundheitlichen Gründen beurlaubt, und ich könne sie wahrscheinlich zu Hause erreichen.

Ich wählte die Nummer, die mir die Schulsekretärin gegeben hatte, und ließ es ziemlich lange läuten. Gerade als ich wieder auflegen wollte, meldete sich Jean Dillard. Als ich Jennifer Kuntz' Namen erwähnte, gab sie mir augenblicklich eine Wegbeschreibung zu ihrem Haus. Obwohl sie am Telefon etwas zerfahren klang, hatte ich fast den Eindruck, daß sie unbedingt mit jemandem reden wollte. Zwanzig Minuten später läutete ich an der Tür ihres Hauses in Poly Drive.

Sie war eine große, kräftige Frau mit einem schmalen Gesicht und breiten Schultern. Ihr kurzgeschnittenes, dunkles Haar war mit silbrigen Strähnen durchzogen, und am linken Handgelenk trug sie einen Verband. Sie wirkte sehr stark, nicht nur durch ihre Größe, sondern auch durch ihre tiefe, selbstsichere Stimme. Freundlich lächelnd ließ sie mich ein und führte mich in ein winziges, mit Pflanzen vollgestelltes Wohnzimmer, wo sie mich bat, auf einem der beiden großen Sitzpolster, zwischen denen ein niedriger Glastisch stand, Platz zu nehmen. Auf dem Tisch stand eine große Kerze, die ein wundervolles Vanillearoma verströmte.

Im Hintergrund erklang sanfte Musik. Die ganze Atmosphäre in diesem Haus schien mich geradezu zu streicheln und wirkte ungemein angenehm und beruhigend auf mich. Sie nahm gleich ein großes Glas mit Eistee von einem Tablett und reichte es mir.

»Je länger man allein lebt, desto schrulliger wird man in

seinen Angewohnheiten. Ich habe Kaffee nie besonders gemocht und trinke deshalb das ganze Jahr über Eistee. Allerdings genehmige ich mir jetzt einen kleinen Mittags-Scotch, wenn Sie nichts dagegen haben.«

»Nein, natürlich nicht«, antwortete ich, und mir fiel auf, daß ihr Atem leicht nach Alkohol roch. »Ich bin Ihnen sehr dankbar, daß Sie mich so kurzfristig empfangen haben. Wenn ich allerdings irgendwie ungelegen komme ...«, sagte ich und wies auf ihren Verband.

»Handwurzelknochenentzündung. Ich hab' das seit Jahren und wollte es jetzt endlich einmal behandeln lassen. Keine große Sache. Allerdings vertrage ich keine Schmerztabletten, und deshalb habe ich mir das hier in kleinen Dosen verschrieben«, sagte sie und erhob ihr Glas. »Das wirkt wunderbar. Wie war nochmal Ihr Name?«

»Phoebe, Phoebe Siegel.«

»Und in welcher Branche arbeiten Sie, Phoebe?«

»Ich bin Ermittlerin.«

»Und was hat das mit Jennifer Kuntz zu tun?«

Ich erzählte ihr kurz von Marys Auftrag, wobei ich den Teil mit Ben ausließ, und spulte meinen üblichen Spruch ab, daß sie sich bei allem, was sie mir anvertrauen würde, auf meine äußerste Diskretion verlassen könne. Darauf nippte sie nur an ihrem Glas und sah mich forschend an.

»Wenn Sie damit vor einem Jahr zu mir gekommen wären, dann hätte ich mich höchstwahrscheinlich geweigert, mit Ihnen zu reden. Aber jetzt ...«, fuhr sie fort und machte eine kurze Pause. »Die Dinge ändern sich. Und die Menschen ändern sich.« Sie lächelte, aber versuchte nicht, damit die Traurigkeit in ihren Augen zu verbergen.

»Ich verstehe ni-...«

»Was wollen Sie über Jennifer wissen? Wie kann ich Ihnen helfen?«

»Sie haben in der Schule mit ihr gearbeitet?«

»Ja, das habe ich. Fast sechs Monate lang. Jennifer ist mir

während dieser Zeit, wie soll ich sagen, sie ist mir sehr ans Herz gewachsen. Ich habe selbst keine Kinder, bedauerlicherweise, aber zwischen uns ist gleich im ersten Moment der Funke übergesprungen.«

»Hat sie Sie um eine Therapie gebeten?«

»Nein, sie hatte Probleme … Ich bin sicher, ihre Mutter hat Ihnen davon erzählt. Damals wurde sie von einer Lehrerin, der sie sich anvertraut hatte, zu mir geschickt, und ich habe dann einmal die Woche eine Sitzung mit ihr in der Schule gehabt. Jennifer ist intelligent, Phoebe. Überaus intelligent. Wie kommt sie mit ihrem Drogenproblem klar?«

»Deshalb bin ich hier. Ich bin Jennifer draußen auf der Farm begegnet«, sagte ich und erzählte ihr, was vorgefallen war.

»Sie ist ziemlich neben der Spur.«

»Bei Jennifer hat es immer grundlegende psychische Probleme gegeben. Ich bin nicht sicher, ob *neben der Spur* der richtige Ausdruck ist, aber sie war bestimmt eine sehr zornige und verstörte junge Frau. Ich habe mit Dr. Drummond über Jennifer gesprochen. Er hat mir erzählt, daß … aber ich kann da wirklich keine vertraulichen Informationen weitergeben.«

»Es ist aber sehr dringend, Miss Dillard.« Der Ton meiner Stimme mußte sie irgendwie überzeugt haben, denn sie fuhr fort: »Jennifer hatte so ziemlich jede Persönlichkeitsstörung, die Sie sich vorstellen können. Trotzdem glaubte Dr. Drummond, daß sie unter bestimmten Bedingungen, und natürlich mit der entsprechenden Therapie und mit Medikamenten, ein normales Leben führen könne. Ich habe versucht, ihr dabei zu helfen, aber das Andere war stärker.«

»Was war stärker?« drängte ich sie.

Aber sie gab keine Antwort, sondern fixierte mich nur einen Moment lang, wobei ihre Augen unruhig über mein

Gesicht wanderten. Dann seufzte sie, nahm einen Schluck Scotch und lehnte sich träge zurück. Als sie weiter stumm blieb, fragte ich mich, ob sie an diesem Tag nicht schon lange vor dem Mittags-Scotch zu trinken angefangen hatte.

»Was war stärker?« fragte ich noch einmal. »Was ist mit ihr passiert?«

Sie rollte den Kopf in meine Richtung und öffnete die Augen. »Was wissen Sie über ihre Familie?«

»Ich kenne Mary und habe den Vater einmal gesehen, aber nie mit ihm gesprochen.«

»Ich habe damals mit beiden gesprochen. Mit Mary mehrmals, mit dem Vater nur einmal. Nach allem, was ich über Jennifers, äh, Probleme und die Art ihrer Verhaltensstörung wußte, hatte ich erwartet, daß ihre Mutter emotional oder körperlich mißbraucht wurde.«

»Das ist mir bei Mary überhaupt nicht aufgefallen.«

»Das konnte Ihnen auch gar nicht auffallen, denn sie wurde nicht mißbraucht. Jennifer hat mir in punkto Schweigepflicht praktisch die Hände gebunden, und so war es unmöglich, Mary in die Therapie einzubeziehen. Ich wußte, daß das für sie eine sehr große Enttäuschung war.«

»Hören Sie, ich ...«

»Haben Sie noch etwas Geduld. Es war mir immer klar, daß ich irgendwann einmal mit jemandem dieses Gespräch führen müßte, aber ich habe mir nie eingebildet, daß es leicht für mich sein würde.«

»Tut mir leid, sprechen Sie weiter.«

»Wie gesagt, ich habe mich auf Anhieb mit Jennifer verstanden, und es hat nicht lange gedauert, bis wir eine gute Beziehung zueinander hatten. Das arme Kind hatte so verdammt lange geschwiegen, daß es unter der Oberfläche nur so brodelte. Es fiel ihr schwer, zu jemandem Vertrauen zu fassen, aber bei uns hat das irgendwie funktioniert, und es hat nur drei oder vier Sitzungen gedauert, bis die ganze traurige Geschichte förmlich aus ihr herausbrach.«

Sie wandte schnell das Gesicht von mir ab, wischte sich eine Träne aus dem Augenwinkel und erhob sich von ihrem Sitz. Ich beobachtete, wie sie leicht schwankend zu dem Erkerfenster am anderen Ende des Zimmers ging. Ich bezweifelte jetzt nicht nur, daß sie nüchtern war, sondern auch ihre emotionale Stabilität.

»Hören Sie, ich brauche unbedingt ein paar Hintergrundinformationen über das Mädchen. Es ist ...« Ich brach ab und wählte meine Worte sorgfältig. »Ja, ich habe ein persönliches Interesse an dieser Angelegenheit.«

»Ich habe auch ein *persönliches Interesse* an jedem jungen Menschen, mit dem ich in meinem Beruf zu tun habe. Und bei Jennifer war das in besonderem Maße der Fall.« Sie kam zurück und setzte sich wieder.

»Jennifer litt höchstwahrscheinlich immer schon unter dem, was man als psychotische Schübe bezeichnet. Ich habe sie daraufhin getestet und fand diese Vermutung bestätigt. Zuerst dachte ich, es läge vielleicht in der Familie, aber, wie gesagt, außer daß sich Mary schreckliche Sorgen um ihre Tochter machte, kam sie mir psychisch eigentlich stabil vor. Bei Jennifer war es so wie mit der Frage, was zuerst da war: die Henne oder das Ei. Was in ihrem Fall hieß: eine grundlegende Verhaltensstörung oder ihr gestörtes Verhalten.«

»Dann ist sie also neben der ... ich meine, sie ist verhaltensgestört.«

»Lassen Sie mich es so ausdrücken: Jennifer hatte Probleme vom Moment ihrer Geburt an. Diese wurden von ihrer Umwelt noch verstärkt, und so wurde sie zu dem, was Ihnen auf der Farm begegnet ist.«

»Meinen Sie, sie hat Halluzinationen? Oder lügt sie gezielt?«

»Jennifers Realität ist phantastischer als jede Lüge, die Sie sich einfallen lassen könnten, obwohl sie durchaus ...« Jean unterbrach sich und sah mich direkt an. »Sagen Sie mal, was ist eigentlich Ihr persönliches Interesse daran?«

»Ihre Mutter hat mir erzählt, daß Jennifer Anzeige gegen einen Polizisten in Billings erstattet hat. Wußten Sie davon?«

»Nein«, antwortete sie, lachte und schüttelte scheinbar ungläubig den Kopf. Ich empfand plötzlich eine unglaubliche Erleichterung, aber nur einen Moment lang, bis sie sagte: »Allerdings wußte ich von ihrer Affäre mit einem Polizisten. Wir haben dieses Thema bei unseren Sitzungen lange behandelt.«

Ich öffnete den Mund, brachte aber keinen Ton heraus. Sie sah mir unverwandt in die Augen. »Haben Sie die Geschichte mit dem Polizisten geglaubt?« fragte ich schließlich atemlos.

»Ja, das habe ich. Er war ihr Ritter in der glänzenden Rüstung. Sie war aufrichtig davon überzeugt, daß er sie beschützen konnte vor ...«

»Oh Gott.« Mir wurde übel. »Sind Sie da ganz sicher?«

»Was ist denn los mit Ihnen?« fragte sie. Dann stand sie auf und setzte sich neben mich.

»Nichts. Es ist alles in Ordnung. Wovor sollte er sie denn beschützen?«

»Vor dem Leben. Sie müssen verstehen, daß Jennifer sich auch mit Drogen vor dem Leben versteckt hat. Sie war unfähig, ihre Bedürfnisse, ihre Emotionen oder ihre Schuldgefühle zu begreifen. Und damit war sie das ideale Objekt für einen Mann, der so etwas braucht, um sich überlegen zu fühlen.« Sie schnaubte verächtlich. »Mein Gott, was Erwachsene Kindern antun können.«

Ich bemerkte, daß sie langsam einen Schwips bekam. »Aber Sie sind sicher, daß die Sache mit dem Polizisten stimmte? Hat sie Ihnen gesagt, wie er hieß?«

»Nein, er war der einzige, von dem sie mir nie den Namen genannt hat.«

»Sie meinen, sie nannte andere Namen?«

»Wissen Sie eigentlich, warum ich Ihnen das alles erzähle

und damit völlig gegen meinen Berufskodex verstoße?« fragte sie leicht lallend.

Dann stand sie auf, ging zu einem Tisch beim Erkerfenster, nahm eine Karaffe, die darauf stand und füllte ihr Glas. Ich sagte nichts dazu, denn solange sie trank, würde sie reden, bis zum Umfallen.

»Ich habe einen Menschen verloren, den ich sehr geliebt habe. Das hat mich veranlaßt, mein Leben neu zu überdenken. Obwohl es vermutlich einfach wäre, mir zu sagen, ich hätte nur bekommen, was ich verdient habe.«

»Wie meinen Sie das?« fragte ich und wußte nicht, ob ich darauf noch eine klare Antwort erwarten konnte.

»Ich habe bei Jennifer Kuntz eine Entscheidung getroffen, die mich während der letzten drei Jahre ununterbrochen verfolgt hat, aus Selbstschutz, Furcht und wahrscheinlich, wenn ich ganz ehrlich bin, auch aus Scham. Sind Sie mit jemandem zusammen?«

Mit unsicheren Schritten ging sie zu ihrem Sessel zurück und setzte sich wieder.

»Ja schon, aber was hat das damit zu tun?«

»Ich bin jetzt fast fünfzig Jahre alt, Phoebe. Und ich war fünfundzwanzig Jahre mit ein und demselben Menschen zusammen. Wir haben uns auf der Universität von Minnesota kennengelernt, als ich meinen Abschluß in Psychologie machte. Ich habe dann beschlossen, hierher zurückzukehren und hier zu arbeiten, während sie in Minnesota blieb, um an einem privaten College zu unterrichten. Doch trotz der großen Entfernung zwischen uns, ist es uns gelungen, eine glückliche Liebesbeziehung aufrechtzuerhalten. Dann ist sie gestorben. An Brustkrebs.«

Warum sollte sie nicht eine Frau lieben? Offensichtlich war das die Stunde der Wahrheit für sie. Sicher gab es etwas, was man darauf antworten konnte. Etwas Besseres als »tut mir leid«. Aber mir fiel nichts ein, also schwieg ich.

»Es war ein wohlgehütetes Geheimnis. Niemand hat

etwas davon geahnt, weder in meiner Familie noch in meinem Beruf. Ich bin sogar ein paar Mal mit Männern ausgegangen, bloß um den Schein zu wahren. Nur ein paar wenige, wirklich enge Freunde in Minnesota wußten von unserer Beziehung. Drei Monate im Jahr habe ich bei ihr gelebt, und ansonsten haben wir uns regelmäßig besucht. Deshalb war ich auch so entsetzt, als ...«

Sie unterbrach sich und fuhr dann mit veränderter Stimme fort: »In der letzten Woche unserer therapeutischen Sitzungen hat Jennifer dann plötzlich alles rausgelassen. Sie erzählte mir, daß sie sexuell mißbraucht worden sei, solange sie denken könne. Und sie hatte angefangen, Drogen zu nehmen, als ihr der Verdacht kam, daß das, was da mit ihr passierte, vielleicht, aber auch nur vielleicht nicht in Ordnung war.«

»Oh Gott, wer ...?«

»Ich versuchte, sie von zu Hause wegzubringen und hatte schon eine Familie gefunden, die sie gerne bei sich aufgenommen hätte. Allerdings hat es eine Weile gedauert, bis Jennifer damit einverstanden war, daß ich mit der Sache vor Gericht gehe. Sie hatte furchtbare Angst.«

»Und, haben Sie es getan?«

»Ich habe zunächst einen Termin mit Mary Kuntz vereinbart. Aber am Tag vor unserer Verabredung stattete mir jemand anders einen kleinen Besuch ab. Ich muß wirklich wie eine Idiotin dagestanden haben.«

»Wieso?«

»Ich dachte, ich hätte die Oberhand. Schließlich hatte ich Jennifers Akte mit ihrer Aussage vor mir liegen, und ich war bereit, bis zum Äußersten zu gehen. Meine Wut auf dieses Dreckschwein war so groß, daß ich es kaum erwarten konnte, ihm gegenüberzutreten.«

Jean wischte sich den Mund mit einem Hemdsärmel ab. Dabei stellte ich mir vor, wie Frank Kuntz versucht hatte, sie einzuschüchtern.

»Und was ist dann passiert?«

»Er ist noch nicht einmal selbst gekommen, sondern er hat jemanden geschickt. Ich hatte meine Akte, und er hatte seine. Da stand alles drin über meine langjährige Liebesbeziehung mit einer Frau. In allen Einzelheiten. Und er hat nicht lange drumherum geredet, sondern mir klipp und klar gesagt, wenn ich mit seiner Akte an die Öffentlichkeit gehen würde, würde er mit meiner dasselbe tun. Jetzt denken Sie wahrscheinlich ziemlich gering von mir, stimmt's?« Ihre Augen füllten sich mit Tränen, und ihre Hand zitterte, als sie erneut einen Schluck aus ihrem Glas nahm.

»Und deshalb haben Sie die Therapie mit Jennifer abgebrochen?«

»Genau. Sehen Sie, Phoebe, meine Eltern sind über achtzig Jahre alt. Der Skandal hätte sie umgebracht. Und außerdem hätte das das Ende der Karriere von Beth ... Habe ich Ihnen schon gesagt, daß sie Beth hieß?« Bei diesen Worten schluchzte sie leise auf.

»Nein, das haben sie noch nicht.« Instinktiv streckte ich meine Hand aus und berührte ihren Arm. »Ich weiß gar nicht, was ich sagen soll.«

»Ist schon gut. Na ja, jedenfalls wäre die Karriere von Beth ruiniert gewesen, und ich mußte eine Entscheidung treffen. Ich habe Jennifer gegen die nächsten und liebsten Menschen in meinem Leben abgewogen und mich gegen sie entschieden.«

»Jean, ich brauche diese Aussage von Jennifer. Sie sind schon so weit gegangen, mir das alles zu erzählen. Jetzt bitte ich Sie, gehen Sie noch einen Schritt weiter und überlassen Sie mir Ihre Unterlagen.«

»Ich habe mir damals eine Menge Notizen gemacht und eine Aussage vorbereitet, die ich vor Gericht machen wollte«, antwortete sie, während ihr die Tränen über das Gesicht liefen. »Ich brauche etwa einen oder zwei Tage, um alles zusammenzustellen. Ich rufe Sie an, sobald ich damit fertig bin. Aber jetzt hole ich erst mal einen Stift und ein Blatt Papier.« Sie stand auf und ging aus dem Zimmer. Wenig später kam sie wieder zurück und ging schwankend zu dem Tisch. »Wie ist Ihre Telefonnummer?«

»Ich gebe Ihnen meine Karte«, antwortete ich, zog eine aus meiner Tasche und gab sie ihr. Sie las sie mit verschwommenen Augen.

»Jean, wer ist damals mit der Akte zu Ihnen gekommen? Wissen Sie das noch?«

Aber sie ignorierte meine Frage und lachte nur bitter auf. Dann sagte sie: »Ich habe kürzlich versucht, Jennifer anzurufen.«

»Und, haben Sie mit ihr gesprochen?«

»Ja. Ich fragte sie ... äh ... wie's ihr so geht und wollte ihr sagen, daß ich sie jetzt nicht mehr im Stich lassen würde. Ich ... ich mußte das tun, verstehen Sie?«

»Ja, das verstehe ich. Was hat sie darauf gesagt?«

Jean nahm ihr Glas vom Tisch und erhob es mit großer Geste.

»Sie sagte, ich könnte sie am Arsch lecken.«

»Wer hat Ihnen damals die Akte gebracht? Können Sie sich an seinen Namen erinnern?«

»Allerdings, und den werde ich wohl auch nie vergessen«, sagte sie und sah mich an. »John, John Flannery.«

Ich ließ das Glas mit Eistee fallen, das ich in der Hand hatte. Es knallte auf die Glasplatte des Couchtisches und zerbrach in tausend Stücke. Ich griff nach einer Serviette, die auf dem Tisch lag und bemerkte nicht einmal, wie mir dabei ein Glassplitter tief in die Handfläche drang.

Mein Verstand weigerte sich, Jean Dillards Enthüllung zu akzeptieren. Im Geiste ging ich die Liste derjenigen Geisteskrankheiten durch, die sie oder mich befallen haben konnten. Aber keins der Krankheitsbilder paßte. Ich hatte gehofft, durch sie ausreichend Informationen zu erhalten, um Whispering Pines auffliegen lassen zu können, und hatte statt dessen etwas erfahren, das so teuflisch war, daß ich nicht wußte, wie ich damit umgehen sollte.

Ich mußte mit John sprechen. Mein Gott, ich hatte nicht die geringste Ahnung, was ich ihm sagen sollte.

Kaum hatte ich meinen Wagen auf dem Parkplatz von City Hall abgestellt, als ein Schatten durch das Wagenfenster fiel und mich zu Tode erschreckte. Ich sprang auf den Beifahrersitz und griff nach meiner Schreckschußpistole.

»Die Polizei ist doch dein Freund und Helfer. Hat man dir das denn nicht beigebracht?« Ich sah in die verspiegelten Scheiben einer dunklen Sonnenbrille und ein breites, zähnefletschendes Grinsen. Lanny nahm die Sonnenbrille ab und lehnte sich ins Wageninnere.

»Sehr witzig«, gab ich halb lächelnd und halb wütend zur Antwort. »Warum hast du nicht gleich die Sirene eingeschaltet? Solltest du nicht da draußen sein und das Verbrechen bekämpfen?«

»Ich tu' den ganzen Tag nichts anderes. Und was machst du hier?«

»Ich dachte, ich fahr' mal vorbei und besuche Onkel John.«

»Er ist nicht da.«

»Woher weißt du das?«

»Weil ich auch gerade zu ihm wollte. Seine Sekretärin sagte mir, er sei beim Chef oben. Kann ich dir vielleicht helfen? Du siehst ein bißchen mitgenommen aus.«

»Merkt man das?«

»Allerdings. Aber bei mir war's auch nicht gerade toll heute morgen.«

»Wieso, hast du dein monatliches Soll an Strafzetteln noch nicht erreicht?«

»Du glaubst doch nicht etwa an dieses alte Märchen, oder?« fragte er lachend und öffnete die Wagentür. »Na komm, ich lade dich auf einen Kaffee ein.«

Lanny nahm sein Mobilfunkgerät, meldete der Fahrdienstleitung, daß er jetzt zwanzig Minuten Pause machen würde, und wir gingen in das Café um die Ecke von City Hall. Manchmal ist es komisch, wenn man jemandem gegenübersitzt, den man so gut kennt wie ich Lanny. Selbst nach all diesen Jahren gab es noch Momente, wo sich zwischen uns leicht und schnell ein vertrautes, freundschaftliches Gespräch ergab. Aber es gab auch andere Momente, so wie jetzt, wo die Luft zwischen uns mit Emotionen aufgeladen zu sein schien, und das waren keine besonders guten.

»Du siehst wirklich blaß aus. Kann ich dir irgendwie helfen?« fragte er.

»Vielleicht«, antwortete ich und überlegte kurz. »Ja, vielleicht kannst du das. Was weißt du über Whispering Pines?«

»Whispering was?«

»Whispering Pines. Das ist dieses sogenannte Institut für

ganzheitliche Heilmethoden oben am Rims River. Angeblich machen sie dort Entzugsbehandlungen für Drogensüchtige.«

Die Serviererin kam an unseren Tisch, um die Bestellung aufzunehmen. Lanny ließ seinen ganzen Charme spielen, so daß sie bald errötete und anfing zu stottern.

Als sie gegangen war, sagte ich: »Offensichtlich hast du immer noch eine magische Wirkung auf Frauen.«

»Ich versuche nur, in Übung zu bleiben« antwortete er grinsend.

»Das dachte ich mir«, gab ich zurück und bemerkte wieder diese gewisse Schärfe, die sich in meinen Ton geschlichen hatte.

»Also, was weißt du über Whispering Pines?«

»Kam nicht dieses Mädchen, das sie aus dem Fluß gezogen haben, von da?«

»Ja, das ist richtig.«

»Ich fürchte, da kann ich dir nicht viel helfen. Das ist das erste Mal, daß ich davon höre. Anscheinend schotten die sich da oben ziemlich ab.« Darauf schwiegen wir beide.

»Weißt du etwas, das ich nicht weiß?«

»Nein, eigentlich nicht. Ich schnüffle nur so ein bißchen herum. Ist ziemlich kompliziert das Ganze.«

»Mit komplizierten Sachen kann ich umgehen.«

»Irgendwas ist da faul in dieser Klinik.«

Lanny lehnte sich nach vorne. »Was denn zum Beispiel?«

»Ich weiß nicht ... Ich habe eine Klientin, die glaubt, daß sie da oben irgendwas mit ihrer Tochter angestellt haben.« Alles andere ließ ich wohlweislich aus. »Aber bis jetzt renne ich nur im Kreis und komme immer wieder am selben Punkt raus: Whispering Pines.«

»Gib mir ein paar Namen, und ich überprüfe sie mal für dich.«

Ich zögerte. »Nein, Lanny, das würde auch nichts nützen. Trotzdem danke für dein Angebot.«

»Du weißt doch nicht, ob's was nützt. Ich kann doch einfach mal sehen, ob wir im Polizeicomputer etwas über sie haben.«

Warum zum Teufel eigentlich nicht? »Also gut. Victor Stroud«, sagte ich, während Lanny ein kleines Notizbuch aus seiner Tasche zog und mitschrieb. »Und Frank Kuntz. Ich will wissen, ob gegen ihn etwas wegen sexuellem Mißbrauch vorliegt. Und dann Jean Dillard ... nein, vergiß sie. Da wirst du mit Sicherheit nichts finden.«

»Wer ist sie?« fragte er und sah auf.

»Eine Schulpsychologin. Aber da wird sich nichts ergeben.« Eigentlich hätte ich Lanny am liebsten in Erfahrung bringen lassen, wie weit Cutter Gages Einfluß bei der Polizei und der ganzen verdammten Stadtverwaltung reichte.

»Und was hat das alles mit dem Fall zu tun, an dem du arbeitest?«

»Das weiß ich eben noch nicht. Aber ich glaube, ich bin auf der richtigen Spur. Alle diese Leute haben miteinander zu tun, und ...«

»Und was?«

Jeder, der einmal eine Panikattacke erlebt hat, weiß, wie plötzlich sie einen überfällt. Mein Atem ging stoßweise, mein Puls raste, und ich spürte, wie sich eine furchtbare Beklemmung auf meine Brust legte.

»Vergiß es ... vergiß alles, was ich dir gesagt habe. Ich muß jetzt sofort hier raus.« Die Luft wurde immer drückender. Ich stand auf und wandte mich zum Gehen.

»He«, rief Lanny und ergriff meinen Arm. »Sieh dir deine Hände an. Du zitterst ja. Setz dich lieber wieder hin, Phoebe.«

Mir blieb keine andere Wahl, denn meine Knie gaben nach.

»Hör zu, ich kann jetzt nicht darüber reden. Ich muß erst noch ein paar Dinge klären ... Bis dann, Lanny.«

»Was ist mit dem Kaffee?«

»Trink du ihn. Ich muß hier raus.«

Er schrieb etwas in seinen Notizblock, riß die Seite heraus und gab sie mir in die Hand. Seine Haut fühlte sich rauh an, als er meine Finger um das Papier schloß. »Das ist meine Privatnummer. Falls du es dir anders überlegst, ruf mich an. Wir waren mal ein ziemlich gutes Team, weißt du noch?«

Ich wußte es noch sehr gut. Zu gut. Ich lief aus dem Café, und als ich draußen war, atmete ich ein paar Mal tief durch.

Gerade als ich auf die Straße treten wollte, hörte ich eine Hupe und das Quietschen von Bremsen.

»Siehst du nicht, daß du Rot hast, du blöde Kuh?« schrie mich der Fahrer eines Lieferwagens an, der einen knappen Meter vor mir zum Stehen gekommen war. Ich sah auf die Verkehrsampel und blieb wie angewurzelt stehen, bis der Lastwagen an mir vorbeigedonnert war.

»Sie können jetzt gehen, Lady, Sie haben Grün«, sagte eine Stimme neben mir. Ich sah verwirrt in ein pausbäckiges Kindergesicht, das wie ein kleiner Engel aussah, murmelte »Danke.«

Lanny hatte recht gehabt, John war nicht in seinem Büro. Aber Tillie war da, und sie war so aufgeregt, wie ich sie noch nie gesehen hatte.

»Er hat die ganze Zeit versucht, Sie anzurufen, meine Liebe. Wo sind Sie während der nächsten Stunden? Ich sage ihm dann, wo er Sie erreichen kann.«

Ich sah über ihre Schulter in den Einsatzraum. Kyle Old Wolf schaute auf, erkannte mich und wies mit dem Kopf zum Flur.

»Sagen Sie, daß ich heute nachmittag so um drei wieder herkomme. Haben Sie eine Ahnung, was er von mir will?«

»Ich werde es ihm ausrichten«, sagte sie nur.

Irgendwas war da im Busch. So ziemlich alle Leute, denen ich an diesem Tag begegnet war, hatten sich reichlich merkwürdig benommen. Ich ging in den Flur, lehnte mich gegen die Wand und wartete auf Kyle. Die Kälte des Marmors drang durch meine leichte Windjacke, und ich spürte, wie sich meine Nackenmuskeln verspannten. Ich ließ meinen Kopf von rechts nach links rollen und versuchte, den schmierigen Typen in Handschellen zu ignorieren, der zwischen zwei Polizisten auf einer Bank neben dem Aufzug saß.

Die beiden Polizisten unterhielten sich angeregt und bemerkten keine Sekunde, daß der Mann versuchte, meine Aufmerksamkeit zu erregen, indem er mit anzüglichem Grinsen seine Zunge über die Lippen gleiten ließ.

»Wo hast du deinen Wagen?« fragte Kyle, während er, ohne mich anzusehen, an mir vorbei auf die Treppe zuging.

»Auf dem Parkplatz an der Rückseite.«

Ich folgte ihm. Unsere Schritte hallten im Treppenhaus. Er sagte kein Wort, bis wir das Gebäude verlassen hatten und auf den Parkplatz zugingen. Ich mußte fast laufen, um mit ihm Schritt zu halten.

»Kyle, ich bin nicht zum Joggen hergekommen. Was ist los?«

Ich hielt ihn an und lehnte mich gegen meinen Wagen.

»Wie läuft die Karre?« fragte er.

«Willst du mit mir über meinen Wagen reden?«

Er zog die Augenbrauen zusammen, sah sich um und beugte sich näher zu mir. »Was ich dir jetzt sage, hast du nicht von mir gehört, verstanden?«

»Ich habe gar nichts gehört.«

»Ich hab' versucht, dich anzurufen, aber ich wollte keine Nachricht auf deinem Anrufbeantworter hinterlassen. Erinnerst du dich an das Mädchen, das sie aus dem Fluß gezogen haben?«

»Shawna Unger?«

»Genau die. Ich bin im Krankenhaus gewesen und dort zufällig dem Gerichtsarzt begegnet. Das Mädchen ist nicht ertrunken.«

»Das ist unmöglich. John hat gesagt ...«

»Egal, was er gesagt hat. Die halten die Sache unter Verschluß. Und jetzt hör mir mal zu.«

Ich stand bloß da und starrte ihn an.

»Sie glauben, daß sie aus dem Wasser gekrochen ist und daß da jemand am Flußufer stand, der ihr einen Schlag auf den Kopf versetzt und sie wieder zurückgeworfen hat. Jedenfalls war sie tot, als sie das zweite Mal in den Fluß gefallen ist.«

»Sprich weiter, Kyle.«

»Joss, der Gerichtsarzt, hat mich gefragt, ob ich Lust hätte, mit ihm einen Kaffee zu trinken, und ich dachte mir, ein paar Insiderinformationen könnten nichts schaden, also bin ich mit ihm in die Cafeteria gegangen. Der Typ war völlig fertig, Phoebe. Die Sache mit dem Mädchen hat ihm arg zugesetzt.«

»Was zum Teufel hat er festgestellt?«

»Zum Beispiel, daß sich in ihren Lungen kein Tropfen Wasser befand. Erst hab' ich gedacht, daß er durch die Arbeit an einem so jungen Ding so außer sich war. Dann haben wir angefangen zu reden, oder besser, ich habe geredet. Er stand völlig neben sich ...« Kyle nahm seinen Hut ab, wischte sorgfältig über den Rand und setzte ihn wieder auf. »Ich hatte instinktiv geahnt, daß die beiden Jungs, die sie mitgenommen hatten, verdammt genau wußten, daß sie tot war, als sie uns angerufen haben.«

»Kyle, um Himmels willen, sag mir doch endlich, was der Arzt gefunden hat.«

Er zögerte, holte tief Luft und kam noch ein Stückchen näher. »Es ist nicht das, was er gefunden hat, sondern wo man sie gefunden hat. Wir sind, ein paar Minuten nachdem sie von der Brücke gesprungen ist, dort angekommen. Überall waren Polizisten, und alles war abgeriegelt. Du weißt ja, wie gründlich er ist ...« Kyle brach ab.

»Ja, was weiter?«

Neben uns hatte ein Streifenwagen angehalten. Ein Polizist stieg aus, ging um den Wagen herum und kam langsam auf uns zu.

»Ich muß mit dem noch über einen Bericht sprechen. Geh zu Joss. Ich hab' ihm gesagt, daß du dich für dieses Mädchen interessierst«, flüsterte Kyle rasch.

»Der wird mir doch kein einziges verdammtes Wort darüber sagen«, flüsterte ich ärgerlich zurück, während ich gleichzeitig versuchte, dem sich nähernden Polizisten freundlich zuzulächeln. »Laß mich gefälligst nicht so hängen, Kyle.« Jetzt grinsten wir beide idiotisch, während wir schnell noch ein paar Sätze wechselten.

»Okay. Komm heute abend in den Obduktionsraum vom St. Joseph's Hospital. Um zehn Uhr. Ich werde ein Treffen arrangieren«, flüsterte Kyle noch, dann sah er auf und rief: »He, Vanada. Bist du bereit für den Bericht?«

»Deswegen bin ich ja hier. Aber ich will dich nicht stören ...« Er musterte mich grinsend.

»Kein Problem. War schön, dich zu sehen, Phoebe. Bis dann«, sagte Kyle und ging davon.

Ich stieg in meinen Wagen und blieb erst einmal eine Weile nur so sitzen. Ein Autobus fuhr vorbei und hinterließ eine Wolke von Dieselgestank. An der Kreuzung stand eine Gruppe von Angestellten, die jetzt Mittagspause hatten und ungeduldig darauf warteten, daß die Ampel umsprang. Ein ganz normaler Tag. Nur nicht für Jimmy Padilla und Shawna Unger.

Kyles mysteriöse Andeutung hatten die Lebenden und die Toten zu einem makabren Reigen von Personen verbunden, die eines gemeinsam hatten: Alle hatten sie auf die eine oder andere Art mit Whispering Pines zu tun. Aber vorläufig steigerte diese Vorstellung nur meine allgemeine Verwirrung und Ratlosigkeit. Ich drehte den Schlüssel im Zündschloß, betätigte den Anlasser und verließ den Parkplatz.

Donna Jo Johnson war allein in ihrem Büro. Als ich eintrat, sah sie auf und begrüßte mich.

»Na, wie vielen armen, alten Leuten hast du denn heute schon den Gerichtsvollzieher ins Haus geschickt?« fragte ich sie und grinste.

»Das ist gemein von dir. Du weißt doch, wie sehr ich unter meinem Job leide.« Sie tat beleidigt und warf eine Akte auf den Tisch.

»Ich hab' mein Bestes getan. Und es war gar nicht so einfach, denn die Daten von diesem Typen, nach dem du gefragt hast, werden hier ziemlich exklusiv gehandelt.«

»Und was hast du herausgefunden?«

»Er hat die absolut höchste Stufe der Kreditwürdigkeit. Das heißt, er könnte den Staat Texas kaufen, wenn ihm danach wäre. Allerdings war das nicht immer so. Vor fünf Jahren besaß er eine Praxis in der Nähe von Washington und steckte finanziell ziemlich in der Klemme. Kurz nachdem er dann hierher kam, wendete sich das Blatt plötzlich, und er hat mit einem Schlag alle seine Schulden zurückgezahlt.«

Ich nahm eine Münze aus meiner Tasche, stand auf, ging zu dem Süßigkeitenautomat in einer Ecke des Büros und nahm mir einen Schokoriegel. Aus irgendeinem Grund hatte ich plötzlich das Bedürfnis nach etwas Süßem. Als ich zurückkam, fragte ich Donna:

»Bist du sicher?«

»Ganz sicher.«

Darauf gab es eigentlich nichts mehr zu sagen. Ich drehte mich um und wollte gerade gehen, als Donna rief: »Phoebe, ich glaube du hast soeben einen Strafzettel gekriegt. Da war gerade ein Bulle an deinem Auto.« Ich rannte hinaus und konnte nur noch sehen, wie der Streifenwagen im Straßenverkehr verschwand. In dem Wagen saß nur ein Fahrer, so viel konnte ich noch erkennen. An meiner Windschutzscheibe war kein Strafzettel, und ich hatte auch nicht damit gerechnet, aber meine Paranoia war inzwischen so stark geworden, daß ich unter den Chevrolet kroch, um zu sehen, ob die Bremsleitung noch intakt war. Sie war es.

Als ich die Wagentür öffnete und einstieg, löste sich ein Stück Papier vom Armaturenbrett und flatterte auf den Boden. Ich hob es auf. Die eine Seite war weiß, und ich drehte es um. Es war eine schlechte Photokopie, grobkörnig und fast ohne Kontraste. Aber das machte nichts, denn das Photo von Kehly war gut zu erkennen. Sie sah mich lächelnd an, ihr Barett hatte sie keck etwas in die Stirn gezogen.

Ich hatte die Iden herausgefordert, und jetzt schlugen sie mit aller Macht zurück. Ich fuhr zum Friedhof.

Da draußen fegte ein stürmischer Wind, der Himmel war dunkel und wolkenverhangen. Über mir rauschten die Kiefern, und bald würde sicher ein Frühjahrsgewitter losgehen.

Ich spürte die Kälte der steinernen Bank in meinem Rücken und einen kühlen Regen auf meinem Gesicht.

»Sprich zu mir, bitte sprich zu mir. Du hast gesagt, du wärst immer für mich da, Ben. Also gut …« Ich versuchte, den Kloß in meinem Hals zu schlucken. »Tja, die Sache ist die, daß ich weiß, du hast irgendwie mit dieser Geschichte zu tun. Ich bin in Schwierigkeiten, Ben …«

Über mir krächzte ein Rabe. Als ich aufsah, breitete er seine schwarzen Flügel aus und reckte den Hals. Dann legte er seinen Kopf auf die Seite und fixierte mich mit seinen schwarzen, orangeberingten Augen. Mit einem Satz erhob er sich von seinem Ast, setzte zu einem Sturzflug in meine Richtung an und flog knapp an mir vorbei in den Regen.

»… Du mußt mir helfen. Ich werde von jemandem verfolgt, von einem Polizisten. Und ich weiß nicht, warum.« Ich griff in meine Jackentasche und zog das Bild von Kehly heraus. Als ich es auffaltete, fielen ein paar Regentropfen darauf, dann noch mehr, und bald weichte der Regen das ganze Papier auf.

»Jemand hat Kehlys Photo, und ... und ich kapiere einfach nicht, was sie mir damit sagen wollen.«

Ich schwenkte die Photokopie durch die Luft. »Wenn du es weißt, dann sag es mir. Hilf mir, bitte, hilf mir doch ...«

Meine Worte gingen im Donner unter, der über meinen Kopf grollte. Ich preßte meine Hand gegen den Mund, um den Schrei zu ersticken, der in meiner Kehle saß. Eine Flut von Gefühlen brach über mich herein, als ich aufsprang, das nasse Stück Papier auf den Boden gleiten ließ und ging. Die Toten hatten nicht gesprochen.

Der Regen hatte noch nicht nachgelassen. Ich zog den warmen Frotteebademantel enger um meinen Körper, lehnte mich gegen den hölzernen Fensterrahmen und starrte auf die Straße. Ohne daß ich es bemerkt hatte, war es in der Wohnung dunkel geworden.

Das Telefon fing an zu läuten. Beharrlich.

Ich wandte mich vom Fenster ab, ging dem andauernden Läuten nach, hob den Hörer ab und wartete stumm darauf, daß sich jemand meldete. Es war das fünfte Mal innerhalb der letzten zwei Stunden, und auch diesmal war nur Stille in der Leitung.

Ich wußte, daß sich schließlich doch jemand melden würde. Wenn nicht heute, dann vielleicht morgen oder in einer Woche. Die Iden hatten mich noch immer erreicht. Alles, was ich zu tun hatte, war zu warten und mich vorzubereiten.

Ich legte den Hörer kurz auf und wählte dann Kehlys Nummer. Als sie an den Apparat kam, holte ich tief Luft und hoffte, daß sie mir meine Gefühle nicht anhören würde.

»Was gibt's?« fragte sie.

»Ich sagte doch, ich würde dich heute abend noch anrufen ... also, da bin ich. Ist Rudy da?«

»Nein. Er muß dieses Wochenende arbeiten. Ein paar von meinen Kolleginnen wollten nach Chico Hot Springs rausfahren, aber das Wetter ist so mies. Was meinst du?«

»Klingt doch gut. Und was ist schon so ein bißchen Regen?«

Meine Motive waren rein egoistisch. Man mußte kein Hellseher sein, um zu erkennen, daß derjenige, der ihr Bild aus meiner Wohnung gestohlen hatte, die Absicht hatte, sie als Schachfigur in einem Spiel zu benutzen, für das nur noch die Regeln aufgestellt werden mußten.

»Du hast recht. Aber ich habe noch eine andere Möglichkeit. Mama hat eben angerufen und mich gebeten, das Wochenende mit ihr zu verbringen. Ziemlich schwierige Entscheidung, was?« Sie kicherte. »Die dritte Möglichkeit wäre, ich leg' mich einfach auf die Couch mit einem guten Buch, oder mit jemandem, der eins gelesen hat.«

»Kehly, jemand ist gestern Nacht in meine Wohnung eingebrochen.«

»Um Gottes willen. Ist was gestohlen worden?«

»Dein Photo von der Abschlußfeier.«

»Mein was?«

»Ich arbeite doch an diesem ... äh ... Fall, und ein paar von den Leuten, die darin verwickelt sind, ticken nicht so ganz richtig, wenn du verstehst, was ich meine.«

»Nein, ich verstehe nicht, was du meinst. Kannst du das nicht vielleicht ein bißchen genauer erklären? Warum zum Teufel würde jemand mein Photo klauen wollen?«

»Ich weiß es auch nicht. Aber es hat mich ein wenig beunruhigt ...«

»Scheiße, Phoebe. Hat das etwa irgendwas mit all den verdammten Fragen zu tun, die du mir wegen dieser Drogenklinik gestellt hast? Ist es so? Oh Gott ... das ist genau wie damals, als Ben ...«

»Nein«, log ich, denn ich dachte, sie würde ausflippen, wenn ich ihr die Wahrheit sagen würde. »Reg dich nicht auf.

Es war sicher irgend so ein Junkie, der geglaubt hat, der Rahmen wäre wertvoll, und deshalb hat er's genommen. Ich wollte bloß alle Möglichkeiten in Betracht ziehen.«

»Bist du sicher?«

»Nein, aber es ist sehr wahrscheinlich, daß es nichts zu bedeuten hat. Rein gar nichts.«

»Und weil das alles so rein gar nichts zu bedeuten hat, rufst du mich innerhalb der letzten zwei Wochen auch öfter an als in den sechs Monaten davor, stimmt's?«

»Ich muß jetzt los. Du weißt ja, ich bin noch bei Charlene eingeladen.«

»Ich hoffe, daß alles gut geht. Das bedeutet ihr viel, Phoebe. Wird George auch da sein?«

»Wenn ich Glück habe, nein.«

»Sei nett zu ihr. Sie gehört zur Familie.«

»Ich rufe dich hinterher noch mal an, wenn's nicht zu spät wird. Falls du nicht zu Hause bist, versuche ich's bei Mama. Paß auf dich auf, Kehly.«

Einen Moment lang war sie still.

»Phoebe?«

»Ja?«

»Ich liebe dich.«

»Ich dich auch.«

»Ich möchte, daß du es sagst, Phoebe.«

»Das habe ich doch gerade.«

»Nein, hast du nicht. Also, sag's. Du fühlst dich dann besser.«

»Himmel noch mal, ich liebe dich auch. Und jetzt?«

»Und jetzt ... mach's gut. Viel Glück heute abend. Ich weiß, wie schwer es für dich ist, dahin zu gehen.«

Dann hängte sie auf. Und ich fühlte mich durchaus nicht besser.

Emerald Hills liegt in den Hügeln über Lockwood, dem Stiefkind von Billings. Die Leute da oben zahlen eine

Menge Geld für ungepflasterte Straßen, ein paar kümmerliche Kiefern auf dem Grundstück und eine phantastische Aussicht auf die Großstadtlichter bei Nacht.

In der sandigen Erde gedeihen Kakteen, Yuccapflanzen und Klapperschlangen, die sich im Sommer auf den Sandsteinklippen sonnen und im Winter in den Höhlen unter den Great Plains verkriechen. Ein unfruchtbares Stück Land, wo ich niemals freiwillig leben würde, aber Ben hat es geliebt. Ich war dankbar für die Dunkelheit und das sanfte Geräusch des Regens, der auf das Dach des Chevrolets trommelte. Die Scheibenwischer glitten in gleichmäßigem Takt über die Scheibe. Es erinnerte mich an früher und an eine andere Gelegenheit, zu der ich zu Bens Haus gefahren bin. Auch damals hatte das Geräusch des Regens und der Scheibenwischer eine beruhigende Wirkung auf mich gehabt, aber während ich durch die pechrabenschwarze Nacht fuhr, hatte ich nicht geahnt, daß dies nur die Ruhe vor dem Sturm war. Ich bog in die Straße ein, die zu dem Grundstück führte, hielt den Wagen auf der Kuppe des Hügels an und sah auf das Haus unter mir. Es war voller Licht und Leben.

Ich wollte umdrehen und wieder zurückfahren, aber ich brauchte die Erinnerungen, die in diesem Haus geblieben waren. Also fuhr ich den Hügel hinunter, parkte meinen Wagen neben Charlenes VW-Käfer und stieg aus.

Meine Knie zitterten, als ich an der Tür läutete. Charlene öffnete die Tür, stand ein paar Sekunden lang nur da und ergriff dann meine Hand.

»Ich hatte schon Angst, du würdest nicht kommen«, sagte sie. »Es ist schön, dich zu sehen, Phoebe. George wollte etwas grillen, aber sieh dir das Wetter an.« Sie wies mit der Hand in Richtung Garten und redete immer weiter, schneller als ich es sonst von ihr kannte. »Ach je, nicht, daß ich nervös wäre, es ist nur so, daß ich meine Gäste immer, ich meine, du bist natürlich kein Gast, Phoebe ... du bist Familie, was ich sagen will, ist ...«

»Wie wär's mit ›Komm rein‹?« Ich mußte lächeln, und dann fiel mir wieder ein, wie sehr ich Charlene von Anfang an gemocht hatte.

»Ja«, sagte sie und errötete. »Komm rein. Das Abendessen ist fertig. Und es ist zufällig dein Lieblingsessen.«

Ich ging durch die Tür an ihr vorbei und schnupperte.

»Rehbraten?«

»Genau. Du hast immer noch eine gute Nase.« Charlene führte mich ins Eßzimmer und sagte: »Setz dich. Ich bringe dir eine Tasse Kaffee. George ist in der Garage. Ich rufe ihn.«

»Ganz ruhig, Charlene.« Ich drehte mich um und sah sie an. »Ich hätte gerne eine Tasse Kaffee. Aber beruhige dich doch erst mal.«

Ich setzte mich an den Eßtisch und lächelte ihr besänftigend zu.

»Ja, du hast recht, ich bin einfach aufgeregt. Mehr als ich dachte. Aber du solltest erst mal George sehen. Er hat in der letzten Stunde dasselbe Regal mindestens zehn Mal saubergewischt.«

»Laß uns die Sache hinter uns bringen ...«, rutschte es mir heraus, und es tat mir sofort leid, als ich sah, wie Charlenes Lächeln nach diesen Worten aus ihrem Gesicht wich und sie traurig die Schultern hängen ließ. »So habe ich es nicht gemeint, Charlene. Ich bin selber ein bißchen nervös. Und es ist so lange her. Es ist schwierig ...«

»Schwierig für uns alle.« Georges Stimme schreckte mich auf. »Wie geht's dir, Fee?«

Er lehnte in der Tür zur Küche und wischte sich die Hände an einem Handtuch ab. Ich dachte daran, wie oft ich Ben so dort stehen gesehen hatte, nachdem er in der Garage an seinem Chevrolet gearbeitet hatte. Wir sahen uns in die Augen, bis ich seinem Blick nicht mehr standhalten konnte. Ich stützte meine Ellbogen auf den Tisch, nahm meine Stirn in die Hände und schüttelte den Kopf.

»Scheiße«, sagte ich und stellte damit mal wieder das hohe Niveau meines Ausdrucksvermögens unter Beweis.

»Nein, bloß Abendessen. Du hättest deinen Freund mitbringen sollen«, sagte George, ging zu Charlene und legte ihr den Arm um die Schulter. »Ich hoffe, der Rehbraten ist gelungen. Ich habe das Tier letzten Herbst selber erlegt. Es hat nur von wilden Beeren gelebt und müßte so köstlich schmecken wie ...«

»Wie Bambis Mutter, nehme ich an.« Ich sah sie beide an und sagte dann: »Es reicht jetzt. Ich habe keine Lust mehr auf dieses Wortgeplänkel. Also, wie geht's dir, George?«

Er kam zu mir und nahm mich bei der Schulter. »Es ist wirklich schön, dich hier zu haben. Du hast doch nicht etwa deinen Killer-Kater mitgebracht?«

»Kater?« fragte Charlene.

»Erinnerst du dich an das Theater, das du gemacht hast, als du die Kratzer auf meinem Rücken gesehen hast und ich dir sagte, das wäre Phoebes Kater gewesen? Phoebe kann's bestätigen. Sie hält sich einen Rotluchs in der Wohnung.«

»Ach, tatsächlich?« Charlene sah mich an und grinste.

»Etwas übertrieben, aber wahr. Mein Kater hat ihn tatsächlich angefallen. Muß sein After-shave gewesen sein.«

Wir lachten, fühlten uns immer noch etwas unbehaglich, versuchten jedoch, das Beste aus der Situation zu machen, auch während der folgenden beiden Stunden. Ich sah, daß die beiden glücklich miteinander waren, und das machte mich ganz krank. Er war Charlene gegenüber so aufmerksam, daß es schon fast albern war, und Charlene bemutterte ihn, wie das halt so ihre Art war, sie trug ihm förmlich den Hintern nach. Nach dem Essen bestand sie darauf, das Geschirr zu spülen, und ich durfte ihr dabei zusehen. George verschwand wieder in die Garage und ließ uns allein. Jetzt war die Gelegenheit gekommen, sie nach ihren Erinnerungen an die letzten Wochen vor Bens Tod zu fragen.

»Noch etwas Kaffee?« fragte sie, während sie sich wieder an den Tisch setzte.

»Nein. Nicht für mich«, antwortete ich und bedeckte meine Tasse mit der Hand. »Ich bin froh, daß wir mal einen Moment allein sind.«

»Ich auch. Es bedeutet mir mehr, als du ahnst. Du hast mir gefehlt.« In ihren Augen standen Tränen, als sie ihre Hand ausstreckte und auf meine legte. »Du bist meine kleine Schwester. Und das wirst du immer bleiben.« Ich mußte schlucken und drückte ihre Hand. »Ich bin froh, daß ich gekommen bin. Charlene?«

»Was?«

»Ich muß mit dir reden. Ich muß dir ein paar Fragen ...«

»Natürlich. Worum geht's?«

»Um Ben ...«

Charlene nahm meine Tasse, stand vom Tisch auf und ging zum Spülbecken. »Ich hasse diese Edelstahlspülen«, meinte sie, während sie einen Haushaltsreiniger zur Hand nahm und anfing, das Becken zu reinigen. »Sie sind alles andere als pflegeleicht.«

»Charlene, bitte.«

Dann drehte sie sich herum und sah mich wütend an. Ihre Hände hatten sie schützend auf den Bauch gelegt. »Ich bin schwanger, Phoebe. Im dritten Monat. Und wir freuen uns ganz schrecklich darauf. Bitte, ich flehe dich an, laß die alten Geschichten ruhen. Ich habe Ben geliebt. Du hast ihn auch geliebt, aber ich war seine Frau. Er war alles, wofür ich gelebt habe, und als er starb, bin ich auch gestorben. Mein damaliges Leben ist mit ihm begraben worden ...«

»Ich versuche ja gar nicht ...«

»Dann laß es. Ich gehöre jetzt zu George. Er ist ein guter Mann, Phoebe, und wir halten beide Bens Andenken in Ehren.«

»Es geht mir ja gar nicht um George oder um dich, sondern nur um Ben und die Zeit, bevor er ...«

»Phoebe ...« Sie sah plötzlich müde und überanstrengt aus. »Was willst du von mir? Reicht es dir noch nicht, daß du mich drei Jahre lang wie eine Aussätzige behandelt hast? Hast du mich damit nicht schon genug gestraft?«

Sie hatte recht. Ich hatte sie wirklich gestraft. »Ich will gar nichts von dir, Charlene. Aber deine Antwort könnte entscheidend sein.«

»Entscheidend wofür?« Sie lehnte sich gegen das Spülbecken.

»Laß mich nur kurz mit dir darüber reden. Nur dieses eine Mal, ja? Bitte!«

Sie kam wieder zum Tisch, setzte sich und sah mich an. Als sie weder protestierte noch sonst etwas sagte, wagte ich es. Ich hatte keine Ahnung, wie sie reagieren würde.

»Wirkte Ben ...« Ich suchte nach dem richtigen Wort und fand es nicht. »Hattest du den Eindruck, er war in Ordnung?«

»Meinst du damit, ob er emotional stabil war? Oder depressiv? Ob er an Selbstmord dachte?«

Sie machte es mir nicht gerade leicht.

»Ja, ich denke, genau das will ich dich fragen.«

Sie lehnte sich in ihrem Stuhl zurück und schloß die Augen. Ich hörte George in der Garage hantieren und dachte, *oh Gott, laß ihn jetzt nicht in die Küche kommen.* Dann öffnete Charlene wieder die Augen, sah mich an und sank in sich zusammen.

»Es gab eine Zeit, da habe ich mir diese Fragen mindestens tausendmal am Tag gestellt. Das meiste von dem, was damals passiert ist, liegt für mich wie in einem Nebel. Ich habe mich wie ein Zombie gefühlt. Jetzt gehört das alles der Vergangenheit an, und wenn ich dran denke, dann fühle ich mich manchmal glücklich, und manchmal ist es immer noch so, als wäre da eine Katze in mir, die sich mit ihren Krallen einen Weg nach draußen zu bahnen versucht.«

»Charlene, glaub mir, ich würde das weder dir noch mir zumuten, wenn es sich vermeiden ließe. Aber ich muß dich das fragen: War er selbstmordgefährdet?«

Ihre Antwort kam direkt und überzeugt: »Nein, das war er nicht.«

»Aber?« Ich spürte, daß da noch etwas war.

»Die letzten Monate waren eine schwere Zeit für Ben. Er war, ich weiß nicht, irgendwie anders. Du weißt ja, wie unbeschwert er sonst war.« Ich nickte und dachte an seine fröhliche Art, an sein ansteckendes Lachen.

»Er war unruhig, gereizt. Vielleicht sogar depressiv. Kurz vorher, ja, in der Woche vor seinem Tod, hatte er sogar Schlafstörungen.«

»Hast du ihn gefragt, was los war?«

»Natürlich hab' ich das«, fuhr sie mich an. »Aber er hat das immer nur als unwichtig abgetan. Anfangs dachte ich, es hätte mit seinem Job zu tun. Du weißt ja, wie das ist als Polizist ... Man steht unter enormem Druck. Aber dann, später ...«

»Wann später?«

»Ein paar Wochen, bevor er, bevor es passierte, hat ständig so ein junges Mädchen bei uns angerufen. Das hat ihn entnervt. Ich habe ihn sogar einmal gefragt, ob er eine Affäre hätte.«

»Und, was hat er gesagt?«

Sie sah mich überrascht an. »Du kannst dir doch denken, was er gesagt hat, Phoebe, ›Nein‹ natürlich. Ben war einfach nicht der Typ für so was. Das weißt du doch. Ich war nur einen Moment lang unsicher.«

»Ja, ich weiß.«

»Nicht, daß er bei Frauen keinen Erfolg gehabt hätte. Er war so ...« Sie hielt einen Moment lang inne.

»Dann habe ich eines Tages in der Garage sauber gemacht und diese Schachtel vom Regal genommen. Das hat einen ziemlichen Krach zwischen uns ausgelöst.«

»Warum?«

»In der Schachtel lag ein Buch, versteckt unter einem Haufen Lumpen. Ich fand es komisch, daß das Buch da drin war.«

»Charlene, was für ein Buch war das?«

»So eins mit unlinierten Seiten. Eine Art Tagebuch. Ich war neugierig und hab' angefangen, es durchzublättern.«

»Was stand drin?«

»Nur so albernes Zeug, wie es ein junges Mädchen schreiben würde. Es hatte sogar irgend so einen hochtrabenden Namen. Laß mich nachdenken.«

»Bitte, Charlene, versuch dich zu erinnern.«

»Das Buch der Schatten. Genau, so hieß es. Hochdramatisch.«

»Weißt du das sicher?«

Sie zog ein Gesicht. »Ganz sicher.«

»Hast du Ben danach gefragt?«

»Das brauchte ich nicht. Er kam in die Garage, als ich gerade in dem Buch las, und wurde furchtbar wütend. Ich hab' ihn noch nie so erlebt. Es war das erste Mal, daß ich richtig Angst vor ihm bekam.«

»Ich kann mir nicht vorstellen, daß Ben dir gegenüber jemals gewalttätig geworden wäre, Charlene.«

»Das habe ich auch nicht gesagt. Ich sagte, er ist wütend geworden, und wie. Er hat alles zurück in die Schachtel geschmissen, hat sie wieder auf das Regal gestellt und mich angeschrien, ich sollte ja nicht noch mal an seine Sachen gehen. Zwei Wochen später war er tot.«

»Hast du mal mit jemandem darüber gesprochen?«

»Ich glaube, ich habe es Michael gegenüber erwähnt. Das war zu der Zeit, als es Ben so schlecht ging und ich mir solche Sorgen um ihn gemacht habe. Wenn ich mich recht entsinne, hat mir Michael erzählt, Ben hätte versucht, ihn zu erreichen, aber weil er sehr beschäftigt gewesen sei, hätten sie sich verpaßt. Er hat mir allerdings versprochen, daß er noch mal mit Ben darüber reden würde.«

»Jetzt verstehe ich. Hat Ben es denn noch einmal erwähnt?«

»Das Buch? Nein. Aber seine Stimmung wurde dann immer schlechter. Er sah schrecklich aus, Phoebe. Er konnte nicht mehr schlafen, und er kam abends immer später nach Hause, manchmal erst am frühen Morgen, obwohl er keine Nachtschicht hatte. Zwei Tage bevor er ...« Sie unterbrach sich, wischte sich eine Träne aus dem Augenwinkel und fuhr fort: »Dann bestand er plötzlich darauf, daß ich bei seiner Mutter bleibe, wenn er nachts arbeiten mußte. Er wollte nicht mehr, daß ich allein im Haus bliebe, und es ging sogar so weit, daß er mir eine Waffe gekauft hat. Du weißt ja, wie ich diese Dinger hasse.«

»Warum hast du ihn denn nicht bedrängt, dir zu sagen, was mit ihm los ist?«

»Verdammt nochmal, Fee. Ich wußte einfach nicht mehr, was ich denken sollte. An dem Morgen, als er ... als es passierte, hat er mich angerufen. Irgendwas hatte sich geändert. Er klang plötzlich ganz euphorisch. Er hat mir immer und immer wieder versichert, daß jetzt alles gut werden würde. Und er kündigte mir sogar an, daß er jetzt bald den neuen Rasen pflanzen würde.«

»Den Rasen?«

»Er hatte seit Monaten nichts mehr am Haus getan, und daß er davon sprach, hat mir mehr Hoffnung gemacht, als du dir vorstellen kannst.«

»Hat er dir gegenüber jemals einen Ort namens Whispering Pines erwähnt?«

»Whispering Pines ... kann sein, ja. Der Name kommt mit jedenfalls bekannt vor. Oder vielleicht hab' ich ihn auch nur mal irgendwo gelesen. Doch, ja, ich kenne den Namen. Warum?«

»Ich wollte es nur wissen. Charlene, noch etwas: Was ist aus diesem medizinischen Armband geworden, das du Ben geschenkt hast? Hast du es noch?«

»Phoebe«, sagte sie und lachte nervös auf. »Warum fragst du mich denn ausgerechnet nach diesem Armband?«

»Hast du es hier? Ich muß einfach wissen, was damit passiert ist. Wurde Ben damit begraben, oder …«

»Hör auf, Phoebe. Ich weiß nicht, was damit passiert ist. Himmel nochmal, glaubst du etwa, ich hätte mich damals für seinen Schmuck interessiert?«

Sie sah gekränkt aus, und ich kam mir gemein vor. »Es tut mir leid. Vergiß es«, sagte ich.

Sie verbarg ihr Gesicht in den Händen, murmelte etwas, das ich nicht verstehen konnte, und sah dann wieder auf. »Ich glaube, er hat es verloren.«

»Was?« fragte ich.

»Na, das Armband. Jetzt, wo du es erwähnst, kann ich mich nicht daran erinnern, es in der Zeit vorher an ihm gesehen zu haben. Ist das nicht seltsam? Und ich weiß auch nicht mehr, wann ich es das letzte Mal an ihm gesehen habe.«

»Hast du dieses Buch noch?«

»Das bezweifle ich. George hat letztes Jahr die ganzen Regale in der Garage gesäubert und aufgeräumt. Wir hatten im Frühjahr sehr viel Regen, und das Wasser ist in der Garage durch's Dach gesickert. Ich nehme an, es wurde einfach weggeworfen. Soll ich ihn fragen, ob …«

»Nein«, platzte ich so schnell heraus, daß sie mich erschrocken ansah.

»Was soll das eigentlich alles?« Charlene beugte sich vor. Ihr Gesichtsausdruck forderte eine Antwort von mir. Irgendeine Antwort.

»Charlene, ich kann dir das jetzt nicht erklären. Aber versprich mir bitte, daß das, worüber wir eben gesprochen haben, unter uns bleibt. Ausschließlich unter uns beiden.«

»George ist mein Mann, Phoebe, und wir haben keine Geheimnisse voreinander.«

»Ja, aber es gab mal eine Zeit, da hatten wir beide auch unsere Geheimnisse miteinander. Bitte.«

Sie fixierte mich, offensichtlich hin und hergerissen zwischen der Loyalität zu ihrem Mann und den Erinnerungen an eine Zeit, als es zwischen uns ein uneingeschränktes Vertrauen gegeben hatte.

»Ich werde nichts sagen. Ich fühle mich zwar nicht wohl dabei, aber ich gebe dir mein Wort.«

Ich atmete erleichtert auf. Dann blickte ich wieder zu ihr auf. »Danke. Ich hoffe, daß ich dir schon bald alles erklären kann.«

»Ich habe noch etwas für dich aufgehoben, Phoebe. In der Woche nach der Beerdigung ist so viel passiert, daß ich es völlig vergessen hatte.« Sie erhob sich vom Tisch und hielt dann mitten in der Bewegung inne. »Das war eigentlich auch sehr merkwürdig. Er hat immer wieder gesagt, sollte ihm etwas passieren, dann solltest du ... nein, er hat es noch stärker ausgedrückt. Ja, er sagte, dann *müßtest* du es bekommen. Du würdest wissen, was es bedeutet.«

»Was was bedeutet?«

Sie war jetzt aufgestanden und sah mich an. »Ich brauche ein paar Minuten, um es zu finden. Warte hier, ja?«

»Ja, sicher.«

Sie ging aus dem Zimmer. Ich stand auf, trat an das Wohnzimmerfenster und sah in die Nacht hinaus. Es regnete immer noch. Hinter mir läutete das Telefon. Ich drehte mich um und sah, daß George in der Tür stand und mich beobachtete. Das Telefon läutete immer weiter.

»Gehst du mal ran, Phoebe?« rief Charlene vom Flur. »George kann es wahrscheinlich nicht hören.«

Ohne seine Augen von mir abzuwenden, trat George zum Telefon, nahm den Hörer ab und meldete sich. Dann ging er mit dem Hörer um die Ecke, und ich konnte nicht mehr hören, was er sagte. Er sprach sehr leise und in geheimnisvollem Ton. Charlene kam wieder ins Zimmer.

»Wer war das?« fragte sie George, als er aufgehängt hatte.

»Ich muß noch mal auf Streife.«

»Jetzt?«

»Ja. Hab' ich irgendwo noch ein sauberes Hemd?«

»Ja, klar. Unten im Waschraum hängen welche. Ist einer von deinen Kollegen krank geworden?«

George sah mich noch einmal kurz an, dann wandte er sich Charlene zu und lächelte. »Genau, es hat sich jemand krank gemeldet.« Er küßte sie auf die Stirn und verließ den Raum.

»Hier ist es«, sagte sie und reichte mir einen braunen Stoffbeutel.

Ich öffnete ihn und zog ein kleines, in Leder gebundenes Buch hervor. Meine Augen füllten sich mit Tränen. »Das ist Bens Meßbuch. Wir haben die bekommen, als wir Kinder waren. Oh mein Gott, was für einen Unsinn wir damit angestellt haben. Bist du sicher, daß es für mich ist?«

»Ganz sicher.«

Wahrscheinlich meinte er, ich müßte mal wieder meine Gebete auffrischen.« Ich sah auf meine Uhr und lächelte ihr zu. »Ich habe um zehn Uhr noch eine Verabredung und sollte jetzt besser gehen. Danke für das Abendessen, Charlene. Es war wirklich schön, mal wieder mit dir zusammen zu sein.«

Wir umarmten uns. Ich hätte sie am liebsten gar nicht mehr losgelassen. Es fühlte sich gut an, so, als wäre ich nach Hause gekommen. Sie kam mit mir zur Haustür und sah mir zu, wie ich in den Wagen stieg. Ich winkte ihr zu und fuhr aus der Einfahrt auf die Straße. Dabei umfaßte ich das Steuerrad ganz fest, damit meine Hände nicht zitterten.

Der Wagen begann zu mucken, als ich das Ende der Straße erreicht hatte, und als wir schließlich auf dem Hügelkamm standen, stotterte er noch ein paar Mal vor sich hin, um schließlich ganz den Geist aufzugeben. Vielleicht spürte er Bens Präsenz ebenso wie ich und wollte nicht weg von diesem Haus.

Ich schlug ein paar Mal auf das Steuerrad, wohl wissend, daß das auch nicht helfen würde. Dann griff ich unter den Sitz, zog die Taschenlampe hervor, die ich dort aufbewahrte, und leuchtete damit ins Handschuhfach. Alles, was ich jetzt brauchte, war da: eine Zange und ein L-förmig gebogener Drahtbügel.

Ich zog die Handbremse an, stieg aus und kroch unter den Chevrolet. Mit der Taschenlampe suchte ich den Stöpsel am Ende der Benzinleitung. Ich bekomme leicht Platzangst, und deshalb verfahre ich in solchen Situationen stets nach dem gleichen Prinzip: schnell rein und schnell wieder raus.

Aus der Öffnung tropfte Benzin auf den Boden. Ich stieß das Ende des Drahtbügels in das Loch und stocherte es frei, so gut ich konnte. Dabei rollte der Stöpsel von meiner Brust auf den Boden, und ich brauchte etwa eine Minute, um ihn zu finden und die Öffnung wieder damit zu verschließen.

Als ich gerade mit meiner Schnellreparatur fertig war, hörte ich Schritte auf dem Kies und sah, wie jemand seinen Fuß auf das Trittbrett stellte. Dann senkte sich der Wagen leicht, als sich dieser Jemand hinter das Steuerrad setzte.

Jeder einzelne Nerv in meinem Körper war zum Zerreißen gespannt. »He! Was ist da los?« rief ich und begann, unter dem Auto hervorzukriechen. Aber da setzte sich plötzlich ein Fuß mit schweren Stiefeln auf mein Schienbein. »Nicht bewegen, Phoebe.« Die Stimme war leise und drohend. »Ich habe gerade die Handbremse gelöst. Es wäre doch sehr unangenehm, wenn dieser schwere Wagen jetzt ins Rollen käme.«

Ich versuchte, mein Bein unter dem Fuß wegzuziehen.

»George? Verdammte Scheiße, was machst du da? Nimm gefälligst deinen Fuß von ...«

»Halt den Mund und hör' mir zu«, schrie er, und ich wußte, daß er es ernst meinte. »Du schnüffelst hier rum und stellst blöde Fragen über Sachen, die dich einen Scheißdreck angehen. Laß das lieber bleiben.«

»Hör zu, du Dreckskerl ...«

»Du bist hier nicht in der Position, mir was zu sagen. Es ist nämlich genau umgekehrt, und ich sage dir, laß die Finger von Whispering Pines. Hast du mich verstanden? Keine Fragen mehr. Und auch sonst nichts mehr. Ist das klar?«

»Wenn du glaubst, ich hätte Angst vor dir, dann hast du dich getäuscht.« Ich trat gegen sein Bein. Er zog seinen Fuß weg, und ich überlegte, ob ich mich zur anderen Seite des Wagens rollen lassen sollte. Er aber packte mich an den Fußknöcheln und zerrte mich unter dem Wagen hervor. Dabei stieß mein Kopf zuerst an den Fahrzeugrahmen und knallte dann auf den Schotter. Der Geruch nach Benzin war ekelerregend. Er warf die Wagentür zu. Mit einer blitzschnellen Bewegung beugte er sich über mich, packte mich unter den Armen und stellte mich mit einem Schwung auf die Füße.

Mein Kopf schmerzte, und mir war schwindlig. Der Benzingestank machte es auch nicht gerade besser. George warf mich gegen die Seite des Wagens und hielt mich dort fest, indem er seinen Unterarm gegen mein Brustbein preßte, nur ein kleines Stück unterhalb meiner Kehle.

»Wenn ich es nicht besser wüßte«, keuchte ich, während er seinen Arm langsam näher an meinen Hals rückte, »würd' ich glauben, daß du mich anmachen willst. Aber diese Art von Vorspiel törnt mich nicht gerade an.«

»Ich hab' gesagt, du sollst dein verdammtes Maul halten. Das hier ist kein Kinderkram mehr, Phoebe, sondern verdammt ernst. Und diesmal hast du auch keinen großen Bruder, der dich rettet.«

Ich versuchte verzweifelt, mich zu befreien. Meine Kehle wurde von seinem Arm zusammengedrückt. Ich bekam fast keine Luft mehr.

George kam mit seinem Gesicht ganz nah an meines, und ich konnte seinen warmen Atem spüren, als er zischte: »Ich brauche bloß meinen Arm da zu lassen, wo er jetzt ist, und nur noch ein bißchen fester zuzudrücken, bis du umkippst. Morgen früh würde dich dann jemand, vielleicht sogar ich selbst, mit zerschmettertem Schädel unter dem Hinterreifen finden. Es wäre ganz leicht, nur ein wenig mehr Druck, so etwa ...«

Hilflos hing ich da, und mein Atem wurde immer knapper. Ein leiser, summender Ton bohrte sich durch meinen Kopf, und ich wußte, daß ich gleich ohnmächtig werden würde. Ich spürte, wie meine Augen aus den Höhlen traten und mein ganzer Körper unter seinem Griff nachgab. Meine Schultern waren wie taub, meine Hände kribbelten.

Dann stürzte ich zu Boden, würgend, keuchend und Galle spuckend.

»Ich kriege es raus, wenn du weiter Fragen stellst oder rumschnüffelst. Also laß es bleiben. So was kann ganz schnell gehen. Und das ist meine letzte Warnung, Phoebe. Die allerletzte.«

Das einzige, was ich dann noch mitbekam, war, daß ich auf allen vieren vorwärts kroch und versuchte, die Magenkrämpfe und das Hämmern in meinem Kopf in den Griff zu kriegen. Als George mit seinem Wagen haarscharf an mir vorbei raste, flog mir eine Fontäne von kleinen Schottersteinen ins Gesicht.

Ich fuhr zu meiner Wohnung, parkte den Chevrolet hinter dem Haus, stopfte Bens Meßbuch in meine Tasche und kletterte über den Gartenzaun. Als ich in meinem Apartment war, lief ich gleich ins Badezimmer und übergab mich. Dann untersuchte ich mein Gesicht im Spiegel.

Da, wo ich mit dem Kopf gegen den Wagen geknallt war, befand sich eine Beule, und über meinem Auge war eine Schnittwunde. Dort hatte mich ein kleiner Stein getroffen, als George an mir vorbeifuhr. Es gab keine Stelle an meinem Körper, die nicht schmerzte, und ich zitterte am ganzen Körper vor Wut. Dieses Schwein. Ausgerechnet er war in die Sache verwickelt.

Aus meiner paranoiden Furcht vor mich verfolgenden Polizisten wurden jetzt Zorn und Entschlossenheit. Ich schloß den Klodeckel und setzte mich darauf. Das Meßbuch in der Jackentasche drückte gegen meinen Oberschenkel, und ich zog es heraus. Eine Weile sah ich auf den schwarzledernen Einband mit dem kleinen, goldenen Kreuz, dann öffnete ich das Buch.

Ich überflog die Seiten und bemerkte, daß Ben eine lateinische Passage unterstrichen hatte. Früher war es den Kirchenleuten wichtig gewesen, ihre Messen in Latein zu feiern. Vermutlich dachten sie, daß die Gläubigen um so mehr Ehrfurcht hatten, je weniger sie verstehen konnten.

Ich folgte den Zeilen mit dem Zeigefinger und versuchte, ihren Sinn zu begreifen.

Sanguis Domini nostri Jesu Christi custodiat animam meam in vitam aeternam. Amen. Als ich es laut aufsagte, klangen die Worte unbeholfen. Ich hätte mir auch die Mühe sparen und gleich die Übersetzung auf der folgenden Seite lesen können: »Möge das Blut unseres Herrn Jesus Christus meine Seele für das ewige Leben retten. Amen.«

Das sah Ben gar nicht ähnlich. Wir beide hatten Latein gehaßt und versucht, es in unserer katholischen Erziehung so weit wie möglich zu meiden, und eine lateinische Stelle aus dem Meßbuch zu zitieren, wäre nach unseren Geboten bestimmt eine Sünde gewesen. Das war viel eher Michaels Stil, und Gott würde so jemandem wie Michael sicher vergeben. Ich sah auf das Deckblatt des Meßbuches, um festzustellen, ob es wirklich Ben gehört hatte. Es war seins.

Gebetbücher hatten Ben und mir einzig dazu gedient, uns während der Messe Nachrichten zu schicken oder unsere geheimsten Gedanken zu verbergen. Mama und Dad hätten nie auch nur daran gedacht, unsere Meßbücher zu durchsuchen, so, wie sie es mit unseren Taschen, Schubladen und Schränken gemacht hatten.

Ich suchte die oberen Kanten der Seiten nach Eselsohren ab. Im letzten Teil fand ich eines und schlug die entsprechende Seite auf. Zwischen den Blättern steckte der kleine Kassenbon von einem Supermarkt, datiert auf den 22. März 1986, auf den Tag also, an dem Ben gestorben war. Auf der rechten Seite stand ein Sterbegebet. Ich ließ meine Augen über die Zeilen gleiten.

»Gott belohnt die Guten und bestraft die Bösen ... daß er auch für mich gestorben ist ... Ich habe viele Sünden auf mich geladen ... Ich wende mich von ihnen ab und bereue sie ... Oh mein Gott, vergib mir ... Mein Vater, hab Erbarmen mit mir!«

Ich ließ das Gebetbuch in den Schoß gleiten und lehnte

mich zurück. Er wußte, daß er sterben würde. Er wußte es. Ich konnte nicht glauben, daß er dieses Gebet gesprochen und sich dann eine Kugel durch den Kopf gejagt hatte. Was ich vielmehr glaubte, war, daß er es für möglich gehalten hatte, daß es jemand anders für ihn tun würde. Und was hatte diese Quittung zu bedeuten? Wahrscheinlich nur, daß er das Buch an dem Tag, als er starb, bei sich hatte.

Meine Finger glitten über das kleine goldene Kreuz auf der Vorderseite. Da bemerkte ich eine leichte Erhebung im Einband. Ich öffnete das Buch wieder und schüttelte es. Ich hoffte, daß irgend etwas herausfallen würde. Aber es kam nichts zum Vorschein.

Dann untersuchte ich die Seiten, wo die Lesebänder eingelegt waren. Auch da fand ich nichts von Bedeutung. Als ich eines der Bänder glattziehen wollte, löste es sich ab, und gedankenverloren versuchte ich, es wieder zwischen Buchrücken und Einband zu stecken. Dabei nahm ich meine Zahnbürste vom Waschbecken und benutzte das flache Ende, um das Band tiefer hineinzustecken. Plötzlich fiel aus dem Zwischenraum ein Papier auf den Boden. Zuerst dachte ich, es sei ein Stück vom Einband. Ich bückte mich und hob es auf.

Es war ein etwa zwei Zentimeter breiter und zehn Zentimeter langer Streifen aus einem mehrfach gefalteten Blatt Papier. Ich legte es auf den Rand der Badewanne und faltete es langsam und vorsichtig auf.

Es standen Namen darauf. Alle Namen. Oder jedenfalls die meisten. Keine Daten, keine Telefonnummern, nur die Namen, die mir, drei Jahre nachdem Ben sie notiert hatte, so vertraut geworden waren. Malcolm Gage, Victor Stroud, Jennifer Kuntz und Whispering Pines. Am Ende der Liste standen, in beinahe unleserlich hingekritzelten Buchstaben, die Zeilen

EIN MENSCH DARF NIEMALS GLAUBEN, DASS EIN GUTER ZWECK

SCHLECHTE MITTEL HEILIGT; ER WÜRDE SICH NUR GEGEN DIE EIGENE SEELE VERSÜNDIGEN UND UNWEIGERLICH SELBST ZU EINEM SCHLECHTEN MENSCHEN WERDEN.

Jemand hatte zwei Wörter mit solchem Nachdruck unterstrichen und eingekreist, daß der Bleistift eine tiefe Spur im Papier hinterlassen und sogar ein kleines Loch gerissen hatte. Es waren die Wörter *schlechte Mittel.* Ich hatte Ben so flehentlich um ein Zeichen gebeten. Nun gab er mir eines. Alles, was ich jetzt tun mußte, war herauszufinden, was um alles in der Welt es bedeutete.

Kyle Old Wolf saß auf einer kleinen Mauer vor dem Eingang des St. Joseph's Hospitals. Ich kam fünfzehn Minuten zu spät.

»Ich dachte schon, du kommst nicht mehr.« Er sprang von der Mauer und kam die Treppenstufen herunter.

»Gehen wir nicht hinein?«

»Doch. Aber wir müssen durch die Notaufnahme. Wegen der Sicherheitsvorkehrungen und so. Bist du bereit?«

»Wahrscheinlich nicht. Welche Schmerzen soll ich denn haben?«

»Kannst du dir aussuchen. Ich bin ein Indianer, und Indianer kennen bekanntlich keinen Schmerz.«

Kyle sprach kurz mit dem Wachmann und führte mich dann zum Aufzug. Als wir eingestiegen waren, drückte er auf den Knopf für das Kellergeschoß, und wieder machte sich bei mir eine gewisse Platzangst bemerkbar. Ich holte tief Luft, bis sich ein paar Sekunden später die Aufzugtür wieder öffnete und wir ausstiegen.

»Kyle, ich möchte, daß du dir etwas ansiehst und mir sagst, ob du das kennst.« Ich zog den Zettel mit dem Zitat aus der Tasche und gab es ihm zu lesen.

»Kann ich damit einen Preis gewinnen?« fragte er grinsend, als er das Blatt Papier auseinanderfaltete.

Er las das Geschriebene und reichte es mir wortlos zurück.

»Und, kennst du es?«

»Wo hast du das her?«

»Das ist doch egal. Hast du diese Worte schon mal gehört oder nicht?«

»Ich würde sagen, daß dieser Text wohl jedem in Montana bekannt ist, außer dir offensichtlich.«

»Was meinst du damit?«

»Als nach der Gründung des Montana Investigation Bureaus Cutter Gage für die Leitung dieser Behörde nominiert wurde, hat es einen Typ gegeben, der versucht hat, seine Ernennung zu verhindern. Gage hat daraufhin seine Spürhunde auf diesen Mann angesetzt, und die haben genügend Material ausgegraben, damit er ihn durch den Dreck ziehen konnte. Natürlich hat er mit der Veröffentlichung dieser Informationen genau bis zum richtigen Moment gewartet.«

»Und welcher Moment war das?«

»Als der andere für einen Sitz im Kongreß kandidierte, hat Gage ...«

»... ihn hochgehen lassen.«

»Genau. Anscheinend hatte er mal Schmiergeld kassiert von irgendeinem Unternehmen aus einem anderen Bundesstaat, das hier eine große Fabrik aufziehen wollte, ich glaube, es war ein Fleischwarengroßhändler, und Gage hat das rausgekriegt und an die Öffentlichkeit gebracht.«

»Das sieht ihm ähnlich.«

»Der Mann hat damals versucht, sich mit dem Argument zu verteidigen, es sei ihm nur um die vielen Arbeitsplätze gegangen, die damit geschaffen worden wären, daß er also sozusagen alles nur für einen guten Zweck getan habe. Gage hat ihm darauf mit diesem Zitat geantwortet. Keine Ahnung, woher er es hatte, aber es ging damals durch alle Medien.«

»Wie lange ist das her?« fragte ich und steckte den Zettel zurück in meine Tasche.

»Zweieinhalb, vielleicht drei Jahre. Wo hast du's denn gefunden?«

»Ich sagte doch, das spielt keine Rolle. Ich wollte nur die Hintergründe wissen.«

Vor uns erstreckte sich ein langer, nur spärlich beleuchteter Gang. Die Einrichtung hier war kühl und funktional. Über unseren Köpfen verliefen die Rohrleitungen, und es herrschte eine Eiseskälte, die mir passend erschien.

»Das ist ja zum Fürchten. Bist du sicher, daß er hier unten ist?«

»Doc Joss? Das hat er jedenfalls gesagt, und ich habe keinen Grund, an seinen Worten zu zweifeln.«

»Ich weiß das wirklich zu schätzen, daß du mir helfen willst, Kyle, aber vielleicht ...«

Er lachte, trat vor eine Tür und drückte auf den Klingelknopf. »Ich hab' selbst auch noch was herausgefunden, aber darüber können wir später reden«, sagte Kyle, und während er darauf wartete, daß die Tür geöffnet wurde, scharrte er nervös mit den Füßen.

»Ein Indianer kennt doch wohl auch keine Angst, oder?«

»Du sagst es.«

Dann öffnete sich die Tür, und vor uns stand ein kleiner, etwa sechzigjähriger Mann in einem weißen Kittel. Er schob seine Brille in seine grauen, bereits etwas schütteren Haare, dann rieb er sich die Nase und ließ uns wortlos in den Gang zum Obduktionsraum treten, in dem es sogar noch kälter zu sein schien als draußen. Es war keiner von diesen riesigen Sälen mit stählernen Kammern an den Wänden, sondern glich eher einem Labor, mit Ausnahme der drei Operationstische aus Metall, die mit Abflußrohren versehen in der Mitte des Raums standen.

»Das ist die Frau, von der ich Ihnen erzählt habe, Doc.

Können Sie ihr noch mal wiederholen, was Sie mir gesagt haben?«

Der Mann fixierte mich einen Moment lang und zuckte dann die Achseln. »Kyle sagte mir, sie hätten das Mädchen gekannt. Und daß sie ein persönliches Interesse an ihr hätten.«

»Ja, das habe ich ... ich meine, das hatte ich, beziehungsweise ich interessiere mich dafür, wie sie gestorben ist«, stotterte ich und kam mir vor wie eine Idiotin.

»Es gibt keinen Grund, nervös zu sein, junge Frau. Die Toten tun niemandem mehr was. Im Unterschied zu den Lebenden. Fragen Sie unseren Freund hier, den Sheriff ...«

»Deputy«, korrigierte ihn Kyle freundlich.

»Kann schon sein, aber vielleicht wären Sie der bessere Sheriff.« Der Arzt lachte und fuhr dann fort: »Ich habe gerade meinen Bericht fertiggestellt und werde ihn morgen Ihrem Boß übergeben. Ich wäre Ihnen allerdings dankbar, wenn Sie über unser Treffen hier absolutes Stillschweigen bewahren würden.«

»Darauf haben Sie unser Wort«, versicherte Kyle rasch.

Der Arzt beäugte mich wieder mißtrauisch, dann ging er zu einer Tür am anderen Ende des Raums, öffnete sie und verschwand hinter ihr. Wenig später hörte ich das Quietschen von Rädern, die Tür wurde aufgestoßen, und eine Bahre erschien, die von dem Arzt in den Raum gerollt wurde.

Meine Augen blieben auf der unförmigen Gestalt hängen, die, in einen weißen Plastiksack gehüllt, auf der Bahre lag. Doc Joss schob sie neben einen der Operationstische und drehte die Lampenglocke so, daß das hochintensive Licht die Fläche gut ausleuchtete.

Ich hörte mich scharf einatmen, und der Arzt hörte es ebenfalls.

»Sie kommt aus dem Kühlraum, meine Liebe. Die Verwesung ist deshalb minimal«, tröstete er mich, während er den Reißverschluß der Plastikhülle öffnete. Das Geräusch, noch verstärkt durch meine Angst und meinen Abscheu, kam mir unglaublich laut vor. Kyle trat hinter mich, als ich mich langsam und vorsichtig der Bahre näherte.

»Bist du sicher, daß du das aushältst?« flüsterte er mir ins Ohr.

»Nein. Fang mich bitte auf, wenn ich in Ohnmacht falle.«

Ich weiß nicht, was ich erwartet hatte, aber als der Doc, wie Kyle ihn nannte, plötzlich ohne jede Vorwarnung das obere Ende des Plastiksacks aufschlug, war ich so fassungslos, daß ich nicht einmal mehr nach Luft schnappen konnte. Ich ging noch einen Schritt näher zu der Bahre und versuchte zu verstehen, was um alles in der Welt da vor mir lag.

Eine Masse aus rötlich-weißem Gewebe war da, wo eigentlich das Gesicht hätte sein sollen. Unterhalb dieser feucht schimmernden Masse wurden lange Strähnen karamelfarbenen Haares sichtbar, die fast bis zu den Brüsten reichten. Es sah so abscheulich aus, daß ich bei diesem Anblick wohl geschwankt haben mußte, denn Kyle streckte die Hand aus und hielt mich am Arm fest.

Der Arzt sah mich an, während er mit seiner Hand unter ihren Nacken griff und den Kopf anhob. Mit einer schnellen, aber sanften Bewegung stülpte er Shawna Ungers Kopfhaut um, zog sie wieder über die Schädeldecke und strich ihre Haare nach hinten. Er hatte zuvor die gesamte Kopfhaut abgezogen und auf ihrem Gesicht liegen lassen.

»Ach du Scheiße«, war alles, was ich hervorbrachte. Ich spürte, wie mir das Blut entwich und die Knie nachgaben.

»Tut mir leid«, sagte der Arzt lakonisch. »Ich muß hier noch ein paar Kleinigkeiten in Ordnung bringen. Ich habe ihr Gehirn untersucht und die Schädeldecke wieder aufgesetzt, aber dann bin ich mal wieder von diesem verdammten Telefon unterbrochen worden.«

»Bitte beeilen Sie sich, Doc«, murmelte Kyle, und ich sah, daß ihm diese Frankensteinsche Einlage ebenfalls arg zusetzte.

»Als sie mir die junge Frau brachten, sagte man mir, daß sie ertrunken sei, und ich habe das zunächst auch nicht in Frage gestellt«, erklärte der Arzt, ging um das obere Ende des Tisches herum und setzte seine Brille wieder auf. »Ich nahm also an, daß die Obduktion eine reine Routinesache sein würde, und war deshalb sehr verblüfft, als ich feststellte, daß sich kein Wasser in ihren Lungen befand. Ich habe das in meinem Bericht vermerkt. An ihren Oberarmen befanden sich mehrere Blutergüsse, die sie sich vor ihrem Tod zugezogen haben mußte, sowie einige leichte Schürfwunden auf ihrer Brust. Ich nehme an, die sind entstanden, als sie ans Ufer kroch oder gezogen wurde ...«

»Sie wurde gezogen?« fragte ich.

»Was hab' ich dir gesagt?« flüsterte Kyle.

Ich befreite meinen Arm aus Kyles Griff und trat noch näher an die Bahre.

»Die Todesursache war jedenfalls nicht Ertrinken. Ihr Herz zeigte einige Symptome eines Myocardinfarkts ...«

»Eines was?«

»Eines Herzinfarkts. Ihr Alter spricht zwar dagegen, aber ich mache diesen Job schon lange genug, um zu wissen, daß nichts auszuschließen ist. Das Gewebe in ihrer Brust wies keinerlei Spuren einer Verletzung auf, wie sie zum Beispiel von einem Schlag oder sonstiger äußerer Gewalteinwirkung herrühren könnte, und auch an ihrem Herz gab es keinerlei Anzeichen einer Gewebsentartung oder eines Herzfehlers. Sie war eine in jeder Hinsicht gut entwickelte, gesunde junge Frau von ... na, ich schätze, von siebzehn oder achtzehn Jahren. Es ist wirklich rätselhaft.«

Ich sah auf Shawnas nackten, bleichen Körper. Über die gesamte Länge ihrer Brust lief eine schmale, sorgfältig vernähte Narbe. Ihre Hände lagen flach an den Hüften, wie in Habachtstellung. Obwohl stark geschwollen, wirkte ihr Gesichtsausdruck friedlich. Ihre Lider waren gerade so weit geöffnet, daß ich die Farbe ihrer blinden Augen sehen konnte.

»Wir haben ihren Urin auf Drogen untersucht und eine starke Konzentration von Barbituraten festgestellt. Thorazine, um genau zu sein. Ich würde sagen, sie hat das in großen Mengen eingenommen, und zwar mindestens seit einer Woche vor ihrem Tod. Ich habe ihr auch etwas Blut entnommen, um weitere Spuren zu finden.«

»Was suchen Sie denn?« fragte Kyle.

»Alles, was ich finden kann. Wenn sie vor nicht allzu langer Zeit irgendwelche Drogen genommen hat, läßt sich das mit einer Blutuntersuchung feststellen, und ich nehme an, sie hat.«

Ich war so sprachlos, als wäre ich selbst in Leichenstarre verfallen.

»Kommen Sie mal hierher«, sagte der Arzt und ging zu einem Tisch in einer Ecke des Raumes. Daneben stand ein kleiner Kühlschrank. Er öffnete ihn, entnahm ihm ein gläsernes Gefäß und stellte es auf den Tisch. Dann entfernte er die Abdeckung von dem Glas, und man sah die zarten, grauschimmernden Formen eines Gehirns. Es war Shawna Ungers Gehirn.

»Das ist ziemlich bemerkenswert«, meinte der Arzt, während er das Glas drehte. An der Oberseite des Gehirns wurde eine circa acht Zentimeter große, knäuelförmige und stark gerötete Stelle sichtbar.

»Sehen Sie das hier?« Er sprach jetzt ganz leise, beugte sich über den Glasbehälter und wies mit dem Finger auf das blutige Gewebe. »Wissen Sie, was das ist?«

»Ein Tumor oder so was?« Kyle hatte es übernommen, hier die Fragen zu stellen, und er beugte sich ebenfalls über das Glas, um besser sehen zu können. Ich blieb in einiger Entfernung stehen.

»Nein. Das ist das Resultat eines sehr professionell ausgeführten Schlags auf den Hinterkopf.« Wieder ohne jede Vorwarnung nahm der Arzt das Gehirn aus dem Behälter und legte es auf die Tischplatte aus Edelstahl. Ich sprang entsetzt einen Schritt zurück.

Doc Joss nahm seine Brille wieder ab und rieb sich die Nasenwurzel. »Ich nehme an, daß dieses Mädchen tatsächlich von der Brücke ins Wasser gesprungen ist, es aber irgendwie geschafft hat, ans Ufer zu kommen. Sie hat dann wohl etwas Wasser ausgehustet, das sie geschluckt haben mußte, denn ich habe noch Spuren davon in der Speiseröhre gefunden.«

Er ging zurück zu der Bahre, auf der Shawnas Leichnam lag.

»Dann hat ihr etwas einen solchen Schrecken eingejagt, daß sie Herzrhythmusstörungen bekam, und zur gleichen Zeit hat ihr jemand mit einer solchen Wucht einen Schlag auf den Hinterkopf versetzt, daß zwei Halswirbel gebrochen sind und ihr Kleinhirn zerschmettert wurde. Sie war sofort tot.«

»Oh mein Gott«, keuchte ich.

Kyle drehte sich zu mir um, packte mich beim Arm und führte mich zur Tür. »Laß uns von hier verschwinden«, sagte er.

Als wir im Aufzug standen, beugte ich mich weit nach vorne und ließ meine Arme und den Kopf herunterhängen, um nicht doch noch in Ohnmacht zu fallen.

»Hast du Lust auf eine kleinen, nächtlichen Ausflug?«

»Wohin?« fragte ich mit gepreßter Stimme von unten.

»Whispering Pines.«

Ich war gerade in Kyles Wagen gestiegen und hatte mich beim Reden zu ihm umgedreht und gegen die Beifahrertür gelehnt, als es plötzlich keine Beifahrertür mehr in meinem Rücken gab. Ich kippte ins Leere, und zwei kräftige Hände packten meine Schultern. Ich versuchte noch, mich am Fahrzeugdach festzuhalten, aber meine Hände wurden ohne weiteres losgerissen.

Bevor ich wußte, wie mir geschah, wurde ich gegen das Fahrzeug geschleudert, und meine Arme wurden nach hinten gerissen. Der Schmerz ließ mir die Tränen in die Augen schießen. Dann legte der unsichtbare Angreifer ein Paar Handschellen um meine Gelenke und ließ sie einschnappen. An der anderen Seite des Wagens sah ich Kyles Arm, der ebenfalls auf seinen Rücken gedreht war.

Mein Gesicht wurde von einer muskulösen und unnachgiebigen Hand gegen das Metall gepreßt, während eine andere Hand geübt meinen Körper abtastete. Dann wurde ich herumgerissen und sah dem Mann ins Gesicht. Es war mir unbekannt. Die Mimik kannte ich jedoch um so besser. Sie gab mir unmißverständlich zu verstehen: Mach keinen Blödsinn, oder du wirst es bereuen.

Kyle wurde in ein anderes Auto verfrachtet. Ich versuchte zu sehen, wohin dieser Wagen fuhr, aber ich verlor ihn aus den Augen, als der Fahrer des Wagens, in dem ich saß, eine Kehrtwende machte und in Richtung Innenstadt raste. Keiner der beiden Männer, die vorne saßen, sagte während der Fahrt auch nur ein Wort, nicht einmal, als wir an einem Seiteneingang von City Hall hielten. Sie stiegen nur aus, einer öffnete die hintere Tür und zog mich aus dem Wagen.

Schweigend betraten wir das Gebäude, fuhren mit dem Aufzug nach oben und gingen direkt in Onkel Johns Büro. Auch John sagte kein Wort, aber sein Schweigen klang mir in den Ohren, griff nach mir und drückte mir die Kehle zu. Einer meiner rauhbeinigen Begleiter drückte mich auf einen Stuhl, wobei er keinerlei Anstalten machte, mir die Handschellen abzunehmen, und ließ sich selbst auf einem Sitz an der gegenüberliegenden Seite des Zimmers nieder.

Als wir eingetreten waren, hatte John mit dem Rücken zu mir auf seinem Drehstuhl gesessen, und ich wußte, daß er die Familienporträts auf dem Regal hinter dem Schreibtisch betrachtet hatte. Jetzt wandte er sich zu mir um, lehnte sich zurück, faltete die Hände über dem Bauch und schüttelte langsam den Kopf.

»Phoebe, Phoebe, Phoebe ... Ich hab' versucht, dir zu erklären, daß du keine Schwierigkeiten machen und auf deiner Seite des Zauns bleiben sollst. Aber du wolltest ja nicht hören.«

Was sollte ich dazu sagen? »Kannst du mir nicht diese Handschellen abnehmen?«

John hob eine Augenbraue und sah zu dem Kerl, der mich hierher gebracht hatte. Der zuckte die Achseln, stand auf, trat hinter mich und befreite meine schmerzenden Handgelenke. Ich hörte, wie sich die Tür in meinem Rücken öffnete, aber Johns Augen hielten mich davon ab, mich umzudrehen. Ich kann mich nicht erinnern, wann ich mich je in einer unangenehmeren Situation befunden hätte.

»Was zum Teufel hast du da eigentlich angestellt?« John schlug plötzlich so heftig mit der Faust auf den Tisch, daß ich vor Schreck fast vom Stuhl gefallen wäre. »Hab' ich mich denn nicht klar genug ausgedrückt? Bist du von allen guten Geistern verlassen, oder was? Und warum ... warum, um alles in der Welt, bist du eigentlich nicht zu mir gekommen?« Er schlug wieder mit der flachen Hand auf den Tisch und brüllte noch einmal:

»Warum?«

»Ich ... es ... ich war ...«

»Still.« Er hob eine Hand und unterbrach mich wieder. »Sag nichts.« Doppeldeutige Botschaften zu entschlüsseln, war noch nie meine Stärke. Doch in diesem Augenblick war es wohl am besten, ihm blind zu gehorchen.

»Die beiden Gentlemen, die dich hergebracht haben, sind vom FBI. Sie hatten einen ihrer Agenten angesetzt, um ... äh ...« Er kam ins Stottern und sah hilfesuchend über mich hinweg auf einen Punkt, von wo ihm eine unsichtbare Instanz die stumme Erlaubnis gab fortzufahren. »Angesetzt, um da oben für eine Weile für sie tätig zu werden. Das ging fast ein verdammtes Jahr lang gut, bis du gekommen bist und er deinetwegen beinahe aufgeflogen wäre. Du hast diesen Agenten damit in eine gefährliche und unhaltbare Position gebracht ...«

»Ich ...«

»Ein für allemal: Du hältst jetzt den Mund!« Seine Stimme dröhnte. »Also, ich will von dir wissen, was du in Whispering Pines gemacht hast, und zwar beide Male. Und ich will es jetzt wissen.«

Das Ganze wurde zu einer Art Glücksspiel. Ich mußte Zeit schinden und versuchen, noch mehr Informationen zu bekommen. Am besten wäre es, wenn ich John dazu bringen könnte, den letzten Rest seiner Zurückhaltung aufzugeben.

Es gab zwei Dinge, die dafür sprachen. Er würde mich nicht schlagen, und er würde mich nicht erschießen ... oder?

»Ich weiß gar nicht, wovon du redest.«

»Vielleicht kann ich Ihrem Gedächtnis etwas auf die Sprünge helfen.« Hinter mir ertönte eine Stimme, die mir merkwürdig bekannt vorkam.

Ich drehte mich um, um zu sehen, wer gesprochen hatte. Es war ein Mann mit einem etwas harten, aber durchaus attraktiven Gesicht. Er war groß und trug dunkle Hosen, ein weißes Hemd und eine Krawatte. An seiner Brusttasche hing eine Kennkarte. Ich versuchte, darauf seinen Namen zu entziffern, als er um meinen Stuhl herumging und sich auf die Schreibtischkante setzte.

In dem Raum lag eine solche Spannung, daß ich kaum glauben konnte, daß dieser Typ wirklich vor sich hin grinste. Langsam dämmerte es mir, und ich kam mir im nachhinein wie der größte Trottel aller Zeiten vor. Mein Mund blieb offen stehen, und der Name lag mir auf der Zunge. Ich mußte ihn nur noch rausbringen.

»Crank?« fragte ich schließlich fassungslos.

Zu dieser späten Stunde war in dem Restaurant nicht mehr viel los. Einige der Kellnerinnen saßen an der Theke und unterhielten sich leise. Während ich sie beobachtete, dachte ich darüber nach, was ich ihm an Gemeinheiten an den Kopf werfen konnte.

Doch alles, was ich rausbrachte, war: »Also wissen Sie, Crank ...«

»Vielleicht wären Sie weniger feindselig, wenn Sie mich Robert nennen würden.«

Feindselig? Dieser Typ und seine Kollegen hatten mich die letzten beiden Stunden förmlich in die Mangel genommen, und jetzt bildete er sich ein, daß mich eine andere Anrede freundlicher stimmen würde. Aber so leicht ließ ich mich nicht rumkriegen.

»Hätte ich Sie unter dem Namen Robert kennengelernt ...« Ich zuckte die Achseln und sah ihm direkt in die Augen. »Na ja, egal. Sie haben jedenfalls eine klasse Show abgezogen. Applaus, Applaus.« Ich klatschte ein paar Mal in die Hände.

Robert oder Crank – oder wie auch immer er hieß – lachte, schüttelte den Kopf und nahm einen Schluck aus seiner Kaffeetasse. In seiner jetzigen Aufmachung sah er eigentlich gar nicht so schlecht aus. Wenn ich mich allerdings nicht so verarscht gefühlt hätte, und so – bloßgestellt, hätte ich seine Gesellschaft vermutlich noch viel mehr genossen.

»Tut mir leid, daß wir Sie da so reingelegt haben, aber wir hatten keine andere Wahl. Wir mußten verhindern, daß Sie das Ding bei Whispering Pines im Alleingang durchziehen.«

»Was ist mit Kyle? Was passiert jetzt mit ihm?«

»Damit haben wir nichts zu tun. Das ist Sache seines Vorgesetzten. Was haben Sie beide denn bei dem Obduktionsarzt vom St. Joseph's Hospital gewollt?«

»Ich denke, die Leute vom FBI sind so clever. Warum kriegen Sie's dann nicht selber raus?«

»Wissen Sie was, Miss Siegel ...«

»Oh bitte, *Robert*, nennen Sie mich Phoebe.«

Er sah mich an und mußte lachen. »Okay. Eins zu null für Sie.« Dann wurde er wieder ernst. »Worauf ich hinaus will, ist, daß ich acht Monate lang in diesem Scheiß-Job als Lieferant von Tiefkühlkost geschuftet habe. Und das nicht zum Spaß. Die Sache ist ziemlich schwierig, und der verdammte Mist, den Sie hier verzapfen, hilft uns kein bißchen weiter.« Er beugte sich vor und fuhr fort: »Ich hab' die letzten zwei Stunden damit zugebracht, mir Ihre Ausflüchte anzuhören, und mir reicht's langsam. Wenn Sie auch nur das Geringste wissen, was uns weiterbringen könnte, dann legen Sie jetzt gefälligst Ihre Karten auf den Tisch.«

Ich hätte mich an seiner Stelle ebenso verhalten. Wie er

hätte ich es erst auf die harte Tour probiert und dann auf die weiche, und auch ich wäre von Minute zu Minute frustrierter geworden. Er war in meinem Alter, wahrscheinlich mit dem gleichen Ehrgeiz und der gleichen blinden Arbeitswut, die mich während meiner Ausbildung auch vorwärts getrieben hatte …

»Ich habe gehört, Sie sind ausgebildete FBI-Agentin«, sagte er.

Ich hatte plötzlich das Gefühl, daß er meine Gedanken las. Ich sagte nichts, um ihm Gelegenheit zu geben, weitere Kostproben seiner hellseherischen Fähigkeiten zu geben.

»Und ich habe gehört, daß Sie einen Bruder verloren haben.«

»Ich habe ihn nicht verloren, sondern ich weiß ganz genau, wo er ist«, gab ich zurück und versuchte, mich von ihm nicht in die Enge treiben zu lassen. »Man verliert ein Kartenspiel, Robert, oder …«

»Ein Spiel, wie das, das wir hier gerade spielen. Nur, daß diesmal die Einsätze höher sind. Also, wir sind ziemlich sicher, daß das Mädchen, das sie aus dem Fluß gezogen haben, hinter irgendeine Schweinerei gekommen ist, daß sie ihrem Vater davon erzählt und daß der versucht hat, Stroud unter Druck zu setzen.«

Ich war plötzlich ganz Ohr.

»Alles, was Sie sagen, bleibt zwischen mir«, er stieß sich den Zeigefinger auf die Brust, »und Ihnen. Und sonst erfährt niemand etwas davon. Das verspreche ich Ihnen.«

Er erinnerte mich an Ben, der auch immer mit den Händen geredet hatte. Das war eine Familienangewohnheit. Hätten wir uns einmal auf unsere Hände gesetzt, wären wir sofort verstummt. Ich mußte lächeln, als ich daran dachte.

Robert lehnte sich zurück und trommelte nervös mit dem Finger auf die Tischplatte. Er sah jetzt sehr erschöpft aus, und er fing an, mir leid zu tun.

»Verdammt nochmal, was finden Sie denn daran so komisch?«

»Gar nichts. Es ist nur so« – ich setzte mich auf – »daß Sie mich einen Augenblick an jemanden erinnert haben. Und ich bin müde. Aber ehrlich, wenn ich irgendwas wüßte, was euch weiterhelfen würde, würde ich es sagen.«

»An dem Abend, als Sie mit mir nach Whispering Pines gefahren sind, was haben Sie da gesucht?«

»Äh ... Unterlagen. Das habe ich doch schon meinem Onkel gesagt. Ich habe für eine Klientin gearbeitet, deren Tochter da oben behandelt wird. Das Mädchen hat praktisch die meiste Zeit der letzten drei oder vier Jahre in Whispering Pines verbracht, und das Ergebnis ist alles andere als zufriedenstellend. Ich wollte ihre Krankengeschichte einsehen. Ganz einfach.«

»Ich bezweifle, daß bei Ihnen irgendwas *ganz einfach* ist. Warum sind Sie das Risiko eingegangen, bei Nacht und Nebel da oben einzubrechen und geschnappt zu werden?«

»Ich hatte doch Sie als Komplizen.«

Er schüttelte lächelnd den Kopf. »Und wer ist das Mädchen?«

»Tut mir leid, das ist vertraulich.« Ich zuckte mit den Schultern. »Damit kann ich Ihnen leider nicht dienen.«

»Was wissen Sie über den Leiter der Klinik, Victor Stroud?«

»Nicht viel. Nur, was ich eben John erzählt habe. Was wissen Sie denn über ihn?«

»Er ist ein Betrüger, aber leider ist seine Zulassung für die Klinik in Ordnung. Vorher hatte er in der Nähe von Washington eine Privatpraxis. Die meisten seiner Patienten dort waren Jugendliche, hauptsächlich aus wohlhabenden Familien in Politikerkreisen. Verzweifelte Menschen in einer verzweifelten Lage hören auf jeden, der ihnen eine Lösung für ihre Probleme anbietet. Stroud war so jemand, und dann brauchte er die Jugendlichen nur noch ein wenig zu manipulieren, schließlich waren sie sowieso schon psychisch labil ...«

»Und das hat er noch verstärkt.«

»Genau. Außerdem glauben wir, daß er irgendein Ding mit ein paar dieser Politikereltern gedreht hat. Die Kinder erzählen Stroud alles über ihre Eltern, was er wissen will, und er nutzt diese Informationen dann zu seinem Vorteil.«

»Erpressung?«

»Kann sein. Noch wahrscheinlicher ist allerdings Versicherungsbetrug. Er hat die Jugendlichen länger bei sich behalten als nötig. Wir haben aktenordnerweise Aussagen von Ärzten, die später mit seinen Patienten zu tun bekamen, und es scheint, als wären sie nach Strouds Behandlung in einem schlechteren Zustand gewesen als vorher. Seit dieser Zeit sind wir hinter ihm her, und wir waren schon drauf und dran, ihn hochgehen zu lassen, als er plötzlich seine Zelte abgebrochen hat. Dann sind wir ihm hier auf die Spur gekommen, aber bisher konnten wir den Scheißkerl noch nicht festnageln.«

Ich mußte an Jennifer Kuntz denken und an Shawna Unger, an ihren aufgeschnittenen Körper und ihr Gehirn im Glas. Mich schauderte.

»Ist alles in Ordnung mit Ihnen?« Seine Besorgnis klang echt.

»Ja klar, mit geht's bestens. Aber warum die ganze Tarnung als Lebensmittellieferant?« Ich versuchte zu grinsen.

»In den letzten Monaten ist da oben einiges in Bewegung geraten. Stroud hat sein Personal und die Anzahl der stationären Klinikpatienten reduziert. Und dann hat Padilla vor einer Woche in unserem hiesigen Büro angerufen ...«

»Jimmy?« fragte ich ungläubig. »Er ... hat beim FBI angerufen?«

»Ja. Er sagte, er hätte Informationen über einen Polizeibeamten, der erpreßt würde. Anscheinend dachte er, daß seine Freundin irgendwas mit der Sache zu tun hatte.«

»Und?«

»Der Agent, der am Telefon mit ihm gesprochen hat, wußte, daß ich an dem Fall arbeitete, und sagte ihm, daß er ein Treffen mit mir arrangieren würde.«

»Und was ist dann passiert?« Aber ich wußte die Antwort bereits.

»Anscheinend hat er sich's dann doch wieder anders überlegt, ist im Drogenrausch durchgedreht und hat sich in seiner Zelle erhängt.«

»Scheiße. Was ist mit dem Polizisten? Wissen Sie, wen Padilla gemeint haben konnte?«

»Zuerst dachten wir, es wäre irgend so ein Streifenbulle, aber dann hatten wir den Eindruck, daß er über jemanden sprach, der eine größere Nummer bei der Polizei ist. Genau wissen wir es allerdings nicht. Jedenfalls glauben wir, daß Stroud irgendwas vorhat. Wir haben bloß keine Ahnung, was es ist.«

Er sah jetzt wirklich fertig aus, und ich selbst fühlte mich halbtot. Mir tat einfach alles weh. Meine Hand griff nach meiner Kehle; da fiel mir George wieder ein.

»Ich werde auf Schritt und Tritt von einem Polizisten verfolgt.«

»Dann muß ich Ihnen jetzt wohl die gleiche Frage stellen: Wissen Sie, welcher Polizist?« fragte Robert.

Ich zögerte, dachte an Charlene und dann an George, wie er mich beinahe erdrosselt hatte. »Ja, ich weiß es … George Shanklin.«

»Ja aber warum um Himmels willen haben Sie eben im Büro Ihres Onkels nichts davon gesagt?«

»Ich dachte, Sie wüßten es bereits. Aber vielleicht kriegt ihr eben doch nicht alles mit.«

»Ich werde ihn überprüfen lassen. Cutter hat seinen Namen jedenfalls nie erwähnt.«

»Cutter Gage?«

»Guter Mann. Kennen Sie ihn?«

»Wer kennt ihn nicht? Ich würde gerne noch länger mit Ihnen plaudern, aber ich falle gleich um vor Erschöpfung.« Ich stand auf und fragte mich, wie jemand das Wort *gut* in Zusammenhang mit Cutter Gage erwähnen konnte. »Ich kann doch jetzt gehen, oder?«

»Sie haben keine Handschellen mehr an. Also tun Sie sich keinen Zwang an«, antwortete er. Als ich mich umdrehen und gehen wollte, hielt er mich am Arm fest und sagte: »Lassen Sie die Finger von Stroud. Wir haben ihn schon an der Angel.«

»Ja. Verstanden.« Ich winkte ihm müde zum Abschied. »Und überprüfen Sie Shanklin.«

Ich verließ das Restaurant und blieb einen Moment lang draußen auf dem Bürgersteig stehen. Mein ganzer Körper schrie nach Schlaf. Ich sah nach oben: In Johns Büro brannte noch Licht. Ich würde wohl niemals erfahren, wie diese Geschichte ausging.

Mein Wagen stand ungefähr zwölf Straßen weiter. Es war kein Mensch zu sehen, aber in einiger Entfernung hörte ich ein Kehrfahrzeug, das den Abfall von der Fahrbahn fegte. Dann hielt auf der gegenüberliegenden Straßenseite ein Streifenwagen. Ich sah zu, wie der Polizist ausstieg, zur hinteren Wagentür ging und sie aufriß. Ein Paar wild um sich tretende Füße wurden sichtbar.

Innerhalb von Sekunden kamen weitere Streifenwagen herbei, und die Jungs stiegen aus, um ihrem Kollegen zu helfen. Ihre Stimmen hallten über die leere Straße.

»Mein Gott, Jones, du stinkst vielleicht!« rief einer der Polizisten und lachte.

»Das Schwein hat den ganzen Wagen vollgekotzt und mich gleich mit. Holt ihn da raus, oder ich reiß ihm den Arsch auf.« Nach dieser Drohung und dem allgemeinen Gelächter beruhigten sich die Füße auf dem Hintersitz. Dann erschienen Kopf und Körper eines Mannes, jetzt ganz sanft und fügsam.

»Habt ihr mal'n Bier, Jungs?« lallte der Betrunkene.

»Verdammte Scheiße«, schrie ein anderer Polizist und sprang von der Tür zurück. »Jetzt pißt er sich auch noch an.«

Ich setzte mich langsam in Bewegung, um zu meinem Wagen zu gehen. Meine Schritte hallten in der Dunkelheit.

Ich mag die Dunkelheit nicht. Mochte sie noch nie. Die Dinge beginnen zu atmen, wenn man sie nicht sieht. Der Kühlschrank, der Herd, die Wände und sogar die Möbel werden lebendig. Jeder, der behauptet, diese nächtlichen Geräusche und Bewegungen seien auf ein natürliches Ausdehnen und Zusammenziehen der Materialien zurückzuführen, hat nicht richtig hingehört.

In dieser Nacht hörte ich hin. Stud hatte sich neben mir zusammengerollt. Das war das erste Mal, daß ich die Anwesenheit des Katers richtig genoß. Ein warmer Körper ist und bleibt ein warmer Körper, und in der Not tut's auch Stud.

Das Läuten des Telefons erschreckte mich so, daß ich mich an Stud festhielt. Daraufhin erschrak er ebenfalls, fauchte laut und benutzte meine Oberschenkel als Sprungbrett, um sich aus dem Bett zu katapultieren. Seine Krallen drangen tief durch meine Jeans in mein Fleisch. Ich stand auf und schlurfte zum Telefon.

»Hallo?« knurrte ich und untersuchte meine Wunden.

»Sind Sie Phoebe Siegel?«

»Vielleicht. Wer ist da?«

»Maureen Sandler. Jean Dillard hat sich heute nachmittag mit mir in Verbindung gesetzt. Ich habe lange überlegt, ob ich Sie anrufen soll. Es tut mir leid, daß es schon so spät ist, aber ich mußte warten, bis mein Mann eingeschlafen ist.«

Ich horchte auf.

»Was kann ich für Sie tun?«

»Ich war überrascht, von Jean zu hören. Es ist mindestens drei Jahre her.« Ihre Stimme klang weich, ängstlich und so leise, daß ich Schwierigkeiten hatte, sie zu verstehen.

»Können Sie vielleicht etwas lauter sprechen?« bat ich sie.

»Wenn mein Mann wüßte, daß ich Sie anrufe, würde er ... Wir haben darüber gesprochen, und er findet, ich sollte mich da nicht wieder hineinziehen lassen. Nicht, daß ihm das alles egal wäre, er ist nur ...«

»Vielleicht fangen Sie mal von vorne an. Warum wollte Jean Dillard, daß Sie mich anrufen?«

»Ich heiße erst seit meiner Heirat Sandler. Ich bin schon seit einigen Jahren verheiratet.

»Gratuliere. Machen Sie hier 'ne Umfrage oder sowas?«

»Mein Mädchenname war Kuntz. Jennifer Kuntz ist meine Schwester.«

Das menschliche Gehirn ist in der Lage, unendlich viele Informationen zu verarbeiten. Normalerweise hätte ich ihre Enthüllung sofort begriffen und dementsprechend reagiert, aber in diesem Moment war ich einfach überfordert und kam nicht mehr mit. Dies war der sprichwörtliche Tropfen, der das Faß zum Überlaufen bringt.

»Dann ist Mary ...«

»Mary ist meine Mutter«, sagte sie langsam.

»Frank?«

»Ist mein Vater«, antwortete sie.

»Sie müssen schon verzeihen, aber ich hatte ja keine Ahnung ...« Oder doch? Ich dachte an die Dias von Jennifer. Da war noch dieses andere Mädchen gewesen, das genauso ausgesehen hatte wie sie, nur älter. »Mary hat Sie nie ...«

»Das würde sie auch nicht. Ich habe seit Jahren keinen Kontakt mehr zu meiner Familie. Ich lebe jetzt mein eigenes Leben. Ich habe selbst eine Tochter und einen Ehemann.«

»Woher wußte Jean Dillard von Ihnen?«

»Jennifer hat es ihr gesagt. Ich habe eine Freundin in Joliet, Jenny hat sie einmal Jean Dillard gegenüber erwähnt, und über die hat sie mich dann kontaktiert. Ich habe darüber nachgedacht, ob ich Jenny zu uns nehmen soll, aber ...« Sie machte eine Pause. »Aber Jenny war immer schon sehr labil. Wir, mein Mann und ich, wußten nicht, welchen Einfluß das auf unsere eigene Tochter haben würde, und so haben wir uns dagegen entschieden. Ich habe nie genau erfahren, was dann mit Jenny passiert ist. Miss Dillard hat versprochen, daß sie niemandem verraten würde, wo ich bin, und ich dachte mir, sie würde am ehesten wissen, was das Beste für Jenny ist.«

»Warum sind Sie weggelaufen? Ich habe Ihre Mutter kennengelernt, und ich mag sie.«

»Ich bin als Kind sexuell mißbraucht worden, Miss Siegel, und ich wollte nicht, daß mein Leben und das meiner Mutter zerstört wird.«

»Und ist Jennifer ...?«

»Bei Jennifer war es nicht anders als bei mir. Der einzige Unterschied ist, daß ich geflohen bin, als Jenny sechs Jahre alt war. Ich mußte das tun ... Sie müssen verstehen, wenn es für mich einen anderen Weg gegeben hätte ...« Ihre Stimme zitterte. »Ich war ja selbst fast noch ein Kind, und deshalb konnte ich sie unmöglich mitnehmen.« Und dann erzählte sie mir, wie sie gelebt hatte, nachdem sie von zu Hause weggelaufen war. Ihre Geschichte einer verzweifelten Flucht in Drogen und Prostitution glich der von Jennifer. Allerdings gab es da einen entscheidenden Unterschied: Maureen war eine Kämpfernatur. Sie war entschlossen zu überleben.

Irgendwann landete sie in Missoula und traf dort auf eine Gruppe von Leuten, die sich um die Jugendlichen auf der Straße kümmerten. Die halfen ihr dabei, ein neues Leben zu beginnen. Sie ging auf die Universität, lernte einen Studenten kennen, heiratete und zog mit ihm nach Sheridan in Wyoming, wo sie jetzt seit fünf Jahren lebte.

»Ich kann nicht glauben, daß Sie überhaupt keinen Kontakt mehr zu Ihrer Mutter hatten.«

»Ich konnte nicht«, sagte sie und holte tief Luft. »Mein einziger Trost ist, daß sie weiß, ich lebe, und es geht mir gut. Ich bin glücklich hier mit meiner Familie. Manchmal habe ich sogar ein schlechtes Gewissen deswegen. Aber ich kann nicht zulassen, daß dieses Glück gefährdet wird.«

»Weiß Mary von Ihrem Kind?«

»Nein. Nicht einmal Jenny weiß es. Ist sie ... geht es ihr gut?«

»Meinen Sie Ihre Mutter?«

»Beide. Mama und Jenny.«

»Es ist eine ganze Menge geschehen. Jennifer ist, nun ja, ich weiß nicht ...« Wie zum Teufel sagt man jemandem, daß die Schwester eine Psychopathin geworden ist?

»Gibt es eine Möglichkeit, daß Sie herkommen und ...?«

»Nein, das ist völlig unmöglich ... Mein Mann würde das niemals erlauben. Ich ...«

»Hören Sie zu, Jean Dillard ist bereit, die ganze Geschichte an die Öffentlichkeit zu bringen. Es würde zu lange dauern, Ihnen jetzt am Telefon alles zu erklären, aber es geht um mehr, als um Ihre Schwester.« Und ich fügte entschlossen hinzu: »Wenn Sie nicht herkommen, komme ich zu Ihnen ...«

»Nein!« Ihre Stimme klang panisch. »Das können Sie nicht. Es tut mir leid, aber es hat Jahre gedauert, bis ich mich von meiner Vergangenheit befreit habe, und ich will das einfach nicht alles noch mal durchmachen müssen.« Ihre Stimme veränderte sich und war nun voller Schmerz und Zorn. »Es hat wirklich Jahre gedauert, Miss Siegel, bis ich begriffen habe, daß das, was passiert ist, nicht meine Schuld war. Daß ich nur benutzt wurde von jemandem, der wahnsinnig und krank war. Es lag nicht an mir, es ist nur etwas, das dieser Jemand mit mir gemacht hat. Und niemand, weder Sie noch Jenny, werden mich dazu bringen, mich dem noch einmal auszusetzen.«

»Finden Sie nicht, daß Frank, ich meine, Ihr Vater, für das bezahlen müßte, was er …«

»Wie bitte?« fragte sie.

»Es kann für Ihre Schwester doch nicht die geringste Hoffnung geben, wenn Ihr Vater nicht vor Gericht gebracht wird.«

»Mein Vater?« wiederholte sie, als wüßte sie gar nicht, wovon ich rede.

»Hab' ich da etwas mißverstanden, oder wie?«

»Aber es war doch nicht mein Vater, Miss Siegel.« Sie lachte bitter. »Es war mein Großvater. Wenn man meinen *Vater* für etwas zu Verantwortung ziehen sollte, dann höchstens dafür, daß er seine eigenen Töchter geopfert hat für das lausige Geld meines Großvaters.«

»Oh Gott!« Ich spürte, wie sich mein Magen zusammenkrampfte. Das war es, was Stroud gegen Cutter in der Hand hatte, und Jimmy Padilla hatte es ebenfalls gewußt.

»Verstehen Sie mich nicht falsch. Meiner Ansicht nach hat sich mein Vater genauso schuldig gemacht wie mein Großvater. Ich war zehn Jahre alt, als mein Vater dahinterkam.«

»Er wußte es?«

»Und ob er es wußte. Einmal haben wir einen Viehtransport für meinen Großvater begleitet, und ich bin mit meinem Vater mitgeritten. Wir haben im Freien übernachtet, und es ist so kalt geworden, daß ich in seinen Schlafsack gekrochen bin.«

»Hören Sie, Sie müssen mir das nicht erzählen.«

»Alle sind empört, wenn sie davon hören, aber keiner will es dann genauer wissen, stimmt's?«

Ich sagte nichts mehr, und sie fuhr mit Ihrer Erzählung

fort, wobei ich versuchte, mich gegen die aufsteigende Übelkeit zu wehren.

»Ich liebte meinen Vater und vertraute ihm. Also kuschelte ich mich an ihn und fing an, ihn zu streicheln. Das war für mich ganz natürlich. Ich meine, es ist mir beigebracht worden, daß es ganz natürlich wäre. Ein natürlicher Ausdruck von Zärtlichkeit.«

»Oh, Scheiße ...«

»Ja, so ähnlich hat mein Vater auch reagiert. Er war entsetzt und fing an, mich auszufragen. Also habe ich ihm alles über Bompy erzählt.« Sie stockte und holte erneut tief Luft. »*Cutter* hat darauf bestanden, daß Jenny und ich ihn so nennen. Wahrscheinlich kam er sich unter diesem Namen irgendwie weniger mies vor. Jedenfalls ist mein Vater daraufhin schrecklich wütend geworden. Wir sind sofort zurückgefahren, und er hat meinen Großvater zur Rede gestellt. Ich habe eine Weile zugehört, wie die beiden gestritten haben, bis sie mich bemerkten und wegschickten.«

»Und danach hat er damit aufgehört?« Ich wußte, daß diese Frage ungefähr so naiv war, wie wenn man in dem Film *Sophies Entscheidung* auf ein Happy End hoffte.

»Nein. Am nächsten Tag kam mein Großvater zu mir und sagte, wenn ich jemals irgendwem von unserem *ganz besonderen Geheimnis* erzählen würde, dann müßten meine Mutter und mein Vater fortgehen, und ich müßte bei ihm bleiben. Haben Sie ihn eigentlich einmal persönlich kennengelernt?«

»Ja, das habe ich.«

»Dann wissen Sie ja, wie überzeugend er sein kann. Ich blieb so lange zu Hause, wie ich konnte. Mein Vater hat mich seither gemieden. Er war einfach nicht mehr imstande, mir in die Augen zu sehen. Wenn ich heute zurückdenke, kann ich mir vorstellen, daß er bei meinem Anblick jedesmal seine eigene Niedertracht und Schande gesehen hat.«

»Aber Ihre Mutter …« Ich stockte. »Was war mit ihr?«

»Mama? Ich glaube bis heute, daß sie von allem keine Ahnung hatte. Ich … wollte sie so oft anrufen, mit ihr reden … aber ich …«

»Hör' sofort auf zu telefonieren, Maureen.« Ich hörte die Stimme eines Mannes am anderen Ende der Leitung. »Du legst jetzt auf, verdammt nochmal.«

Maureen bedeckte einen Moment lang den Hörer mit der Hand und sagte dann mit ruhiger Stimme: »Ich muß jetzt auflegen.«

»Warten Sie«, rief ich in Panik. »Sie müssen hierher kommen. Bitte …«

Die Verbindung wurde unterbrochen. Ich hätte in diesem Moment gerne mit Roger gesprochen, aber ich wußte, daß ich ihn um diese Uhrzeit unmöglich anrufen konnte. Dann spürte ich das Bedürfnis, zu Mama zu fahren, zu ihr ins Bett zu kriechen, wie ich es früher so oft getan hatte, und mir von ihr versichern zu lassen, daß alles gut werden würde.

Ich sah zu, wie auf der Digitalanzeige des Weckers neben meinem Bett jede Minute, jede Sekunde rot leuchtend verstrich, und machte mir nicht einmal die Mühe, den Polizeifunk einzuschalten, um einschlafen zu können, denn an Schlaf war sowieso nicht mehr zu denken. Meine Gedanken rasten. Stroud hatte es herausgefunden und dafür Schweigegeld bekommen. Auch Ben hatte es herausgefunden, aber *er* bekam dafür das Todesurteil. Und George mußte von alledem irgendwie profitiert haben.

Ich warf mich im Bett hin und her, bis ich auf dem Wecker sah, daß es halb fünf war. Dann griff ich in die Schublade meines Nachttischs, fand das Blatt Papier, das ich suchte, und wählte die Nummer, die darauf notiert war.

Das Telefon schien endlos zu läuten. Endlich meldete sich eine verschlafene Stimme.

»Lanny«, flüsterte ich. »Ich bin's, Phoebe.«

Er machte eine Pause und flüstere dann zurück: »Phoebe ... Wie spät ist es?«

»Ziemlich früh. Du hast gesagt, ich könnte dich jederzeit anrufen ...«

»Ja, sicher. Was gibt's denn?«

»Ich brauche Hilfe. Ich ... äh ... ich würde dich nicht um diese Zeit anrufen, wenn's nicht so dringend wäre. Du mußt mir helfen, Lanny. George ... er ...«

»Was ist mit George?« fragte er schläfrig.

»Ich hatte letzte Nacht eine handgreifliche Auseinandersetzung mit ihm. Ich glaube, nein, ich weiß, daß er mit irgendeiner krummen Sache zu tun hat, die in dieser Drogenklinik läuft, von der ich dir erzählt habe. Erinnerst du dich an das Mädchen, das sie aus dem Fluß gezogen haben?«

»Na klar. Wieso, was ist mir ihr?«

»Sie ist gar nicht ertrunken. Und da steckt noch mehr dahinter.«

Er sagte nichts.

»Es ist Cutter Gage. Er ... Kyle Wolf und ich ...«

»Kyle? Was um alles in der Welt hat der damit zu tun?« Seine Stimme wurde kurz lauter, dann flüsterte er wieder. »Ich bin gleich bei dir. Ich muß mir nur noch 'was anziehen, und mach uns bitte reichlich Kaffee.«

»Danke, Lanny. Aber mach dich auf was gefaßt, ich hab' unglaubliche Neuigkeiten für dich.«

Ich setzte das Kaffeewasser auf, setzte mich an den Küchentisch und wartete. Bis Lanny eintraf, hatte ich mir die ganze Geschichte zurechtgelegt. Ich war entschlossen, diesmal nichts auszulassen.

Während ich alles erzählte, sprach Lanny kein Wort. Er sah mich nur an, schüttelte ab und zu ungläubig den Kopf, und als ich geendet hatte, rückte er seinen Stuhl neben meinen und nahm meine Hände.

»Das war's. Der Präsident der höchsten Ermittlungsbehörde des Staates Montana ist der Drahtzieher, sie haben Kehlys Bild, und ich weiß, es war George, der es mir ins Auto gelegt hat. Sie wollen mir damit sagen, eine falsche Bewegung von mir, und Kehly ...« Ich konnte es nicht einmal aussprechen.

»Ich brauche noch etwas Zeit, um das alles zu verdauen. Ich kann es nicht glauben, daß der gute alte George ...«

»Er ist nicht der freundliche Riese, für den du ihn immer gehalten hast.«

»Ja schon, er ist ein bißchen hitzköpfig, aber Phoebe, wie lange kennen wir ihn jetzt?«

»Ich kannte ihn jedenfalls lange, bevor du und ich geheiratet haben ... Lanny, es tut mir leid, ich wollte damit nicht ...«

»Was wolltest du nicht? Mich an unsere Ehe erinnern? Das brauchst du nicht, ich denke die ganze Zeit daran.« Er griff meine Hände noch fester. »Ich habe es nicht vergessen, Phoebe, und das werde ich auch niemals.«

»Ich ...« In meinem Magen bildete sich ein schmerzender Knoten. »Nein, Lanny, nicht jetzt.«

Er ließ meine Hände los und erhob sich. Der Augenblick, so gefühlsbeladen er auch war, ging schnell wieder vorüber.

»Hör zu, ich habe heute abend frei. Ich werde dich so gegen sechs Uhr anrufen. Bis dahin solltest du mit niemandem darüber reden. Du weißt einfach nicht, wer außer George da noch mit drinhängt. Verdammt nochmal«, rief er und schüttelte den Kopf. »Das ist wirklich harter Tobak.«

»Lanny, ich dachte daran, zu John zu gehen und ihm alles zu erzählen, was ich herausgefunden habe, aber es ist etwas dazwischengekommen, und jetzt, wo ich weiß, was dieses Schwein Cutter Gage getan hat ...«

»Ich würde damit nicht zu John gehen. Noch nicht jedenfalls. Man sollte noch abwarten, bevor du oder wir etwas unternehmen. Sich unüberlegt auf einen Kampf mit Gage einzulassen, ist, als ob du deine Hand in einen Ventilator hältst. Wir müssen sehr vorsichtig sein.«

»Du hast recht. Ich kann anscheinend nicht mehr so ganz klar denken.« Ich ging auf die Tür zu.

In diesem Moment ergriff er mich bei den Schultern und drehte mich zu sich um. Dann faßte er zart mein Kinn und hob mein Gesicht in die Höhe. Ich rührte mich nicht, als er langsam den Kopf neigte und ich seinen warmen Atem auf der Haut spürte. Es ist komisch, wie man in einem solchen Augenblick emotional und körperlich reagiert. Irgendwie war es die natürlichste Berührung der Welt, eine, wie ich sie früher Hunderte, wahrscheinlich Tausende von Malen erlebt hatte, und ich beantwortete sie, ohne auch nur eine Sekunde lang nachzudenken. Alles, was ich wußte, war, daß ich jetzt Nähe brauchte, und er war da, ganz nah, und küßte mich.

»Was geht hier vor, verdammt nochmal?« Rogers Stimme dröhnte durch den Raum. Er stand in der Tür und starrte uns an. Auf diese Frage gab es nicht viel zu sagen, und Lanny sah ihn nur kurz an, dann lächelte er und strich mir mit der Hand über die Wange.

»Ich ruf' dich so gegen sechs an. Okay?«

»Ja, gut. Ich ... Roger, das ist Lanny Wilson.«

»Ist mir scheißegal, wer das ist«, antwortete er. Dann erinnerte er sich anscheinend und sagte: »Ach so, Lanny, ... na ja, Sie waren ja prompt zur Stelle.«

»Stimmt«, meinte Lanny und streckte seine Hand aus. Als Roger sie ignorierte, wandte er sich wieder zu mir und verabschiedete sich. »Also bis heute abend. War nett, Ihre Bekanntschaft gemacht zu haben ...«

Roger starrte zuerst ihn und dann mich mit einem Ausdruck völligen Entsetzens an. »Ich kann es nicht glauben«, stieß er schließlich hervor.

»Roger, ich habe Lanny angerufen, weil ...«

»Du hast ihn angerufen?« Seine Stimme stockte, und er wurde krebsrot im Gesicht. »Ausgerechnet *ihn*?«

»Ich geh' jetzt«, sagte Lanny und ging zur Tür.

»Roger …«

»Nein … ich will nichts hören. Verdammt, Phoebe.« Seine Augen füllten sich mich Tränen. »Für wie blöde hältst du mich eigentlich? Dieser Kerl ist doch verheiratet, oder?«

»Roger, es ist nicht so, wie du denkst …«

Er lachte böse. »Oh Gott, was Originelleres ist dir wohl nicht eingefallen.« Dann wandte er sich zur Tür.

»Roger, warte … laß mich erklären …«

»Ich habe gewartet«, sagte er und drehte sich zu mir um. »Aber jetzt reicht's. Es war immer so mit dir: Entweder es läuft nach deinen Vorstellungen, oder gar nicht. Wir sind einfach zu verschieden, du und ich.« Er hob die Hand und berührte mit einer sanften Geste mein Gesicht. Instinktiv umfaßte ich sein Handgelenk. »Weißt du, ich wollte nur dich. Ich dachte sogar, wenn ich dich gehen lassen, würdest du zurückkommen. Scheiße! Na, habt ihr euch wenigstens gut über mich amüsiert, ihr beiden?«

»Verschwinde, Roger. Raus hier, und zwar gleich!« Ich schleuderte seine Hand von mir weg. »Wenn du mich so schlecht kennst, dann verschwinde aus meinem Leben.«

»Du hast recht, ich kenne dich nicht.« Seine Worte klangen verächtlich. »Aber wie sollte ich auch, du kennst dich ja nicht einmal selber.«

Die Wand bebte, als er die Tür hinter sich zuwarf. Ich drehte mich langsam um. In meinem Kopf schwirrte es, meine Schläfen pochten, und dann war es, als würde ich in einen tiefen Abgrund stürzen.

Als ich wieder aufwachte, war es Samstagnachmittag. Ich blieb auf der Couch liegen, Stud hatte sich auf meiner Brust zusammengerollt, und lauschte längere Zeit dem Wind und dem Regen draußen. Die Erschöpfung und der ohnmachtsähnliche Schlaf hatten mich völlig gefühllos gemacht. Keine Emotionen. Keine Probleme. Nichts.

Nachdem ich allerdings eine Weile so gelegen hatte, kehrte die Wirklichkeit wieder zurück. Mein ganzer Körper schmerzte. Ich erhob mich schwerfällig, ging zum Fenster, öffnete es und hörte, wie der Regen vom Wind gegen die Hauswand gepeitscht wurde.

Ich wußte, daß ich mich zusammenreißen mußte. Eine Dusche würde mir helfen, wieder auf die Beine zu kommen, und so ging ich ins Badezimmer. Als ich abwechselnd heißes und kaltes Wasser mit voller Kraft auf meine schmerzenden Glieder strömen ließ, entspannte sich mein Körper allmählich, und ich spürte, wie meine Lebensgeister wieder erwachten.

Als ich aus der Dusche kam, hörte ich das Telefon läuten. Das Herz schlug mir bis zum Hals. Das mußte Roger sein. Und wenn nicht, dann würde ich ihn anrufen. Und wenn er am Telefon nicht mit mir reden wollte, dann würde ich zu ihm fahren. Ganz einfach.

Bis ich aus dem Badezimmer zum Telefon gelaufen war, hatte sich bereits der Anrufbeantworter eingeschaltet, und der Anrufer hatte schon aufgelegt.

Es läutete wieder und ich wartete noch ein paar Sekunden, bis ich fest entschlossen war, alles zu tun, außer zu Kreuze zu kriechen, um Roger zu erklären, was zwischen mir und Lanny vorgefallen war. Als ich nach dem dritten Läuten meine Hand nach dem Hörer ausstreckte, war sie feucht vor Nervosität.

»Roger, bevor du etwas sagst, mußt du mir zuhören …« Keine Antwort. »Roger?«

Die Stille, die durch die Leitung auf mich zukroch wie ein gefährliches und hungriges Raubtier, erfüllte mich mit Entsetzten. Ich versuchte, den Hörer von meinem Ohr zu nehmen, aber meine Hand bewegte sich nicht. Mein Arm war wie gelähmt.

»Roger?« Ich brachte kaum ein Wispern heraus.

»Ich möchte Helen Jenkins sprechen.«

Einen kurzen und trügerischen Moment lang empfand ich unendliche Erleichterung, und ich kicherte beinahe hysterisch: »Tut mir leid, da haben Sie sich verwählt …«

Die Worte klangen in meinem Kopf nach. Helen Jenkins … das war der Name, den ich Stroud und Dinah Lord gegenüber benutzt hatte. Mein Mund wurde trocken, und ich versuchte zu sprechen. Aber das brauchte ich nicht.

»Helen … Sie haben doch nichts dagegen, wenn ich Sie Helen nenne, oder? Ich hoffe, ich habe Sie nicht beim Abendessen gestört.«

Strouds Stimme ließ mich vollends verstummen.

»Na, was denn, ich dachte, Sie hätten auf diesen Anruf gewartet?«

Ich ließ mich auf die Couch fallen, ließ den Hörer in meinen Schoß sinken und versuchte, meine Fassung wiederzugewinnen. Als ich ihn dann wieder ans Ohr nahm, war ich für den Kampf bereit. Aber es war das erste Mal in meinem Leben, daß ich das Gefühl hatte, meinem Gegner gegenüber wehrlos zu sein.

»Was wollen Sie, Stroud?«

»Victor, bitte nennen Sie mich Victor. Warum so förmlich? Es ist doch nicht so, als ob wir uns nicht kennen würden, nicht wahr, Miss Jenkins?« Ich hörte, wie er leise lachte. Er machte sich über mich lustig.

»Ich habe Sie gefragt, was sie von mir wollen.« Die Festigkeit in meiner Stimme überraschte mich selbst.

»Ich rufe Sie an, weil ich gute Neuigkeiten für Sie habe.«

»Und was sind das für Neuigkeiten?«

»Ich habe beschlossen, Ihre Schwester in unser Behandlungsprogramm aufzunehmen. Lassen Sie es mich ein Auffrischungsprogramm nennen. Wir hatten eben unser erstes Gespräch, und sie hat sich damit einverstanden erklärt, daß …«

Es war unmöglich, daß er sie hatte. Sie wäre niemals mit ihm ... In meinem Kopf überschlug sich alles. *Aber sie wäre mit George mitgegangen. Überallhin.*

»Lassen Sie mich mit ihr sprechen«, sagte ich, und indem ich versuchte, meine Panik zu verbergen, fügte ich noch befehlend hinzu: »Jetzt sofort!«

»Das ist leider nicht möglich. Ich fürchte, Ihre Schwester war ein wenig, wie soll ich sagen, ja, sie war zunächst ein bißchen widerspenstig, was es erforderlich machte, ihr ein Beruhigungsmittel zu geben.«

»Sie Dreckskerl!«

»Aber Sie brauchen sich wirklich keine Sorgen um sie zu machen. Sie ist jetzt ganz ruhig und entspannt. Mit dem Gentleman war es allerdings etwas schwieriger.«

»Wovon reden Sie da? Wer ...« Und dann fiel es mir siedendheiß ein. Konnte es sein, daß Roger zu Kehly gefahren ist, nachdem er bei mir war? Wahrscheinlich. Und auch er wäre mit George mitgegangen. »Wenn Sie einem von beiden auch nur ein Haar krümmen ...«

»Aber ganz im Gegenteil. Kehly geht es bestens. Sie schläft jetzt wie ein Baby. Nur, wie gesagt, größere Probleme hatten wir mit dem Anwalt. Er zeigte sich sehr besorgt, daß wir der jungen Dame etwas zufügen könnten. Natürlich war diese Sorge völlig unangebracht.«

»Ich komme sofort zu Ihnen.«

»Gewiß. Das ist zwar entgegen unserer Regeln, aber in diesem speziellen Fall bin ich sehr mit Ihrem Besuch einverstanden. Selbstverständlich müssen wir noch unser übliches Konsultationsgespräch führen, bevor Sie die Patienten sehen können. Welche Zeit wäre Ihnen angenehm?«

»Jetzt ... ich komme jetzt gleich.«

»Wie wäre es mit zehn Uhr heute abend? Bis dahin werden wir mit Kehlys Behandlung fortfahren.«

»Wenn den beiden was passiert, Sie Schwein, dann bringe ich Sie um.«

Aus meiner Angst war kalte Wut geworden.

»Das liegt ganz bei Ihnen. Sie sind doch eine intelligente Frau, und deshalb weiß ich, daß ich Sie nicht extra darum bitten muß, diese … äh … Angelegenheit ganz unter uns zu regeln. Also um zehn. Ich möchte Ihnen noch raten, daß sie keine Minute später kommen. Das Tor wird offen sein. Ich nehme an, Sie finden den Weg in mein Büro.«

Damit legte er auf.

Mama erzählte mir, daß sie kurz vor drei Uhr nachmittags noch mit Kehly telefoniert hatte. Kehly war nicht zu den Chico Hot Springs gefahren, und als Mama sie anrief, war Roger bei ihr gewesen. Mit ihrem untrüglichen Mutterinstinkt war ihr sofort klar, daß Roger in einer Krise steckte und daß diese Krise mit mir zu tun hatte. Aber ich konnte ihre Fragen einfach nicht beantworten. Was hätte ich ihr denn sagen sollen? Übrigens, deine Tochter ist entführt worden, zusammen mit Roger, aber mach dir keine Sorgen, da steckt bloß so ein ehemaliger Senator dahinter, der jetzt zufällig der Präsident vom Montana Investigation Bureau ist, und dann noch ein Psychiater, der wahrscheinlich eher ein Psychopath ist, sowie eine seiner drogensüchtigen Patientinnen, aber ich habe alles unter Kontrolle? Das doch wohl kaum. Also belog ich sie. Schließlich hatte ich sie davon überzeugt, daß es keinen Grund zur Beunruhigung gab.

Dann rief ich die Auskunft an und fragte nach der Nummer der Familie Sandler in Sheridan, Wyoming. Es gab nur eine Eintragung unter diesem Namen. Langsam verstand ich, was es hieß, eine Entscheidung treffen zu müssen. Meine war einfach: Zwei Menschen, die ich liebte, waren in Gefahr, und das war alles, was zählte. Maureen Sandler mußte mir helfen. Es gab keine andere Möglichkeit. Das Telefon läutete mindestens zehnmal, bevor sich eine tiefe Männerstimme meldete.

»Ja?«

»Ich muß mit Maureen sprechen.«

»Wer ist da?«

Es war, als würde in meinem Kopf etwas explodieren. »Lassen Sie sie an das verdammte Telefon. Ich hab' keine Zeit für ...«

»Sie ist nicht hier.«

»Wo ist sie dann? Und wer spricht da übehaupt?«

»Ich bin Miles Sandler, Maureens Mann.«

Ich wußte, ich würde nichts damit erreichen, wenn ich diesen Kerl anschreien würde, also holte ich tief Luft und hoffte das Beste.

»Ihre Frau hat mich gestern abend angerufen. Ich bin hier in großen Schwierigkeiten und brauche ihre Hilfe.«

»Ich weiß von diesem Anruf. Warum lassen Sie sie nicht in Ruhe? Sie hat schon genug durchgemacht.« Seine Stimme hatte einen flehenden Unterton, der mir ziemlich zu schaffen machte.

»Ich habe keine andere Wahl. Ich ...«

»Maureen ist nicht hier. Sie ist in Hardin.«

Ich kannte den Ort, er lag sechzig Meilen entfernt, etwa auf halbem Wege zwischen Billings und Sheridan.

»Sie meinen, sie ist unterwegs zu mir?«

»Nein, sie ist auf dem Weg nach Hause. Sie ist heute morgen weggefahren, nachdem sie mit einer Joan ... nein, Jean telefoniert hat. Sie hat mich vor ein paar Minuten angerufen.«

»Dann ist sie schon hier gewesen?«

»Ja. Aber es ist nicht gutgegangen.«

»Was ist nicht gutgegangen?«

»Mit ihrer Mutter. Sie hat sie getroffen.«

»Oh nein.«

»Sie hat mich gebeten, Ihnen zu sagen, daß Jean jetzt alle Informationen hat, die Sie brauchen. Was zum Teufel geht da vor? Ist Maureen in Gefahr?«

»Nein. Nicht, wenn sie auf dem Weg nach Hause ist.«

Mit diesen Worten beendete ich unser Gespräch.

Dann versuchte ich, Lanny anzurufen, legte aber wieder auf, als seine Frau an den Apparat kam. Anschließend blieb ich bestimmt eine Stunde lang neben dem Telefon sitzen und starrte es an. Halb hoffte ich, halb fürchtete ich, daß es läuten würde. Als es das schließlich tat, klang es, als würde in meiner Wohnung ein Alarm losgehen.

»Phoebe?«

»Lanny, oh Scheiße, ich werde halb verrückt vor Angst hier. Stroud hat angerufen ... Er hat Kehly und Roger ... was soll ich tun, um Gottes willen?«

»Beruhige dich erst mal. Und dann erzähle mir genau, was er gesagt hat.«

Ich wiederholte ihm das Telefongespräch Wort für Wort. Er hörte mir ruhig zu. Als ich geendet hatte, sagte er immer noch nichts.

»Sag doch was, verdammt nochmal. Was soll ich machen? Zehn Uhr, Lanny, mehr Zeit habe ich nicht. Bis zehn.«

»Laß mich eine Minute nachdenken. Er hat gesagt, das Tor würde offenstehen, richtig?«

»Richtig.«

»Okay. Ich bin heute abend auf Streife, und es ist zu spät, die zu verlegen, aber ich habe einen Plan ...«

Wir verabredeten, daß Lanny ab zehn Uhr auf dem Grundstück von Whispering Pines sein würde. Ich sollte auf alles eingehen, was Stroud von mir verlangte, aber dabei versuchen, möglichst viel Zeit zu gewinnen. Erst hinterher fiel mir ein, daß ja auch die beiden Hunde draußen sein würden. Aber da konnte ich Lanny nicht mehr erreichen. Er würde also irgendwie mit ihnen fertig werden müssen.

Ich ging ins Schlafzimmer und durchwühlte meinen Wandschrank, bis ich im obersten Fach gefunden hatte, was ich suchte. Ich ergriff die Schachtel, legte sie aufs Bett, öffnete den Deckel und nahm eine Zehnmillimeter Smith & Wesson, Modell 1006, heraus, die ich mir selbst letztes Jahr zu Weihnachten geschenkt habe. Sie hat mich siebenhundert Dollar gekostet, und ich habe sie bis zu diesem Zeitpunkt erst einmal benutzt, nämlich im Übungskeller des Waffenhändlers, bei dem ich sie gekauft hatte.

Ich nahm auch das volle Magazin aus der Schachtel und lud die Waffe. Eigentlich hasse ich diese Dinger, es ist, als hielte man eine Klapperschlange am Genick fest. Aber jetzt waren diese tausend Gramm Metall alles, was ich hatte, um mich gegen das zu wappnen, was mich erwartete. Was immer das sein würde.

Ich holte eine Jacke mit tiefen Taschen aus dem Schrank, zog sie an und steckte die Smith & Wesson in die rechte Tasche. Dann läutete das Telefon.

»Hallo?« Schweigen am anderen Ende der Leitung.

»Hallo?« fragte ich noch einmal.

»Phoebe, hier ist Mary Kuntz. Ich habe das Buch gefunden, Jennifers Buch. Es heißt ›Das Buch der Schatten‹. Ich dachte, Sie wollen es sich vielleicht ansehen.«

»Hören Sie, Mary. Ich habe jetzt gerade eine Menge um die Ohren. Zeigen Sie es niemandem. Ich werde mich wieder bei Ihnen melden, okay?« Dann fiel mir plötzlich ein, daß ich etwas brauchte, um Stroud gegenüber eine günstigere Verhandlungsposition zu haben, und vielleicht gaben mir Jennifers Aufzeichnungen ja einen Trumpf in die Hand.

»Mary?« Sie antwortete nicht. »Mary, sind Sie noch da?«

»Ja, ich bin noch da, Phoebe. Es tut mir leid, daß ich Sie damit belästigt habe. Es ist nicht so wichtig ...«

In ihrer Stimme lag etwas, das mir Angst machte. Aber ich hatte keine Zeit herauszufinden, was es war. Wahrscheinlich eine Folge des Überraschungsbesuchs von Maureen. »Mary, ich fahre gleich los und bin …« Ich sah auf meine Armbanduhr. Es war sieben Uhr. »Spätestens um halb acht bin ich bei Ihnen.«

Sie sagte immer noch nichts. »Um Himmels willen, Mary. Hören Sie mich?«

»Ich erwarte Sie.« Damit hängte sie ein.

Als ich vom Highway in die Straße zu Mary Kuntz abbog, hatte es aufgehört zu regnen, die Wolken hatten sich verzogen, und die Temperatur war um einige Grade gefallen. Ich konnte meinen Atem im Wagen sehen. Als der Motor anfing zu stottern, flehte ich: »Laß mich nicht im Stich. Bitte!« und klopfte aufmunternd auf das Armaturenbrett. Wenn der Wagen jetzt seinen Geist aufgab, dann war das tödlich, und zwar möglicherweise im wahrsten Sinne des Wortes. Dann fuhr ich langsam weiter und erreichte wenig später den Kiesweg, der zur Farm führte.

Als ich beim Tor vorfuhr, hatte ich erwartet, aussteigen zu müssen, um es zu öffnen, aber es stand bereits weit offen, und ich fuhr in den Hof. Zwei Autos standen vor dem Haus, das eine erkannte ich als das von Mary, und der Kombi gehörte vermutlich Frank. Jennifers Wagen war nicht mehr da.

Auf dem Hof brannten keine Lichter, und auch das Haus lag völlig im Dunkeln. Ich ließ den Motor meines Wagens laufen und die Scheinwerfer eingeschaltet, zog die Handbremse an und stieg aus. Über der Farm lag eine gespenstische und lähmende Stille, die mich mehr schaudern ließ als die kalte Nachtluft.

Während ich auf die Hintertür des Hauses zuging, hatte ich das Gefühl, Bleigewichte an den Füßen zu haben. Ich blieb im Scheinwerferlicht meines Wagens und beobachtete, wie sich vor mir mein Schatten erhob und die Tür erreichte, noch bevor ich dort war. Mit sechs weiteren Schritten hatte ich ihn eingeholt, worauf er an der Mauer entlangkroch und über mir aufragte wie ein riesiges schwarzes Gespenst.

Nichts rührte sich. Ich klopfte an die Tür, doch nicht das kleinste Geräusch war zu hören. Dennoch ging sie plötzlich langsam auf, geöffnet von einer unsichtbaren Hand. Ich trat einen Schritt zurück und griff in meine rechte Jackentasche.

»Ich habe Ihren Wagen gehört, Phoebe«, begrüßte mich Mary, während sie zur Seite trat, um mich einzulassen.

»Was machen Sie denn hier im Finstern? Warum haben Sie kein Licht angemacht?« fragte ich, als ich an ihr vorbei ins Haus ging. »Wo ist der Lichtschalter?« Aber sie antwortete nicht. Ich drehte mich nach ihr um. Sie stand da und sah in den dunklen Hof hinaus.

»Wo ist der Lichtschalter?« wiederholte ich.

»Der Strom ist ausgefallen. Ich hole eine Kerze.« Sie ging an mir vorbei in die dunkle Küche, und ich folgte dem Geräusch, als sie anfing den Schrank zu durchstöbern. Sie öffnete ein paar Türen, zog die Schubladen auf und kam dann mit einem Gegenstand zum Küchentisch. Der durchdringende Geruch von Schwefel erfüllte die Luft, als sie ein Streichholz anzündete und an den Docht der Kerze hielt, die sie in die Mitte des Tisches gestellt hatte.

»Jennifer hat mir diese Kerze vor ein paar Jahren zu Weihnachten geschenkt. Sie hat sie selbst gemacht. Sie ist so wunderschön, daß ich es nie über mich gebracht habe, sie anzuzünden. Finden Sie nicht auch, daß sie wunderbar ist?«

Mary richtete sich auf, immer noch das brennende Streichholz in der Hand. Ich trat zu ihr und blies es aus.

»Es ist eine Weihnachtskerze. Alle Kinder in ihrer Schule haben in jenem Jahr eine gebastelt. Sehen Sie nur, was für eine schöne Arbeit …«

»Mary.« Ich nahm sie bei den Schultern und drehte sie zu mir um.

»Was ist hier los? Sind Sie allein?«

»Nein ... äh ... ich bin nicht allein.«

»Wer ist bei Ihnen?«

»Frank ist hier. Wir hatten ein langes Gespräch. Über die Mädchen, meine kleinen Mädchen, und über das Buch.«

»Wo ist er, Mary? Wo ist Frank?«

»Wer?« Sie schüttelte verständnislos den Kopf.

»Frank. Ich habe Sie gefragt, wo Frank ist.« Meine Hände umfaßten ihre Schultern fester.

»Was ist hier los, verdammt nochmal?«

»Er ist unten bei der Scheune, Phoebe. Meine Tochter ist heute gekommen. Mit ihrem kleinen Mädchen«, fügte sie leise hinzu und strich sich über die Haare. »Sie sieht genauso aus wie Maureen. Den ganzen Kopf voller blonder Locken. Und sie hat ... sie hat mich Grandma genannt.«

»Ich weiß, daß Maureen hier war.« Ich sah, daß Mary etwas in der Hand hielt, und fragte: »Was haben Sie da, Mary?«

»Es ist das Buch. Ich ... ich habe es gefunden.«

»Halten Sie es fest.« Sie preßte es so fest gegen ihre Brust, daß es aussah, als wolle sie es nie wieder loslassen. »Bringen Sie mich hin ...«, sagte ich, aber dann fiel mir ein, daß ich wenig Lust auf eine zweite Begegnung mit ihrer Tochter hatte. »Wo ist Jennifer?«

Dabei sah ich rasch über Marys Schulter zu der Tür in ihrem Rücken, als erwartete ich, daß sich jeden Moment aus der Dunkelheit eine blonde junge Frau mit einem riesigen Messer auf uns stürzen würde.

»Ich weiß es nicht. Wir haben uns heute morgen gestritten, und sie ist weggefahren. Ich bat Frank noch, sie zurückzuhalten. Sie stand nur da und lachte ihn aus. Er tat rein gar nichts. Er ist dann einfach zu seiner Landwirtschaftsausstellung gefahren.«

»Mary, wir brauchen eine Taschenlampe, und dann möchte ich, daß Sie mich zu Frank bringen.«

»Er hat nie viele Worte gemacht, aber ich dachte, er würde wenigstens versuchen ...«

»Eine Taschenlampe, Mary. Haben Sie eine?«

Sie ging zum Küchenschrank, nahm eine kleine Taschenlampe, die darauf lag, herunter, hielt sie mir hin und fragte: »Reicht die?«

»Ja, die ist gut. Gehen wir.«

Sie trat zur Tür hinaus in das Licht der Scheinwerfer meines Chevrolets. Ich folgte ihr. Unsere Schatten verschmolzen ineinander, als wir um die Ecke des Hauses bogen. Es war stockfinster, aber Mary schien nicht einmal die Taschenlampe zu brauchen, um mit sicherem Schritt ihren Weg zu finden. Als sich meine Augen an die Dunkelheit gewöhnt hatten, erkannte ich die Umrisse der Scheune. Dort brannte kein Licht, und auch sonst gab es kein Anzeichen dafür, daß jemand dort war. Wenn jemand dort drinnen war, dann lauerte er im Dunkeln. Als wir die Koppel erreichten, blieb Mary stehen. Ich richtete das Licht der Taschenlampe auf sie, aber sie hob die Hand und schirmte ihre Augen ab, ich ließ den Lichtstrahl wieder sinken. Sie führte den Arm wieder an ihre Brust zurück. Noch immer umklammerte sie dieses Tagebuch.

»Wo ist er, Mary?« Meine Stimme klang mir fremd in den Ohren.

»Wir haben zum ersten Mal nach so langer Zeit geredet, es war schwierig, sich an alles zu erinnern.« Sie wandte sich ab und starrte in die Nacht hinein. »Ich war wütend, daß Jennifer weggegangen war ... wütend auf ihn, weil er sie hat gehen lassen.«

»Verdammt nochmal, Mary!« Sie war so durcheinander,

daß ich wohl kaum auf ihre Hilfe zählen konnte. »Frank«, rief ich in die Dunkelheit.

»Er weinte, Phoebe.«

»Frank!« rief ich, so laut ich konnte. Immer noch keine Antwort.

»Dann habe ich ihn hier zurückgelassen und bin ins Haus gegangen. Ich wollte nur für eine Weile in ihrem Zimmer sitzen. Ich wußte, daß wir sie verloren hatten, ich wußte das, Phoebe. Aber ein Kind ...« Sie brach ab, und dann stieß sie ein herzzerreißendes Schluchzen aus. »Eine Mutter kann niemals wirklich ihr Kind verlieren. Nicht eines, das man unter dem Herzen getragen hat. Das kann einem keiner nehmen und auch nicht die Erinnerungen.«

Ich legte meinen Arm um ihre Schultern, aber sobald ich sie berührte, wurde ihr Körper starr. »Wir müssen Ihren Mann finden. Ich habe jetzt keine Zeit, hier draußen zu stehen und ...«

»Dann habe ich es plötzlich entdeckt: Eine Ecke des Buches sah unter ihrer Kommode hervor. Ich habe nie in den Sachen meiner Tochter herumgeschnüffelt. Das ist nicht meine Art, aber diesmal habe ich das Buch aus seinem Versteck gezogen und gelesen. Es waren ihre Worte«, fuhr Mary mit zitternder Stimme fort. »Ihre Gedanken ... und ich mußte sie erfahren.«

Ich sah mich suchend in der Dunkelheit um. Ein leichter Wind hatte sich erhoben und blies mir eine Haarsträhne ins Gesicht. Ich wandte mich wieder Mary zu. Irgend etwas in der Koppel blitzte kurz auf. Dann verschwand es wieder, blitzte wieder auf. Der Wind hatte sich gelegt.

Plötzlich zerriß ein gellendes Wiehern die Stille. Erschrocken sprang ich zurück und sah, wie Blackys Kopf am Zaun erschien. Aus seinen Nüstern drang ein feuchter Atem, der im Mondlicht wie weißer Nebel aussah.

»Frank! Frank Kuntz!« schrie ich.

»Als ich es zu Ende gelesen hatte, saß ich lange Zeit einfach nur so da. Dann … dann ging ich zur Scheune …«

Der riesige schwarze Hengst war wieder verschwunden, als hätte ihn die Dunkelheit verschluckt.

»Mary.« Ich packte sie bei den Schultern. »Wir müssen jetzt gehen.«

Sie sah über mich hinweg zur Koppel. Diesmal war das Blitzen von einem summenden Geräusch begleitet. Mary starrte in diese Richtung, und in ihren Augen spiegelten sich die feurig-weißen Lichtpunkte.

»Frank!« Ich schrie so laut, daß mir der Hals wehtat.

»Er war mit Blacky in der Koppel und hat den Trog mit Getreide gefüllt. Dann hat er den Eimer an den Zaun gestellt. Ich zeigte ihm das Tagebuch …«

»Mary, wir gehen jetzt.« Der Wind erhob sich wieder und verstärkte das Summen noch. Es hörte gar nicht mehr auf.

»Er war nicht da, als Maureen kam. Er war zu dieser Ausstellung gefahren, und als er zurückkam, sagte ich ihm, Maureen sei hier gewesen. Dann habe ich ihm das Buch gezeigt.« Sie hielt es in die Höhe. »Und in diesem Augenblick wurde ihm klar, daß ich wußte, was er getan hatte. Mein Gott.« Sie preßte sich die Hand auf den Mund.

»Los jetzt, Mary, weg hier.« Ich ließ ihre Schultern los, griff nach ihrer Hand und wandte mich zum Gehen.

»Er hat sie angefaßt, er hat ihnen weh getan. Wie konnte er das tun?«

Ich drehte mich zu ihr um. Sie stand immer noch da und starrte in die Koppel. Plötzlich konnte ich ihren Schmerz in meiner Brust spüren, und dann wurde mir übel. »Was haben Sie getan?« fragte ich mit gepreßter Stimme.

»Er ist da, Phoebe.«

Ich wandte mich der Koppel zu und sah, daß auf dem Boden ein Kabel lag, das hin und her geweht wurde, einen Gegenstand berührte und dabei Funken sprühte. Ich ging ein paar Schritte darauf zu und leuchtete mit der Taschenlampe den Zaun ab, dabei hörte ich, daß Mary mir folgte.

»Frank?« Meine Stimme war nur schwach, fast nur noch ein Flüstern. »Frank ... wir müssen miteinander reden ... okay?«

Ich ließ das Licht in die Koppel fallen, und es dauerte eine Weile, bis ich begriff, was ich sah: Franks Gesicht oder vielmehr das, was davon übrig geblieben war, lag mir zugewandt auf dem Boden.

»Ich habe ihn gefragt, warum ... warum er ihnen so weh getan hat, aber er sagte kein Wort. Er stand nur da.«

Das Kabel schwang wieder in die andere Richtung und berührte mit einem Funkensprühen das tote, geschwärzte Fleisch seiner Wange. Ich ließ das Licht der Taschenlampe über seinen zerschmetterten Schädel und Körper gleiten.

»Ich flehte ihn an, mir zu antworten, mir zu sagen, warum,« wimmerte Mary hinter mir. »Aber er sagte einfach nichts.«

Ich war wie gelähmt. Ich konnte das Licht nicht von seinem entsetzlich zugerichteten Gesicht abwenden. Ich bekam keine Luft mehr. »Oh mein Gott«, stieß ich hervor, es war fast ein Röcheln.

Die Taschenlampe entglitt meinen Fingern und rollte über den Boden. Und dann sah ich, wie Mary in der Dunkelheit die Hand erhob und nach einem langen Gegenstand griff. Ich schrie entsetzt auf, als ich die schwarze Silhouette erkannte, die mit Schwung auf mich zuraste. »Mary! Nein!« Ich sprang zur Seite, um dem Hieb auszuweichen.

»Ich mußte es tun«, brüllte sie. »Meine Babies! Meine kleinen Mädchen! Er wußte es! Er hat es die ganze Zeit gewußt, und er hat ihnen nicht geholfen!«

Sie ließ die Gerte niedersausen und traf damit den Eimer, einen halben Meter neben mir. Das Dröhnen des

Metalls hallte durch die Nacht, als sie immer und immer wieder zuschlug. Und immer und immer wieder erhob sich das Pferd auf die Hinterbeine und ließ seine Hufe auf den leblosen Körper unter sich niedersausen.

»Ich habe so lange damit auf den Eimer geschlagen, bis er zu Boden ging und sich nicht mehr rührte.«

Sie ließ zuerst die Gerte und dann sich selbst auf den feuchten Boden gleiten. Dann hörte ich nur noch schmerzerfülltes Schluchzen. »Er hat ihnen nicht geholfen, und ich mußte ihn dafür bestrafen. Ich mußte es tun … oh mein Gott … ich mußte.«

Ich kroch auf sie zu, hockte mich neben sie auf den Boden und nahm sie in die Arme. Ich schauderte, als ich sie festhielt.

Als ich sie schließlich ins Haus zurückgebracht hatte, hatte sie sich wieder hinter dem schützenden Schild ihrer Selbsttäuschung verborgen. Sie weinte nicht mehr, sondern saß mir nur schweigend am Küchentisch gegenüber und beobachtete mich, während ich das Buch im flackernden Licht der Kerze durchblätterte. Jede Zeile und jedes Wort dieser Geschichte von Jennifer Kuntz waren wie ein Schrei des Schmerzes und des Zorns. Als ich geendet hatte, schloß ich das Buch und sah auf, in Marys lächelndes Gesicht.

»Sie ist sehr früh gelaufen, wissen Sie. Sie konnte überhaupt alles schon sehr früh.«

»Mary, wir müssen die Polizei rufen.« Ich stand auf und wollte zum Telefon gehen.

»Sie haben mir immer gesagt, daß mit Jennifer etwas nicht in Ordnung ist, aber ich habe ihnen nie geglaubt. Ich hatte recht, nicht wahr, Phoebe?« Sie lächelte wieder. »Er hat ihr weh getan, und sie dachte, es gäbe niemanden, der ihr helfen könnte.«

»Die Polizei, Mary«, sagte ich, denn ich war überzeugt, daß ich das hier nicht allein schaffen würde.

»Nein, meine Liebe, wir brauchen sie nicht zu rufen. Es war bereits ein Polizist hier, und ich sagte ihm ...«

»Wieso, was meinen Sie damit?«

»Ich habe mich zu Frank gesetzt und versucht, mit ihm zu reden, aber er war so still. Dann habe ich das Buch genommen, und als ich mich umdrehte, um zurück ins Haus zu gehen, stand er da.«

»Wer?«

»Der Polizist. Ich habe ein wenig mit ihm geredet und ihn zum Kaffee eingeladen. Er sagte, daß er jetzt keine Zeit hätte, aber daß er bald wiederkommen würde.«

»Scheiße!« Ich packte ihren Arm. »Wir müssen hier weg. Sofort.«

»Ich muß erst noch meine Tasche holen, Phoebe.« Mary stand auf, ging in den Flur und kehrte mit ihrer Handtasche im Arm zurück. »Sollten wir nicht warten, bis ...«

»Nein, das sollten wir nicht. Vertrauen Sie mir, Mary.«

Wir stiegen in meinen Wagen, und als ich aus dem Hof fuhr, sah ich auf der Straße, die zur Farm führte, die Scheinwerfer eines sich nähernden Autos. Wenn du hierher kommst, dann mußt du mich schon töten, um mich zu stoppen, dachte ich. Dann gab ich Gas, fuhr rückwärts durch das Tor, wendete den Wagen und raste die Schotterstraße entlang. Die Scheinwerfer kamen immer näher.

»Halten Sie sich fest, Mary«, rief ich, als der Wagen frontal auf uns zufuhr, und ich das Steuer herumreißen mußte, um ihm auszuweichen. Dabei wäre ich fast im Graben gelandet, aber ich sah mich noch einmal um und stellte fest, daß das andere Fahrzeug kein Streifenwagen gewesen war.

Wir fuhren schweigend weiter auf die Interstate in Richtung Billings. Ich mußte sie irgendwo unterbringen. Aber wo? Sie konnte unmöglich mit mir kommen, sie zu Mama zu bringen, wagte ich nicht, und ich hatte kaum noch Zeit, eine Möglichkeit zu finden. Sharon, die Massage-Therapeutin, war am Wochenende nicht in ihrem Studio, und ihre Privatadresse kannte ich nicht.

Dann fiel mir Jean Dillard ein. Natürlich, warum hatte ich nicht eher an sie gedacht? Ich hielt vor dem Drugstore in der Shiloh Road, ließ Mary im Wagen sitzen und rannte zu der Telefonzelle vor dem Laden. Jemand hatte das Telefonbuch herausgerissen, und so mußte ich zuerst die Auskunft anrufen. Dann wählte ich Jeans Nummer, und sie meldete sich schon nach dem ersten Läuten.

»Hier ist Phoebe. Ich möchte Sie um einen Gefallen bitten, Jean. Ich ...«

»Jennifers Schwester ist heute bei mir gewesen. Sie kam von ihrer Mutter. Ist mit Mary alles in Ordnung?«

»Sie ist hier bei mir.«

»Ich habe die Unterlagen, die Sie brauchen. Maureen möchte sicher sein, daß sie in die richtigen Hände gelangen, und ich habe ihr versprochen, daß Sie sie an die zuständige Behörde weiterleiten. Ich vertraue Ihnen.«

Sie sprach undeutlich, und ich verfluchte innerlich ihre Trinkerei. »Ja. Ich werde dafür sorgen. Jean, ich brauche einen Platz, wo Mary Kuntz die nächsten Stunden bleiben kann. Kann ich sie bei Ihnen unterbringen?«

»Gibt es Probleme?« fragte sie.

»Das kann ich Ihnen jetzt nicht erklären. Ich bin etwa zehn Minuten von Ihrem Haus entfernt. Kann ich sie vorbeibringen?«

»Natürlich. Ich gebe Ihnen dann auch die Papiere ... Moment mal .. da ist jemand an der Tür. Bis gleich dann.«

»Warten Sie!« rief ich. »Lassen Sie niemanden herein.«

Aber sie hatte schon aufgelegt. Ich rannte zurück zum Wagen, stieg ein und betete, daß er keine Schwierigkeiten machen würde. Aber kaum hatte ich Gas gegeben, soff der Motor ab. »Scheiße!« schrie ich und schlug wütend auf das Steuerrad. Bis ich die Ablagerungen entfernt hatte und weiterfahren konnte, waren zwanzig Minuten vergangen.

Jedes Auto vor oder hinter mir konnte gefährlich werden. Sehr gefährlich. Deshalb beschloß ich, eine andere Straße zu nehmen, auf der ich einen besseren Überblick über den Poly Drive und Verfolgerfahrzeuge hatte.

Als ich auf dem Poly Drive ankam, zuckte ich bei jedem auftauchenden Schatten zusammen. Ich fuhr langsam an Jeans Hause vorbei. Im vorderen Zimmer brannte Licht. Ursprünglich wollte ich nur kurz vor dem Haus halten, Mary abliefern und dann, ohne mich auf weitere Erklärungen einzulassen, meine Fahrt fortsetzen. Aber jetzt ließ mich irgendein Instinkt die Straße noch ein Stück weiterfahren, bis ich zu einem Gartenweg kam, in den ich einbog und den Wagen am hinteren Ende abstellte.

»Mary, es ist sehr wichtig, daß Sie verstehen, was ich Ihnen jetzt sage.«

Ich sprach sehr deutlich, als ich versuchte, ihr zu erklären, daß sich meine Schwester und Roger in großer Gefahr befanden, und wir beide ebenfalls.

»Wissen Sie noch, wer Jean Dillard ist? Sie wohnt hier um die Ecke. Ich gehe jetzt in ihr Haus, um mit ihr zu reden, und ich möchte, daß Sie im Wagen auf mich warten. Ich bin bald zurück, okay? Bitte bleiben Sie, wo Sie sind.«

»Ja sicher, meine Liebe. Wie lange soll ich auf Sie warten?« fragte sie, ergriff meine Hand und tätschelte sie.

Verdammt, das war alles nicht so einfach. »Sie sollen warten, bis ich wieder zurück bin. Haben Sie überhaupt verstanden, was ich Ihnen erklärt habe?«

»Mir geht's gut«, sagte sie lächelnd und fuhr fort, meine Hand zu tätscheln. »Sie können ruhig gehen und Ihren Besuch machen. Ich bleibe hier. Sie brauchen sich um mich keine Sorgen zu machen, meine Liebe.«

Ich zögerte noch, aber dann stieg ich aus. Schließlich hatte ich keine andere Wahl. Ich rannte den Kiesweg zurück zum Poly Drive und zu Jean Dillards Haus. Ich läutete an der Tür, aber niemand öffnete. Daraufhin klopfte ich und trat einen Schritt zur Seite, um in das Fenster neben der Tür zu sehen. Von drinnen konnte ich Musik hören, sah aber niemanden. Ich klopfte noch einmal und noch heftiger, aber es rührte sich immer noch nichts. Dann drehte ich an dem Türknauf. Die Tür war unverschlossen. Ich sah mich um, und als ich niemanden auf der Straße bemerkte, öffnete ich sie und trat ein.

»Jean?« rief ich mehrmals, während ich von Zimmer zu Zimmer ging. Alles in diesem geräumigen Haus war sehr sauber und ordentlich. An der hinteren Seite des Hauses lag die Küche. Sie war ebenfalls makellos und hätte direkt aus dem Katalog eines Einrichtungshauses stammen können, wäre da nicht dieses ständige Tropfen des Wasserhahns über dem Spülbecken gewesen. Ansonsten vermißte ich nur noch die Plastikfrüchte in einem Weidenkorb.

Die Musik drang durch das ganze Haus und folgte mir, oder vielleicht führte sie mich auch durch die Räume. Rechts von der gläsernen Schiebetür zum Garten bemerkte ich eine weitere, nur angelehnte Tür. Ich stieß sie auf, und das Licht fiel auf eine kleine Treppe vor mir, die offensichtlich in die Garage führte. Die Musik wurde sofort lauter.

Ich tastete auf der Wand neben der Tür nach einem Lichtschalter, fand aber keinen. Dann betrat ich die erste Stufe und wurde von einem kühlen Lufthauch angeweht. Ich ging weiter und fühlte dabei über mir nach einer Lampe oder sonst irgendeiner Lichtquelle. Dabei berührte meine Hand eine Schnur. Ich packte sie, zog daran, und der Raum war von Licht erfüllt. Jeans Auto stand auf der anderen Seite der Garage.

»Na toll, wahrscheinlich ist sie eine Schlafwandlerin oder so was«, murmelte ich und drehte mich um.

Ihr Fuß traf mich mitten ins Gesicht. Ich stolperte rückwärts und fiel auf den Zementboden. Oberhalb der Füße, von denen nur einer beschuht war, schwang Jean Dillards Körper nach unserem Zusammenstoß leise hin und her.

Ihr Kopf lag auf der Schulter. Eine Hand hatte sie halb unter den Strick geschoben, der ihr tief in den Hals schnitt, die geschwollenen Fingerspitzen gespreizt und schrecklich nach hinten gebogen, in ihrem letzten, verzweifelten Versuch, sich zu befreien.

Ich schlich mich im Seitwärtsgang zur Treppe und schleppte mich mit letzter Kraft die Stufen zur Küche hinauf. Mir war entsetzlich übel. Zwei in einer Nacht waren einfach zu viel für meinen Magen. Mein Mund füllte sich mit einer wäßrigen Flüssigkeit. Ich lief zu der Schiebetür, entriegelte ungeschickt das Schloß, riß sie auf und fiel vornüber auf die Terrasse.

Als ich mich wieder aufrappelte und tief die kalte Nachtluft einsog, hörte ich das Sirenengeheul mehrerer Streifenwagen, die den Poly Drive entlanggerast kamen. In einem Anfall von Panik stürzte ich in den Garten, kletterte über den hohen Holzzaun und sprang gerade in dem Moment auf die andere Seite, als sich die Schritte und Stimmen der Polizisten dem Haus näherten. Dann rannte ich so schnell zu dem Gartenweg, daß meine Füße nicht einmal mehr den Boden zu berühren schienen. Der Wagen stand da, wo ich ihn abgestellt hatte. Ich öffnete die Wagentür und stieg ein.

»Und, haben Sie Ihre Freundin getroffen?« fragte Mary.

Ohne eine Antwort gab ich Gas, schaltete den Gang ein und fuhr mit ausgeschalteten Scheinwerfern aus dem Kiesweg. An der Kreuzung hielt ich an und sah zu Jean Dillards Haus hinüber. Drei Streifenwagen standen davor auf dem Gehsteig. Ich fuhr auf die Straße in Richtung Rimrock Road, gerade als die ersten Nachbarn aus ihren Häusern traten und sich vor Jeans Tür versammelten.

Irgendwo in der Dunkelheit vor mir war George, und er war auf dem Weg zu demselben Ort wie ich: Whispering Pines. Mary starrte schweigend aus dem Fenster. Sie saß aufrecht neben mir und hielt das verdammte Buch und ihre Handtasche umklammert.

Ich hielt meine Armbanduhr in das schwache Licht des Armaturenbrettes. Mary hatte geschwiegen, bis ich vom Highway auf die Straße, die zu Whispering Pines führte, abbog. Dann fragte sie: »Wir sind auf dem Weg nach Whispering Pines, nicht wahr?«

»Ja. Aber Sie müssen wieder im Wagen bleiben.«

Ich hielt vor dem Gebäude, wo bereits ein schwarzer Chrysler mit Regierungskennzeichen stand, und schaltete den Motor aus. Gage war also auch da.

»Wir sollten nicht hier sein«, meinte Mary.

»Machen Sie sich keine Sorgen«, beruhigte ich sie. »Ein Freund ist auf dem Weg hierher.«

»Jennifer braucht Hilfe. Miss Dillard hat es ja schon einmal mit ihr versucht. Vielleicht kann sie es ja noch mal versuchen ...«

»Scheiße«, murmelte ich leise.

»Phoebe, ich habe auf dem Weg hierher über Gott nachgedacht. Wenn es einen Gott gäbe, dann hätte er nicht zugelassen, daß meinen Mädchen so etwas angetan wird. Er hätte nicht ...« Sie stockte, sah aus dem Fenster und dann wieder zu mir. »Glauben Sie, daß es einen Gott gibt?«

»Ich weiß nicht, Mary.«

Alle Sympathie und alles Verständnis, das ich für sie hatte, konnte nicht ungeschehen machen, was bereits passiert war. Ich mußte um jeden Preis einen kühlen Kopf bewahren, denn ihre Anwesenheit konnte für Kehly und Roger alles vermasseln. Ich dachte kurz daran, sie festzubinden, aber ich hatte nichts Geeignetes bei mir, und ich würde sie sicher nicht k.o. schlagen.

Statt dessen sah ich sie nur an sagte: »In einer Minute muß ich da drinnen bei Stroud sein. Sie dürfen auf gar keinen Fall aussteigen ...«

Ihr Blick wurde mit einem Mal kalt und hart. »Ich werde hier warten. Sie haben mein Wort darauf.«

»Gut. Mein Freund ist Polizist. Er ist groß, hat rote Haare, und er kennt meinen Wagen. Wenn Sie ihn sehen, sagen Sie ihm bitte, daß ich im Haus bin. Okay?«

»Phoebe, ich ...«

»Haben Sie mich verstanden?« unterbrach ich sie.

Sie schwieg, offensichtlich beleidigt, aber darum konnte ich mich jetzt nicht kümmern.

Ich nahm die Pistole aus meiner Jackentasche und ließ sie unter meinen Sitz gleiten. Stroud war nicht dumm, und er hätte sie sofort bemerkt. Dann stieg ich aus und sah mich um. Alles war dunkel und still. Das einzige Geräusch waren meine Schritte, während ich die Stufen zur Vordertür hochging. Die Tür war offen, und ich trat in die große Eingangshalle, in der nur eine Tischlampe leuchtete.

Als ich vor der Tür zu Strouds Büro ankam, holte ich tief Luft, bevor ich eintrat. Der Raum war nur schwach beleuchtet, und die polierten Möbel schimmerten sanft im warmen Licht. Es kam mir merkwürdig vor, daß es in diesem luxuriös eingerichteten Raum so stark nach einer billigen Möbelpolitur mit Zitronenaroma roch.

Offensichtlich war ich allein, nur die toten Augen der Masken verfolgten jede meiner Bewegungen. Ich merkte, wie sich auch der letzte Rest von Selbstvertrauen, den ich eben noch hatte, jetzt in Luft auflöste. Dann hörte ich, wie sich auf der Terrasse jemand bewegte, und ein paar Sekunden später kam Stroud durch eine der Glastüren. Er sah größer und imposanter aus, als ich ihn in Erinnerung hatte. Er lächelte, ging ohne ein Wort zu sagen um seinen Schreibtisch und streckte mir seine Hand entgegen.

»Willkommen.«

»Reden Sie nicht so blöde daher, Victor.« Ich hätte mich am liebsten auf ihn gestürzt, ihm die Augen ausgekratzt und ihn mit bloßen Händen erdrosselt. Und das waren noch die harmloseren Phantasien.

»Setzen Sie sich. Ich hoffe, die Situation ist nicht bereits so verfahren, daß wir nicht ein, wie soll ich sagen, gegenseitiges Einvernehmen erzielen könnten.«

»Ich will meine Schwester sehen.«

»Bald«, flötete er. »Aber bitte, nehmen Sie doch Platz.« Er wies mit der Hand auf den Ledersessel, in dem ich bereits bei meinem ersten Besuch gesessen hatte.

Mir fiel wieder ein, daß ich versuchen mußte, Zeit zu schinden und hoffte dabei inständig, daß Lanny da sein würde, wie er es versprochen hatte. Ich setzte mich also.

»Wem gehört der Wagen, der da draußen vor dem Haus steht?«

»Malcolm Gage hat beschlossen, an unserer Unterredung teilzunehmen. Er wird gleich hier sein. Er bedauert es zutiefst, daß man Ihnen – äh – ein paar völlig falsche Dinge über ihn ...«

»Ach, Scheißdreck.«

»Ich finde diese Ausdrucksweise schockierend, besonders bei einer Dame.«

Dame? Dieser Kerl hatte sie wirklich nicht mehr alle. Er beugte sich vor und sah mich forschend an.

»Ich muß Ihnen zunächst ein paar Fragen stellen.«

»Ist das ein Test?«

Er lachte leise. »Nein, das ist kein Test.«

Als sich die Tür hinter mir öffnete, drehte ich mich nicht um, aber ich spürte, wie sich meine Nackenhaare aufrichteten.

Cutter Gage trat nicht einfach nur in einen Raum, er lud ihn vielmehr elektrisch auf.

»Es gibt kein Problem, das man nicht mit etwas Intelligenz und der beidseitigen Bereitschaft zur Verständigung lösen könnte.« Strouds Ton war so arrogant wie immer.

»Shawna Unger. War sie auch so ein Problem, das Sie durch die beidseitige Bereitschaft zur Verständigung gelöst haben?«

»Ich habe nicht das Geringste mit Shawna Ungers Tod zu tun«, antwortete Stroud. Gage ging an meinem Sessel vorbei und setzte sich auf die Schreibtischkante.

»Niemand hatte ein Interesse am Tod dieses Mädchens«, fügte Gage hinzu. »Sie ist in Panik geraten. Victors Fehler war, daß seine Sicherheitsmaßnahmen nicht streng genug waren.« Er drehte sich zu Stroud um und bemerkte höhnisch: »Habe ich dir eigentlich schon gesagt, wie sehr du mich enttäuscht hast, Victor?«

Stroud rutschte unruhig in seinem Stuhl hin und her. Dann fuhr er fort: »Während einer ihrer zahlreichen Fluchtversuche hat sie ein paar Dinge herausgefunden, die ...«

»Lassen Sie mich raten. Könnte es sein ...« Ich legte die Fingerspitzen an meine Schläfen und schloß die Augen. Ich mußte einfach so lange pokern, bis Lanny aufkreuzte. »Ja, ich hab's. Sie hat herausgefunden, was für Dreckschweine Sie beide sind. Heiß oder kalt?«

Stroud setzte sich kerzengerade auf. Sein Gesichtsausdruck veränderte sich auf eine Weise, die mich erschreckte. Dann entspannte er sich plötzlich, sein Gesicht wurde wieder zur undurchdringlichen Maske, und er lächelte mich an.

»Shawna hat sich mit ihrer Neugier auf ein Gebiet begeben, wo sie nichts zu suchen hatte. Sie hat dabei Dinge herausgefunden, die äußerst heikel und etwas, na, sagen wir einmal, kompromittierend waren.«

»Für wen? Für Sie?«

»Aber nein. Ich bin sicher, daß Sie inzwischen über die besondere Art der Beziehung zwischen Cutter und Jennifer Bescheid wissen.«

Gage wandte sich wieder ihm zu und zischte: »Paß auf, was du sagst.«

»Jennifer litt an einer hysterischen Persönlichkeitsstörung, die ihr doch sehr melodramatisches Verhalten ausreichend erklärt. Natürlich gab es da auch noch andere, tiefer liegende Probleme ...«

»Die Sie ausgenutzt haben, richtig?«

»Falsch. Ich bin kein Monster, sondern gehe sehr bewußt mit meiner Verantwortung bei der Behandlung von Jugendlichen um. Darum habe ich Jennifer auch in meinem Institut aufgenommen, so daß ich sie immer im Auge behalten konnte. Als ich entdeckte, was ...«

»Stroud!« unterbrach ihn Gage.

»Er hat recht, das führt zu weit. Lassen Sie mich nur noch sagen, daß ich diesem Mädchen hier eine Zuflucht gegeben habe, wo sie vor den realen Härten ihres Lebens Schutz gefunden hat.«

»So, und jetzt wollen wir die Sache endlich hinter uns bringen. Was machen wir jetzt mit ihr?« fragte Gage grob.

»Haben Sie das gehört, Phoebe? Haben Sie den Ton mitbekommen, in dem er mich das gefragt hat? Ja, Cutter und ich sind im Laufe der Zeit richtige Partner geworden.«

»Halt den Mund, Stroud«, unterbrach ihn Gage wieder. Er sprach leise und drohend. »Du hast sowieso schon zu viel gesagt.«

»Ach ja, Miss Siegel, die Reichen und die Mächtigen ... Die Gesellschaft verhält sich ihnen gegenüber nicht immer fair. Wir brauchen sie als Vorbilder für unseren materiellen Erfolg, aber wir schreiben ihnen auch moralische Standards zu, die sie gar nicht haben«, dozierte Stroud. Er stand auf und stellte sich neben meinen Sessel. Dann lachte er und fuhr fort: »Um die Wahrheit zu sagen, ich spreche hier aus eigener Erfahrung«. Er blickte rasch zu Gage. »Die Reichen und Mächtigen können es sich sogar leisten, weniger moralisch zu sein als andere, weil ihre Macht sie vor den Konsequenzen ihrer Handlungen schützt.«

»Und Sie verdienen Ihr Geld mit der Androhung solcher Konsequenzen. Habe ich recht?« Daß der Kerl so dicht neben mir stand, verursachte mir eine Gänsehaut.

»Habe ich dir nicht gesagt, daß sie ganz schön clever ist, Cutter?« Mit diesen Worten trat Stroud zu Gage. »Sie weiß alles. Die Sache ist gelaufen. Wir haben jetzt nur noch eine Möglichkeit.«

»Sieht ganz so aus«, gab Gage zurück. »Sieht wirklich ganz so aus.«

Dann ging alles rasend schnell. Ich hörte ein gedämpftes »Plop« und sah, wie Stroud mit ungläubigem Entsetzen in Gages Gesicht starrte und mit seiner Hand Halt suchend hinter sich griff. Er war bereits tot, als er zu Boden fiel. Ich drückte mich noch tiefer in meinen Sessel. »Wir beide werden einen *anderen* Weg finden, nicht wahr, Phoebe?«

»Na sicher«, antwortete ich atemlos. »Woran haben Sie denn gedacht? Mir die Kehle aufzuschlitzen oder mich zu erwürgen?«

Plötzlich warf Gage seine Pistole in meine Richtung, und ich fing sie reflexartig auf.

»Da war nur eine Kugel drin. Ich brauche lediglich Ihre Fingerabdrücke.«

Sprachlos starrte ich auf meine Hand, die die Waffe hielt und sah dann wieder zu Gage.

»Ich habe die Menschheit gerade von einem weiteren Exemplar der niedrigsten Gattung von Ungeziefer befreit, von einem Erpresser«, sagte er, während er bedächtig seine schwarzen Lederhandschuhe von den Fingern zog. Seine Stimme klang hohl.

Er sah mich an, und ich bemerkte kleine Schweißtropfen, die auf seiner Stirn standen. Der Kerl war wahnsinnig.

»Sie Schwein«, rief ich und machte Anstalten, aus meinem Sessel aufzustehen, aber Gage befahl mir mit einer Handbewegung sitzenzubleiben. »Ich bin ein Stratege. Ich sehe keine Probleme, sondern nur Lösungen. So, und nun brauche ich Ihre Hilfe, Phoebe. Vielleicht ... aber auch nur vielleicht, gelingt es uns dann zusammen, auch für uns eine passende Lösung zu finden.«

»Oh mein Gott, Sie sind ja wahnsinnig ...«

»Sollen wir denn eine Karriere zerstören, ein Leben im Dienst des öffentlichen Wohls, eine ganze Familie, wenn wir andere Möglichkeiten haben? Ich gebe zu, daß ich Fehler gemacht habe, aber was entscheidend ist, ist das, was ich als Politiker für diesen Staat geleistet habe.« Seine Augen hatten einen ekstatischen Glanz. Das war meine Chance. Er durfte nicht aufhören zu reden. »Wie konnte das passieren, Cutter? Wie konnten Sie sich von einem Schleimer wie Stroud in die Enge treiben lassen?«

»Ich habe ihn unterschätzt. Er besaß eine kriminelle Energie, mit der ich nicht gerechnet hatte. Das FBI hatte mich von Strouds Umzug nach Montana in Kenntnis gesetzt. Zu diesem Zeitpunkt war ich bereits der Präsident des MIB. Daß Jennifer dann ausgerechnet zu ihm kam, war ein unglücklicher Zufall, aber als ich das erste Mal mit ihm zusammentraf, hatte er bereits seine Informationen über ... äh ...«

Bei diesen Worten zuckte ein Muskel in seinem Gesicht, und damit hatte er mir verraten, daß Jennifer meine Trumpfkarte war.

»Dann wurden die Dinge sehr kompliziert. Ein hiesiger Polizist fing an, sich für sie zu interessieren«, fuhr Gage fort, während er auf mich zukam und knapp vor mir stehenblieb. Er hatte sich wieder unter Kontrolle. »Als es diesem Polizisten einmal gelungen war, ihre Hilflosigkeit auszunutzen und mit ihr zu schlafen, trat Stroud auf den Plan: Er manipulierte sie und förderte ihre Phantasievorstellungen in bezug auf ihn. Stroud war in der Manipulation seiner Patienten sehr, sehr geschickt. Allerdings hatten wir diesmal wieder jemanden unterschätzt: Jennifer. Jennifer hat diesem Polizisten vertraut, hat sich ihm gegenüber geöffnet, und bevor wir es noch richtig wußten, hatten Stroud und ich noch ein weiteres Problem.«

Ich spürte, wie sich die Muskeln in meinem Nacken verspannten.

»Victor glaubte, daß diese Verbindung zur Polizei für ihn von Vorteil sein könnte und daß er ihren Geliebten für seine Zwecke einspannen könnte. Laut Jennifer hatten sie ein intimes Verhältnis miteinander. Das hat sie Stroud jedenfalls erzählt, aber hinterher stellte sich heraus, daß der, mit dem sie ins Bett gegangen ist, ein ganz anderer Polizist gewesen war.«

»George Shanklin?« fragte ich. Mein Herz raste, und meine Handflächen wurden feucht. Ich brauchte Zeit, noch mehr Zeit.

»War es George Shanklin?«

Aber Gage schwieg.

»Und mein Bruder, Cutter? Hat Stroud ihn umgebracht? Oder hat es George Shanklin getan?«

»Ein andermal«, antwortete Gage und wischte mit einer Handbewegung meine Frage beiseite. Sie hatte keinen Platz in seinen Gedanken. »Und jetzt sind wir beide in einer ganz ähnlichen Situation. Können wir einen Kompromiß finden, oder geht es um alles oder nichts?«

»Ich schätze, daß Sie eindeutig am längeren Hebel sitzen.«

»Und was Ihren Bruder betrifft: Mir wurde später berichtet, er hätte um sein Leben gebettelt. Traurig. Eine unglückliche Verkettung von Umständen, und das alles nur, weil er nicht bereit war, mit uns zu verhandeln.«

Bei diesen Worten war mir, als würde mich etwas oder jemand aus dem Stuhl heben. Ich wollte weglaufen, weinen, schreien. Meine Gefühle kämpften mit meinem Verstand um die Vorherrschaft. Ich durfte es nicht vermasseln. Nicht jetzt. Also stand ich so ruhig wie möglich auf, trat hinter den Sessel und stützte meine Hände auf die Lehne. Auf dem Podest neben mir lag Strouds Lieblingsstück aus seiner Sammlung, der mumifizierte Bullenpenis. Ich drehte mich um, nahm ihn auf und hielt ihn unschuldig wie einen Stock an meiner Seite.

»Was ist mit Jennifer? Wo ist sie jetzt? Aber bevor Sie mir antworten, möchte ich Sie darauf hinweisen, daß sich mindestens zwanzig bis dreißig Personen in diesem Haus aufhalten. Einer von ihnen könnte jeden Moment zur Tür herein kommen.«

Er lachte.

»Schreien Sie doch, wenn Sie wollen. Von mir aus können Sie sich die Seele aus dem Leib brüllen, aber es wird Ihnen nichts nützen. Ich habe Stroud natürlich darüber informiert, daß er seit Monaten beschattet wird, und er ist bestens auf diese Situation vorbereitet gewesen. Der letzte seiner Patienten hat heute morgen die Klinik verlassen, und auch sein Personal wurde bis auf wenige Ausnahmen entlassen. Stroud wollte aus Montana verschwinden. Mit meiner Hilfe, versteht sich. Ich hatte keine andere Wahl, als ihn einzuweihen. Das einzige Problem, das es noch zu regeln galt, waren Sie.« Er erhob sich von der Schreibtischkante und forderte mich mit einem Wink auf, ihm durch die Tür in der Holztäfelung zu folgen.

»Machen Sie keine Dummheiten, Phoebe. Mich hält man nicht so leicht zum Narren. Wenn Sie möchten, dann folgen Sie mir jetzt zu Ihrem jungen Freund. Er befindet sich in einem Raum zwei Türen weiter. Also, was ist?«

Natürlich folgte ich dem arroganten Scheißkerl, als er mir voranging. Er hatte alle Karten in der Hand, und das wußte er. Er machte vor einer Tür halt, stieß sie auf, und wir betraten ein kleines, aber bestens ausgestattetes Untersuchungszimmer. An der gegenüberliegenden Seite befand sich eine geschlossene Schwingtür mit Glasfenstern.

Es war noch jemand im Raum. Ich hatte zwar niemanden gesehen, aber ich fühlte es. Gage wirkte zu selbstsicher, beinahe großspurig. Ich drehte mich um und sah Earl, Gages rechte Hand, der in einer Ecke an der Wand lehnte. Als sich unsere Blicke begegneten, richtete er sich auf. Dabei schlug sein Schulterhalfter mit einem dumpfen Geräusch gegen einen Metallschrank. Ich wandte meinen Blick wieder ab.

Zu meiner Rechten erstreckte sich ein Tisch aus Edelstahl über die ganze Breite des Raums. Gage ging mit raschen Schritten auf und ab, wobei er einen Gegenstand zwischen den Fingern drehte, den er zuvor aus seiner Jackentasche gezogen hatte. Das Ding glitzerte im Schein des Neonlichts, und dann erkannte ich es: Es war Bens silbernes Armband.

»Claire kennen Sie ja bereits«, sagte Gage geistesabwesend. Ich hatte nicht gehört, daß sie das Zimmer betreten hatte, und drehte mich bei seinen Worten erschrocken um.

»Miss Siegel interessiert sich für unsere beiden Gäste. Bringen Sie sie zu dem Herrn nebenan.«

Gage trat zu Earl, und sie sprachen miteinander, aber ich konnte nichts verstehen.

Claire ging wortlos zur Schwingtür, stieß sie auf und wartete, bis ich ihr in den angrenzenden Raum gefolgt war. Als sich die Tür hinter mir schloß, stand ich im Finstern. Ich blieb stehen und versuchte, meine Augen an die Dunkelheit zu gewöhnen.

Offenbar befanden wir uns in einer Art Krankensaal. Ich

konnte mehrere kojenartige Objekte hinter zugezogenen Vorhängen ausmachen. Dann erkannte ich vor mir eine Stehlampe, trat auf sie zu und drehte das Licht an.

Die Vorhänge waren aus grünem Kunststoff, man konnte jedoch nicht erkennen, was sich hinter ihnen verbarg. Am anderen Ende des Saals befand sich ein kleiner Warteraum, und dahinter sah ich zwei Glastüren, die auf dieselbe Terrasse führten, von der es auch in Strouds Büro ging.

Ich ließ den Stock fallen und riß den nächsten Vorhang zur Seite. Die Metallringe schepperten gegen die Stange. Ich war auf alles vorbereitet. Es war nichts zu sehen. Dann griff ich nach dem zweiten Vorhang. Unwillkürlich mußte ich mich an dem Vorhang festhalten, der sich daraufhin aus den Metallringen löste.

Ich zog den Vorhang ganz beiseite und schnappte nach Luft. Ich hatte das Gefühl, mich gleich übergeben zu müssen. Der Vorhang fiel zu Boden. Beinahe wäre ich ebenfalls gefallen. Vor mir lag Roger, der jetzt langsam den Kopf drehte und mich ansah. Seine Lippen waren trocken und rissig, sein Mund bewegte sich, ohne daß ein Laut zu hören war, und er rollte die Augen. Ich stolperte zu ihm. Unter einem Laken, das seinen Körper von der Hüfte bis zu den Knien bedeckte, war er vollständig nackt.

»Oh mein Gott!« Ich weiß nicht, ob ich diese Worte wirklich ausrief, oder ob sie mir nur als Echo durch den Kopf hallten.

»Ist alles in Ordnung mit dir? Bitte sprich mit mir. Verdammt nochmal, sag doch was!«

Aus seinem Mund drang ein unverständlicher Laut. »Was? Was willst du mir sagen?«

»Wo ... wo sind wir hier?« Er sprach unglaublich langsam, und seine Lippen schlossen sich nach jedem einzelnen Wort.

»Mein M-M-Mund, ich brauche ...« Er brach wieder ab

und legte einen Finger auf seine aufgeplatzten Lippen. Dann fiel sein Arm schlaff zur Seite.

Ich sah mich rasch um und entdeckte ein Waschbecken, neben dem ein Behälter mit Papierbechern an der Wand hing. Ich lief zum Becken, füllte einen der Becher mit Wasser und brachte ihn mit zitternden Händen zu Roger. Dann hob ich seinen Kopf und ließ etwas Wasser in seinen Mund laufen. Er versuchte, die Hand zu heben, um mir zu helfen.

»Oh Gott ... oh Gott ...« Eine Weile konnte ich nichts anderes sagen. Dann flüsterte ich: »Wo ist Kehly, Roger? Bitte sag mir, wo sie ist.«

Er hob schwach die Hand und zeigte auf den Vorhang neben sich. »Da ... da ist sie ...« Beim Sprechen gab er gurgelnde Laute von sich, und etwas Wasser floß ihm aus dem Mund.

Ich ließ seinen Kopf zurücksinken, ging zum nächsten Vorhang und zog ihn auf. Sie lag da. Reglos und still. Ihre Augen waren geschlossen. Ich nahm ihre Hand, und sie war warm. Als ich ihr über die Wange strich, konnte ich ihren Atem auf meiner Haut spüren. Meine Augen füllten sich mit Tränen. Neben der Liege war noch eine Glastür, und als ich jetzt von ihrem Gesicht aufsah, bemerkte ich draußen einen Schatten, der über den Rasen huschte.

Ich war wie betäubt. Ich mußte die Tür aufkriegen. Wenn das Lanny war ... wenn ich ihn noch rechtzeitig erreichte ... ihn wissen lassen konnte, wo wir waren. Nebenan waren Stimmen zu hören. Ich rannte um die Liege herum, auf der Kehly immer noch reglos lag, stürzte zu der Glastür und sperrte sie auf. Der Schatten war verschwunden. Ich sah niemanden.

Dann wurde die Schwingtür aufgestoßen, und Jennifer Kuntz kam lächelnd in den Raum. Sie sagte nichts, während sie auf Roger zuging. Roger hob bei ihrem Anblick den Kopf, in seinen Augen stand wilde Panik, aber er war zu schwach, um sich gegen sie zu wehren, als sie die Hand ausstreckte und seine Stirn berührte.

»Er sieht sehr gut aus.« Bei diesen Worten strich sie ihm liebevoll das Haar aus der Stirn.

Ich ging auf sie zu. »Jennifer, ich brauche Ihre Hilfe ...«

Sobald ich in ihre Augen sah, wußte ich, daß meine Bitte vergeblich war. Hinter Jennifer erschien Claires Kopf an einem der Fenster in der Schwingtür. Sie schaute kurz in den Saal und verschwand dann wieder. Ich wollte niemandem Anlaß geben, diesen Raum zu betreten. Dann sah ich neben Jennifer den Stock auf dem Boden liegen, bückte mich und hob ihn auf.

»Kennen wir uns?« fragte Jennifer lächelnd. »Ich bin ...« Sie unterbrach sich und drehte sich nach dem Geräusch hinter uns um. Cutter Gage war ins Zimmer getreten. Jennifer lächelte nur für einen kurzen Moment. Dann wurde ihr Gesicht ernst, und ein gequälter Ausdruck trat in ihre Augen. Es war, als hätte eine andere Realität von ihr Besitz ergriffen, als wäre ihre qualvolle Jugend zurückgekehrt.

»Bompy?« fragte sie mit einer Stimme, die so kindlich klang, daß es mir weh tat, und streckte die Arme nach ihm aus. Er stieß sie mit einer Handbewegung beiseite und sagte brutal: »Bleib mir vom Leib.« Jennifer zuckte zurück und ließ die Arme kraftlos zur Seite fallen. Sie machte einen Schmollmund und runzelte die Stirn, um den Schmerz in ihren Augen zu verbergen.

Gage kam auf mich zu. »Ich muß mit Ihnen reden«, sagte er atemlos. »Ich kann Ihnen alles erklären, und Sie werden es verstehen. Wir können das Problem aus der Welt schaffen.« Dabei wirbelte er unablässig Bens Armband um seinen Zeigefinger. Jennifer sah an uns vorbei zur Tür. Etwas in ihr kämpfte um die Vorherrschaft, und in ihrem Gesicht standen abwechselnd Furcht, Schmerz und Hoffnung. Mit all diesen widerstreitenden Gefühlen versuchte sie zu begreifen, was um sie herum vor sich ging.

Plötzlich hörte ich hinter mir eine Stimme. »Jennifer?«

Ich traute meinen Ohren nicht und drehte mich langsam um. Jennifer stand wie angewurzelt, während Mary auf sie zuging. Sie hielt die Smith & Wesson mit beiden Händen und hatte den Lauf direkt auf ihre Tochter gerichtet.

»Ich habe das Buch gefunden, Kleines. Jetzt begreife ich alles. Es tut mir so leid …«

Die Tränen liefen ihr über das Gesicht, aber ihre Hände waren absolut ruhig.

Ich sah zu Jennifer hinüber. Eine einzelne Träne rollte ihre Wange herab. Ihre Augen blickten unruhig suchend umher. Gage stand wie erstarrt, Bens Armband baumelte ihm immer noch am Zeigefinger.

Einen Moment lang herrschte Totenstille. Dann senkte Jennifer den Kopf und sagte leise: »Mama …« Ihre Stimme war schrecklich jung und voller Angst. »Mama … Ich will nach Hause …« Bei diesen Worten breitete sie ihre Arme aus.

Gage ließ das Armband fallen. Jennifer starrte es an, bis Gage sich bückte und es wieder aufhob.

»Das gehört mir«, sagte sie und trat auf ihn zu.

»Ich liebe dich, Jennifer. Du bist mein Leben, mein Baby.« Mary lächelte, aber sie hielt weiterhin die Waffe auf sie gerichtet. Dann sagte sie: »Geh von ihm weg, Liebling.«

Ich sah schnell zu Gage hin. Sein Gesicht war aschfahl und angstverzerrt. Seine Augen starrten auf die Pistole, auf meine Pistole, die Mary jetzt auf ihn richtete.

»Gib mir das«, bat Jennifer mit weinerlicher Stimme und machte einen Schritt auf Gage zu.

Sie versuchte die Hand zu berühren, in der er das Armband hielt. Wieder stieß er sie nur gnadenlos beiseite. Dabei stolperte sie rückwärts und mußte an einer der Liegen Halt suchen.

»Was zum Teufel tust du da, Mary? Nimm die verdammte

Waffe runter«, kommandierte Gage, war aber immer noch unfähig, sich zu rühren.

»Du Dreckschwein«, sagte Mary mit sanfter Stimme. Sie lächelte und schüttelte leicht den Kopf. »Mein Leben ... du hast mein Leben zerstört. Meine Babies ... meine kleinen Mädchen ... wie konntest du ...«

»Ich kann es dir erklären, Mary, mein Liebling ... Ich war krank, ich hatte ...« Gage tat einen Schritt auf sie zu.

Ich versuchte, alle drei im Auge zu behalten. Dann, wie in Zeitlupe, machten alle gleichzeitig eine Bewegung. Aus dem Augenwinkel sah ich, wie Jennifer sich auf die Hand stürzte, die Bens Armband hielt. Sie hatte Gage genau in der Sekunde erreicht, als Mary den ersten Schuß abfeuerte.

Jennifers Kleidung wurde am Rücken zerfetzt. Eine Fontäne aus Blut und Knochensplittern spritzte auf, als die Kugel ihren Körper durchdrang. Jennifers Hände flogen nach oben und griffen nach Gages Schultern. Sie klammerte sich an ihn. Gages Augen blickten immer noch unverwandt in die von Mary. Jennifer sah zu Gage auf. Ein tiefer, gurgelnder Laut drang mit einem Schwall von Blut aus ihrem Mund, und dann glitt sie an Gage entlang zu Boden. Er beugte sich herab, packte sie bei den Handgelenken und sank langsam mit ihr nieder. Claire stieß die Flügeltür auf, sah kurz herein und lief weg. Danach schwang die Tür vor und zurück, zuerst laut und heftig, dann immer leiser werdend, und schließlich war wieder alles still.

Gages Wangenmuskeln zuckten unkontrolliert, dann sein ganzer Körper. Er hielt immer noch Jennifers Handgelenke umfaßt, als sie mit dem Gesicht nach unten auf dem Boden hingestreckt lag. Es war ihm nicht einmal bewußt, daß die Kugel, die Jennifers Körper durchschlagen hatte, auch in ihn eingedrungen war.

Mary drückte ein zweites Mal ab. Gages Körper flog nach hinten, als die Kugel auf seinen Oberkörper traf. Jennifer wandte sich von ihm ab und kroch auf mich zu. Sie wurde von ruckartigen Zuckungen geschüttelt. Mit ausgestreckter Hand ergriff sie einen der Plastikvorhänge, zog sich unendlich mühsam daran hoch und fiel dann in meine Richtung. Ich fühlte, wie ihr warmes Blut mein Hemd durchnäßte, als ich sie in meinen Armen auffing.

»Mama.« Jennifer schrie. »Mama-a-a-a-a.« Sie schrie immer noch, als wieder ein Schuß ertönte.

Mary ging auf Gage zu, die Waffe in ihren ausgestreckten Händen. »Du wirst meinen Kindern nie wieder weh tun. Niemals wieder.«

Ihre Worte waren kaum mehr als ein dunkles Grollen, das tief aus ihrer Kehle kam.

Dann war es, als stünde ich mitten in einer Explosion. Die Schüsse rissen Gages Brust auf. Seine glasigen Augen starrten immer noch Mary an, und das Blut sprudelte über seinen Anzug, als er vornüber auf den Boden fiel. Bens Armband rollte aus seinen Fingern.

Ich ließ Jennifer langsam zu Boden gleiten. Meine Hände waren voller Blut. Als ich aufsah, erkannte ich Claires Gesicht hinter dem Fenster in der Tür; es war verzerrt vor Entsetzen.

Der einzige bewegliche Gegenstand in meiner Nähe war ein großer Metallschrank auf Rollen. Ich schob ihn vor die Tür, um Claire die Sicht zu versperren und um zu verhindern, daß Earl in den Raum kam.

Dann drehte ich mich nach Mary um. Ihre Arme hingen schlaff zur Seite, und die Pistole schlug polternd auf den Boden auf. Sie ließ sich auf die Knie fallen und kroch zu ihrer Tochter.

Jennifer streckte die Hand nach ihr aus, Mary ergriff sie und kam näher. Als sie bei Jennifer war, nahm sie ihren Kopf in die Arme und wiegte sie. Jennifer hob eine Hand und berührte Marys Lippen. Darauf schloß Mary die Augen und fing an, ein Schlaflied zu singen, langsam, sanft und kaum hörbar.

Jennifer lächelte und glitt mit der Hand über Marys Gesicht. Sie sagte: »Ich liebe dich, Mama.« Aber Mary schien ihre Worte nicht zu hören.

Dann fiel Jennifers Hand herab, auf der Wange ihrer Mutter eine tiefrote Blutspur hinterlassend. Mary schaukelte sanft vor und zurück, ihr totes Kind in den Armen. Sie lächelte. Zur Hölle!

In diesem Moment wurde der Laborschrank, mit dem ich die Schwingtür blockiert hatte, zur Seite geschoben. Ich versuchte mit aller Kraft, ihn zu halten, aber es gelang mir nicht.

Innerhalb von Sekunden waren sie im Raum. Claire machte einen Satz auf mich zu und schlug mir so hart ins Gesicht, daß ich in die Knie ging.

Sie schrie mich an: »Du verdammte Sau!«

Ich kauerte nur wenig abseits von Mary und ihrer Tochter. Meine Gedanken rasten. In dem Raum begann sich der starke Duft von Moschus und Tod auszubreiten. Ich hörte ein Stöhnen und immer noch Marys summenden Singsang. Earls Hosenbein streifte mein Gesicht, als er sich an mir vorbei in den Raum drängte.

»Oh Scheiße, Scheiße, Scheiße«, murmelte er und fragte dann immer wieder mit rauher, leiser Stimme: »Was sollen wir denn jetzt machen? Was zum Teufel sollen wir jetzt nur machen?«

»Halt den Mund!« fuhr Claire ihn an. »Wir müssen nachdenken, genau darüber nachdenken ...«

»Es ist aus, oh Gott, jetzt ist alles aus.« Earls Stimme hob sich von einem Flüstern zu einem hohen Jammerton.

»Du blöder Idiot. Wenn du dich nicht sofort zusammenreißt ... wir müssen sie hier rausbringen. Irgendwie ...« Claire ging nervös auf und ab.

»Kümmer dich um den da.«

»Um wen denn?« Earl klang jetzt fast hysterisch.

»Nimm zuerst den da drüben. Leg ihn in den Kofferraum von deinem Wagen und fahr irgendwohin, wo du ihn loswerden kannst. Dann kommst du so schnell wie möglich wieder hierher.« Sie sprach schnell und präzise.

»Wie zum Teufel soll ich den denn ganz allein von hier wegkriegen?«

»Schleif den Dreckskerl über den Boden. Ich muß mich um das Mädchen kümmern.«

Als ich sah, wie Earl auf Roger zuging, ließ ich mich auf alle viere fallen, machte einen Satz nach vorne und schrie verzweifelt: »Nein!« Mein Kopf explodierte. Mein Körper sackte zusammen, und ich stürzte in eine abgrundtiefe Dunkelheit.

Das nächste, was ich weiß, ist, daß ich die Kälte des Fliesenbodens unter meiner Wange spürte. Jemand flüsterte mir etwas zu und versuchte, mich aus der Dunkelheit zurückzuholen. Mein Kopf hämmerte vor Schmerzen, und ich konnte nicht richtig sehen.

»Phoebe ... Steh auf.« Es war ein rauhes, drängendes Flüstern. Ich spürte Hände unter meinen Armen, die mich aufrichteten und festhielten. Ich blinzelte mehrmals und sah dann, daß Roger verschwunden war. Mary hielt immer noch ihre Tochter in den Armen. Ich war verwirrt. Ich hatte keine Ahnung, wo ich war und was passiert war. Allmählich erkannte ich den Raum. Lanny hielt mich gegen die Wand gestützt.

»Lanny ...«

»Sprich nicht ... sag kein Wort. Bleib, wo du bist.«

Er ließ mich an die Wand gelehnt stehen und ging zum Waschbecken. Dann kam er zurück und wischte mir mit einem Handtuch das Gesicht ab, wieder und wieder.

»Lanny ... sie haben Kehly und Roger ... sie wollen ihn umbringen ...«

»Kehly ist nebenan. Ich habe sie dort gesehen. Sei leise.«

Lanny strich mir sanft über die Stirn.

»Verdammt, das Ganze ist einfach zu weit gegangen, viel zu weit.«

»Was ... was meinst du damit?«

Plötzlich stand er hinter Lanny. Ich schrie. Lanny wirbelte herum. Georges Faust flog auf ihn zu und ließ ihn zu

Boden gehen. Ich griff nach dem Stock. Lanny versuchte, wieder auf die Füße zu kommen. George hatte mir den Rücken zugewandt. Ich ergriff den mit Stahl gefüllten Stock. Er fühlte sich in meinen zitternden Händen schwer wie Blei an. Ich trat zwei Schritte zurück und schlug George den Stock mit aller Kraft auf den Kopf. Er fiel wie ein Stein auf Lanny, der ihn schnaufend beiseite schob und sich erhob. Ich rannte zu einer der Glastüren und öffnete sie. Der Wind blies den Regen in Strömen in den Raum und über mein Gesicht.

Ich drehte mich zu Lanny um. »Wir brauchen Hilfe. Um Himmels willen, wir müssen Hilfe holen.«

Jenseits des Rasens leuchteten in der Ferne die Lichter der Stadt. Ich konnte jetzt wieder ganz klar denken und wußte genau, was zu tun war: Ich mußte hier raus und Onkel John holen.

»Phoebe ...« Ich hörte wieder ein Stöhnen, aber einen Moment lang wußte ich nicht, woher es kam. »Phoebe ... er war es.«

Ich sah zu George hinüber. Er stützte sich auf seine Hände und Knie, sein Kopf hing so weit herab, daß er fast den Boden berührte.

»Er kommt wieder zu sich«, rief ich. »Tu doch was.«

»Er war's, Phoebe ...« flüsterte George wieder.

»Ich kenne Sie doch, nicht wahr?« fragte Mary und sah benommen zu Lanny auf. »Sie sind der junge Mann, der draußen auf der Farm war. Der Polizist.«

Ich lief zu ihr, hockte mich neben sie und drehte ihr Gesicht zu mir. »Was sagen Sie da, Mary?«

Sie lächelte. »Das ist der Polizist, von dem ich Ihnen erzählt habe, der plötzlich vor der Scheune aufgetaucht ist.« Sie wandte sich wieder an Lanny.

»Ich wette, Sie sind zurückgekommen, nachdem wir gegangen waren. Stimmt's?«

»Lanny?« Ich sah ihn fragend an.

»Die ist doch verrückt, um Gottes willen. Und du, Shanklin, du hältst dein verdammtes Maul, oder ich stopf es dir.«

Lanny nahm seine Pistole aus dem Halfter und richtete sie auf Georges Hinterkopf.

Aber George hielt nicht den Mund. »Er war es, Phoebe ... Frag ihn mal nach dem Mädchen im Fluß. Ich habe ihn gehört. Und ich habe das Mädchen gehört. Ich dachte, er hätte sie gefunden, aber als ich näher kam, war niemand mehr da.«

»Halt's Maul, hab' ich gesagt.«

»Und Ben. Frag ihn nach Ben«, drängte George.

»Ich hab' dich gewarnt«, rief Lanny, während er den Griff seiner Waffe auf Georges Kopf niedersausen ließ. George hob seine Hände schützend nach oben und sackte dann wieder zusammen. Ich sah, wie sich sein Gesicht vor Schmerz verzerrte.

»Phoebe, hör' doch um Himmels willen nicht auf ihn. Du hast mir doch selbst erzählt, daß George dich angegriffen hat. Stimmt's?«

»Ja, das habe ich. Aber ich habe dir auch noch ein paar andere Dinge erzählt. Und du hast gesagt, du würdest sie für mich überprüfen.« Plötzlich fügte sich alles zu einem Ganzen.

»Wovon redet George da? Was war mit dem Mädchen? Und was war mit Ben?«

Lannys Gesicht war voller Angst und Schmerz. Dann brach er in Tränen aus. »Es ist alles zu weit gegangen. Zu weit ... bevor mir klar geworden ist, was da passierte. Diese verdammte Dillard. Warum zum Teufel bist du zu ihr gegangen? Warum, Phoebe?«

Langsam und schwerfällig kam ich auf die Füße. »Was um Himmels willen ... Lanny?« Ich wollte es nicht glauben.

»Bleib, wo du bist, Phoebe.« Er sah jetzt wütend aus und

richtete seine Pistole auf mich. »Ich muß nachdenken … muß …«

Er rieb sich die Stirn. Obwohl es in dem Raum kalt war, rann ihm der Schweiß die Stirn herab.

»Lanny?« fragte ich.

»Sie haben mir gesagt, daß sie ihm nichts tun würden. Sie sagten, nein, sie haben mir *versprochen*, daß sie nur mit ihm reden wollten. Das wäre alles, bloß mit ihm reden.«

»Wer, Lanny? Von wem sprichst du?«

»Es war das Mädchen. Dieses verdammte, kranke Flittchen.« Lanny verzog das Gesicht. »Ben wußte, daß ich in Schwierigkeiten war. Ich habe ihn gebeten, mir zu helfen. Ein gottverdammter Fehler. Nur dieser eine … Scheiße … Ich flehte ihn an, daß er John nichts davon sagt.«

»Du?« fragte ich fassungslos. »Ich glaub es nicht«, murmelte ich, und doch dämmerte es mir langsam, daß es wirklich die Wahrheit war.

»Ich hatte keine andere Wahl. Sie haben mich gezwungen …«

»Du hast ihn umgebracht … nein, das kann nicht sein. Nicht Ben«, schrie ich und spürte, wie ein Schluchzen in meiner Brust aufstieg, das mich fast zerriß.

»Earl hat es getan, für Gage. Sie haben mich angelogen, als sie sagten, daß sie nur mit ihm reden wollten. Ich habe ihnen geglaubt … mein Gott … ich habe es wirklich geglaubt.«

In diesem Moment kam Earl händeringend auf Lanny zugerannt. »Es gibt Probleme, Wilson. Wir stecken in der Scheiße und müssen hier sofort verschwinden.«

»Du Dreckschwein!« schrie ich und wollte mich auf ihn stürzen.

Er zuckte zusammen und trat einen Schritt zurück. »An Ihrer Stelle wäre ich lieber etwas vorsichtiger. Machen Sie keinen Fehler. Deshalb haben wir jetzt doch diesen ganzen

Schlamassel. Weil wir Fehler gemacht haben. Stimmt's, Lanny?«

»Halt's Maul«, brüllte Lanny ihn an. »Das Spiel ist aus. Endgültig.« Er richtete seine Pistole auf Earl.

»He, entweder wir kommen alle hier raus, oder keiner«, erwiderte Earl und spielte seinen letzten Trumpf aus. »Fragen Sie ihn doch mal, wie das wirklich war mit Ihrem Bruder. Ich hab' das nicht allein erledigt. Oder die Sache mit Jimmy Padilla. Das war sein Ding. Seins ganz allein. Er hat das Ganze so eingefädelt, daß es nach Selbstmord aussah.« Earls Stimme wurde immer lauter.

»Du erbärmliche Drecksau!« Ich machte einen Satz auf Earl zu, aber Lanny richtete seine Pistole sofort wieder auf mich.

»Sie sollten mich nicht beschimpfen. Es wäre viel netter, wenn Sie mich anbetteln würden.« Earl lächelte gemein. »Das hat Ihr Bruder nämlich getan. Mein Gott, war das ein Spaß.« Er lachte spöttisch. »Also, Wilson, du weißt, was du zu tun hast. Richtig? Erschieße sie. Los, schieß!«

»Phoebe, wenn ich es gewußt hätte ... aber sie haben mich angelogen ... Ben wollte mich verraten, wegen ... er hat mich mit dem Kuntz-Mädchen erwischt. Scheiße«, brüllte er dann wieder und stampfte mit dem Fuß auf. »Sie haben gelogen, verdammt nochmal.«

»Und John? Steckt der auch mit drin?« fragte ich.

»Ach, das«, sagte Earl und fuhr dann zu Lanny gewandt fort: »Sie meint diese Psychologin, der du einen kleinen Besuch abgestattet hast.« Earl raste hin und her, wie eine Ratte im Käfig. »Bei der hat sich Lanny nämlich als Flannery ausgegeben.«

»Lanny«, flehte ich. »Du? Du warst das?«

»Sie war eine gottverdammte Lesbe, Phoebe. Und sie hat mit Kindern gearbeitet«, antwortete er und nahm die Waffe von der rechten in die linke Hand. »Sie war ein aufgeblasenes Nichts. Sie hätte niemals rausgefunden, daß es nicht

John war. Scheiße, das Mädchen hat einfach alles über mich erzählt. Verstehst du nicht, ich hatte doch keine andere Wahl.« Er fuhr sich mit der freien Hand durch die Haare.

Ich preßte mir beide Hände auf die Ohren und schrie nur noch »Nein, nein, nein!«.

Voller Schmerz und Qual schrie ich immer wieder dieses eine Wort heraus, bis es mir im Kopf hallte und jeder einzelne Nerv in meinem Körper vibrierte. Dann sah ich zu George. Er war wieder zu sich gekommen und starrte mich entsetzt an. Er bewegte seine Lippen in dem Versuch, ein Wort, eine Mitteilung zu formen.

»Na, bist du wieder bei uns, George?« fragte Earl freundlich und sah auf den am Boden kauernden Mann. Dann holte er mit dem Fuß aus und trat George in die Nierengegend. George stöhnte auf und sackte zusammen. »Anscheinend doch noch nicht«, meinte Earl und lachte.

Meine Augen wanderten von George zu Lanny. Plötzlich begriff ich, was George mir zu sagen versucht hatte. Die Pistole, die Mary benutzt hatte, meine Pistole, lag in meiner Reichweite, aber Lanny konnte sie nicht sehen. Es war meine einzige Chance. »Also, laß es uns hinter uns bringen«, sagte Earl. »Und zwar sofort. Sonst können wir einpacken. Ich hab' Roger im Fluß entsorgt, und wir müssen jetzt endlich machen, daß wir von hier wegkommen.«

»Wo ist Kehly?« fragte Lanny, ohne die Augen von mir abzuwenden.

»Claire kümmert sich um sie«, antwortete Earl. »Und jetzt tu, was du tun mußt, und dann nichts wie weg.«

»Ich werde sie nicht töten. Ich kann nicht ...« Lanny klang unsicher, verstört.

»Dann gib mir die gottverdammte Pistole, und ich ...«

Mit einem Satz war ich bei der Smith & Wesson. Ich sah Lannys überraschtes Gesicht. Der Lauf seiner Pistole folgte meiner Bewegung. Ich konnte erkennen, wie er seinen Finger am Abzug anzog. Ich schloß die Hand fest um den Griff meiner Waffe.

Ich hatte mich vollständig unter Kontrolle. Alles in mir war auf ein einziges Ziel konzentriert. Lanny feuerte einen Schuß ab, der genau an der Stelle einschlug, wo ich ein paar Sekunden vorher noch gestanden hatte. Aus dem Augenwinkel bemerkte ich, wie sich George langsam vom Boden erhob. Lanny schwang die Pistole in meine Richtung, und in diesem Moment riß ich den Mund weit auf und entlud mit einem Schrei drei Jahre Zorn und Trauer sowie sämtliche Kugeln, die noch im Magazin waren.

Ich erinnere mich an den Regen. Ich erinnere mich auch an die Fahrt den Hügel hinunter und wie die Dunkelheit von der Stadt aufgesogen zu werden schien, als wir uns ihr näherten. Wir fuhren an der Stelle am Rims River vorbei, wo sie Ben gefunden hatten. Einen Augenblick lang glaubte ich, dort jemanden stehen zu sehen, es war ein undeutlicher Schatten. Aber als ich mein Gesicht ganz nah an die Scheibe brachte, um ihn besser erkennen zu können, war er schon wieder verschwunden. Ich hatte ihn hinter mir gelassen.

Für immer.

Es ist kalt hier. Ich kann nicht aufhören zu zittern, obwohl mir jemand eine Decke um die Schultern gelegt hat. Ich glaube, es war George. Mary ist immer noch da und klopft wieder einmal rhythmisch mit dem Finger auf ihre Handtasche. Sie sieht mich nicht mehr an. Ich versuche verzweifelt, mir Jennifers Blut von den Händen zu reiben, aber es gelingt mir nicht.

»Kann ihr jemand mal einen nassen Lappen bringen? … He, was ist los mit euch?« Johns Stimme dringt durch die Mauer meiner Gedanken. »Phoebe, Michael ist hier. George hat ihn geholt.«

»Fee … bist du in Ordnung?« Ich spüre, wie er mit sanfter Hand über mein Gesicht streichelt.

»Es geht mir gut.« Meine Stimme ist heiser. Meine Augen sind müde und brennen.

»Na ja, zäh bist du jedenfalls. Jetzt mußt du nur noch ein klein wenig warten, und dann bringen wir dich hier raus.« Michaels Stimme ist unendlich tröstlich.

Ich nicke und lehne mich zurück gegen die Wand. Jemand reicht mir ein warmes, nasses Handtuch.

»Laß mich das machen.« Michael nimmt mir das Handtuch ab. Tränen laufen über sein Gesicht. Er hält meine Hand, während er sacht das getrocknete Blut von ihr abwischt. Ich wende meine Augen nicht von seinem Gesicht ab.

»Er hat sich nicht umgebracht, Michael«, sage ich leise. Ich will ihm nicht weh tun. Ich will niemandem weh tun. »Er hat es nicht getan.«

»Ich weiß, Fee. George hat mir die ganze Geschichte erzählt. Er hat seit Jahren versucht, Licht in die Sache zu bringen, weil er von Anfang an nicht an Selbstmord geglaubt hat.«

»Aber George hat mich angegriffen, Michael.« Mein Mund ist so trocken, daß es mir schwerfällt zu sprechen.

»Ja, das hat er mir auch erzählt. Er hatte einfach Angst, daß du dich in Gefahr bringst und wußte sich keinen anderen Ausweg, um dich zu stoppen.«

»Ich bin schuld, daß sie beide getötet wurden. Kehly und Roger. Ich habe sie umgebracht.«

»Kehly ist im Krankenhaus ... es geht ihr gut ...« Er unterbricht sich und läßt den Kopf hängen. »Ich habe sie gesehen, bevor ich hierher kam. Mama ist jetzt bei ihr.«

»Du lügst mich doch an, Michael.«

»Nein, ehrlich, ich habe mit ihr gesprochen. Sie macht sich nur schreckliche Sorgen um dich.«

»Oh mein Gott«, flüstere ich und lasse den Kopf gegen die Wand sinken. In meiner Brust bildet sich ein Klumpen, der mir langsam in die Kehle steigt. Ich versuche zu schlucken, aber es geht nicht. Dann sehe ich wieder Michael an. »Und Roger?«

»Es sieht nicht gut aus, Kleines. Weißt du noch, was passiert ist?«

»Nein ... ich ... er hat Roger mitgenommen ...«

»Maureen Sandler hat John angerufen, sobald sie zu Hause war und hat ihm alles erzählt. Dann hat John versucht dich zu finden. Schließlich ist er zu Charlene gefahren, um zu sehen, ob sie etwas weiß. In der Zwischenzeit hat George Charlene von seinem Verdacht erzählt und hat sich anschließend auf den Weg nach Whispering Pines gemacht. John kam nur wenige Minuten später bei ihr an.«

»Oh Gott.« Ich habe Mühe, das alles zu begreifen.

»Ein paar Polizisten sind unten am Fluß, aber bisher ...«

Das Gefühl der Beklemmung wird stärker. Ich kann kaum noch atmen. Jemand geht hinter Michael vorbei und sagt etwas zu Mary. Sie steht auf und folgt ihm aus dem Zimmer. Sie sieht mich nicht an, als sie an mir vorbeigeht.

»John sagt, du könntest in ein paar Minuten gehen. Ich bringe dich dann zu Mama.«

»Michael ...?«

»Was, Kleines?«

»Bitte, bring mich zu Kehly.« Ich stehe auf, und Michael legt mir die Decke um die Schultern. Ich gehe zur Tür. Als Onkel John mich sieht, unterbricht er sein Gespräch mit zwei uniformierten Polizisten und kommt auf uns zu.

»Gehst du?« fragt er.

»Ja. Ich muß zu Kehly ... Ruf mich bitte an, wenn ... wenn sie Roger finden, ja?«

»Natürlich.«

»He, Captain«, ruft jemand.

»Was ist denn? Siehst du nicht, daß ich beschäftigt bin? Halt dich ein bißchen zurück, ja?« ruft John zurück.

»Sie haben jemanden am Fluß gefunden.«

Michaels Arm umfaßt meine Schultern noch fester.

John weist mit dem Kopf in meine Richtung und knurrt den Polizisten an. »Nicht jetzt.«

»Aber ... unten am Fluß rennt irgend so ein Verrückter durch den Wald. Er ist splitternackt, behauptet, er sei Rechtsanwalt und weigert sich herauszukommen, bevor ihm jemand ein paar Klamotten bringt ...«

Meine Knie geben nach. Michael packt mich unter den Armen und grinst hämisch.

»Wir brauchen unbedingt noch ein paar Jungs da unten. Wir müssen nämlich bald was unternehmen mit diesem Typen, sonst friert der sich noch die Eier ab«, meint der Polizist und grinst hämisch.

In diesem Moment löst sich der Druck in meiner Brust und bahnt sich unaufhaltsam seinen Weg in meine Kehle. Die Tränen schießen mir in die Augen und strömen über mein Gesicht. Das Schluchzen bricht in heftigen, unkontrollierbaren Stößen hervor und erfüllt den ganzen Raum. Ich setze mich auf den Boden, schlinge die Arme um meine Knie und wiege meinen Körper langsam vor und zurück. Ich lasse endlich los. Mein Gott, ich weine. Ich weine wirklich.

Annette Meyers

Ruhe sanft

448 Seiten

Sie sind tough und dynamisch, sind im Broker Business konkurrenzlos, und ihre Spezialität ist... Mord!
Celia Smith und Leslie Wetzon, besser bekannt als Smith & Wetzon, Headhunters, finden sich unversehens im nächsten Kriminalfall, als eine alte Freundin Wetzons, die reiche Fifth-Avenue-Witwe Peepsie Cunningham, in den Tod stürzt. Doch dies erst die Spitze des Eisbergs: es geht um Betrug in Milliarden-Höhe und den mysteriösen Tod alter Menschen. Bald kann Wetzon nicht mal mehr ihrer Partnerin Smith trauen...
Die Abenteuer der Amateurdetektivinnen in der Welt des großen Business, des schnellen Geldes und der mörderischen Intrigen machen diesen ereignisreichen Krimi zur hochspannenden und packenden Lektüre.

Annette Meyers ist Senior- Vizepräsidentin eines Management-Consulting-Büros für Wall-Street-Geschäfte. Die frühere Assistentin des Broadway-Produktionsdirektors Hal Prince arbeitete mit ihm an Projekten wie »Cabaret«, »Follies«, und »Fiddler on The Roof«. Nach Abschluß des fünften Smith & Wetzon-Krimis schreibt sie zusammen mit ihrem Mann an einem historischen Krimi. Sie lebt in Manhattan.
Der erste Smith & Wetzon-Krimi, Wall Street Blues, erschien ebenfalls im ECON Taschenbuch Verlag.

Guiliana Broggi Beckmann

Mordlust

512 Seiten

In MORDLUST geht es um Frauen. Frauen, die schreiben, morden und Morde aufklären, die sich um finstere Geschäfte drehen. Spitzenautorinnen, von L. T. Meade und Baroneß Orczy über Agatha Christie, Dorothy Sayers und Patricia Highsmith bis zu Sabine Deitmer und Sue Grafton sorgen für ein spannendes, vielschichtiges Lesevergnügen und einen feinen elektrisierenden Nervenkitzel, der nicht enden will.

Die Herausgeberin Giuliana Broggi-Beckmann hat langjährige Erfahrungen in der Programmarbeit für verschiedene Verlage und arbeitet jetzt frei als Übersetzerin und Herausgeberin in Wien.

Sandra Scoppettone

Alles, was du hast, gehört mir

368 Seiten

Lauren Laurano, alles andere als hartgesotten, hat ein ungewöhnliches Debüt als selbständige Privatdetektivin. Zur Aufklärung verschiedener Morde ist sie auf den Spuren eines Vergewaltigers, eines Mörders, einer undurchsichtigen Familiengeschichte und ihrer eigenen Ängste.

Sandra Scoppetones urbaner Realismus macht den Schauplatz New York und seine schnelle Schönheit und Schäbigkeit lebendig.

ECON Taschenbuch Verlag · Postfach 40403 ·
40474 Düsseldorf

Susan Conant

Todsicher an der Leine

256 Seiten

Ein Training im Hundeverein endet jäh mit einem Mord. Ein Hundebesitzer ist mit der Leine seines Malamutes erwürgt worden. Schon bald ist Holly Winter nicht nur an dem Fall interessiert, sondern steckt mittendrin. Sie und ihr Adoptivhund Rowdy jagen den Mörder und sind selbst Gejagte.

ECON Taschenbuch Verlag
Postfach 30 03 21 · 40403 Düsseldorf

Chris Rippen

Tödliche Spuren

304 Seiten

Eine Studentin, Anja, wird am Strand von Zandvoort unter mysteriösen Umständen schwer verletzt aufgefunden. Tim von Laarschot, eigentlich Dozent und aushilfsweise Dozentendekan an der Uni wird durch eine alte Freundin in diese Geschichte hineingezogen.
Eine Seite aus einer Nazi-Zeitschrift führt ihn in ein Dorf in Nord-Holland, in dem 1943 ein Mann aus dem Widerstand niedergeschossen wurde. Er war Anjas Großvater. Tim van Laarschot erfährt, daß Anja für ihre Hausarbeit in diesem Fall recherchierte und versucht, die gefährlichen Verbindungen zwischen damals und heute zu rekonstruieren…
Dieser Krimi, das Debüt des vielversprechenden holländischen Autors, zeichnet sich durch einen treffsicheren Stil mit einem Hauch Ironie, ein feines Beobachtungsvermögen und eine knappe, spannende Komposition aus.

Chris Rippen ist Jahrgang 1940. Für seinen zweiten Krimi, gewann er den holländischen Krimipreis, den Gouden Strop 1992.